INK INK INK INK INK INK
INK INK INK INK INK INK INK
INK INK INK INK INK INK
INK INK INK INK INK INK INK
INK INK INK INK INK INK
INK INK INK INK INK INK INK
INK INK INK INK INK INK
INK INK INK INK INK INK INK
INK INK INK INK INK INK
INK INK INK INK INK INK INK
INK INK INK INK INK INK
INK INK INK INK INK INK INK
INK INK INK INK INK INK
INK INK INK INK INK INK INK
INK INK INK INK INK INK
INK INK INK INK INK INK INK
INK INK INK INK INK INK
INK INK INK INK INK INK INK
INK INK INK INK INK INK
INK INK INK INK INK INK INK
INK INK INK INK INK INK
INK INK INK INK INK INK INK
INK INK INK INK INK INK
INK INK INK INK INK INK INK
INK INK INK INK INK INK
INK INK INK INK INK INK INK
INK INK INK INK INK INK

K INK INK INK INK INK INK IN
INK INK INK INK INK INK INK
K INK INK INK INK INK INK IN
INK INK INK INK INK INK INK
K INK INK INK INK INK INK IN
INK INK INK INK INK INK INK
K INK INK INK INK INK INK IN
INK INK INK INK INK INK INK
K INK INK INK INK INK INK IN
INK INK INK INK INK INK INK
K INK INK INK INK INK INK IN
INK INK INK INK INK INK INK
K INK INK INK INK INK INK IN
INK INK INK INK INK INK INK
K INK INK INK INK INK INK IN
INK INK INK INK INK INK INK
K INK INK INK INK INK INK IN
INK INK INK INK INK INK INK
K INK INK INK INK INK INK IN
INK INK INK INK INK INK INK
K INK INK INK INK INK INK IN
INK INK INK INK INK INK INK
K INK INK INK INK INK INK IN
INK INK INK INK INK INK INK
K INK INK INK INK INK INK IN
INK INK INK INK INK INK INK
K INK INK INK INK INK INK IN

INK

文學叢書

052

異議分子

龔鵬程◎著

異議分子

目次

異議分子

第五輯

佛光大學校長辭職的爭議

第六輯

「散居中國」與華文文學

自序

舊嘗承初安民好意，將我在《聯合報》副刊的專欄輯爲《知識分子》一書出版。現在又得到他的協助，類編近兩年的時論成爲現今這本《異議分子》。知識分子本來就應是異議分子，我這兩年之行事與言論，也恰好引發了一些爭議，因此以「異議分子」爲名，可謂適符本分。

話雖如此，對知識分子本應是異議分子的道理，仍不妨略作說明。

近代論知識分子的文獻，汗牛充棟，但多主張知識分子應不畏權勢，寧鳴而死，不默而生。也就是要申張其說話之權利，且須是爲社會公眾之禍福發言，置個人榮辱於度外。這當然是可貴的德操，但我更想強調的，卻不是說話的權利，而是說話的能力。

要說話，依靠的是道德勇氣；能說話，說出來的話能切中時弊、洞中肯綮，則須有知識的能力。過去，在高壓強權蔑棄人權的時代，具有道德勇氣，敢於發聲，就足以令人尊敬了。但如今，說話越來越少忌諱、越來越不需要冒著危險，僅申張著說話的權利，意義已甚小。何況，正因人人皆以能言敢言自居，才使得這個社會群言淆亂，瓦釜雷鳴。大家都忘記了：知識分子的必要條件，乃是他有知識；充分條件才是有以知識貢獻於社會的胸懷。以致拚命去強調知識分子應具有人飢己飢人溺己溺之心，叫知識分子去打抱不平，見不平則鳴。可是知識分子論事析理，所應要有的知識條件，人們其實常不具備。結果就是亂發議論，庸醫誤人。如本書所涉及的那些胡亂規畫教改、胡亂制訂政策、自謂正信佛教徒而胡亂衛道護教者，能說他們無利善社會之心嗎？能說他們不可有說話的權利嗎？無奈彼等於其所論列、所擘畫、所倡議之事實在不太了解，故爾貽患無窮。

此所以知識分子之首務，爲多讀書、多窮理，不要去談自己不懂的事。這樣說話才能「守分」。

知識分子要能安分守己，除此之外，還須了解他是什麼「分子」。

在現代社會中，這些分子大抵屬於一個階層，是群具有專業知識並以此寄跡於學術機構研究機構的人。只不過，這一群人又不安於只作爲社會的一分子，只爲自身所隸屬的階層利益說話。他至少在態度上要表示他的言行是爲了大家、爲了比他自己所屬階層更低的人。換言之，他必須佚離於自身所屬那個群體，對於他的屬群或屬國來說，他是個佚離者、流亡者。對於社會各階層來說，他自命要代表各個階層，而自己則四無掛搭，不屬於任何一層任何一群，其實是個邊緣人。

我過去曾寫過一本書，叫《時代邊緣之聲》。書齋裡也掛著一幅拓片，集古人詩云：「豈有文章驚海內，更攜書劍客天涯。」知識分子囊劍藏書，浪跡天涯，正是流亡者、邊緣人的意象。此一意象，亦具見於我另一本《遊的精神文化史論》中。遊，是的，不能遊的，就不是知識分子。知識分子，不臣天子，不揖諸侯，遊心於塵纓現實之外。其流亡，不是「鄉關何處」的感傷，也不是天涯淪落的淒楚，而是有美感的。是莊周的逍遙壯遊，因爲精神的家園永遠就在我們心中。

這樣說，也並不意味著知識分子永遠只能做「觀念人」。觀念人，只活在理念世界中，知識分子卻是要改造現實世界的。他不能只是評球而不踢球，只會批評而無力擔當；他也必須眞有行動，才能在實踐活動中印證其理想是否果然不謬，才能試煉其言說是否確實非本個人榮利之心或權力之愛。

知識分子在行動時，當然得要依勢。勢是什麼？黨派、教派、學派、政團、財團或政府官職，都是勢。依這個勢，得君行道，知識分子的言論才有憑藉，才可以具體施爲。但問題在於：依勢者如何才可不爲勢劫？許多知識分子，未見用時，冰肌仙操，風骨嶒崚。一旦得勢，竟爲權勢榮華裹脅以去，「在山泉水清，出山泉水濁」，令人爲之浩嘆者看多矣。此即缺少遊心之工夫也。要依勢而不爲勢劫，是因心有天遊，別有所屬，本不戀執於這些勢，所以才能遊於勢中，或因勢以成其業。

我不敢說我自己養心之工夫如何高妙。但十數年來，依行政院陸委會、佛光山教團等勢力，實踐了若干理想，而差幸尚未爲勢所劫，精神依然翱翔於我無何有之鄉，做著我所以爲的一個知識分子，自己是覺得甚爲愉快的。

也因爲如此，所以我縱使身在政團教團之中，我的言論見解，對它們來說，依然會是異議邪說。而亦唯其如此，故我之論說才有可能成爲這個時代眞正的正知正見。

在我們這個群言淆亂、瓦釜雷鳴的時代，要成爲正知正見並不容易，要讀許多書，要歷許多事，要窮究不少理，而且要忍受許多譏評。會有不知由何處射來的匕首、投槍、暗箭、爛糞、汙泥，糜蝕侵擾你的生命。知識分子既不能只在「近日國香零落盡，王孫芳草遍天涯」的慨嘆中低迴沉吟；亦不能阿Q式地寄望「即今譏評何足道，後五百年論自公」。因為我們說話時雖可超然塵壒、遊心天外，但用心所寄，畢竟仍希望所言能有益於斯世斯民。因此，愈是群言淆亂，正聲難以見容於當道，我們愈要大聲疾呼，憫世籲俗。

本書六輯，就是我這兩年一些憫世籲俗的紀錄。前四輯，議時政、哀教育、嘆世道、悲台灣，糾謬揭隱，欲昭坦途以起時代之沉疴。後兩輯，蒐輯我去年身歷的兩場爭議，藉我橫遭謗詬的經驗，帶著大家一同來思考大學自主、學術自由、宗教飲食倫理、世界華文發展一體化等問題，從而開豁心胸，貞下起元。是為序。

歲次甲申，新正，記於雲起樓

第一輯

議時政

議弭兵

美國國防部於七月卅日公布了年度「中國解放軍軍力報告」，說中共目前已對台部署了四百五十枚短程飛彈，未來每年會再增加七十五枚。且解放軍現代化之後，攻擊力將逐漸增強。而形勢的發展更使得北京恫嚇和實際攻擊台灣的選擇方案也隨之增加。因此，美方對台灣的防衛狀態，頗感憂慮。

這樣的報告，講的其實都是大家老早知道的東西。面對此報告所言之情勢，可能應對的老辦法，也不外乎：在軍備及防禦能力上加強，在政治上則強化台灣意識以爲對抗。

但加強軍備跟中共展開軍備競賽，例如增建通信、監視、偵察系統，飛彈防禦系統，反潛作戰系統等，所費不貲，未來勢必拖垮財政，而且沒有贏的希望，無非繼續砸錢罷了。強化台灣意識以爲對抗，固然能讓台灣人更痛恨老共之鴨霸，有助凝聚選票。但激化對立，只會使台灣更危險，逼中共動粗。一旦台海動武，縱使有美國馳援，台灣也必已一片焦土矣。

因此，目前我們所採取的應對策略，乃是「拖死自己」與「害死自己」的辦法，有沒有別的可能呢？

讓我們假想一下，在某些人倡議建立「非核家園」之際，台灣是否也可以朝「非戰家園」的理想來擘畫？

以往我們老是抨擊大陸用幾百枚飛彈對著台灣，結果去年大陸忽向美國表示，可以撤除這些飛彈，交換條件就是美國也不再對台軍售。這個提議令老美登時傻了眼，支吾迄今，尚無回應。而此一倡議，同樣也撼動了我方的戰略思維。但我方認定中共一定不會撤走飛彈，故於此並未深入去想。其實順著這個提議，打蛇隨棍上，是可以爲兩岸關係打開一個新空間的。

也就是說，大陸撤去飛彈，台灣不再向美國添購軍備，且逐步轉型爲去軍事化國家。專業軍人逐漸轉業，軍事設施逐步轉爲民用，「整軍經武」改爲「弭兵戢武」，並以此爲籌碼與大陸談判，簽訂昔年辜汪會談以來，就一直想簽立的兩岸終止戰爭狀態和平協定。

換言之，這個辦法可以只是個策略，用以向國際社會表示吾人無意升高台海軍事對抗，用以對治中共釋放的「飛彈換軍售」說，用以推動兩岸重啓談判之門。

但它也可以是個目標。台灣眞的沒有本錢跟大陸玩軍備競賽。若能減少軍備支出，台灣目前財政的窘境立刻可以獲得紓解，例如教育上不會再這麼拮据，大學馬上不必再哭窮，大家讀書也不會交不起學費。一個不準備打仗的台灣，也更能獲得國際的同情與支持，存在更有正當性。而同時，也減少了美國把台灣當成凱子，或作爲用以牽制中共之棋子的機會。那裁軍所釋放出來的人力資源、軍事機構所擁有的設備與技術，轉爲社會所用，更是可以大大提升生產力，使台灣社會機能更爲活絡，爲沉悶僵化的台灣，創造一個改造體質的機會。台灣也不必再擔心會在戰後淪爲廢墟。

我這個倡議，乍聽之下或許將以爲奇談，但只要你仔細想想就可明白其中的道理了。或曰：台灣去除武裝後，大陸打來怎麼辦？怎麼辦？台灣繼續武裝，中共就怕了你，不會動武嗎？智者欲去人之兵，非舉兵以相頡頏也。況小大之不相及，怒蛙鼓腹，而謂人不敢凌我，豈其然乎？台灣人，在此應有新的思維。

——原載於九十二年八月五日《中國時報》

議教改

教改，教改，教改的爭議不休，發言者盈庭，但到底我們的教育制度該怎麼改呢？

昔爲教改健將的教育部長，近日宣布了：明年起，將把大學畢業生的就業率，納入分配大學獎補助款的評鑑指標之一。斯言一出，立刻便有人呼應，且希望能更落實到以系所爲調查單位。

哀哉！此豈足以爲教育發展之新途向乎？

要知道，把大學教育跟就業市場結合起來，以「人力資本」的觀念規畫教育發展，認爲教育投資不可浪費，故宜適度減縮就業市場不需要的科系及招生數，擴招市場所需用科系人數……等，正是台灣幾十年來奉行服膺的老辦法。

許多人不曉得現今大學教育誤入歧途，大學畢業生畢業後學非所用，均係此種思維與政策造成，反而以爲應再強化這個思路或辦法。這就像人因吃錯了藥導致癱瘓；卻不思換藥，且以爲宜再多吃兩劑，恐怕愈發要死得快了。

爲什麼教育發展不能跟市場就業供需結合起來呢？道理非常簡單，經濟有榮枯、市場會變動、景氣有循環，愈與市場聯結得緊的學科，受經濟環境影響愈大。在學生入學時屬於熱門學科，或政府經濟建設急用之階段性人力，而畢業後該行業已褪色無用者，比比皆是。爲了培養職場人力而設立之初職、高職，後來都證明了根本不能與職場需求之變動配合。可是學校設了怎麼辦？還得設法解決轉型等問題，耗糜無數社會成本。大學也一樣。熱門科系，年年不同，專為職場所需而設，久之竟成雞肋，被教育部動腦筋準備裁抑者亦甚多。反之，冷門科系，因乏人問津，反倒成為社會稀有人才，成為搶手貨的情況，也不罕見。

也就是說，市場結構與教育體制是兩個各有其性質與運作邏輯的東西，犧牲了教育應循之正道，勉強讓它去配合就業市場，其實也配合不來。既傷了教育，也無裨益於經濟發展。

許多人都有這樣的經驗：考大學時，俯循社會價值、就業需求、親友期望，去讀了什麼熱門科系，結果志趣不合，或轉系逃離，或中輟重來，或勉強卒業，或終於在就業若干時日後毅然捨去，撿拾志業。

以小例大，整個教育體系與職業考量的扞格，不也是如此嗎？現在許多人「學非所用」的情況，正是在就業考慮下學了他不該學的科系使然。不該學的東西，一定學不好，學不好就一定無競爭力，志業與職業又不能契合，當然更鬱卒。主張教育應配合人力市場供需者，不能假裝這些事實都不存在。

過去教改，有一個非常重要的精神，就是追求教育的自主性。教育是對人的發展。這是教育的本性，也是它的目標。不應把教育工具化，成為國家的政治經濟附從物。教改有千般錯處，這個原則或精神卻是不錯的。現在若要改弦更張，再兜回老路子，把培養人才的教育事業，變成培訓職場人力的市場工具，那才是劫數哩！

於今之計，不但不應走回頭路，更應深化改革，眞正把台灣的教育改造成可讓人充分發展的體系。大學尤其應該逐漸裁抑熱門市場科系，整體轉型，只辦通識教育及基礎學科。企業則應強化研發機能，建立本身的職場訓練機制，不能老要大學來代工。教企分流，各司其任，教育才庶幾乎有救。

——原載於九十二年八月十二日《中國時報》

議編書

最近大陸準備重印文津閣四庫全書了。四庫全書，共有七部抄本，但兵燹之餘，僅存三部半。文津閣，原藏熱河避暑山莊，今存北京圖書館。文淵閣，原在故宮，現藏台北。文溯閣，原存瀋陽，今在甘肅。另有杭州文瀾閣，毀於太平天國之亂，亂後重新抄補，故稱半部。過去台灣商務印書館曾把文淵閣本影印出版，上海又據商務本縮印，嘉惠士林，不在話下。如今文津閣本也要出版了，文化界對之，自表歡迎。

也許有人要說：同一部書有必要重複刊印嗎？但實際上，四庫七閣，差異不少。底本不同、抄手不同、篇卷不同、內容不同者比比皆是，是該印出以供比較的。

而且我們應注意大陸近年在整理及重刊古籍方面的作爲。環繞著四庫，近年四庫全書未刊書、四庫全書存目書、續修四庫等工作，均大規模輯編刊行。又或脫離四庫架構，另編大型文化典籍特藏，如《傳世藏書》之類。近聞且將精選中華文化典籍數千種，編爲英譯叢書。已有英譯者，擇優洽錄；若尚無適當譯本，則請人譯之。凡此之類，皆是大工程、大手筆，駸駸乎竟有點「盛世修典」的味道了。

盛世修典，本來是我國的傳統。漢之編七略，唐之修《五經正義》、《藝文類聚》，宋之修《太平御覽》、《太平廣記》，明之修《永樂大典》，清之修《古今圖書集成》、《四庫全書》，都是如此。大陸在文革時期，對歷史文化破壞甚力。改革開放以後，經濟逐漸發達了，沒有飽暖思淫欲，而願花資本鳩集學人，對文化典籍進行這些大規模的輯編工作。大概在他們社會中仍對傳統文化抱懷敬意，也有盛世修典的意識，否則是不容易如此的。

而大陸在過去，縱使文革沸沸揚揚，縱使反傳統批孔揚秦，古籍點校整理的工作卻沒有斷，培養相關的人才也不少。所以現在要大張旗鼓地輯編整理圖籍，很快便能做出個規模來。

看大陸這些事例，可給我們什麼啓示呢？

邇來對大陸的報導，以政經爲主，不甚注意彼岸文化學術生態更新的狀況，因此也往往不以爲這能對我們有什麼啓發。學界也有不少人能指出他們工作上的缺失，認爲不足以爲典範。但爲什麼我們不也來盛世修典一番呢？我們又多久沒有輯編這類大型文化典籍了呢？

台灣所藏古籍，合起來就很可觀，還不乏稀見版本及特藏，很可以編成一部大書。新政府喜歡講台灣史，無興趣刊印中華古籍也沒關係，台灣相關文書史料圖籍，輯編起來更有意義。現在各單位、各出版社或學術單位分散零星地做，早應統合。否則現在談起台灣史，大家還只能緬念幾十年前台灣銀行的貢獻，豈不慚愧？

這種工作，也可展開國際合作。大陸正在編的《清史》，就是邀集世界各地清史專家合作的，唯似仍限於華人，我們則可以更擴大些。總之，一個時代，應該在文化上有些表現。拚經濟之外，一套能彰顯自身存在及其歷史意義的圖書，恐怕也是政府所應措思輯編的。現在不是帝制時代，或許不必再由政府來主編，如昔日編四庫那樣。但推動幾項大型文化典籍計畫，像推動經濟建設計畫那樣去做，則是應該的。政府在這方面，久乏績業，已讓人失望很久啦！

——原載於九十二年八月十九日《中國時報》

的疆域，希望你也勿越界過來。竹籬笆或長城，當然擋不住眞想闖進來的人，但籬城與牆就表達了這種心態。

在這種心態下，第一個就是希望鄰舍鄰居要尊重、正視、承認我擁有這一方土地的主權，承認我所劃定的界域。爲了達成這個目的，不免請鄰舍來吃吃飯，或送點禮物，以相交結。這個外交方式，大抵由一般民眾至國家政府都是差不多的。

且不說漢唐以來，除少數幾次，氣不過了，跨過城牆、去到鄰居家去把對方教訓一下，絕大多數時間都是以絹帛金銀茶鹽物資餽贈對方，以換取政治承認，相安無事。就是鄭和下西洋，也是四處去賞賜捐餽，跟西方以政治軍事力量獲取經濟利益，恰好相反。

中國周邊的國家，也早就發現了這個奧秘，因此也慣於以奉表、朝貢等承認中國政治地位的方法，來換取中國給予他們豐厚的賞賜及其他經濟利益。

此等模式，如今有何改變嗎？沒有。海峽兩岸都仍在用同樣的辦法，花錢在全世界購買可以承認我們政治地位、尊重我們主權聲稱的邦國。世界各國覷破了我們的心理需求，紛紛藉承認我們的政治地位以謀獲其經濟利益，東食西宿，左右逢源，占盡了便宜。

這種辦外交的方式，歷來我們都以爲是兩岸特殊政治環境所造成的。其實不然。它本於一種由來已久，甚或根深柢固的心理狀態。這種心態不能調整或不該調整嗎？

我以爲是該調整的。侵略及擴張，固然沒有必要，但外交事務不應老是拿錢去買承認，外交也不應只是守勢的，應運用外交去爭取我們的經濟文化利益。調整了這個原則之後，底下一系列具體作爲，就都會不一樣。萬望秉國者善於此思維之，勿再以「弱國無外交」自欺欺人，或仍把「對岸打壓」做卸責的藉口。

——原載於九十二年九月二日《中國時報》

議正名

由李登輝擔任董事長的群策會，召開「一國兩制下的香港」研討會，香港議員劉慧卿蒞會批評香港的言論環境，並主張台灣前途應由台灣民眾自己決定。這個消息，在台雖已成了舊聞，近日卻在香港熱燒，《大公報》、《文匯報》、《成報》，以及廣東湖南各報刊，中共中央電視台、新華網、人民網、南方網、新浪網，都紛紛以評論或報導猛烈抨擊，認爲劉是政治夢遊者，隨意散布港版台獨言論。

大陸以及親大陸港區媒體如此嚴斥台獨言論，當然不足爲奇，尤其這是在其轄區內人民（尤其是民意代表）首度公開支持台灣前途由台灣人民自決，非強力壓制不可。在此同時，李登輝先生推動「台灣正名」運動，勢必激化大陸的敵愾之感，也是不足爲奇的。

從策略上說，主張台灣獨立、台灣前途自決、一邊一國者，都強調唯有如此才是眞正愛台灣，才能達到台灣的自主與和平。可是現實上卻可能反而把台灣推向無休止的對抗活動中，一切資源與心力都必須投入這項對抗。而對抗的結果，不是耗竭了資源，就是對抗失敗而提早讓台灣結束了自主與和平。邇來我們以便利民眾通行國際爲名，在護照上加註「台灣」字樣，使得巴基斯坦、阿富汗等國得以藉口拒絕接受；或推動加入聯合國，而令美英等國不得不公開反對，都是這樣的例子，可謂愛之適足以害之。因此許多人都認爲兩岸統一最快的辦法就是極力主張台獨，升高對抗。

當然誓死主張台獨者會說台灣人第一勇，絕不妥協，誓死捍衛家園，要戰至一兵一卒。無奈大多數人並不眞相信這些人的言行，更不期待一座廢墟台灣。故由策略上看，倡議台獨或台灣自決等，非明智之舉，唱爽而已。

由實質面看。治國無方，一個政治紊亂、抓權濫權的政府，一個百業蕭條，經濟迄無起色的社會，一旦改名叫做台灣國或什麼，就立刻能脫胎換骨，飛黃騰達起來？台灣的國際地位及生存空間，有其結構性因素，又豈會因我們改叫台灣或蓬萊仙島而令人對我們大表歡迎？玩政治的人，在務實無功之際，便強調「務虛」，以期轉移目標，但虛名焉足以裨實際？

若更由名號說。名號對人的影響，主要是心理層面的。例如一個人本名王中華，別人硬要喊他爲李日本，他當然會不樂意。一個女人與人同居有年，卻老不能得到名分，也常會生氣。此即孔老夫子所說：「名不正則言不順，言不順則事不成，事不成則民無所措手足」也。因此正名之舉，貌若務虛，其實也是不可少的。

但循名責實，名不虛立。現在我們到底該是什麼名呢？我們依中華民國憲法實施民主憲政，選舉出了總統、副總統以及立法委員等。總統依憲法宣誓就任爲中華民國總統。就任時也信誓旦旦宣布不會改變國號。我們以中華民國爲國號在國際上參與活動，若無法堂堂正正以此名號或以國旗參與國際組織及會議活動等，則一向也都視爲屈辱，要抗議、要退席。萬不得已才以中華台北或台灣等名稱爲替身。然則，目前我們的名字就是中華民國，豈非彰彰甚明？台灣正名運動，應該即是呼籲大家一同來正視這個名號，讓中華民國繼續屹立下去。

至於以建立台灣獨立國爲目標者，則不是正名，而是改名。一個改名運動，不應冒襲正名之稱以圖製造混淆。主張去中國化的人，也不宜套用孔子的正名之說。故若循名責實，我是反對以「台灣正名」來推動台獨的。如此行徑，反不若早先建國黨那麼光明磊落哩！

——原載於九十二年九月九日《中國時報》

議海權

南沙群島，是個主權屬於我們，但在一般人腦海中，或是政治論述中，卻往往是不存在的領域。情況比澎湖與金門、馬祖更差。

但國際間的南海爭論卻甚爲熱鬧。大陸與越南屢爲此衅釁，數年前杭廷頓倡言其世界新秩序說時，還曾擬想過大陸會跟越南因南海問題而交戰，美國被迫介入，台灣乘機獨立，以致引發全球大戰的情節。可見南海在某些人眼中，乃是充滿衝突與不確定因素的海域，甚至可能牽動整個世界的變局。

除了大陸與越南之外，菲律賓也對南海興致盎然。二十世紀八〇年代，除侵占馬歡、南鑰諸島外，還片面宣布二百海里的經濟海域，並將南沙東部四十一萬平方公里海域劃入其領海。一九九五年，菲律賓又與美國一公司簽約，對巴拉望島西部水域進行「地質研究」。大陸爲表示抗議，遂在美濟礁豎立標示物，修建漁棚。菲律賓也不甘示弱，隨即破壞了該島之設施，並扣留了在巴拉望西部作業的大陸漁民，形成「美濟礁事件」。菲律賓態度強硬，聲稱已做了最壞的打算，參議院還通過菲美訪問部隊協定，一副準備開打的意思。

但實際上，菲律賓近年民窮國弱，海軍力量在全東南亞地區大概敬陪末座，空軍更是幾乎毫無戰力可言，除了拉美國來虛勢恫嚇之外，並無開戰之條件。因此，二〇〇一年以後其策略頗有調整，開始倡議和平解決南海爭端。二〇〇二年，大陸派其國防部長遲浩田赴菲訪問，與菲發表聯合聲明，同意建立一個機制，磋商談判南海主權爭議。該年十一月，大陸更與東協各國在金邊簽署了「南海各方行爲宣言」，倡言在南海爭論解決前，各方該自行克制，尋求建立互信、共同展開海洋環保、搜尋、搭救、打擊國際犯罪等合作。

談這些，有何用意呢？用意有：一是我們目前號稱是海洋國家，但對海洋與島嶼殊不感興趣，思維囚閉於台灣本身這個島上，對周邊領土諸島，如綠島、蘭嶼、金門、馬祖、澎湖等，都不重視，更無論南沙群島了。不能把它們共同視爲一個整體來思考相關開發問題，不僅呈現了陸地型思維的局限，形成澎湖、金馬、綠島、蘭嶼諸島人民與本島人民的疏隔以及不滿，也對國家發展甚有損傷。南沙的主權討論，我們更是越來越無置喙的空間。這個領域逐漸丟失於眾人所不經意之間。

二、與上述情況相關者，即是政府對於與東協國家協商護漁、聯合打擊海上犯罪、開發石油資源等事務，少有建樹。菲律賓肆意扣押我漁船已歷有年所，而政府迄乏對策，其他政府行爲亦少有表現，根本無法展現海洋思維和作爲。

三、釣魚台群島，久爲爭端，近日大陸、日本間又有許多動作，台灣、香港對它也比較關心。但本文希望呼籲的，是想讓社會注意我們周邊諸島共同面臨的問題，不只一釣魚台而已。

四、釣魚台事件，大陸與日本官方看來會傾向和平磋商談判解決，其趨勢殆與南沙爭議相似。在諸方協商討論中，我方應居何位置？不該爭取參與嗎？那麼，如何參與？我建議提出「與大陸共同維護主權」的主張來爭取出席協商的機會。兩岸共同維護主權，不僅可避開兩岸誰大誰小、誰屬於誰的問題。也間接釋解了大陸對台灣的疑慮，滿足了憲法對我國主權的規定，其實是個比較好且具操作性的概念。大家如果可以不先急著反對，細細想想，或許也會首肯的。秉政諸公如何籌思，則吾等人民佇望之矣。

——原載於九十二年九月十六日《中國時報》

議移民

漢朝立國以後，即受困於匈奴之禍，賴武帝幾次征伐，才轉危為安。至東漢，匈奴分裂，光武帝把握機會，邀結南單于。詔南單于徙居西河美稷，匈奴之勢遂衰。至和帝時，派竇憲出塞五千里，大破北匈奴，匈奴之患乃解。

此為史上第一次「徙戎」之舉，後來還有若干次徙戎之議，不贅述。徙戎，用現代的話來說，就是把夷狄遷徙到中國內地來，也就是接納移民的意思。

漢代接納南單于移民，在政治及軍事上的效果非常明顯。因此後世基本上也沿用其法。亦《春秋》所謂「夷狄進而中國，則中國之」之意。

但時移世異，中國人從明清開始，逐漸成了世界上主要的移民國，南流北走，至今遂遍布在全球五大洲。台灣，原本也就是中國移民大量徙居的島嶼。島上，包括原住民的一大部分，都是由大陸遷徙而來的。

可是，新的問題，不是原居者要不要接納新移民，而是移民者之間打來打去。漢人移民征番剿番，固無論矣。漢人之間亦分閩、客，閩人又分漳州、泉州，械鬥火併，各自劃出勢力範圍。其廝殺爭鬥之慘況，據我看，恐怕比春秋時期什麼秦晉殽之戰還要厲害些。閩客漳泉之間的一些感情與認知的裂罅，迄今也仍未消除。行動上或許已漸文明，心理上的畛域則猶隱然浮漾於不經意之際。

我們看這次考試院考國文，主事者竟然會以閩南語命題，而悍然不顧其他移民群體的感受，便可見一斑。

畛域更明顯的，是早期移民與後期的移民。先來者排斥後到者，或後來者壓抑了先到者，彼此各有說辭、各有感受，誰都自認爲比對方委屈。老移民覺得新來者搶了資源、霸住了位子，又在文化上貶抑了自己。新移民則覺得老移民欺生，人多勢眾，有土有產，占盡了便宜。因此彼此越瞧越不順眼。

台灣的民主化，不但沒有消除這些畛域、緩解新舊移民間的衝突，反而益形激化。似乎誰也不必裝文明、假斯文了，一切赤裸裸地以移民族群來操作著對搏。

如今，又有新的因素加了進來。那就是原先被視爲新移民的外省族群，業已成了老移民；更有新的越南新娘、大陸新娘等等加入這個生存競爭圈。新來者人單勢孤，當然就成了最弱勢的群體。

在這個弱勢的新移民群體中，大陸新娘又比其他外籍新娘更慘，很難取得身分。對於這些可憐的新娘及其家人，平時人權啦民主啦口號不離口的人，也往往改換了臉面和說辭，把那些再明顯不過的歧視、壓迫與防嫌措施，說成彷彿恩賜、彷彿理所當然、彷彿不得不然，或威脅著說若不就範便要將之驅離。令人想起不久前也曾刺激著某些人神經的「外省豬滾回去」。

外籍新娘或新移民，希望獲得的是被認同、被接納。可是老移民要求的，卻是外來者先輸誠、先認同。這些要求，有許多表面的理由、堂皇的說辭，但骨子裡也許仍是古老的「非我族類，其心必異」心理，故對新來者頗疑其潛存異心。

可是，古人於夷狄戎羌尚且徙而納之，現在這些新舊移民，可大部分並非異族哩。同是天涯移民者，相煎又何苦太過急切呢？

——原載於九十二年九月二十三日《中國時報》

議教材

近代教改，起於光緒末年。廢科舉、立學堂，爲千古之大變局，也替現今教育體制立下了規模。

這個大改變，改變了許多事，教科書的出現就是其中之一端。古代教育，只以經典教生徒。設立科舉考試之後，雖以朱熹的《四書集注》或明朝編的《四書大全》爲範圍，但基本上仍是讀經典。到了設立學堂以後，各文學、歷史等分科才開始依各分科之需要，參考外國教科書來自編教材。夏曾佑的《中國古代史》林傳甲的《中國文學史》等，均是這麼編出來的。爾後各級學校也都各自編有教材。

輯編教科書的好處，是可以針對課程的教育目標及教學設計，規畫編寫適合學習者吸收的章節，並系統化地組織相關知識。可是，批評者卻認爲這些所謂系統化其實只是「嚼飯餵人」，摻雜了編者不少口水，讓學生嘗不到原味。知識組織化之後，歷史或經典也喪失了它們親切動人的力量。因此改善之道，就是回頭去實施經典教育，讓學生直接閱讀經典。

教科書另一個受人詬病之處，在於它常與國家意識掛鉤。特別是我國光緒末年被介紹來的，主要是國家學校制度(National School System)；羅振玉等人強力推薦給清朝政府的更是一次世界大戰前德國、日本那種具有國家主義色彩的「教育國家化」政策。亦即：由國家制定教育發展政策，訂立學校法、規定學校之組織、設備、人員編制、科系設置、教學年限、課程內容等。教育的內涵則爲養成國民意識及生活技能，以發展經濟，富國強兵。

在這種情況下，教科書的兩大內容就是：人文社會學科以培養愛國精神與國家意識爲主；自然及應用學科以提供知識技能，養成國家經濟建設之人力爲主。試看我們過去那些國文課本、歷史教材，不就都是領袖、主義、國家、中華民族之榮光嗎？我們的工商科技教材，不也都針對國家教育規畫及市場需求而編嗎？

爲了改善這種教科書與國家意識形態掛鉤的現象，我們曾廢除了部定教材，開放民間自編。但因考試及其他整體體制仍是國家化的，無法配套，以致「一綱多本」形成了大災難。

另一種矯正的辦法，則是由國家意識形態擺向另一端，試圖用另一種國家意識形態來代替。新的國史館館長公開宣布：台灣史已升格到接近國史之地位。新的「高中歷史課程綱要草案」則先上台灣史，再上中國古代史，整個中國史的分量只與台灣史相當。然後上世界史，明清以迄中華民國諸史事均納入世界中去論述。這與學界早已流傳的揣測：本國史遲早會變成外國史、中國文學系遲早會變成外文系，適相符應。給人以新政權亟欲將其意識形態及台灣獨立建國理想強加於新教科書之上的印象。

對於這些疑慮，主事者當然也有不少辯辭，一如考試出閩南語考題後也強辯了一番那樣。但強辯總是理不直而氣壯的。氣壯，是因爲抓著權。一朝權在手，便把令來行，你們反對也沒用，老子就是要這麼幹。理不直，是因歷史本來就不可以這樣惡搞。什麼同心圓啦、本土化啦，都不是歷史概念。歷史是要通古今之變的，自來均由古往下述，沒有由自己肚臍眼開始講的。人之所以需要歷史，亦正因人活在現世，所以才需要一個超越的古代史事與觀點來提供對照和反省。「同心圓」、「本土化」這類政治概念被用以主導教科書之編撰，正是政府意識形態介入的表徵。

看來，我們要恢復正常的教育，路還遠著呢！

——原載於九十二年九月三十日《中國時報》

議交際

孟子周遊列國，到了齊國見到齊宣王，向他宣傳聖賢王道。齊王很猶豫，告訴他：「寡人有疾」，也就是性格上本來就有毛病。什麼毛病呢？他好勇、好貨、好色、喜歡聽熱門音樂、喜歡遊獵，看來實在不是做聖王的料，要他禁欲，好像也不太可能。

但孟子不這麼認為，他說：從事政治的人好色、好貨、好聽流行歌曲或喜歡遊獵，有什麼關係呢？問題是：老百姓看你出來遊獵的車乘、聽到你宮中流洩出來的鼓樂聲，是慶幸我王康豫喜樂，還是批評說我們老百姓已民不聊生了，你還在吃魚翅打高爾夫？君王好財貨，但能不能讓老百姓也都有錢呢？君王好女色，但能不能使天下也都無曠男怨女呢？

換言之，孟子並不認為從政者須做聖人，也不主張從政者禁欲。他只希望主政者能從個人有欲求這點體認出發，讓政治施措達到滿足老百姓基本欲求的地步。能夠讓人民跟君王一樣，獲得欲求滿足的快樂，「與民同樂」，則君王可儘管去畋獵去好色去聽音樂。否則就是「方命虐民，飲食者流，流連荒亡，為諸侯憂」！

孟子這番見解，可以引申出許多倫理學的討論。許多人見孟子主張性善，教人做聖賢，就以為他是強調發心的「動機倫理」(Gesinnung sethik)或要人克制私欲的。這在士君子立身方面，固應如是。但談政治，就須另當別論，不能在要求主政者儉樸禁欲方面做文章。因爲人都有欲望，有權力的人更不可能禁欲，祈求主政者皆如僧侶修士，殊不切實際。故政治之倫理，不在主政者個人的道德修養，而在於其政治結果之良窳，施政者須負責任的是他施政的結果，而非其個人是否吃魚翅著華服。因爲施政結果的好壞，會影響到君王個人遊獵宴樂的評價。文王建靈臺靈沼，老百姓都覺得很好、很對，甚至主動去當義工。桀建花園，老百姓卻詛咒他：「去死吧！」就是這個道理。

以此理評時事，則現今之病，不在內政部長去享受了按摩及啖了鮑魚。而在於老百姓「老羸轉於溝壑，壯者散而之四方」；在做官的，「爲陳水扁宰，無能改於其德，而賦粟倍他日」；在於老百姓不准接受明眼人按摩而部長可以；在於老百姓紛紛遭企業裁員，而部長竟得以長期享受企業主之供養去找樂子。

與內政部長同樣去了商人招待所，也吃過魚翅的台北市長馬英九，情況卻又不同。若馬英九去吃魚翅的結果，是爲北銀和富邦金控的合作更順暢，讓北市銀的股東和台北市民獲益，那麼，孟子復生，也會說：請馬市長再去多吃幾次吧！

可是，難道政商相處，瓜田李下，不須避嫌嗎？交際應酬，不應謝絕嗎？

《孟子．萬章篇》載萬章問：「敢問交際何心也？」談的就是這個問題。孟子用孔子的生平進退出處來解釋。說交際時只要對方「其交也以道，其接也以禮」，就是送禮餽贈，也照樣可以接受。但倘若殺人越貨者，或那些位高權重而實與殺人越貨者無異的達官巨賈，也以禮來交接，君子也可以接受他們的招待或餽贈嗎？孟子的回答很繁複，不過大意是說：有些交接應酬是世俗人情，猶如魯人有「獵較」的風俗，孔子也會參加，做人亦不能逆俗至不近人情。其次，對不善者，宜漸進以化，非絕之而誅。三、人雖不善，但若有道理以交接，則仍可接受。也就是說，辭受之際，應以是否合乎道義為判斷，不是由對方之身分來判斷的。後世潔身者，欲以謹小慎微避李下瓜田之疑，其實並不符合儒家中道之義。訾謷者，就馬市長進出了幾次招待所相責難，亦屬文不對題。

——原載於九十二年十月七日《中國時報》

議大學

台中工業區廠商協進會日前向台中市政府提案要開闢聯外道路，市府則配合在都市計畫中檢討協調。但目前規畫三條路線，都要經過東海大學。一是經過其牧場，一是經過它的相思林，一是以隧道貫通其校園，也就是在那美麗的路思義教堂及宿舍等建築底下開腔破肚。

東海大學顯然不會同意這些設想。可是廠家勢大，市府看來也準備配合，將來強制徵收土地，東海恐怕也莫可奈何。

我與東海並無淵源，但讀到這樣的消息，頗有物傷其類之感。不只是因我也在大學任教，更因十七八年前，台中市就有關道路、穿校園之議。我曾在《中國時報》寫過一篇文章，叫〈一刀砍在大學的脊梁上〉。後來此議暫寢，我還深感慶幸了一番，孰料劫數似乎難逃。看這個社會仍在磨刀霍霍，準備對付著大學，殊覺惻然。

在我們社會中，會有此惻然之感的人，恐怕不多。這是個僞善的社會。殺了一隻羊，會有人起來串聯抗議、奔走呼號。殺了一所大學，大夥兒卻常無動於衷，甚且常樂於做幫兇。

而目前，大學亦是多事之秋。黑道進入校園、信徒干預校內人事、校長感嘆法令束縛過多……等，都是值得關注但卻少人聞問之事。東海大學這件事，或許也會如此。對校園師生及校友來說，異常嚴重之事，社會上可能僅視爲一樁可供談助之新聞而已。

對大學的冷漠，肇因於不了解。怎麼說呢？我們目前雖有一五〇所以上的大學，密度達亞洲之冠，但請問都是什麼樣的「大學」？圖書超過百萬的有幾家？大陸排名前一百名的大學，大概藏書就都超過二百萬冊；哈佛這類學校更不用說，藏書以千萬計。僅此一端，可概其餘。也就是說，台灣民眾其實很少看過眞正好大學的規模或規格，故常以爲發給學士文憑的職業訓練所或人力供應站這種機構就可以叫做大學；也不曉得大學要「養士」，可是所養之士卻須是不揖天子、不友諸侯，獨與天地精神相往來的。

這就是大學的規格。大學在其發展歷史上，先是與宗教分離，取得它獨立自主的位置，再則與政治權力分離，建立學術自由，追求普世價值與終極眞理的性格。繼而更要與世俗的權威分離。什麼是世俗的權威？例如社會流行的觀念、價值所形成的勢力，或金錢財富閥閱所擁有的力量、學派權威所奠立的學術社群網路等都是。大學也必須脫離這些，才能讓自由的心靈在其中翱翔。得要是這樣的機構，要有這樣的人物，才配稱爲是一所大學。

可是，不幸的，是我們社會上所認知或期待的，並不是這樣的大學。國家希望藉教育富國強兵，推動經濟發展（大學既只是襄協經濟發展之工具，爲了振興經濟，開通工業區聯外道路，大學當然就只好做些犧牲了）。個人希望大學能幫他獲得文憑，以改善個人社經地位（大學既只是翊翼個人提升其謀職條件之工具，達成謀職目的後，大學當然就視如敝屣了）。財團教團希望藉辦學來伸張其意志強化其社會影響（因此在無法貫徹其意志時，大學也就要遭殃了）。如此，如此，大學地位焉得不低？大學又怎麼辦得好？

在這樣的社會中，大學的處境當然十分蹇困。但台中市或許不應如是。胡志強市長是學者從政，本身又見識過什麼叫做好大學。他所寫的《向塔尖尋夢》，曾經鼓舞過許多嚮往自由的心靈，準備去大學中尋夢、去翱翔。想來他也不會樂見有一條馬路像穿越牛津大學那般，刺穿大學的心臟。

——原載於九十二年十月十二日《中國時報》

議科學

大陸發射神舟五號載人太空船成功了，舉國洋溢在一片歡樂氣氛中。這不僅是因爲可以加入太空俱樂部，也因爲此舉與研發出了原子彈一樣，圓了中國人一個企圖在科學上迎頭趕上西方的大夢。

民主與科學是五四運動以來，中國就一直要迎接的兩位先生。爲了迎迓「德先生」、「賽先生」他們兩位，花了無數金錢、用盡了無數人的青春和鮮血，如今才有一點兒成果，說來也著實要令人感慨萬千了。

不過，由於整個社會對科學與民主的期盼太殷切了，以致我們雖然在民主與科學方面眞正的成就不過一點點兒，但在意識領域，民主與科學卻極爲蓬勃乃至膨脹。什麼都要以科學民主爲標榜，竟變成了民主主義與科學主義氾濫的局面。

民主的問題且置勿論，茲先談科學與科學主義。科學需要對事物觀察、假設、實驗、再觀察；且爲取得精確的測量，必須運用數量方法；並爲確定反覆出現的狀況，而採用抽象化的公理或方程式來描述。可是，假如人們由此再跨進一步，認爲任何事物或道理未經上述科學方法證驗，便不值得採據或尊重，物質實在爲唯一實在，科學方法爲唯一測量之方法，只有機械性的知識才是唯一的知識，那麼，他就是個科學主義者了。

我們的社會，事實上就瀰漫著這樣一種氣氛或態度，連學術界也不例外。像「以科學方法整理國故」、「要把歷史學建設得像生物學、地質學一樣」、「科學的佛法」等說法，都是以科學方法為唯一有效的信念，要求人文學界也須予以採行的。社會學科長期均以社會科學自稱，有一段時間還強調要以行為科學為主，又或主張以社會科學方法來治史，也都屬於對科學的仿擬，其間充滿了對科學及科學方法的信仰。

為抗拒這種態度，人文學界也逐漸發展出一種反科學的態度和方法，從康德區分純粹理性和實踐理性以來，知識領域和道德領域便被認為是可以分立，且依從不同的理性來運作的。卡西勒《人文科學的邏輯》則希望建立自然科學以外的邏輯，這種邏輯五花八門，有人從設身處地的同體感說歷史詮釋的方法，有人由逆覺體證說良知如何覺察，有人則強調理性以外的非理性方法，例如直觀、冥契、默會致知、存在感受等等。

因此，科學主義反而激起了反科學的方法與態度。如今，史諾所說，兩種文化的斷裂，不只表現在人文學科和自然學科之間，也表現在方法和世界觀上，早期義大利人文主義傳統中像達文西那樣，對自然充滿好奇地去探究的科學精神，乃渺焉不存矣。

但科學與人文也許不必如此決裂才能保障人文的自主性。當代科學，其實已早非笛卡爾到牛頓的那一套了。過去科學總是給人系統、精準、明確、分析之感，可是量子論、相對論以降之科學，卻是混沌、模糊、非線性、整體性、複雜性的，充滿了以往我們描述的人文學之特點。科學之推展、創造力的源泉，更不是什麼理性與邏輯，而常是美感或幻想。

不是嗎？這些年科技的發展，跟科幻小說關係何等密切。一八九五年，英國科幻小說家威爾斯

(H.G.Wels)寫出《時光機器》後，就不知有多少科學家在研究如何製造這樣一部機器，以便穿梭於過去和未來。最近俄國《眞理報》還報導該國科學家正著手設計中，澳洲也正有科學家構想藉黑洞的時間膨脹效應來達成這個理想，其超時空大夢固然未必能成功，但科學起於想像，起於人對其自身過去與未來的關懷，豈不昭然若揭？

關於科學與人文這個課題，台灣只有《中國時報》闢有「時報科學人文」專版來討論，特以此文，略申其道不孤之贊云。

——原載於九十二年十月二十八日《中國時報》

議評鑑(一)

報端斗大標題，寫著「長庚竄起，政大暴跌」，令人悚然。原來是教育部公布了評比結果，形成了排行榜。在排名中居第一位的陽明大學校長十分快慰，強調教育部這次做的評比「全國沒半個人敢講話」，非常公正。

十分不幸，全國不是沒人敢講話，而是一片罵聲。因爲固然大學需要評鑑，但評鑑卻不該是這麼做的。

第一、大學的評鑑涉及廣泛，因此需要由許多面向、許多指標來綜合評比，切忌以單一標準爲衡斷依據。這次只以教師發表論文數來排序，當然不妥。論文發表得多，教學也一樣好嗎？做研究是反饋到教學活動中去了，還是妨礙了？是增強了學生的研究能力，抑或剝削了學生的腦力與勞力？是追逐著個人名望，還是提升了整個學術社群的發展？這些，都不是一個數字就能說明實況的，數量越多，有時反而顯示那個學校越糟。何況，僅就研究來說，這次只統計了科學引文索引、社會科學引文索引、工程索引。大學裡的研究，遠非這幾項索引所能涵蓋。故若換個計算方法，例如統計每校平均教師研究件數、獲得獎補助或委託研究之金額等，情況就會與現在大大不同。是以採用這樣的標準，來遽爾斷定大學的優劣，極不公平，對社會大眾，更是嚴重的誤導。

其次，我們要知道那據以爲標準的SCI（科學引文索引資料庫）、SSCI（社會科學引文資料庫）、EI（工程索引資料庫）又眞足以爲標準嗎？依此爲標準，不用說，一定是工程、科技、醫學類科領先。人文社會學科的學校，則大大吃虧。政大爲什麼排名下掉，爲什麼長庚、陽明、高雄醫大、台北科大名列前茅，都與這項據以評比的標準有關。教育部官員曾對評比結果，說了些難聽的話。例如說技職學校居然比許多大學還好啦，那些沒有論文上SCI、SSCI的師範院校教授都不知道躲到哪裡去了。這句話，一般社會人士搞不清楚SCI、SSCI是怎麼回事，說說也就罷了，職司高等教育者，竟也弄不清情況，迷信SCI、SSCI、EI，才眞是匪夷所思哩！

三、SCI、SSCI、EI這些索引數據背後蘊涵著一個更大的意識迷思，那是什麼呢？就是這些論文基本上必須以英文寫作，登刊上所謂「國際性學術期刊」，才較有可能被計算進去。可是，許多人文學科，重要的不是期刊論文，而是專著；許多研究領域或學科，自成格局，非「國際性學術期刊」所能衡定其價値。在那些所謂國際性期刊上用英文發表的文章，老實說，在某些領域是被嗤之以鼻或舉爲笑柄的。可是教育部及與英美世界文化依賴關係較深的主流學術群體，卻奉此爲圭臬，以之爲判準，這不是很奇怪嗎？

在這樣的事件背後，顯示了我們目前大學中正存在著一種虛矯的風氣，學校彷彿明星般，要在宣傳看板上爭排名。其實排名本非評鑑之目的，學校好不好主要也是依設校之理念來看的，並不存在一個通用的評鑑標準。一所學校若能完足它原先所楬櫫的理想，越辦越好，它就越値得鼓勵，而不必與別人爭排名、鬥閒氣。此乃辦學之正途。

可是，現在教育部卻爲了建立「退場機制」而橫生枝節，強將大象、貓、兔等性質各異者，併在一塊兒論強弱說短長，用的又是一種仰求於外卻非得之於己的標準，豈非治絲益棼乎？聞此虛妄之評鑑，竟不禁色然而喜的大學，則不自知其可羞也。

——原載於九十二年十月二十一日《中國時報》

議評鑑(二)

教育部公布公私立大學併技職學校的論文數量排名，原爲美意，希望能促進大學的競爭機制，讓排名殿後的學校知所警惕。不料發表以後，群情譁然。這幾天，報端討論已多，我們不擬重複，再把教育部罵一頓。我們想提出幾點建議，以協助教育部善後。

一、教育部應立刻聯繫國科會，重新研究檢討對於大學研究能量的評估指標。國科會、教育部職司提升各大學研究能量之重任，但長期以來，其評估指標就大成問題。一方面偏重於數量統計，忽視質的分析；另一方面則嚴重偏科技而輕人文；三則是強調規格化、標準化，而對創造性的或具異端、實驗、開拓型論文不予重視；四是計量單位極爲單調，基本上只以論文、技術專利等爲主，對於非論文型式的研究活動，例如論述專著、應用實例、發表展示、翻譯、導讀等均罕予關注。這樣的評鑑指標，不唯在大學中積怨已深，亦不利於國家科教發展，亟應藉此機會，通盤檢討。檢討時，尤不應再度忘了邀請人文藝術類科學者參加。

二、人文藝術類學科，也不是都沒有寫論文做研究的人，但他們的文章，怎麼可能收錄進SCI（自然科學論文索引）、SSCI（社會科學索引）或EI（工程論文索引）呢?教育部應該去A&HCI（藝術與人文社會科學論文索引）中找。這個索引全稱Arts and Humanitias Citation Idex、於一九七五年設立，現收錄一一二一種藝術與人文類期刊，視格比SCI、SSCI小得多，但要查人文藝術類論文，只能由這裡看，SCI、SSCI中是沒有的。

三、無論SSCI或A&HCI，都未收錄中文期刊。因此，教育部應聯合國科會，研議仿大陸近年發展CSSCI（中國社會科學論文索引）或CHSSCI（中國人文社會科學論文索引）之辦法，也建立一個收錄台灣中文期刊的索引資料庫。否則，就應考慮與大陸合作，共建一個世界華文人文社會學科論文索引。再者，則應與美國科學情報研究所聯繫，要求擴收中文期刊。以上這些建言，希望教育部官員能聽得進去。

——原載於九十二年十月二十三日《民生報》

議評鑑(三)

教育部公布以SCI、SSCI、EI爲評鑑依據的大學排名榜之後，果然引起眾多非議。排名在後的學校，皆以爲不公，認爲SCI與SSCI等論文索引資料並不足以呈現人文社會學科的研究實況。這個說法，當然是對的。不過，問題並不如此的簡單，爲了避免給人「爛學校找理由自我辯護」之感，且應在批評教育部做法不當之餘，提出一些建設性的建議，故特對此問題再做些釐清。

所謂SCI是美國科學情報研究所(ISI)於一九四五年創立，收錄科學技術期刊論文，涉及一六四個自然科學分支學科。SSCI則是沿襲SCI創立的，收錄社會科學期刊論文，涉及政治、法學、經濟學、社會學、管理學等，少數以實證方法做的教育學、語言學論文收錄其中，也包括著五十個左右社會科學分支學科。由這兩大系統來看，前者規模較大、歷史較久。因此，若一所大學是以自然科學爲主的，論文入錄之比例當然就會高得多。倘或再如教育部那樣，加上EI，即工程科論文數，數量自將差距更大。不過，假若一所以社科著名的大學，如政大或一些師範學校，登載到SSCI中的論文若太少，也同樣說不過去。

而SCI、SSCI這兩大系統之外，人文學科怎麼辦呢？教育部這次評鑑最荒唐處就在這裡，無怪乎會引起藝術類大學的巨大反彈。其實人文類學科也不是毫無評鑑資料的。與SSCI並列的A&HCI

（藝術與人文社會科學論文索引）就可以做爲指標之一。A&HCI創立於一九七五年，現收錄有一一二一種藝術與人文類期刊。教育部若眞想對大學的人文類科做評鑑，應找對門牌，不應去SCI、SSCI中找。

但是，無論SSCI或A&HCI，迄今都仍不收中文期刊，只有少數在兩岸三地以英文出版的期刊獲得計入。這對人文社會學科顯然異常不公平。人文社會學科不比自然科學，其人文性較強，往往與其社會、文化貼合緊密。非英文之論文不但數量會遠多於英文論述；其論述品質，在許多領域也遠高於該領域之英文論文。因此，以是否曾收錄於上述諸索引來衡量學者及學校，至顯偏頗。

那怎麼辦呢？大陸近年在發展CSSCI（中國社會科學論文索引），已收錄了四百多種期刊，目前仍在擴大且完善其篩選機制中。也有人建議將之改名爲CHSSCI（中國人文社會科學論文索引），以吸納人文類科。我覺得這個做法是值得借鏡的。台灣的人文社會學界，經過這次「被人看扁了」的事件衝擊後，我呼籲大家應正視這個問題，要不就仿大陸的做法，建立一個人文社會學科論文索引資料庫；要不就與大陸合作形成一個足與美國文化霸權相對觀的世界華文人文社會學科論文索引資料庫。如或以爲事情太過龐大，則至少應向美國科學情報研究所建議，把優秀的中文期刊都納入SSCI及A&HCI。因爲在SCI收錄的六〇四一種期刊中，已有百餘種中文期刊了。自然學科尚且可以如此，沒有理由人文及社會學科做不到。

天下事，輒多弔詭，一樁烏龍事件，也可能可以促成爲一件好事，端看教育部及我人文社會學界的同道如何因應了。

——原載於九十二年十月二十四日《聯合報》

第二輯

哀教育

哀大學

顏崑陽

在大學裡教書、做研究二十多年，從不曾像近些年來這麼不快樂！

我的不快樂，和個人的遭遇沒什麼關係，而是因爲整體的大學教育環境，這幾年間，已變到不適合有「自主性」的「人」去過了。甚至可以說，「人」根本在教育的決策中被「物化」了；剩下的只是還正在日趨擴張、繁密的法規、制度、結構、系統、策略，其宰制力非常強大，彷彿彌天蓋地的巨網。不幸的是，「人」即使可以無知到像一條「魚」，總還是會有些感覺吧！那麼，誰能回答我，在網中的魚，快樂嗎？

教育以「人」爲主體，不懂「人」或不把「人」當「人」看待者，即使憑空想出再多自以爲是的理論與規制，都不可能辦好教育。而人，卻是天地間最複雜的生命體。普遍的性情、心理，已不好懂了；實存於特定社會文化情境中，活生生的人性、人心更不好捉摸；懂得美國人者，並不一定就懂得台灣人。我們的教育決策者，懂得生活在台灣這個社會中的「人」嗎？在決策時，曾經虛心地瞭解他們在想些什麼、感受些什麼嗎？不管正面或負面，你所喜歡或不喜歡。假如沒有，那麼「人」就只是形同一堆棋子或積木，可以任由決策者去擺布、拼湊。然則，人，不是被「物化」了嗎？

近些年來，教育決策最大的問題是，少數有權力作決定的「專家」和「教育官僚」，坐在「天闕」上，憑空想像著種種複雜的法規、制度、結構、系統、策略，卻忘了那都是要給凡間的「人」去做的，而「人」既不是「棋子」也不是「積木」。他們自認爲有「國際眼光」，能遙遠地看到澳洲、看到美國、看到日本、看到中國大陸，卻不能切近地看到台灣當前的社會以及生活在其中的「人」。因此，澳洲在搞「九年一貫」的國民教育，我們也閉著眼睛跟著搞；美國加州在搞大學分類，我們也閉著眼睛跟著搞；日本和中國大陸在搞大學整併，我們也閉著眼睛跟著搞。這類教育上的「文化抄襲」或「文化自我殖民」，在台灣已搞了幾十年，到現在依然如此；而美其名曰「他山之石」，問題是那究竟是一塊「好石」或「壞石」，誰能確定？我們的社會文化主體性在哪裡？什麼時候，所謂「教育專家和官僚們」能用心地研究台灣這個社會，瞭解人們在想些什麼、感受些什麼，從而創設出適合台灣「人」去做的教育規制？

看近不看遠的人，注定會撞牆；然而，看遠不看近的人，也注定會踢到滿地的石塊。近些年的各項教育政策，幾乎剛起步，就被滿地石塊絆得一路踉蹌。難道，我們眞的不能遠近都看看嗎？

近些年來，怎麼看教育部都不像是教育部，而只是經濟部的分支機構，職司的是「經濟人力」的培訓。

在高等教育決策中，有二種分貝最高的聲音：一是大學整併；一是提升競爭力。把它換成白話，就是：辦大學，想要贏過別人，必須聯手起來打群架。然而，辦大學最重要的是各自追求優質的特色，而不一定非比個你輸我贏不可，「彼此競爭」眞的有必要被上綱到第一義的高度嗎？

爲什麼大學必須整併，才具有競爭力？他們說，因爲有很多大學「人數」不夠多，各種科系不完整，「經濟規模」不夠大，競爭力就必然不足。人多就有力量，拚起經濟來就一定會贏。然而，他們卻忘了，「人」不是「物」，其「力」不可量化。人多，可以是「合作」，也可以是「互耗」；其「用」在「心」而不在「形」。假如人多就一定會贏，這個邏輯有其必然性，那麼印度絕對比新加坡超過千萬倍的競爭力；而台灣也該及早匍匐在中國大陸的腳下了，我們還需要「莊敬自強」地「拚經濟」下去嗎？

大學整併之後，人數多了，科系多了；然而，因爲原本兩校各自不同的「文化」與「生態」所不可避免的人際衝突、互耗，可以預見只會降低競爭力，再費二十年都不見得恢復回來。因此，大學整併的政策，除了權宜地解決了師範院校的轉型、收拾過去廣設大學謬誤政策所造成的爛攤子、替政府節省些經費，而滿足「提升競爭力」的幻想之外；從「人」的角度去看，實在看不出對解決教育「本質性」的問題，能產生多少正面的效用。這是爲「末」而捨「本」的教育政策。

在大學整併的風潮中，我們眞的充分感受到，教育體制裡，本當是「主體」的「人」消失了，至少是被「物化」了，只像是一堆沒有思想、沒有感覺的積木，可以毫無選擇地被決策者堆砌成「規畫」中更大的城堡。從來沒有所謂「專家」或「教育官僚」，步下「天闕」降臨「凡間」，虛心地聽聽被整併的兩校成千上萬的師生們，在想些什麼、感受些什麼。只聽檯面上一個空洞的聲音說：「併不併，我們尊重大學自主的選擇。」但是，檯面下卻另有一個惡狠狠的聲音說：「不配合政策去整併，就刪減經費！」學生們在校園刊物中，痛切地批判：「這是政治謀殺教育！」然而學生們的聲音距離「天闕」也太遠了。

其實，「政治謀殺教育」並不始自今日，那已經是久遠的傳統。不同的是舊政治威權時代，從腦袋所裝載的「思想」下手；現在是所謂「民主自由」的時代，就改從肚子所需求的「錢」下手。觀察這幾年強勢的教育決策，一種以「經濟」爲招魂旛，「競爭力」爲符咒，「經費」和「員額」

爲法劍的「新威權」正在日益茁壯中。而我們這些在教育前線的「人」呀！已注定只是一堆棋子或積木了。那麼，凡是還有些思想與感覺的「人」，你快樂嗎？

大學想要提高「競爭力」，當然需要「錢」。想要「錢」，就來「搶」；想要搶贏，當然就要人多勢眾。那麼，大學整併吧！聯盟吧！教育部的配套措施，就是訂立好幾種搶錢的遊戲規則。爲了提高大家搶錢的需求性，便削減各大學被視爲「不勞而獲」的補助款，讓你處在餓肚子的邊緣，尤其那些連走路都還不穩的新設大學，想要吃得飽，就努力撰寫計畫，按照遊戲規則來搶錢吧！

於是乎，各大學的校長、教師們，別只忙著教學、做研究與社會服務；趕緊發揮聰明才智，合縱連橫，展開資源的「合法集體掠奪」遊戲。可以想見，幼兒般的新設大學當然搶不贏壯漢般的舊大學。在「大學分類」的配套措施之下，資源被政策性地偏重在少數幾個受教育部指定爲「研究型」的大學身上，而美其名曰「打造世界一流大學」。這彷彿在一個家庭中，威權的父母強制剝奪小兒子嗷嗷待哺的奶粉錢，給已經夠強壯的大兒子去吃補藥。如今，我們才明白，原來「研究型大學」不是大學自己發願定位、用心努力就能當上的，而是公權力指定出來的。教育部三令五申，禁止中小學替學生能力分班，卻自己在替大學做能力分班。如今，我們也才明白，世界一流的大學，不是靠教師們在學術上自覺的「理想」精神與「創造」能力建立出來的，而是靠政府撒下大把鈔票硬生生「打造」出來的。

這樣的政策似是而非，假如略懂人性，不用實驗也知道，大學裡的研究、教學品質還見不到提升效果之前，人的那種「貪利好爭」的劣根性已被誘發無遺。因此，全國各大學從校長到教師們，爲錢抓狂，彼此成爲假想敵。不用等到站上「全球化」的舞台，去和他國競爭，我們已自家內耗到筋疲力盡；而人性也將異化到難以想像的境地。大學與大學之間更是貧富懸殊、階級分化；而一片

「不平」之氣也隱然滋生。這樣的現象卻是由教育政策去引導，而發生在「人性最後堡壘」的大學裡！豈不可哀？

這果眞是「時勢」所趨嗎？被過度膨脹的「全球化競爭」是不是已成爲社會集體的「被迫害妄想症」呢？教育政策眞的不得不如此充滿「政客」與「商賈」色彩嗎？「競爭」是「政客」與「商賈」的基本性格，卻絕對不是「教育」的本質。教育的本質與終極目的，在乎「成人」，也就是幫助受教育者完成明辨是非、賞味美醜、判斷眞假、創造公利的完整人格；這是常識而已，並非什麼高深的理論。然而，近些年來，決策者經常囂囂然高唱著「競爭力」，將它當作是教育唯一而終極的目的。「競爭力」主要取決於「人」的素質，「結構」與「策略」都屬次要。即使，因應於工商時代，不得不以「競爭力」爲中心去衡定現代人的人格。「競爭力」也絕不能只簡化爲人們的語文、資訊與一兩項專業知識與技能而已，甚至把「人」異化爲競逐功利的「工具」。它必然是統整了專業的創造力、全方位視域的價値觀，良性的人際互動智能等人格特質。然而，似乎從未聽過教育決策者清楚正確地指示我們：「什麼樣的人格特質才具有競爭力」，而什麼樣的教育才能培養具有競爭力的人？只是一味地從大學整併的「結構」面與經費分配的「策略」面做強勢操盤，企圖藉此提升大學「競爭力」，以期在「全球化」工商科技競爭的浪潮中收到短程的效益。教育豈可如此急功近利？這樣的教育政策，必然不可避免地對「人格」教育造成簡化、扭曲的誤導，可謂急於「用」而不知「體」。短期間，配合「拚經濟」的時潮，彷彿服用壯陽藥，表面似乎有些力氣起來；但長遠去看，卻從根元處在腐蝕台灣的人性與社會力。台灣當前的情況，從發燒、咳嗽、四肢無力的表面症狀來看，是「經濟不景氣」；但從內在體質上的免疫力去看，眞正的病因卻是「人心不景氣」。不能只從「經濟」去拚經濟，而應兼從「人心」去拚經濟。「經濟」問題是經建會與經濟部的責任；「人心」問題，才是教育部的責任。台灣這個社會已「唯利是圖」、「惡質競爭」到人心惶亂，風氣敗壞，賺再多錢都不快樂，甚至很多人只要有本事就想「遠離台灣」。我們的教育決策者，即使拿不出辦法，至少也不必火上加油、推波助瀾而「爲淵驅魚」啊！

已矣夫！教育部是經濟部的分支機構，而大學也已成爲教育部分設各地的「經濟人力」培訓所，甚至是以「知識」爲產品的公司或工廠。校長是總經理，院長是各部門經理，系所主管是專司某項業務的課長或組長，教師是生產線上的領班或工頭，學生是實習的工人或學徒。從總經理到各級經理、課長、領班，最迫切的任務是針對搶錢遊戲與政府所「規畫」的「知識經濟」市場，撰寫各項計畫書，爲本「公司」多爭取資源。於是乎，什麼「奈米科技」、什麼「生物科技」，什麼最流行、最賺錢，就一窩蜂地計畫去研究什麼。至於學術的多元性，個人因材適學的自主性，完全模糊了，消蝕了。賺錢最多的學門，站在中心；不賺錢的學門，靠邊站。教師之間，以學術的「經濟效益」爲判準的階級文化，也隱然在形成。尤有甚者，聽說還有一項政策在醞釀，即大學要新設什麼科系，教育部先「規畫」好，再由各大學撰寫計畫書來「競標」，「員額」與「經費」的成本最低者得標。看來教育「自由市場」的時代已過去了，而政府強勢主導的「計畫市場」時代也已來臨了。學術自主性強的大學與教師們，你們快樂嗎？

現今的大學校長，有時候也眞是讓人同情。面對決策高層以「員額」和「經費」掐住大學七寸的高教環境，「務實」都已焦頭爛額了，想要挺胸昂首，爲大學教育「成人」的「理想」高瞻遠矚地領航，戛戛乎其難哉！原本地位及責任都非常崇高的大學校長，在這時代已被「經理人化」，甚至「科員化」了。不過，我們仍然期待能出現像蔡元培、胡適、梅貽琦、傅斯年這樣立得高、挺得直的校長。

至於教師們，不能說完全沒有懷抱理想而卓然有成的人士。但是，也不可否認的，環境所趨，多的是患有「狹心症」、「冷感症」、「焦慮症」者，把自己關進研究室或實驗室，心眼中的世界，就狹窄到只剩下幾個燒杯、一部電腦或一堆圖書，對時代社會的公共議題沒有感受也不關懷。因爲在過多無謂的「假性競爭」壓力下，如何大「量」地撰寫計畫，製造研究成果，爲學校多賺些錢，以保住自己的飯碗，就夠他們焦慮了。奢談「理想」，就是呆子。影響所及，大學生唯功利取向而缺乏理想。這種校園文化，也就可以想見了。

大學教育在「唯功利」的價値窄視中，淪失理想，而被徹底產業化、商品化，這恐怕是高等教育史上最大的劫難。重建大學教育的「人本」精神如何可能？人，不是化學實驗室裡的元素，也不是物理槓桿上的物體，更不是經濟生產中的物料或工具。教育之務，最怕的並非沒有意見的「專家」與不做事的「官僚」，而是企圖「大有爲」卻又昧於世情而不知人性人心的所謂專家、官僚們。國防、交通、經濟等，都必須「大有爲」。只有教育、文化，在「有爲」的行動之前，多少要有些「無爲」的智慧。作之君、作之父的「大有爲」政策，可能會治絲益棼，適得其反！

——原載於九十二年三月二十八日《聯合報》副刊

同聲一哀

讀了聯副三月二十八日顏崑陽的〈哀大學〉，不知怎地，想起了哈利斯(Kevin Harris)《教師與階級》一書。

那本書，批判資本主義教育體系，追究教師失敗(teacher failure)之源。謂教師之所以深感挫折，乃是因爲他們一直處在理想與現實的磨石間。教育的理想，是希望教育每一個人，使之臻於完善；可是現實上，學校卻只是一處社會化的機構，國家或社會企圖通過學校，使據支配地位的價值、規範和信念體系，制度化地把人整合進它們那個染缸中。因此，學校一面號稱在從事教育，一面卻根本不關心教育，其主要活動均在促進社會關係再生產之總體態勢。教師生活在這一機構中，怎能不覺沮喪呢？

不幸的是，沮喪的教師並沒有被教育主事者或社會重視，教育部和社會大抵上是「哀教師」。認爲問題出在教師不配合、素質太差、不現實、懶惰、保守等等，所以要用更社會化的方法，例如建立競爭機制、提供經費獎懲、強制教師進修等，來消解大學與教師間的齟齬，讓大學能更順利地成爲社會化的工具。

顏崑陽的〈哀大學〉，恰好是反過來，批判教育部，以紓解教師之憤。他雖未由此進而反省政府與政策實施此種大學制度的社會因素，但對整個大學結構上的危機，他的描述，實與哈利斯之分析大體相似，更是現今大學教師的普遍心聲。

據我們的看法，大學目前存在的體質或結構危機，在於它逸離了教育的本質，成爲社會化的機構。因爲是個機構，所以它的法規、制度、系統、科層框架越來越複雜，越來越嚴密，越來越令想在其中優游論道、潛心向學者感到窒息，覺得不自在。簿書期會、法令規章，以及行政組織中的機構行爲，比重漸漸超過了我們讀書做學問和教學的時間，要花更多精神去對付。人在組織中競爭洊升，政治化行動，也遠比治學執教更重要。

而又因它是個社會化的機構，因此它反映或深嵌於整個資本主義社會體質之中。大學越來越像個企業，也被期許爲企業或認爲它就該爲企業服務。

因爲它像個企業，故越來越想模仿企業整併、獨占市場、掠奪資源、計較成本效益等方法來發展。越來越以能「用企業管理經營大學」自詡，而絲毫不以爲恥。

因爲它被期許爲企業，故國家與社會一再要求它能具有產出能力，對於社會經濟發展會有貢獻。例如它的研究能協助生產技術創新，其知識可提升企業獲利，其產品（畢業生）可投入企業人力供給之類。大學成爲企業之人力培訓基地。不但每年社會上會發表「哪個學校畢業生最受企業歡迎」的調查，各校內部的權力結構和外界聲望，大抵也以學生畢業出路來衡量。因此教育部不只要求各校要輔導學生就業，亦鼓勵大學與企業合作。近日更有一議，居然要設立企業大學，在企業內部開設進修班，逕行授予學位了。

顏崑陽所說，現在的教育，一方面只憑空去想一些法規制度結構系統，而忽略了人；一方面又透過整併及經費分配，把大學產業化、商品化，教育部越來越像經濟部之分支，講的就是這麼個困局。

在這個困局中，懷抱人文理想的人和學校，當然十分鬱卒。但並非所有人都如此。處此時會，見獵心喜，以為可以火中取栗，或一展其「經理人性格」之長才者，亦不乏其人。把學校當成商場或政界，來此施展其拳腳者，除了教師，還有學生。風氣澆薄，相率於祿利之途。這種風氣，因獲得社會性支持，反而在校園裡勢頭越來越大。大學的理想、人文的精神，漸就澌滅，行將無復孑遺了。

因此，大學是可以唱哀歌了。我自己雖擔任著一所大學的校長，卻不曉得我和我們學校，在這個值得哀輓的時代，還能堅持多久，所堅持的意義又能被社會理解多少，或被大學同道們認同多少？所見之大學環境日漸沉入昏暗沒有光的境域，心情是非常蕭瑟的。故讀到崑陽的哀辭，不免也同聲一哀。但我知道，哀音雖然激楚，迷金醉紙之人恐怕聽聞不著哩。

——原載於九十一年三月二十九日《聯合報》副刊

教育哀辭四十一則

1

中央研究院院長李遠哲，日昨發表演講，指出：大學變成普及教育是好事，可提升整體社會水準。過去聯考競爭激烈、補習發達，選填志願按順序排，現在則改善了許多。到了大家都有大學念的時候，自然就會逐漸朝自己興趣去發展，不會勉強去讀缺乏興趣的學科。相應於這個趨勢，他也呼籲每所大學要有自己的理念，這樣大家就都是「最好的大學」，年輕人都可以進最好的大學就讀，就不是夢了。教育部則應提早著手高教分類，分爲教學型、研究型、專業型、社區型大學，讓每個小孩都可念合適的學校。

李院長關心教育，世所共知。但過去他主持教改，則毀譽參半。原因在哪兒呢？在於他雖關心教育，卻不甚懂教育，以致發言空陳理念，徵諸實際，輒多枘鑿。此處所言，亦復如是。

他的想法，是利用大學分級、廣設大學來減少競爭壓力，使學生可依性向及能力讀到適合的學校。但是，自教改以來，十年間，補習業是更發達了，還是更蕭條了？大學入學競爭是更激烈了，還是更輕鬆了？人人都是大學生之後，考生選填志願，是更依性向志趣，還是硬擠熱門科系？答案非常明顯，李院長那一套，在實驗中早已證明了它是行不通的，只達成了完全相反的效果。

何以會如此？原因很簡單：人人都有大學讀以後，人們必然以讀好大學爲追求目標。爲了進好大學，競爭一定比只爲了想讀大學激烈。人人都是大學生以後，當然又須再讀研究所才較具社會競爭力，於是考試及補習的壓力又往上延伸到研究所。

那麼，有沒有可能如李先生所想的，透過大學分級，讓每所大學都是「最好的大學」呢？絕無可能。試想：一旦分了級，不也就分出了好大學、次好大學、較差大學和爛大學嗎？辦學的人，若有資源及能力，一定希望把自己的學校提升爲研究型大學。考學校的人，只要考得上，也絕不甘於去讀社區大學。社區大學的師資、設備、課程，也一定不及研究型大學。在這種情況下，說每個學校都會是最好的大學，不就跡近於耍嘴皮子嗎？故李院長今後仍以專心科學研究爲宜，教育事務，恐怕少談些較好。

2

中研院院長李遠哲又針對「教改」問題發言了。但這次並非表示願對教改之失敗負責，亦非針對九二八教師遊行之議題與訴求表示回應，而是抱怨外界正在有計畫地抹黑他。說是因他上次選舉時大力挺扁，故失敗的一方藉教改議題刻意抹黑他。

對於李院長這番話，我們深有感觸。

感觸之一，是李院長擔任中研院院長，權責工作是提升我國研究水準，率領好中研院。可是，李院長就任迄今，無人了解中研院到底辦好了沒有，也無人感受到吾國科研水準業已提升。只知道李先生擔任教改諮議委員會召集人，從事九二一重建工作，大選時戮力挺扁，選後擔任國師，負責兩岸小組等等。而這些工作，除了挺扁成功以外，可說無一不失敗或至少是毀多於譽的。又無一非中研院長職司以外之事。雖說李院長才具兼備、使命感又特強，但如此勤於外務，各界觀感實在欠佳；何況幹外務也沒幹好，豈能怪人批評？甚望今後我們能多聽到李先生在本行及職司領域內的發言，越少涉及政治口水戰則越好。

感觸之二，是我國傳統上總希望知識分子能具有反躬自省的能力。這種能力比知識分子底具有批判社會的能力更重要。可是，李先生顯然不具此等能力。教改惹起如斯滔天巨浪，李先生為教改之領袖人物，不僅迄今仍表示毫無責任，更把反省教改或指出教改有問題的人，一概指為選舉失利後的抹黑。這就不只是缺乏自省能力而已了。說別人抹黑他，而實是他自己在抹黑別人。如此行為，殊令期望他成為當代知識分子典範的人大大失所望。

感觸之三，是李先生目前對教改問題的發言，都環繞在個人榮辱的層次，說外界不應把失敗之責歸咎給他，甚或懷疑別人蓄意報復，都是個人層面的考量。知識分子珍惜羽毛，無可厚非，但此中不顯得李先生只注意自己的名聲和感受，而不太能體會國人在教改中的煎熬與傷害嗎？對於被實驗、受痛苦的學童及其家庭，現在該怎麼辦才能減低其痛苦，李先生或許該想想了，別老是妄想別人在藉機會修理他。

3

中研院院長李遠哲，日昨赴宜蘭主持中研院動物研究所臨海站啓用儀式時，表示他雖曾擔任教改委員會召集人，但報告書送交連戰後，執行工作應由連戰負責，故外界不應認爲他應爲教改失敗負責。

此話一出，當然又引起泛藍泛綠一片口水戰。我們則覺得醫生治死了人，動手術的誠然有責任，開藥方、做技術指導的人焉能推得一乾二淨？何況，今日教改到底是在執行面上出問題，還是原先就診斷錯了病因、開錯了藥方呢？

昔年教改，提出廣設高中大學、廢除高職、多元入學、九年一貫、一綱多本等主張或辦法，後來連戰、陳水扁據以施政。如今民怨沸騰，新政府卻先是強調教改已成功，謂批評教改者爲政治運作、爲保守勢力反撲；嗣見情勢不妙，乃急忙將罪過推到舊政府頭上。反正千錯萬錯，這些昔年藉教改以取得政權的人都沒錯。錯的不是舊政府、就是基層公務員、教師，或不願配合的家長、無法改革的傳統風氣等等。政治人物如此耍弄口舌，還則罷了。現在連中研院院長，士林之表率人物，也推諉其責，就不免讓人慨嘆萬分了。

政治學者韋伯曾提出「責任倫理」之說，勇於負責是一種倫理態度。莫說昔年教改之政策，係由李遠哲所主導，就算李先生自己覺得措思良善而執行迄今不如人意，亦應有「我不殺伯仁，伯仁因我而死」之愧憾才是，何能一舉推卸？李先生此等行爲，殊失身分。

同時，李先生也沒有注意到：談教育問題時，他不出席全國教育會議，卻在一個毫不相干的場合，講這些不適當的話，這顯然也是頗不得體的。

深一層看，李先生自獲諾貝爾獎以來，不是一直如此嗎？以化學專家職掌研究院，卻在教育領域運籌帷幄，又擔任九二一重建之重任、呼籲選陳水扁以免沉淪、主持兩岸小組等等。結果卻是教改失敗、重建乏功、陳水扁選上而台灣沉淪更甚、兩岸關係漸趨冰凍……。不恰當的人，放在不恰當的位置。說不恰當的話，這不正是違反責任倫理之事嗎？天下興亡，匹夫有責，但須遵守責任倫理，否則就會變成下一個李遠哲。知識分子，尚慎旃哉！

4

學術界目前已有上百人連署「反教改」宣言，並預定本周日要召開記者會，共同呼籲政府用心檢討教改政策。

據這些人士的看法，整個教改是失敗的，包括多元入學方案、九年一貫課程、教科書一綱多本、教授治校、廣設高中大學等，都已成爲教育之亂象，對學生、家長、教育工作人員造成嚴重之困擾。而其原因在於：許多事，外行領導內行，不了解國內教育狀況及問題根源；政治力介入干預太甚，如小學低年級要學母語等多項音標；創造口號，走民粹模式，變成「喊爽」，例如提倡廣設高中大學，結果大學太多，反而形成問題。

教改，是十幾年來政府持續推動的工程，今天教改失敗之結果，自然不能把責任全歸給陳水扁政府。但陳水扁政府之所以能執政，確實又與教改極有關係。因爲昔年推動教改者，正是與民進黨一起打拚的同盟軍，大家共擎「改革」大旗以挑戰舊體制。故新政府中不乏新貴即是「學運」、

「教改」中人。在李登輝主政時期，主持教改大政者，也正是陳水扁的主要支持者李遠哲。因此，陳水扁及其政府，至今仍認爲教改是其主要成就之一，陳總統日昨宣稱「教改成功」，即爲此一心態之表現。

但民間普遍觀感恰好相反，教改不是成功的，而是越改越亂，越改越令老師、學生、家長抱怨連天，而且越來越看不出有何理想性。對於這樣的教改，希望能暫緩步調、或懸崖勒馬、或改弦易轍者，實乃大有人在。可是，一碰這個問題，教改人士及政府就立刻防衛起來，如刺蝟一般，且反指批評者爲保守勢力、泛藍陣營云云。

這樣下去，是不行的。教改之功過，路人皆知。現今學界連署反教改宣言，只是有人出來帶頭喊「國王原來並沒有穿衣服」而已。不管昔年推動教改者有多麼崇高的理想、多麼純善的動機，都不能硬嘴說教改是成功的，也不能不面對收拾爛攤子的責任。

因此，與其讓教改與反教改雙方再糾纏於無謂的意氣或意見爭執中，我們建議政府跳開與教改人士站在一邊的立場，以中立客觀的態度，舉辦全國教育改革檢討會議，重新思考未來應走的方向！

5

今年國中三年級應屆畢業生，此刻是最難熬的階段了。他們被當成白老鼠，正在接受實驗檢測。一場基本學力測驗考下來，人人叫苦不迭。教育主管當局也亂成一團，教育部和台北市教育局甚至還爲了要不要公布組距而吵了起來。一場令人期待的入學新方案改革，鬧到這個地步，怎不教人撫膺長嘆？

昔年教改，由李遠哲領軍，聲勢壯大，針對教育體制提出了多項興革辦法，其中尤以改變高中、大學入學方式最爲重要。新的入學方案，希望能兼顧考生素質差異、降低考生壓力、消除明星學校、減少升學競爭、提供多元入學管道。這個方案，去年已經大學入學考試局部實施，許多學校均感適應不良；今年用在高中入學上，更令大家「霧煞煞」。

新入學方案，從理念層次上看，立意良善，也不能說不好，尤其是針對舊有制度之缺失而設，補偏救弊，確實也是用心良苦。但基本問題在於規畫者大多不嫻實務，僅從理念上考慮問題，以致施行起來窒礙甚多，基層教師大多無法認同，學生也弄不懂。其次是多元之精神並不一定得用這麼複雜的辦法來體現。目前的制度，其實是增加了考試的次數與種類，複雜了成績計算的方式，添入了許多不確定的因素，以致考生、家長、學校無所適從。不但未減少升學壓力，考生花在對付這套新辦法上的心力，就夠受的了。教改諸公，不知「令簡則易知，命簡則易從」的道理，才會把辦法設計成這個樣子。

再者，我國教育的城鄉差距甚大，主持教改的先生們希望能透過考試制度之調整來改變這個現象。而實施的結果，恰好相反。因爲成績上的百分比是以全國爲標準的，考生爲了爭取好學校，勢必越區至學測成績較好的地區去就學。同時，許多縣市並無太多學校可供選擇，考生也只好越區至學校甚或名校較多之處就學。情況比從前聯考還要嚴重。

我國的教育，病灶在於以考試引導教學。爲了改革此一弊端，教改企圖從改革考試制度入手，以爲可以矯枉。殊不知這仍是以考試引導教學的思路，以水濟水，未見其可也。於今之計，應該是幡然改途。教育部應立刻召開專案研究會議，盡速提出修正方案；然後重新調整戰略，從教育目標和教育方法的改革入手，才能眞正起沉痾而興人才。

6

教改爭論中，高等教育擴充太快，近日已成熱門話題。日昨立委許淵明召開記者會，批評高等教育自民國八十四年教改啓動以來，八年間增加了八十一所大學。研究所，於八十四至八十八年，五年間增加了六四五所，平均一年增加一二九所。民進黨執政以後，三年又增加了八七四所，平均一年增加二九一所，是從前的兩倍多。研究生，則近三年也增加了五萬四千九百人。大學生更是三年來增加了三十一萬。

教改的口號之一，是「廣設高中大學」。如今大學太多，導致教育品質下降、學歷貶值等問題，當非始料所及，批評者對此亦已有許多討論。我們該怎麼看呢？

平情而論，高等教育的成長與發展是必須的。台灣在過去，對此管制太嚴，所以大學數量不足，研究所教育尤其單薄。因此教改提出廣設大學的呼籲，意在追求教育鬆綁，以發達高等教育，確有其必要。近年研究所教育蓬勃，事實上也表現了台灣學術的發展，比從前研究所稀少時，進步甚多，不可同日而語。這是批評者在強調教育品質下降時所忽略的。

由於批評者認爲整體上大學設立浮濫，成長過快，所以多將改善之道放在加強評鑑上。加強評鑑，當然是對的。但重視評鑑，且以評鑑結果決定發給獎補助款的額度，正是目前的措施，且已行之有年。故大學及研究所設立浮濫、教育品質下降，其實不如想像之甚。未來要再強化評鑑，甚或建立「退場機制」，當然也很好。但有兩點必須注意：一、評鑑，再依此給予獎懲，對大學的辦學自主性，事實上是有影響的。斯乃一刀之兩刃，運用起來必須非常小心，否則就會干預到學術的發展。二、退場機制，說來容易做來難。只要有學生願意去念，教育部就無法強制它減班裁校。因此，退不退場，不取決於政府之公權力運用，而是由市場競爭來看的。

換言之，要進大學、研究所就學的人多，大學及研究所才會越來越多。大學及研究所多了，競爭也就越來越激烈。教育部的工作，乃是建立公平合理的競爭機制。在合理競爭之下，窳劣的學校自然為人所鄙視，其文憑也無甚用處，大學分級也就自然形成了。教育部應由此著手，不必費勁去研擬什麼退場機制或大學分級辦法。

7

依教育部公布的〈我國高等教育素質與亞洲鄰近國家的比較〉顯示：我國高等教育人口比例僅次於韓國，但在師生比、留學生人數、外語能力方面均不及日本、韓國、香港等地。因此引起國內不少人士憂心。

這分調查的評比並不可靠，例如我國高教人口雖占千分之四十四，低於韓國的千分之六十。但學齡人口中高教生的比例卻較高，也就是說想就學的年輕人大抵都有大專院校可以讀，留學生的比例當然就下降了。香港早先本是英國殖民地，英語為第一語言，其大學生「外語」能力優於我國學生又有什麼好奇怪的？真正的大學生「素質」問題，其實不在留學生多少或外文能力好不好這些地方，只從這些地方談素質，是弄錯了問題。

但我們也不否認我國高教學生素質日差。最近《商業周刊》公布的台灣大學競爭力調查，認為目前大學生整體表現不如十年前的大學生。百分之六十二的受訪者還擔心，台灣大學生的競爭力未來將不如大陸。這次受訪的教授三百人，每人都有十年以上的教書經驗，因此他們的評價非常值得重視。據這些教授們看，整體大學生的表現低於平均值，其未來之競爭力亦令人憂心。

爲何現在大學生素質如此之差？現今許多大學校長都歸咎高教經費之緊縮，謂台灣每位大學生單位成本公立大學二十二萬、私校十二萬，可是日本高達一百八十萬，香港中文大學九十萬，韓國三十六萬。教育投資不足，造成學生素質低落。

這可能是個原因。但這個原因無法解釋爲何現在的學生竟會比十年前還差，甚至比大陸更差。十年前的台灣和現在的大陸，教育經費都遠不如現今台灣，何以那時大學生反而比較好？道理其實非常簡單：現今大學增多了，以往考不上學校的學生都成爲大學生了，學生的整體素質本來就較差。其次，中小學「教改」改來改去，學生的程度其實也在下降，進到大學裡去的學生，素質亦早已大不如前。而面對這些素質已低的學生，現今大學卻放棄了「嚴管勤教」的角色，大扮聖誕老公公。學分數要求要低、課程要鬆軟可口、講課要活潑輕鬆、考試要有彈性、校風要自由開放，結果是學校販售了學位，學生換取了嘻嘻哈哈的幾年快樂時光，上下交征利，相率以嬉頽而已。風氣如此，素質焉得不壞？要拯救大學，首先應看到這一點。

8

美國《華盛頓郵報》近日報導：美國各大學博士班對研究生之要求越來越寬鬆，取得學位者激增，今年即將有四萬兩千名新科博士。每年博士人數成長量也很驚人，人文科的博士學位成長幅度即高達百分之十一。許多奇奇怪怪的學科則應運而興，諸如人類營養博士、時裝銷售博士、家庭研究博士等等。讀博士好像也不再是多麼困難的事，各界都認爲博士課程的壓力正在下降中，比從前更輕鬆就可取得學位。一些科門，甚至開放以其他成就來代替論文寫作。例如一位經營公司成功的人士，便可以他的經營業績爲成績，不必再寫論文，大大放寬了企業界、政界人士獲得博士學位的門路。

美國的情況如此，台灣何獨不然？現在，大學部分，因大學暴增至一五六所，而高中學生每年都在減少，故事實上已經達到普及化效果了。大學畢業，成了社會上青年非常普遍的資歷。因此，希望更具社會競爭力者，自然就會去報考研究所。研究所每年報考人次達到十二萬以上，比考大學的人還要多，正可見需求之殷切。在這種情況下，碩士班、博士班逐漸擴增，乃勢所必至之事。昔日所謂高等教育，今則已成普及教育矣。

戲謔者常開玩笑說這叫做「碩士滿街走，博士多如狗」。謔而近虐，卻也點出了高等教育向上擴張的問題。

問題之一在於名實不副。博士之所以令社會人士歆羨，千方百計要弄一個博士名銜來掛掛，是因它具有學術上的尊貴性，起碼要經一番苦讀及時間的熬鍊。可是現今學位越來越容易取得，文憑廣散，不免有些貶了值，既不稀少，也缺少學術上的「含金量」。卻仍能讓持有博士學位者，在名實不副的間隙中遊走獲利，令人覺得不符社會正義原則。

其次是獲利者多半爲社會上有權有錢有勢的階層。他們以較差的資質、較少的學習投入，找著較特殊的管道，便能弋獲學位，益發令人不平。

三則是促進了大學體制的墮落。大學財務壓力漸增，改善之道，首在販售學位。博士越收越多，極少是因學術理由，極多是爲了發展政商關係，及擴大學術地盤勢力。故對博士的學術要求也越來越不當一回事。

台灣的教育部，在面對這些情況時，不知是想助紂爲虐呢？抑或是想挽狂瀾於既倒？

9

全球化趨勢中，大學會有什麼變化呢？

國內大專院校擴張迅速，目前大學已達一四八所，尚有幾十所在籌備。可是學生的來源卻越來越少。明年考大學、四技二專的學生人數已少得讓許多學校招不足額。因爲現今我國大專院校學生人數爲一百一十八萬，而今年我國十六歲的總人口才三十三萬七千人。明年更只有三十萬五千人。因此，招不足額乃是必然的。

在生源不足的情況下，教育部所應採取的措施，一是審核新增院校的作業須更嚴謹，二是對現有大學增班擴編的辦法也要嚴核，三是促使教育競爭環境改善成爲一個公平合理的競技舞台，讓大學可以藉提升競爭力來擴大生存空間，四就是考慮爭取外國學生來台就讀。

最後這一點最值得注意。歐美大學早就因高教擴張及其他因素，發展了向外招生的生存策略，每年來亞洲辦教育展、做教育諮詢，爭取亞洲地區學生去歐美就學。我國若要爭取外國學生來台，教育部國際文教處應參考外國政府與大學之做法，協助大學赴海外辦理說明會、教育展及招生作業。

但我們要怎麼爭取外國學生來台呢？歐美學生，除非是來研讀東方歷史、文化、宗教、藝術、政經發展，否則很難考慮台灣。中研院準備以英語、科技課程招收國際學院學生而失敗，就是個慘痛的教訓。也就是說我們必須明白我們的強項何在。但偏偏這個外人認為的強項，在我們高等教育中是個弱項，這就難辦了。除非我們能針對國際需求，調整我們的體質、強化有關東方人文社會之研究與教學，否則誰會來呢？

其次，我們在國際市場上與歐美大學競爭，大概只能爭取到第三世界國家的學生。這些地區學生語言複雜、文化互異，絕不能奢想以英語教學就能打發。我們的大學，恐怕也沒有應付這種全球招生的本領。因此，就近號召華人子弟返台就學，應是第一步該做的事。次則是開放大陸學生來台求學。

開放大陸學生來台讀大學，是規畫十幾年的老案子，但政府拖延至今，只開放大陸大學生、研究生來台遊學，可謂為德不卒，未達政策效果。為因應台灣教育發展之困局，我們希望政府能再慎重考慮本案。

10

據教育部統計，我國大專院校已增至一百五十所，學生人數超過百萬人。但公私立大學失衡現象非常嚴重。一萬名學生以上的學校四十所中，只有六所是公立，而像東華、暨南這些公立大學，校地極大，學生卻只有幾千人。

這種統計，有幾點值得深入討論之處。一、大專院校的擴張，其實並不如想像之甚。因為民國六十五年時，我國大專院校就已多達一〇一所，二十五年才成長到現今一五〇所，豈能謂快？問題在於：過去專科占三分之二以上，現在專校則已減至廿三所。所以，擴張幅度太大的，是專校改制爲大學。這個發展趨向，才導致大部分私校人數太多。

二、私校只有十七校人數少於五千人，其餘卅一校爲萬餘人。這些私校，有些是因成立時間尚短，假以時日，大多也會發展成兩萬人以上的大學。可是公立大學除了台大以外，無兩萬人以上的學校。爲什麼？是私立大學擁有較多資源，可以培養較多的學生嗎？不是，恰好相反。公立大學，教育資源豐富，可是不願多收學生；私校教育資源較遜，偏偏要廣爲招徠。關鍵在於財務結構不同。私校以學費收入爲主，學生越多，收入越多，何樂而不爲？

三、私校中，由專科改制而成之大學，本來師生結構即不健全，學生已偏多了。現在大量轉型爲大學，校地、設備、師資或未能適量調整，學生人數過多的問題遂越來越嚴重。

要解決這些問題，我們建議：一、繼續擴大私校獎補助款的差距，教育資源投入多的私校，給予較高額的獎助，使私校也能以精緻辦學爲目標，不必仍採多招學生多收費的經營模式。二、私校補助款不應再以學生數來計算。曾有私校以獲得教育部最多補助爲其辦學績效之宣傳，社會大眾搞不清楚，以爲該校一定非常傑出，不曉得補助款只是依人數核發的。這種方式，對精緻辦學者極不公平。三、公立大學應准許彈性學費政策，讓學校可以據其經營規模來發展。四、對於政府已無力經營之公立大學，如東華、暨南，應採委外經營或與民間合資之方式，迅予解決，否則校地閒置，又無遠景，並非善策。五、私校合理之招生人數，教育部應嚴格控制。現在這些學校學生這麼多，都是教育部控管不良所致，卻來談公私失衡，不是很奇怪嗎？

11

依據教育部九十學年度的大專院校概況統計，我國現有大專院校學生一一八萬人，其中四年制大學生占五十一萬人。可是這五十萬大學生中，卻存在著許多不均衡現象。

例如博士生一萬五千九百人，私立學校只有二千二百人。碩士生六萬三千人中，私校也只有一萬九千人。但私校大學部學生則有三十萬，是公立學校一萬四千人的一倍以上。可見私校所辦博碩士教育極少，各校仍以擴充大學部，廣收學生，以增財源為基本辦學策略，發展高級學術研究，尚待加強。

技職體系太過龐大，則是另一個問題。現在社會上人士可能會發現三不五時就出現一個新的陌生的技術學院或科技大學，但大家未必會曉得技職體系學生，現有六十九萬人，遠多於一般體系的四十五萬人。這也是畸形的發展。技術學院與科技大學，在名稱上也無法與一般大學區分。

此外，科技類獨大，更為嚴重。大學加專科總計學生一一八萬，科技類占六十二萬，人文類僅十六萬，根本不成比例。

再細看，工程類就占了三十萬，商業與管理又占去廿八萬，數學電機、醫藥衛生各占十一萬，其餘人文社會學科人數之少，可想而知。例如經濟社會心理合計僅三萬七千人，藝術僅二萬四千人。比家政類的三萬九千人還要少，這能視為合理的人數分布嗎？

還有許多學門根本缺乏研究高深學術這一層，例如藝術類科八十九學年度博士畢業零人，觀光服務零人，工業技藝零人，大眾傳播二人，法律七人，運輸通訊四人，家政一人。這樣的數字，顯示我國教育體系培養的高級學術人才，在許多領域是空白或極爲貧瘠的。國家在發展過程中，有不少領域根本找不到專業高級學術人才，整個高等教育體系也傾向於實用應用導向，故如此多領域長期缺乏高級學術研究人才，竟也不以爲意。甚至有不少學門連碩士都很少。像工業技藝，八十九年只有碩士畢業生十八人。觀光服務廿八人，大眾傳播一九七人，法律二百人，跟工程類的博士五二一人，碩士六六八人相比，眞是寒傖得很了。這些學門的學術發展，顯然就有待強化。

教育部每年編印教育統計，對此現象不會毫無理解。但這類不合理的數字，到底應如何改善呢？教育部總該有些辦法吧！

12

本屆大學「聯考」雖拖了個尾巴（某些學校因招生不足額，尚未確定該如何處理），但基本上是結束了，留下了一堆問題，令社會大眾傷腦筋。

聯招號稱業已廢除，今年的大學多元入學方案，乃是新嘗試，因此各界之批評，多集中在多元入學方案上。可是，現今的丙案，實際上就是從前的聯考，考生沒有減輕負擔，反而要考兩次。而甲乙丙三案混用，卻增加了考生投機取巧的機會，以致辛苦沒有減省，高分反而可能落榜。想利用均標來選錄好學生的學校則紛紛「摃龜」。

對於這個問題，明年大考中心一定要協調各大學，將甲乙丙三案做適度整合，以免徒增困擾，又不利於循篤樸實的學生。

其次，各大學招生不足額，社會議論咸以爲乃採均標所致。此誠爲原因之一，但未必爲全部原因。因爲另有些學校也採用均標，並未招不足額，甚至還有招得不錯的。可見同樣的標準，有些學校學系好，有些學校學系招生不足，另有些屬於學校本身的原因。畢竟辦學績效的評比，才是一切問題的關鍵。各個大學，應以此爲殷鑒，未來除了要爲研議招生標準等技術問題之外，更應在辦學上下工夫。學校若眞好，豈會招不到學生？試想，台大、清華，若採均標就會招不足額嗎？對於這個問題，我們不能捨本逐末，只從技術上計較。

同時，各大學也要明白：大學招生不足額的時代來臨了。今年錄取率已高達百分之八十以上。明年考生人數會更少，而大學要招的學生卻會更多（老學校因財務壓力日增，不得不增收學生以拓廣收入；新學校則正不斷增設中），因此很快就會形成要收的大學生人數多於考生之局面。今年大學招不足額尚是特例，少數學校因此被人瞧不起、看笑話。明年以後，可就是常態了。大學須認清事實，及早因應。因應之道，除了騙（宣傳、廣告、博覽會中虛華不實的飾詞）、買（提供巨額獎學金誘人入學）之外，仍以回歸正途爲要，否則誰會願意把子弟送去爛學校就學呢？

希望明年的招生會讓我們看到一些新氣象。

13

教育部公布明年大學入學考試錄取率將達百分之一百一十以上，引發了輿論許多討論，我們覺得這個議題仍應再持續關切，故謹藉此表達一些看法。

高教擴張過甚，確爲目前一大問題，但與高中升大學之高比率相比，我國大學生僅占人口的千分之四十四，仍遠低於韓國，可見高等教育尚未達到廣泛且飽和之地步，尚有發展空間。可是這個空間不存在於青少年就學人口，因爲青少年的升學機會已經足夠了，大學要持續成長，其學生來源應該來自全社會。整個社會上至少還有千分之二十的潛在大學生人口，有待開發。

近十年來，大學其實已朝終生教育機構轉型。其學生來源，由以往單一來源，即高中職畢業生以外，大量吸納社會人士，讓這些從前沒機會就讀大學及研究所者回流就學，也鼓勵社會各年齡各階層的人士繼續接受教育。這些回流教育、成人繼續教育、在職深造……之學生，人數甚且超過了由高中經聯考而入學的大學生。因此，大學其實已經逐漸轉型爲一所社會的學習中心，是整個社會人士充電的所在，而非從前僅爲少數青年菁英就學之封閉校園。換言之，大學的學生來源本來就不限於高中職聯考入學之學生。未來高中職所能提供之學生日益減少，大學向社會招生的需求自然更大。

不過，大學體質雖然已經如此轉變了，一般人之觀念認知仍停留在早期的印象，大學入學之機制亦未適應新環境而作調整，這才形成了現今的問題。今後要調整的，是這些僵化的印象、觀念及入學機制，而非遏止高教擴張。高教，其實從整個社會人力提升的角度看，仍是不足，仍有待擴張的。

其次，大學越來越多，學生之競爭壓力並不會減輕，因爲人人都能讀大學之後，勢必開始追求能讀好大學。大學的競爭壓力也來自於此。故高教普及以後，固然看起來它不再是「高等教育」，只是「普及教育」了，可是新的環境並不見得一定就會讓高教素質降低。通過競爭，一些有自我期許的大學，才會開始追求高品質。在人人都是大學生的社會裡，每個人也才會曉得應再深造、再追求良好的教育素質。故高教擴張也不必然會影響教育品質。只是未來誰是好學校，誰是爛大學，需要更妥善的評鑑，才能爲社會大眾提供參考罷了。

14

我國技術職業教育的發展，變化甚多。自民國六十三年成立第一所技術學院以來，迄今三十年，隨國家政策及社會經濟環境而改變，目前一方面已有多所技術學院改制爲科技大學，亦有許多大學附設了二技學院。另外還有一些，例如嘉義技術學院與師範學院則合併成爲嘉義大學。這既顯示了技職教育的多元化，也顯示了整個技職體系正在轉型。

技職體系的轉型，尤其具體表現在學校整併行動上。前述嘉義兩所技職學校整併成爲新的綜合大學即爲一例。日前台灣師大與台灣科技大學合併之議，也屬此類。

另一類，是甫經教育部通過升格爲綜合大學的宜蘭技術學院、苗栗聯合技術學院。其他無本事自己獨立升格者，則尋求前述聯合整併之路，以求改爲大學。這類例子，正進行中的有台中技院、勤益技院、台中護專，將合併成爲台中科技大學，將來再爭取改爲綜合大學。屏東科大、屏東商技、屏東師院，將併成屏東大學。高雄師院、高雄應用科大；雲林科大、虎尾技院，也有合併之議。

與這一波合併、升格熱潮相比，技院推行通識教育也是一股新熱潮。就技職體系來說，其教育宗旨與教學目標，本是傳授學生就業之技藝，通識教育、人文精神夙非所重。但如今經教育部大力推動，許多技校也覺得教育不應只培養技術人、職業人，更應該培養「人」，所以樂於發展通識教育。而通識教育之實施，也更使這些技校越來越像一般大學了。

由這些趨勢看，高教體制中大學與技職學校的合流，已逐漸合流了。此即爲「轉型」之意義。

對這樣的轉型，技職學校或許頗有人要感嘆這個教育體系之凋零，因爲未來技職學校終將變成一般大學了；當然也另有一些人會欣喜教育終於由工具技能任務步上正途，以人爲教育目標。但是，欣喜與感嘆都無必要，因爲合流的結果，其實不是技職轉型爲一般大學，而恰恰相反，乃是兩者都合起來成爲技職教育。

這才是現在高教發展的眞相，詳情我們無暇報告，但讀者若注意這幾天教育部所謂「開放企業辦大學」，讓大學與企業結合的政策言論，就會理解問題的嚴重性。過去，高教體系以國家力量介入，利用技校培養國家所需要之技職人力。現在，國家力量協助企業培養他們所需要的職場人力。教育的工具性、技職作用比從前更強。大學既都變成了技術學院，那麼，技術學校當然也就可以「正名」爲大學了。教育辦成這個樣，您以爲如何？

15

高雄市私立國際商工學校，日昨爆發衝突。教師會不滿董事會無故減薪，發起靜坐抗議。教師和校長在操場對跪。且因協調不成，少數激動學生追打、推擠校長，砸破校長室、董事長室，並蛋洗司令台。混亂中也有學生掛彩。

衝突的起因是減薪，減薪的原因則是招生困難。高雄市教育局爲解決此一爭端，已要求財務透明化，若學校確有行政疏失，教育局也不排除接管該校。

但問題是：減薪的原因既是招生不佳，教育局的辦法又焉能解決問題？即或接管，這所學校的財務仍會出問題。而且，不只這所學校，其他私校這類問題也同樣不得解決。

將教師研究費縮減，或取消其他加給，其實許多私校都已行之有年，爆發衝突者亦不只國際商工一校而已，因此此事絕非個案，存在的問題也應正視。

這個問題眞正的癥結在於：就學學生人數減少，致使職技學校招生不足。因招生不足，所以教師不但常要負責拉學生，也要承擔減薪或「沒頭路」的風險。這個結構性因素若不解決，將來紛擾便無寧日，而且會逐漸擴及高中職、大學。

故教育局或教育部要做的事，除了治標（監督財務、糾舉行政疏失、接管）之外，還應該做點治本的事。

由於就學人口下降，教育當局又變不出新的就學青年來，因此教育政策就應該是先緊縮新設學校之置立，再整頓舊學校。舊學校要根據每一地區之人口數及實際需求，規畫逐年減班減校的計畫。一些學校應召集董事會協商，採取與他校合併或轉型爲公益基金會的方式，讓它們能順利結束。在縮減、整併、轉型之同時，輔導或安排原有教職人員轉業或轉型，或提供專案進修之辦法，使仍願從事教育工作者得以繼續且有能力擔任此項工作。

這些計畫或辦法，應立刻著手，不可再拖了。目前情況已甚嚴重，未來三年會達到衝突高峰，屆時想救火都來不及了。希望教育部能迅速召集各縣市教育局研商治本的對策，勿令教育工作者之權益毫無保障。

16

台聯立委程振隆日昨質疑教育部同意宜蘭技術學院和苗栗聯合技術學院升格爲綜合大學，係政治考量。因爲：一、以兩校博士師資比、向國科會申請計畫數比等指標來看，至少有十六所以上技術學院及科技大學比上述兩校條件優越，爲何不讓其他學校升格，而獨厚此二校？二、兩校升格規畫書中均有明顯浮誇或蓄意造假之資料，所謂改善師資設備，以符升格之條件云云，多未達成。三、技術學院屬技職體系，要轉型成爲綜合大學，性質迥然不同，兩校也未完成轉型之準備，何以如此迅速同意其轉型並升格？

這些質疑，其實不只暴露了這兩所學校升格的問題，也顯示了目前高等教育的窘境。

從整體高教環境說，台灣的大學已多，高中考大學，錄取率已將高達百分之一一〇，許多學校必將招生不足。因此，政策方向應該是藉機透過評鑑制度，裁併或停辦若干學校，且令大學發展區域統合機制。但因過去教育資源分配嚴重失衡，整體上固然大學太多，可是許多縣市卻嚴重不足。因此這些縣市無不努力爭取設立大學。這在地方人士心理感情和現實發展需求上，均無可厚非，畢竟，有大學和沒有大學，對一個縣市的發展來說，差別甚大。

然而，大學不是便利超商，有需求就能開店。一所大學若眞想對其所在地社區發揮引領作用，它本身須具備若干條件。這些沒有大學的縣市，雖無大學，但並不缺乏專科、技術學院。但因專科與技術學院達不到大學的條件，所以才不能帶動地方文教及社經建設之發展。而要讓這些學校達到健全大學之標準，卻又曠日持久，甚或根本不可能。於是地方人士便抄捷徑，想以換招牌的方式，逕自改名爲大學。

這種辦法，本來是不妥的。然而，選舉重要。爲了鞏固票源，政府每每順應地方民意需求，大開綠燈。從前嘉義農專先改制爲技術學院，再與嘉義師院合併成爲嘉義大學，致令一所農專在這幾年之間，搖身一變爲大學。許多人譏諷那是「蕭萬長效應」，是爲了兌現蕭先生在嘉義競選的承諾。如今，政權變了，程振隆直指宜蘭技術學院與聯合技術學院升格是為了兌現阿扁競選的承諾，情況仍然如出一轍。

政治人物為了選上，什麼支票不敢開？但請問：教育可以這樣辦嗎？

17

教育部日昨函文請行政院同意終止新竹師範學院遷建香山校區案，一億二千多萬的雜項工程保留款繳回國庫。

這個案子，其實是新竹師院的擴建案，因擴建故須遷校，因遷校故須蓋新校舍。而此案乃於民國八十一年即由行政院核定的。當時明確指示：「俟遷建用地確定可無償取得後規畫辦理。」其後歷經五位校長、六位總務長十年奔走，新竹市府已於今年核發雜項執照給師院了，教育部卻率先發文給行政院主動要求終止本項計畫。

教育部本項舉措，是考量我國高等教育環境的變化，因此放棄了原先的計畫，希望朝「與資源互補之鄰近大學整合，或考量結合數所師範校院為一所教育或師範聯合大學」之模式發展。何況，政府財政困難，即使同意遷建，後續的建設經費卅多億元也無著落，故主動要求終止。

可是，新竹師院及地方人士對此消息的反應可想而知。十年努力，一旦灰滅，豈能接受？因此新竹市政府表示：師院擴校推動委員會將持續運作；香山地區廿四名里長也認為教育部此舉違反預算法，將動員赴監察院陳情。推動委員會也行文行政院，請求否決教育部之建議。新竹師院師生則表示要靜坐絕食並發動遊行。與教育部的衝突，料將擴大。

如今國事多如牛毛，此類爭端並不罕見，但我們舉此爲例，是想討論一下整體教育政策的問題。

新竹人士批評政府缺乏「政策延續性」，是一點也不錯的。近十幾年來，教育部的政策，是一位部長一個調。前面大興土木，蓋了一堆學校；後面資源緊縮，無力續建。前頭強調擴大教育，建設學習社會；後面重視大學整併、追求卓越。方向與步驟縱非南轅北轍，亦是參差不齊的。對教育缺乏長期的規畫、對未來教育環境無確切評估，才導致如今這種窘境，而讓學校及師生成了受罪者。

其次，大學如今確實已多，資源也確須整合。但總數雖多，許多縣市卻面臨高教資源極度貧乏的境況。如苗栗根本沒有大學，台東等縣要整合資源也不知應去何處整合。新竹師院校地只有七公頃，其資源也非常少，這些情況都與台北地區截然不同。教育部在處理這個問題時，允宜通盤考量才是。

18

日昨教育部對未來就學人口遞減而大學招生不足問題，正式提出了一些政策主張，這些主張都會對高等教育生態產生重大影響。

其一是現今尚有十七所私立大學在申請籌設，教育部將在一周內決定是否暫停設置。因爲目前每縣市約有六至七所大學，有的縣市比高中職還要多，而整體數量還在擴張，研究所預估這兩年就會增加四九五所。故若再設新大學，實無必要。可是這些學校籌設經年，相關人員與經費能否轉移，乃一大問題，衝擊勢所難免。

其二是準備於九十四學年度全面凍結各大學新增系所一年。現在大學日間部每年平均可以增招三百人，由於凍結增設科系，顯然也就不再增招了。

其三是教育部已公布，技專院校凡招生總量達到一萬六千人的規模，則需凍結招生成長。因引起強烈反彈，日昨教育部又取消了這項限制。不過，從情勢上看，未來恐怕仍不免要如此。

以上都是朝停止擴張方面設計的。以下幾項則是再將現有狀況減肥。其一是教育部依經建會之評估，認為未來大學除了物理、資訊工程、工業工程、工業設計人才仍有市場需求外，其餘都供過於求，因此希望各校不要再設這類科系，未來該部也將與大學協商，逐步淘汰招生不足、沒有市場需求的科系。

其二是教育部將組成「研商大學招生管控工作圈」，半年內提出具體措施，未來辦學不佳的大學，將要求「退場」。

這些辦法，能否解決未來大學招生不足的問題，恐將引起爭論。就算可以，執行上也是困難重重。例如提出籌設新校的，均是立委或地方政經大老，驟然命其煞車，也不符地方期待，反彈未必受得了。加強管控大學品管，立意甚好，但如何執行？今年八月間要招收大學生的苗栗聯合大學，申請辦五個研究所審查未通過，該校教師會便赴縣府抗議、向監委陳情，認為宜蘭技術學院通過改制大學時可以設兩個研究所，而聯合大學不可，是政治力介入，故拉白布條說：「還給苗栗一個公道，宜蘭、台東大學有研究所，為什麼聯大不能有？」「全國最高教育主管，豈可一再失言背信？」政風如此，管控云云，豈能樂觀？

此外，要解決大學招生不足的問題，靈丹妙藥乃是開放招收大陸學生。只要開放，一切問題自然解決。不開放，以上各項辦法都救不了困。教育部宜再深思矣！

19

教育部新近完成「大陸學歷檢覈及採認辦法」，針對不同時期在大陸就學的台灣、大陸人民，分別訂定不同的採認方式。民國三十九年以前，只要學籍有案者，都予承認。三十九年至八十一年，台灣人民之大陸學歷不予採認。大陸人民，若爲教育部先前公布之七十三所高校畢業，可書面審查採認，其餘須要甄試。中醫、醫學則均用甄試。八十一年至八十六年，台灣人民之大陸學歷均須甄試，大陸人民則如八十一年辦法。八十六年至今，曾報備者，採認七十三所，未報備者，甄試認定。

這個辦法公布後，外界評論都集中在教育部四十、七十校兩種版本的區分上。其實問題不只如此。

它的最大問題，在於「報備」制。依據兩岸人民關係條例，台灣人民依法是可以去大陸求學的，關鍵在於該條例述明：相關辦法由主管機關訂定。而主管機關教育部及陸委會，瀆職濫權，硬是用政治理由，拖到現在仍未訂妥施行細則或辦法。故現今民眾去大陸求學，是「合法而未開放」的特殊狀況。在這種情況下，政府說去大陸求學而先報備者，學歷可採認，否則就得甄試。請問：民眾要去向誰報備？過去又有哪個機關受理了人民的申請與報備？如何報備？報備之辦法，見於何種法規中？依現在這種規定，豈不是所有去大陸求學之學歷均無用，得甄試通過才算數了？

未來，政府更擬擴大此項報備制，未報備者不予採認。而且只能讀名單上這四十所或七十所，其餘不採認，也不接受報備。

這妥當嗎？現今去大陸投資，除非金額大如王永慶之海滄計畫，尚且不用報備，為何去讀個書就非報備不可？報備也不一定採認（例如醫學科系），仍須甄試。那又何必非限定只能讀名單上的學校？若擔心其水準，仍規定須甄試，不同樣可解決問題嗎？

而且這項辦法不能孤立地看，把它跟我國整體教育政策放在一塊兒思考時，就益發凸顯了它的不合理。我們對國外大學之學歷，也有不予採認者。但那是針對個別學校，非針對一個區域或國家。對任何一個國家，採計其大學之比率，也絕不可能如此之少。對人民赴世界各地讀書，也從不要求其報備，唯獨對大陸如此。其具體意義及效果何在，民眾其實是非常不以為然的，切盼政府於此能再斟酌。

20

教育部日前發函要求各中小學回報「書包減重成效」，引起基層強烈反彈。

所謂書包減重，是教育部良法美意，希望中小學生不用再揹著沉重的書包上學，因為中小學生尚在發育階段，書包過重會造成脊椎側彎及腳關節磨損，影響健康和發育。基於此，教育部責成各校設立置物櫃，讓學生下課以後可以把課本放在學校，不用每天揹來揹去。

此政策實施以後，教育部追查成果，本也無可厚非。然而，目前實際的教學情況，卻是：一、課本每冊重量都在增加；二、課本的冊數也在增加；三、實施九年一貫制，學生的課業加重，不帶課本回家溫習，絕無可能。在這種情況下，教育部來查考學童書包減重的成效，當然造成反彈。許多基層教師甚至覺得教育部官員彷彿晉惠帝，民已不聊生矣，仍在問：何不食肉糜？

平情而論，這只是「教改」的偉大成果之一。教改至今，哀鴻遍野。可是昔年推動、鼓吹、主持教改事務者，迄今仍無一人願意承認整個教改工作是失敗的，許多人還兀自以爲學童書包業已減重、升學壓力業已減輕了呢！整個教改，以「人本」爲號召，以讓學生快樂學習爲目標。要求廣設高中大學，以減緩升學競爭；設計多元入學方案，以使學生能依才性興趣就學；主張書包減重，小班小校，以增進學生學習興趣及多樣化學習之機會。可是，實施以來，學生愈來愈不快樂、政策愈來愈難搞得懂、教科書與參考書的數量愈來愈多、升學壓力愈來愈大。而且，不但學生不快樂，老師、家長也愈來愈不快樂了。

「九二八」大遊行，社會各界普遍認爲是因教師恢復課稅而起，其實只是對教改的反彈。一些教改團體和家長團體搞不清狀況，還繼續維持批判教師之立場，不曉得他們的主張已經在校園中徹底失敗了。而且這種失敗不只是教改的理想受到挫折，更是校園風氣與教師執教信念與熱忱的全面崩解。

主政當局及昔年主持教改者對此其實仍乏了解，仍在推動諸如「書包減重」一類措施（例如寒暑假要求老師到校備課、取消教師兼職津貼、縮編台灣藝術教育館、推動國小英語教學、統整國中科目爲七大類等等），自以爲功在邦國，實則教師與學童皆罵不絕口。

這種情況不能再持續下去了！請教育部面對現實，趕緊想辦法來收拾爛攤子。而教改的高調，現在也請暫時停一停，等殘局收拾妥了再說吧！

21

目前國小學生接受建構式數學教育，已有六年歷史了。九年一貫制新課程實施後，建構式教學法已不復施用，但國小三年級以上學生現在仍在學習這套教學法。

這套數學教法實施以來，數百萬生童、家長、教師備受折磨，批評不斷。但學者專家及教育部官員卻一再指責教師怠惰、抗拒、不配合、觀念落伍、不嘗試怎知就不適用等等，弄得學生哭鬧、抵制，老師消極應對。如今，學習建構式數學的學生升入國中了，成績一塌糊塗，各地教師嘖有煩言，家長也頗覺著慌。但教育部在應付立委質詢時仍是一副事不關己、錯皆在人的態度。一則曰：教育部並未命令只教建構式數學；二則曰：許多教師誤以爲教科書上用建構方式來解數學題目，所以照本宣科，以致出了問題；三則曰：未經仔細評估前，不能說學建構式教法的學生程度差。全國受害人聞此，應做何感想？

建構式教法教出來的學生，運算能力差，是眾所周知之事，何待評估？其思考能力，比傳統教法的學生，顯然也好不到哪去。教育部政策失當，卻無意負責，反以「有待評估」來做擋箭牌，已是錯了。更推諉卸責，把過失賴到教師身上，有這樣的道理嗎？試問：教科書如此編、新教法如此推廣、考試如此考，教師們能不如此教嗎？建構式數學與傳統九九乘法表之類計算，是相斥的，又如何能同時教小朋友？一道題目，簡單即可算出，誰又會捨簡取繁去採建構式方法？

故教育部現在不能再裝聾做啞、推諉卸責了，應趕快善後才是。同樣的情況，則是國小教英文，這件事處理得不好，會像建構式數學一般，形成另一個災難。

國小六年級學生開始上英文課，自去年起實施。照常理推測，今年國一新生，因已讀過一年英文，程度應會比以往的國一學生更好。其實不然。普遍成績低落，偏遠地區或鄉鎮，情況尤糟。究其原因，一是國小六年級時每周英文只有一小時，大抵只是生活化英語，許多學生連字母也未學妥，與國一之英文教材無法啣接。二是城鄉差距、階層差距太大。家庭經濟好的城市小孩，可能自幼稚園就已學了英語，但許多小朋友是小六才接觸英語。相較之下，對英文更無信心與興趣，成績益形低落。

這是甫實施之政策，及時補救或改弦易轍還來得及，勿再蹈建構式數學之弊了。

22

九十二年度大學入學考試，簡章開始發售了。要提醒準備考試的考生兩件事：一、簡章上並沒全部登錄招生的校系，因爲有十一個校系，教育部核准時間太晚，根本來不及列入簡章，考生要自己注意去打聽。二、大學入學考試號稱多元化了，但推薦甄試和申請入學，今年都有許多學校取消了，原先準備依這兩種方式入學的考生得留神，別再呆等，應趕快查清楚，並著手準備參加考試入學。

發生上述狀況，不熟悉「教改」者一定會覺得奇怪吧！但這也沒什麼，教改問題多多，大學多元入學方案只是其中一端，這一端出點小狀況也並不奇怪。

但這樣的多元入學未來是否要改善呢？教育部長黃榮村倒是堅決反對改變。他說絕不恢復聯考（雖然民進黨的民調有六成贊成恢復）；台大、政大等校校長也呼應其說，認爲不能走回頭路。

是的，走回頭路，自認教改失敗，多麼窩囊！然而，「眼前無路請回頭」，豈非明智之舉或應循之道乎？恢復舊制並非絕不可考慮的。

現今所謂多元入學方案，計分三法。一為申請入學，二為推薦甄試，三為考試分發。考試分發，事實上就是從前的聯考制度，因此所謂多元即是指考生可以多上述第一、第二種選擇。但實施的結果是什麼呢？是考試分發仍占七成以上，而申請入學及推薦甄試只有兩成多，且仍在逐漸減少。包括站出來力挺黃榮村，大言不慚的台大，今年都停止申請入學了。

考試入學，又分三種，甲乙丙三案。甲乙兩案，具有改良精神，以學科基本能力測驗為主；丙案則完全是舊制，依聯考成績分發。去年試辦時，丙案原先並未列入規畫，就是因台大等校之主張才予列入，結果導致改革精神盡失。而實施以後，確實也顯示絕大多數學校都採丙案，甲乙兩案不過聊備一格罷了。

所謂多元入學方案，其實情大抵如此。故於今之計，不應在「走不走回頭路」上猶豫，應當機立斷。一是眞正朝改革、多元化改，逐漸設法減少考試分發、逐漸在考試分發中強化甲乙兩案。二是放棄名實不副的多元，讓各校採用它們喜歡（以及社會上大多數人能接受）的方式去招生。虛假的改革，只會比不改更糟！

23

大學法修正草案，刻正經由教育部會集專家審議中，本次全國大學校長會議也對之頗有討論。事涉國家未來高等教育發展，我們也有些意見。

大學法這次修訂，立了「國立大學公法人」專章，明示國立大學法人化。這個方向是值得肯定的，但國立大學公法人化之後，它與私校的關係卻未釐清。一、私校另有私校法。若依大學法中別立國立大學公法人專章之例，自應廢除私校法，在大學法中另立私立財團法人章，兩者共同接受大學法之規範即可。或者，國立大學公法人部分，即不宜列為大學法中之專章，而應移出，跟另立私校法一樣，訂立國立大學公法人條例。

二、國立大學轉型為公法人之後，其基本土地、設備既已由政府撥給，其未來再添購土地設備，便應與私立財團法人一樣處理，不可再隨意由政府撥用，將土地及設施之所有權轉移登記為國立大學所有。換言之，轉移登記以轉型期為限。

三、草案中擬議國立大學教師及研究人員之待遇，由各校自訂，不適用教師法之規範。這有兩個問題，一是私校教師聘任之資格未能同樣給予彈性，仍受教師法之制約。二是從今年起，事實上因為全國公私立大學教職員工均納入公保體系，而形成資級一體化的格局了，未來除非整體架構重組，否則不但私校無法不採用教師法，公立大學也逃不出這個籠子。

四、大學法明訂公立大學應成立董事會，相關條文多達十條。但完全未談及這個董事會應有董事長，故亦未談及董事長如何產生、應具備什麼資格、任期若干、權責又怎麼樣。國家成立的公法人很多，過去早就為了究竟屬於董事長制抑或執行長制吵得不可開交。國立大學公法人既有董事會，董事會亦有秘書處及專職秘書長，這位秘書長之權職，與董事長、校長有何關係？董事長與校長權責又怎麼區分？依現今擬議之董事會職權來看，董事會權力大得很，且是實質管事的（例如它負責校務運作共同規章之訂定、各種計畫及辦法之審議，可提案增設、裁併或調整內部組織等），一旦董事長或秘書長管起事來，校長只能站在一旁涼快或充當小弟，校長負責制之精神如何維持？

這些問題，都希望教育部能再妥爲考量。

24

國立大學行政法人化，果然引起了激烈的反應。十八所大學的教師會理事長發表聯合聲明，抨擊大學法修法過程缺乏法律依據、資訊不夠透明、決策倉卒等。

爭議的主要焦點，在於公立大學改爲董事會制，而教育部操縱多數席次，必然介入校園。遴選校長，恐將違背校園民主及大學自主之精神。

其次，各大學教師會主張刪除大學法修正案中之「行政法人國立大學專章」。認爲只要將現行大學法的校務基金運用辦法鬆綁，就可以達成提升大學競爭力之目標，根本不必把大學行政法人化。

教師會是「校園民主」、「教授治校」時代的思維，其主張或許呈現了現今各公立大學中較強大的民意，但卻未必切中事情，原因何在？

一、整個大學法修訂的思維之一，即是對過去二十年「校園民主」、「教授治校」風潮的檢討修正。這股風潮固然推動了校園民主，但形成校務推展上許多困阻，也是顯而易見的。近二十年間，台灣的大學，事實上也未因校園民主、教授治校而使校務發展更爲健全，學術水準更爲提升。因此，校園民主之大旗固然仍須強調，實際制度卻須修正。而修正的方向，其實不在大學行政法人化，而在強化校長的權責。因此，討論之重點，應在重新界定校長與教師團體、校務會議之權責與功能，俾重新確定校園新秩序。大學行政法人化與校園民主不民主，關係並不直接。

二、公立大學行政法人化，乃是必然的趨勢。這不是由理論說，乃是一種情勢。其狀況就與政府現在逼著文化部門（如各博物館、音樂廳、樂團、文化園區、傳統藝術中心……等）一股腦兒地要「公辦民營」一樣。令其公辦民營的理由很多，什麼提升效率啦、吸引民間活力啦、世界潮流啦……等，對大學，當然就是說可藉此提升競爭力云云。但實際原因無他，就是政府沒錢了。在這種情況下，公立大學法人化能不進行嗎？既然情勢如此，各公立大學教師會該討論的，就不是「要不要法人化」，而是「如何法人化」。

寄望各校教師會找對抗爭的議題、站對抗議的位置。

25

大學法修正案的議題，刻正在立法院燃燒，除了立法委員質疑甚多以外，公立大學教授更是疑慮甚深。

對於外界之疑惑，教育部六月十日發表新聞稿說明，主要有四：一、國立大學可選擇成爲「行政法人國立大學」或一般大學，教育部不予強迫，相關補助經費也不會減少。二、改制後之大學若因故不願或不能維持其體制，可報請教育部核准解散，回歸爲一般公立大學。三、改制後之大學，由董事會自己管理。四、新大學法修正案仍保留校務會議、學術評議委員會等民主機制。

如此釋疑，果能釋惑否？答案是不能。因爲關鍵不在此等處，而在以下幾點：

一、國立大學轉型爲行政法人後，大學之財務結構同時改變，由現在歸國家直接提供所需經費，變成如私校一般，主要是董事會籌措，政府只給予獎補助款。公立大學現在已在喊窮了，將來要這麼辦，如何存活？現有體質，要想調整到可以應付新局的情況，恐無可能。大學根本不敢貿然從事。

二、改爲行政法人制，風險太大，其好處又在哪兒呢？教育部說：目前公立大學爲教育部所屬學校，故教育部對學校事務得以令函方式介入。若改制，則該部僅能對大學進行監督，所以大學會較有自主性。理論上當然是如此。但目前教育部對私立大學不也是「僅能依據法律及法律授權之命令，對大學進行合法性監督」嗎？可是，私立大學又眞能自主否？公立大學看到私立大學目前的寒傖局促狀況，誰還會以此爲值得冒險一試的誘因？

三、學校改制，須設置董事會。依教育部想像，此董事會會比較具有學術專業。其實，受限於財務壓力，董事會必然會與現今私校一樣，由財閥金主當家。我國私校最大的問題，就是董事會濫權。故其結果如何，不問可知。而犧牲的，則是學術、是教育。

因此，行政法人化，固爲一美好之願景或趨勢。但在上述問題尙無解答之前，教育部欲令各大學支持此議，恐仍困難。該部對此，須有對策。

26

日昨立法院初審通過「終身學習法」草案，明訂政府對非正規教育的學習活動應建立學習成就認證制度，作爲入學採認或升遷參考依據，相關學費並得抵免綜合所得稅。中央主管機關應推動員工帶薪教育制度，並獎勵補助推動帶薪教育制度的機構或雇主。各級政府也應成立終身教育推展委員會，並設置社區大學。

這個辦法，值得喝采，也切應時需。

同一天，教育部也有好消息。該部修訂高級中學課程標準總綱，確定高中一、二年級不再分組，全都要修習廿四個社會領域、十六個自然領域的必修學分。課程科目併爲七大領域：歷史與地理、公民與社會、物理、生物、化學、地球與環境、藝術與生活。

這個架構顯然有意延緩學生分化，加強高中生通識教育，對未來中學教育之影響至爲深遠。兩件事合併起來看，我們有一些看法：

一、發展終身學習教育體系，是目前教育大方向，但遲至現在才予以法制化，實在有點遲了。幸而爲時尚不甚晚，許多民間已在推動的一些工作，例如社區大學，得以逐漸因法制化而納入正軌，斯爲此一法案令人鼓舞之處。但是，學習成就之認證制度，仍待妥善規畫。且應以學習成就爲指標，不是參加過什麼訓練、上了什麼課，就可以認證。以量爲主，不以質計，非教育之正途。不幸如今許多機構正是採取以參加數量爲計算的方法。

二、學習成就認證制度，作爲入學或升遷的依據，固然想法很好，但傾向於功利目標，學習本身之價值並未彰顯。這是目前教育改革一連串措施共同的毛病，而對「終身學習」這一理想來說，尤其顯得諷刺。因爲終身學習也者，就是要擺脫從前只爲了升學或謀職而讀書，一旦獲得學位、找到職業後就不再讀書之弊，主張人終身都需要學習，且須樂在學習。如今卻仍以「利祿之途」來打動人心。欲以此獎勵世人向學，乍見以爲有效，其實乃揠苗助長也。主事者盍愼思之！

三、終身學習的另一個涵義，在於打破過去專業與職業的聯繫。由於過去大家所學大抵僅偏於謀職之技，故在人生旅途上才會越來越顯不足，須不斷擴大學習。因此，終身教育不應僅限於非正規教育，而應推廣此一觀念於各級學校，建立正確之學習觀。而通識教育，亦足以與終身教育相銜接。這樣，整個教育才有一體性。教育部對此，應再多花點腦筋。

27

交通大學、清華大學與陽明大學倡議合併案，近日有了新的進展，陽明與交通兩校已簽署合併意向書，擬議將併成國立陽明交通大學。這項合併案，據云交大資深校友仍有意見，尚不能接受改名之議。但看來老校友縱使反對亦不致影響大局，兩校甚或三校合併應該仍會繼續進行。

在此同時，教育部舉行新設院校代表座談，也大力鼓吹合併。原因是現有學校已達一五〇所，尚有廿三所正在籌備，學校數目急速膨脹，而學生人數則在下降中，新設學校未來面臨競爭壓力極大。故若與公立大學合併，或私校自行組合，可以提高競爭力。

教育部的鼓吹，顯然已得到一些回應。例如馬偕醫院將與清大合併，成爲清華大學馬偕醫學院；彰化基督教醫院也不排除和既有大學合併。因此，大學合併之風，可說是方興未艾。

這個趨勢，兩岸恰好相同。大陸透過國家力量，進行得尤其迅速。目前吉林大學已整併成五萬餘人的大學校，浙大、川大、蘇州大學、清華、北大……，也都在不斷合併中，各校規模都比從前大了不止一兩倍。

此一趨勢，其實是對從前大學發展之偏差所做的調整。因爲過去兩岸高等教育都以專業教育爲內涵，所以大學也以單科大學爲主，例如「交通」大學及像陽明這種由醫學院改制成的大學，其初均屬於單科大學。迄今爲止，國內大學中眞正符合綜合大學之名義者，爲數極少，大部分學校的院系均不完整，體質類似專科。經過合併之後，確能達成互補之效，形成大學內部比較完整的知識統合狀態，對學生的教育也可以更爲照顧到全人格的發展。

但合併之中也有幾個問題。例如交大與陽明合併，未必是最能互補的；清大與馬偕合併亦然。清華、交大這些學校，都以理工見長，人文社會學科建置歷史較短，更非校中強項。故若欲達成互補功能，理應與人文社會學院合併。可是，這絕不會是兩校主事者所考量的。由此即可證明：合併也者，現在可能只是同一性質或方向的強化，而非眞正互補。籌思併校者，於此可能應再多予思考。至於公私校之合併，更有待修法才能解決，教育部也須動點腦筋。

28

據教育部高教司司長黃宏斌表示：本年五月中旬便可完成大學「進退場」機制的草案。所謂進退場，是說大學若辦學不佳、喪失了競爭力、評鑑成績不好，就會被迫「退場」，面臨停辦之命運。

對於如此強力監督，以求提升競爭力的做法，吾人甚表贊同。但「退場」的意義和功能爲何，畢竟仍不知所云。而且現今亦未見教育部公布該草案，令人莫測高深。若依該部歷來的做法看，大概仍將朝大學整併及大學分級的方式走。

大學整併，據教育部說，非該部政策，只是鼓勵各校進行。這當然不是事實。因此黃司長說目前整併之所以無法順利進行，是因各校本位主義作祟。此說令人失望，因爲它將反對者汙名化，而不願去思考整併之利究竟何在、整併是否眞能提升競爭力。

目前，東華大學學生正在連署，反對與花蓮師院合併。這不是單純的事例。香港也發生教育司主張將中大和科技大學合併，而兩校學生聯合抗議的事件。可見居上位者都用同一種思維在看待大學，認爲資源共享、擴大經濟規模，就能提高競爭力。

可是眞正在大學裡生活的人，感受卻非如此。學校的性質、結構、組織文化、歷史都不相同，整併云云，實是說易行難。形式整併後，因校區分隔，事實上仍是校中有校，徒然在原有行政層級上再加一級，人事反而更複雜更累贅。而且所謂資源共享，更是不懂大學的外行話。大學的資源有三：一經費、二人才、三設備。經費，在整併之後必不會增加，最多僅爲原先兩校之總和，可是各自的分配數卻會減少，資源之爭奪更爲緊張，無所謂共享的道理。人才，文學的人才勢必不可能與工程系科共用，如何共享？設備也一樣，歷史系的圖書，對電腦科技系所來說，大抵也用不上。因此，資源共享、提升競爭力云云，只是主管官員的想像，不切實際。而強令各校整併，所付出的成本卻極大。

大學分級的問題亦復如此。大學不是商店，沒有一所學校會以辦成三流大學自許，縱然不能發展成百貨公司，也都希望能辦成精品店。現在弄大學分級，就彷彿要某些大學只能當攤販（社區型學校），哪所學校會樂意？對於教育部準備把資源集中挹注到所謂一流大學去，劫貧濟富，更是誰也不服氣。

因此，趁教育部草案延宕未出檯之前，提醒該部再妥爲思量一番，也許是必要的。

29

教育部爲提升大學學術水準，鼓勵大學整合，各大學乃積極推動大學系統。現在已出現了台灣大學系統、台灣聯合大學系統、台灣綜合大學系統等三個結盟組織，正在撰寫計畫書送部，擬爭取該部二十幾億經費。

各界對此，議論不一。私立大學皆甚眼紅，一方面批評教育部此舉不公，一方面也醞釀籌組大學系統。公立大學，尚未參與現有系統者，則彷徨觀望，也準備結盟。已結盟者，校內也擺不平。教授們普遍弄不清結盟的詳細內容，也質疑結盟即能提升大學素質的樂觀看法；學生們更不領情，台大即串聯了銘傳、亞東技術學院等校學生，對本案表示反對。

教育部原初可能出於善意，願提撥一筆經費來改善大學窳劣的環境，期能讓台灣藉著資源整合而發展出一兩所世界一流大學來。孰料如今騎虎難下：已通知各校規畫整合，各校既已遵辦，焉能不核撥銀子？但各界質疑反彈又如此之多，銀子倘若撥下去，只怕會惹出更大的問題，是以進退維谷，尷尬極了。

平情而論，教育部確有善意，然其構想卻不甚善。原因何在？一、大學與研究院的性質混淆了。以爲把大學資源結合起來，成立幾個研究中心，再提高薪俸，請幾個外國大師來主持或參與研究計畫，就能創造出世界級的成果，而學校也就是世界一流大學了。不知這是研究院的功能與做法，大學乃教育機構，發展須以教學爲核心。如此捨本逐末，企望外籍兵團的作法，非大學之福。二、這也是理工科發展的方式，人文社會學科不需也不可以這麼做。這些年，由李遠哲及中研院院士主導教育改革，故反映的也只是理工院士們的想法，並非大學應循之正道。三、大學整合，理論上應是統一了事權、減少了冗員、裁併了單位、整合了資源，故也因此節約了經費才對，如今卻反其道而行。各大學之上，增加了一個大學系統；大學內部，多添了幾個中心，還要藉此向教育部再要幾十億來花使，以推動整合，實在荒謬至極。四、資本主義式思維，以爲錢多就可解決問題。殊不知現今國立大學眞正的問題並非財務困窘；就算困窘，亦非花錢便能解決。例如讀書風氣不好、缺乏以學術爲志業的倫理態度，這是花錢能解決的嗎？但缺乏這些，怎麼可能會有好的大學？

教育部、教改諸公，請猛省、請回頭罷！

30

繼「台灣聯合大學系統」和「台灣大學系統」後，日昨又有「台灣綜合大學系統」。三大系統看來風起雲湧，聲勢浩大。有的論者悲憫地說：如此一來，沒有聯盟的學校怎麼辦呢？

哈哈，何足懼哉！

這些學校之所以會合組「大學系統」，完全是因教育部拿出二十億準備撥給組織大學系統的學校之故。連大學系統這個詞都是教育部發明的。倘若教育部現在決定不鼓勵這個計畫，不給錢了，保證各校誰也懶得再談什麼整合。又或教育部忽然同意也把這個機會開放給私立大學，我們也將立刻發現私校也會出現若干個大學系統。

寫計畫、簽協議的各校負責人，當然總會掰出一些似是而非的理由。可是，社會大眾好騙，我們這些老於行政、久在大學混跡的人難道不曉得其中種種奧妙嗎？

試問：以各系統所欲推動的課程互選、圖儀共享、資訊軟體共同開發、師資交流等，與一般學校簽的姐妹校約定有何了不得的差異？又能對學校「追求卓越」造成什麼決定性的影響？合組的學校，若性質雷同，就說是性質相近，可以共同發展；若性質頗有差異，就說是可以互補。地緣相近者，自誇容易交流合作；地隔遼遠者，則說地處北中南，各有特色。說起來，不是在瞎掰嗎？何況，陽明、清大、交大、中央都以理工為主，倘求完善，自以補充提升其人文能力為主，乃竟背道而馳。中興、台北、台師大、中正，台北本來就由中興分出，若以為仍以合組為佳，又何苦獨立設校？……這裡面有太多矛盾、太多疑問，不是空言可以辯飾的。

不過，各校也恐怕無意玩眞的。所以結盟均未經校務會議或校內公開討論。欲以紙上之空談，爭教育部之經費而已。如此結盟，對學生之實質意義何在，則未甚思之也。

各校校長都是我的長輩或好友，我其實不須如此得罪人。但高等教育近年眞的走偏了路。大學要辦得好，不是走向結盟合眾，而應分異區隔，建立獨特的風格。高等教育的重心，不在研究而在教學。如果組織型態、制度、教育方法、學風、人文精神各方面都差不多的一堆爛學校加起來，怎麼可能就忽然卓越了呢？辦教育的人，怎能再繼續自欺欺人？請各大學停止這場鬧劇，請教育部懸崖勒馬、改弦易轍。否則，就請開放公私立學校一齊進行公開競爭！

31

清華、交大、中央、陽明四校合組台灣聯合大學系統。台大、成大、政大、中山、國北師合組國家聯合大學系統，分別發表新聞，說將整合資源，共同發展一些研究中心，推動學術合作，課程可以互修、師資教學可以支援等，令人眼花撩亂，彷彿高等教育又有了新氣象。

其實不然。這些所謂合作所謂大學系統，只是一本計畫書。撰寫了計畫書並舉行簽約儀式之後，將資料送給教育部，這些學校便可領到二十億經費，如此而已。經費朋分了以後，各大學仍是各大學，什麼也不會改變的。

此話怎講？一、這些學校合組爲大學系統的事，在各校內部並無討論。絕大多數師生不曉得爲何台大是與國北師等校合組，而不是找師大。整個策略聯盟，只是校長及少數幕僚紙上作業。原本就無付諸實踐的打算，故亦不必廣徵校內意見。課程互相採認、優先轉系、開放暑修、師資互換，這些可都要各系所配合及教師同意的，如今則大部分人根本不明白到底聯盟是怎麼回事。

二、教育部推動這項大學整併的計畫，目的只在變相補貼公立大學。這是大家心知肚明而又不便明言，反而得曲爲矯飾的眞正原因。故計畫排除了私立大學及新設院校。因此我們才不會看見台大與長庚聯合、東華與慈濟聯合、中央與元智聯合的現象。這些學校，若能聯合，其互補性及合作功能，難道會比現在這些學校的策略聯盟差嗎？

三、現今各校所列出來的合作項目，又有什麼新意呢？哪一項跟過去各校結姐妹校時所談內容不同？過去，這些大學結了幾百個姐妹校，實際功能如何，人人也心知肚明。如今結了一堆國內的姐妹校，眞能落實、眞能因此便提升了學術水準？

四、教育部規畫本案時，主導的理念是說：藉著大學資源整合，可以發展爲國際一流大學。可是，一堆爛蘋果，合起來就會因此而變成一顆大而好的蘋果嗎？現在大學的問題，不是靠資源整合，開放學生互選課程、承認學分、辦理暑修，就可以改善的。這個計畫，弄錯了方向，更以金錢爲誘餌，刺激了大學走上更荒謬的路途。是應該懸崖勒馬了。

李家同先生曾在報上撰文反對這種虛浮不實的做法，我們也希望各大學內部理性自省的精神能繼續發聲，來阻止這場鬧劇。

32

目前國內大學間組成的校際組織，有私立大學協進會與公立大學協進會兩個主要團體。本月底，北部地區九所私立學校，包括中原、文化、長庚、大同、輔仁、淡江、元智、東吳、華梵，準備再成立一個「私立大學理工聯盟」。已向內政部申請，成爲國內大學間第三個正式組織。

這個組織，強調資源整合，並爭取私立大學共同經費，未來更希望串連中南部私立大學的理工學院，組成全國聯盟，辦理校際課程互選、聯盟論壇等活動，也準備邀請民意代表、國科會委員等相關人士與會，以提高私立大學競爭力，以與公立大學公平競爭。

目前該聯盟計畫以聯盟名義向國科會申請國家型計畫，由聯盟成員共同執行，共享研發成果。其次，向法國取經，以大學附屬研究中心的模式，成立聯盟工廠，培養科技研發人才。再則藉開會期間參觀各校，了解彼此狀況，以協調步驟。

這個聯盟的主要目的，當然是爲了爭取經費。因爲各校地理暌隔、資源共享云云，大抵僅能是點綴式或宣示性的。像中原的學生要選修華梵的課，幾乎就不可能，因此所謂校際課程互選，實施起來非常困難。而合作申請大型計畫，看起來是爭取經費之一法。但大型理工學科的計畫，過去之所以獨厚中研院和公立大學，就是因爲那些學校才有大型、高級的儀器設備。現在私校若要爭取，當然也難如願。不過，總之是團結力量大，合作總是值得期待的。爭取經費未必能如願，可是在訊息交流、觀摩合作、協同步調等各方面，多少仍能提升私校之競爭力。私立大學想在困境中力爭上游，終究是值得鼓勵的。我們也期待這個聯盟未來能發揮比現今兩個協進會更具體有效的整合功能，非僅是聯誼性或搶錢聯盟而已。

相對地，教育部的態度也很重要。該部應檢討長期僵化的公私立大學經費分配政策。不能再說公立才由政府支應費用，私校則責在董事會。私校之成立，本質上是補政府教育之不足，因此對私校的經費給予，應與目前的方式顚倒。不是由政府補助其不足，而是由政府提供應有經費，其不足才由私校董事會補足或增益以求提升。否則私校長期怨懟，認爲承擔了百分之八十的教育任務，政府提供之經費卻不滿百分之廿，而且如此也使私校永遠辦不好。這一點，甚祈教育部深思。

33

中興大學數十名學生日昨在校內聚會抗爭，反對調漲九十學年度學雜費，與學校談判不歡而散，並搭帳篷夜宿。學生提出五項訴求，除不調漲學雜費之外，要求學校依行政法令召開公聽會，公眾建設不應由學費支出，學費應透明化公開化，學校不得從事貸款營利事務等。

下學年公立大學學費調漲幅度大於私立大學，預料類似中興大學這類抗爭活動必將陸續發生，各校及教育主管機關對此不能僅以道德勸說爲之，須有些對應的措施才好。因爲中興大學這些學生的訴求，乃是全國各大學學生普遍的想法。

目前一名公立大學學生，每年繳交之學雜費約五萬元，私校學生則爲十萬之譜。故若一所學校學生萬人，私校便可收入十億元，公立大學則有五億元左右。教職員以五百人計，平均每人薪資八十萬元，一年人事開支約四億，其餘一億至六億，做爲經常費，實仍綽綽有餘。縱或各校尚有若干建設、資本門之投入，據教育部之估計，大約有四千人以上，私校便可以收支平衡了；公立學校若有一萬名學生，也足敷需求。

這樣一筆帳，看起來沒什麼問題，可是年年公私立大學卻都在喊窮，實在令吾等社會大眾難以理解。目前大學超過萬人者，可謂所在多有。二、三萬名學生的大學，依前面的估算來看，不但財務不會有問題，事實上還是能大賺其錢的。何況，這十億乃至六十億，又都是現金入帳。現在台灣還能有什麼產業，能在兩天內收得幾十億的現金？這幾十億現款，光是利息，也足以支應學校的一般開銷了。此外，教育部每年還編列幾百億給予公私立大學。如此席豐履厚，而仍嘆財務窘迫，民眾委實難以體會，學生想必也即是因爲無法了解故起而抗爭吧。

各大學之執事者，必然會說大學之財政絕不如外界所認爲的這般良好，辦學有許多困難等等。但是，一、學校正常開支與收入，如上文所分析，應該就只是如此。若竟財用不足，便是學校營運管理上出了問題。凡喊窮之學校，教育部都應徹查，限期改善其管理體制。二、辦學倘非有利可圖，又怎麼會有那麼多弊案？三、公立大學在這種情況下，不應調漲學雜費，而應從改造其內部體質著手，以對學生有所回應。

34

「快樂學習教改連線」、「反高學費行動聯盟」日昨前往教育部抗議高學費政策，提出課徵企業紅利稅專款專用於教育、失業勞工子女學費全額補助等訴求，反對教育商品化。

教育部對此則解釋謂：台灣大學學費占平均國民所得之比率或國民負擔賦稅之比率，都低於美、日、韓等國。其次，公私立大學學費差距也已由一比三降至一比一點七八。三則全國一百五十四所大學中，九十二年度只有廿八校調漲，僅占百分之十八・二，還有一校調降。廿八所漲價的學校，平均調幅也只有百分之三・九。若以全國所有大學計算，調幅僅百分之〇・七。四、近年來，失業家庭子女就學均可辦理助學貸款，就學及緩衝期間的利息都由政府編列預算協助支付。

教育部的說辭，看起來頗爲入情入理，但卻遭抗議團體譏爲「不食人間煙火」。原因何在？

原因在於社會不公，引發了民眾對教育政策及學費制度的不滿。不公在於：㈠賦稅。我國徵稅，眾所周知，係以一般受薪家庭爲主，超過稅收之八成，財團企業則透過各種減稅法令享有超額利潤，還千方百計逃稅漏稅。這是社會貧富差距的主因。故教育部也許會說台灣大學學費占國民負擔賦稅之平均比率低於美、日等國，可是實際上我國受薪家庭所擔負的較多，結構上與外國即不相同。㈡公私立。公立大學學費較低、私立學校較高，可是就讀私校的學生家長社經地位普遍較低，形成低收入者須交較高學費之現象。而且這些家長同時又繳稅給國家拿去貼補國立大學的學生，其心情怎麼能平？此次技專調漲者達八校，漲幅多者達百分之八，更不像教育部所說的那麼輕鬆。㈢社會。經濟不景氣，勞工及受薪階層是受害者，或遭裁員或已減薪，現在卻又調漲學費，大家心理上怎能接受？政府財源窘迫，無法承擔教育經費，學生已是受害者。現在又要受害者自己出更多錢，學生又怎麼想？㈣教育品質。我們交的錢或許沒英、美國民多，可是我們的大學教育品質又比得上英、美嗎？花大錢而獲得之教育品質低，誰又能平心靜氣擁護漲價？

因此，教育部現在要做的不是辯解，而是亡羊補牢。要徹底改善教育的體質才能消弭民怨。本屆教育工作會議應以此爲重點，勿再徒事敷衍。

35

副總統呂秀蓮日昨發起「陽光助學基金活動」，結合十五家企業與社會團體，共同協助全國就學有困難的中等以下學生完成學業。本項活動之補助對象，是以未領取政府及民間團體補助的公私立中小學生為主，包括父母離異、家庭發生變故、父母非自願離職者。國中小學生每學期補助四千元，高中職補助六至八千元。

呂副總統長期從事政治活動，卻在擔任副總統一職後，患了適應不良症。如今她發起這項活動，似乎才找著了恰當的位置，既為自己創造了舞台，也發揮了副元首的功能，為社會眞正做了件好事。比從前舉辦什麼和平大會之類華而不實，且遭人詬病之活動，有意義多了。

因此，此舉是值得喝采的。喝采之餘，我們也希望能有更多政治人物及企業家一齊來正視這個問題，共謀協助解決。

參與捐款、擴大補助，是一條途徑，但我們更希望能藉由政界人物之關心，從制度面去解決這個問題。什麼制度呢？一、中小學之就學貸款。中小學生若遭逢變故，無力負擔學費，均可如大學生一般，申請就學貸款，以使學業不致中輟。二、政府擴編教育經費，滿足偏遠、落後地區之教學圖儀經費及營養午餐費用，以降低學生之額外支出。三、針對家庭之助學補助。中小學生輟學，光補助他學費是不夠的，因為供不起孩子上學的家庭，往往還指望孩子出去打工掙錢貼補家用。故應有針對家庭的助學補助，屬於社會救濟形式，提供民眾申請。

而更重要的，是調整教育政策。目前我們的教育越來越呈現資本主義態度。辦學者強調企業經營，講究投資報酬率，要求「購買」知識者支付費用。故越出得起大價錢的人，越能獲得好且高的教育機會、品質、位階。過去，社會階層的不平等，可以藉著教育來平衡，耕人貧窶之家，只要子弟能讀書，便不愁沒有改善其社會位階之機會。如今則此等機會越來越渺茫。窮人根本上不起學，城鄉差距、社會貧富差距，事實上正擴大著知識及教育上的差距。這個教育發展方向若不調整，僅靠一點愛心，以做善事的態度去救濟，怎麼可能讓人看得見陽光？

36

日昨國軍愛國者飛彈實彈射擊成功，三枚飛彈，打掉八千萬元。而同一時間，教育部則因經費無著，通知各國立大學，下學年起，人事經費凍結。

教育部凍結人事，影響有多大呢？各大學自然增班及新增系所，下學年度大約要增加五百人，才符所需。這五百人一部分是早已核定，且完成了校內聘審作業的教師；一部分則是學校自然成長。例如去年設立的系所，今年有了兩個年級，當然得增聘幾位教師才能應付教學及輔導任務。而這些，全都落空了。下半年起，國內高學歷失業人口，又得增加五百人。

對這件事，我們有幾點意見：一、政府財政緊縮，固然是事實，但在沒錢用的情況下，如何分配就是門大學問。目前政府一方面花大筆銀子買武器、射飛彈，一方面卻告訴各公立大學說政府已沒錢，所以人不必聘了，這是無法服人的。武器沒有人反對買，但為什麼現在要買這麼多？兩岸既無立即而明顯的武力衝突，衝突的解決或降低，又有更廉價的處理方式，例如復談、簽訂和平協定，或政策上不刺激對方等，這些都不太花錢。不此之圖，卻把政府有限的錢，用在軍備競賽上，犧牲教育，相信大多數民眾都不會認同這種做法。

二、一年來，經濟衰退，政府毫無辦法，竟以凍結大學人事的手段來節流。如此節流，與行政院凍結約聘雇人員的想法如出一轍。然而，㈠這與政府所倡言的「知識經濟」理念及政策，恰好相反。大學發展萎縮、高學歷高失業，知識經濟，必然成爲空談，成爲笑柄。這是行政院的自我矛盾。㈡大學不是地方政府，兩者性質不同。地方政府的業務、規模及進程可以調節。大學卻是教育機構。一個科系，該開多少課，該有多少教師輔導學生，總有個譜，不可能教育部同意學校開辦系所，卻不給員額，這讓學生怎麼上課？

三、大學教育不可能零成長。新學科不斷形成，新課題不斷出現，科系分化便自然形成。教育部現在準備凍結人事，未來必然凍結新增系所，這對高等教育勢必是雪上加霜。新政府以綠色執政自許，卻在教育界造成冰暴、形成嚴冬，實在是一大諷刺。

37

教育部整頓私校之舉措，雖然因捲入東勢高工工程弊案而有些挫了銳氣，但整體看來，這件工作已正式啓動。各遭整頓之學校，雖然反彈不小，但對這件事及其方向，社會大眾卻是支持的。因此除非政局有變，這個趨勢應該會發展下去。

私校之所以如今問題叢脞，原本就是教育部怠忽職守、未盡監督之責的緣故。前此發生教育部官員涉及景文弊案等事，正足以證明這一點。故整頓私校的先決條件，乃是整頓教育部。司法部門和教育部本身對此應痛下決心，才有可能讓國人一新耳目。

其次，則是應了解目前私校的財務結構本來就不健全，因此，學校如果居然辦得健全了，其實是特例。整頓個別私校，看起來確能收效於眼前，可是若無法改善私校財務環境，私校是不可能健全的。

目前私校屬於財團法人，但政府對其管理之體制，其實是獨樹一幟、另立一格，既非財團法人方式運作，亦非社團法人方式運作，更非公司法型態運作。這種管理體制，本意是爲了嚴格監督，而實令私校更易鑽隙蹈縫。好的私校，不鑽法令之漏洞者，運作起來反而處處扞格，頗不順暢，往往被逼得只好去違法或也去鑽漏洞。因此，教育部應趁大學法、私校法正在重新修訂之際，認眞探討一下這個根本問題。我們則主張私校既爲財團法人，便應依財團法人方式管理。財團法人之董事會辦其他財團法人文教團體時，並沒有像辦私校一樣，發生這麼多的問題，爲何私校之董事會便常出現弊端，其中緣故，豈不正可深長思耶？

再者，私校之財政收入，主要在學費。因此各校無不盡力擴張，拚命收學生。對此，教育部只要明訂每一學生所需之教育資源質量（例如師生比、圖書儀器比、使用樓地板面積……），嚴格控制其招生數，私校無利可圖，自然不會有人想來此牟利。一些無法符合標準及無法改善提升者，自然也就無法生存了。

私校牟利之另一管道，在於營造。學校董事或其相關人士擔任營造業時，學校建校舍、建操場、建游泳池、建實習工廠，錢便進入自己荷包。只要杜絕這左手錢交給右手的伎倆，私校董事便少人爭著幹了。

諸如此類，均足以說明整頓私校不難，端看教育部有無決心罷了。

38

教育部戮力整頓私立大學，結果卻不甚理想。正派經營者被「監督」得毫無彈性，比公立大學還要嚴格，幾乎辦不下去。有辦法的，依然我行我素，教育部也莫可奈何。眞鬧出事來，教育部接管，私校師生都歡迎，因爲正好私校變成國立；私校董事會則不答應，紛紛走上法庭，控告教育部，謂其無權或不當解散原有的董事會。如此這般，便是現今教育部所面臨的境況。日昨台北行政法院判決教育部接管景文技術學院敗訴，只是最近的一個案例。教育部目前正被五十五個相關官司纏身哩！

爲了讓私校教育正常化，教育部關心私校發展，訂立「退場機制」自是必要之舉。但管要有管的方法，得要管得住，否則倒不如勿管或少管。怎麼管呢？

私校的弊端，關鍵在董事會。董事會濫權的兩大問題，一在財務，二在外行領導內行。先說財務。雖然大家都喊窮，都說大專院校財政吃緊，但其實辦學校是賺錢的。若不賺錢，也就沒有人會來爭著做董事；教育部接管，也不會有人視爲奪了家產，拚死來抗爭。正因如此，私校財務，基本上都掌控在董事會手上，非學校行政系統所能自主，也稽核不到。不正派的董事會亦乘機於此「校庫通私庫」，大動手腳。再則，因政務係由董事會直接掌控，故學校認爲該用的，董事會或認爲不必用；教學上應花的，董事會覺得不必花。以經濟思維來計較贏虧，以外行人來決定實際從事教學研究人員該怎麼做，學校焉得不壞？何況，根本就有許多學校不依專業考量，一味安插董事相關人員在校指揮大局，盲人瞎馬，又焉得不亂？

教育部乃見不及此，修訂私校法，目前卻朝更讓董事會自主擴權的方式去修。這是與虎謀皮之法。於今之計，不應如此，而應朝縮減董事會權力，擴大教師等校園自主力量的方向去修。嚴格規範學校應與董事相關財團、宗教團體脫鉤，財務及行政自主獨立。減少董事會藉此斂財、沽名，以及施展要弄其權力欲望的機會，私校自然會有純淨的教育空間。這個道理，跟政府政治干預學校越少，教育就越能自主、越能辦得好是一樣的。教育部在公立學校部分，朝「鬆綁」方向做，私校部分反不如此，矛盾自陷，當然會弄到官司纏身呀！

39

興大校長彭作奎因涉嫌論文抄襲，而引發不少爭議。立委出面指責教育部缺乏擔當；教育部則認爲校長遴選仍應由中興大學做成決議。國科會之審查結果也尚未完全定案，預料農曆年前這件事是不會解決的，興大的紛擾，勢必還有一大段時間要去應付。

我們認爲這不應僅是中興大學一個學校的事，教育部也許應趁這個機會，徹底處理有關校長遴選的問題。

目前公立大學選校長，辦法十分複雜，同時存在著全校普選、遴選委員會遴選、教育部圈選三種方式，弄得不倫不類，糾紛不斷。其程序或是先全校普選，再由遴選委員會參考普選結果，遴選出幾位人選，送教育部圈選。或是由遴選委員會先遴選出幾位，交全校普選，選出後再送教育部圈選。如此辦法，看起來嚴謹，實則彼此糾葛，往往形成爭端。例如當選者若在普選時票數不高，教育部卻圈選他；票數最高者及校內支持人自然不服氣，勢必再闢戰場較勁。但若教育部毫無權力圈其認可之人選，則逕行普選即可，何用再送教育部？而彭作奎原先參選時，即有人檢舉其論著涉嫌抄襲（事實上，三位候選人都被檢舉了），但遴選委員會對此未予處理。如今若以此責怪遴選委員失職，似乎也不盡公平，因爲彭氏仍然在普選中獲得了高票，所以普選也有責任。是以這是三方都有責任，但又都可以推諉、可以相互怪罪的辦法，辦法如此，不起紛爭才怪呢！

我們建議把遴選辦法單純化，由學校自主。學校願普選者普選，像中興大學這樣被普選嚇壞了的學校（普選常形成校內派系林立、黑函滿天），願遴選則遴選之，願由教育部仲裁或圈選者圈選之，庶幾稍戢紛擾，略獲寧定。

但此乃暫時止紛之計，長期來看，仍應修法。大學法中對於校長的遴選辦法，亟須修正。而且未來國立大學法人化，現在的辦法也不再適用了，所以更應乘機修訂。

大學校長，既要學術資望卓越，又要品德高超，還須綜理庶務、柴米油鹽，天底下如何去找這樣的人才？遴選規定格外矜慎，本來也是嚴謹尊重之意，但遴選至今，未形其利、先蒙其害，漸成大學發展的亂源之一。故除了修法止紛之外，我們社會上似乎還應再想想，我們到底需要什麼樣的大學、什麼樣的校長。

40

教育部在最近的表現，批評者多。是衛生署之外，最被詬病的機關。據該部有關九十二學年度大學入學指定科目題型改變的說明，該部於五月廿二日宣布全部以電腦閱卷題型命題後，二十三日便因「疫情情況已趨緩」而決定變更，改成僅國文、英文仍保持作文題，其餘數、理、化各科之非選擇題，均改用選擇題型。政策在一日之間反覆如此，涉及幾個問題：

一、這整個案子，是教育部主導的。五月二十日晚上，教育部長找了聯招會十五位委員及大考中心主任開會，做成把題型全部改爲選擇題，以利電腦閱卷的決定。二十二日召開記者會對外說明時，也是由部長與大學招聯會召集人、大考中心主任等三人共同召集，共同對外說明。換言之，整個決策過程及決議，都由教育部主導，或者至少是共同制定的。但自廿三日題型再度改變而遭社會各界批評後，教育部卻對外撇清，謂所有決定均「尊重大學招生自主精神及測驗機構專業權限，本部原則上支持該會之決定」。這不是諉過卸責嗎？教育部介入大學考試作業，本來就不恰當。如今出了事，又推得一乾二淨，乃是一錯再錯。因此，對此事，我們覺得該部應有些政治擔當，勿因此而爲人所輕。

二、題型的改變，茲事體大，對考生會產生巨大的影響，所以各界才會對於這樣變來變去難以接受。但教育部於此甚爲輕藐，認爲：「題型改變並非考試制度之改變。且指定科目考試招生簡章中並無敘明各科考試之題型，故並不涉及簡章契約約定事項。」爲什麼題型改變不是考試制度的改變呢？題型不就是制度的一部分嗎？教育部此說，純係爲自己卸責之辭。例如民國六十二年聯招，全部改爲電腦閱卷，是否爲考試制度上之重大變革呢？假若現在我們把題型又全改成非選擇測驗題，考生誰不會認爲那是制度的改變？教育部不能輕忽這種改變對學生的影響。

三、考試規定，假如確是由於疫情減緩而於一天之內驟變，那麼，如果屆時疫情已改善，爲什麼又不能回復呢？這分明是因倉促改轍引起強烈反彈後再倉促調整，而勉強找一個疫情的理由。政治上不誠實，政策也不誠懇。因爲若如該部所說，數理也可用測驗題來代替非測驗題的功能，國英仍用非測驗題便無必要。故知「庾詞隱詞」均是禁不起檢驗的，教育部應用更誠懇、更負責的態度來處事。

41

倫敦《金融時報》，日昨以專文報導美國前任財政部長桑莫斯出任哈佛大學校長後種種作風，引起教師不滿。這個報導，在我國高等院校間，正引發不少關注與回響。

哈佛校長桑莫斯主要的問題，在於對教師不尊重。哈佛的教師們指稱他批評別人詢問他的是愚蠢的問題，不想傾聽教師對校務興革的建議，又對教授刻薄寡恩，因此，頗有一些名教授求去，不願再待在哈佛。

桑莫斯甚爲年輕，擔任校長時才四十六歲，他是公認的經濟學家，又曾擔任過財政部長，引起如此爭議，一般甚感詫異。

但這個事例看在台灣高教界眼中，卻深感心有戚戚焉。因爲不尊重教師，已經成爲台灣新的大學文化。

目前「教師」在學校中已被稱爲「教員」，視如員工。教師的聘任，形式上與技職上不同，其實聘約內容已越來越苛刻、越來越把教師視同僕隸。無禮聘之義涵，只有一大堆罰則與規定。例如，載明：接到聘書五天，如不退還聘書即以應聘論，且不能不受聘約約束，也不能作任何理由之抗辯、申訴、訴願或向法院提起任何訴訟。教師應踐行之義務，包括接受學校交辦所有事項，否則學校得給予必要之處罰或解聘。教師非經學校同意，不得兼任校外其他職務或兼課。教師若要進修，須經校長批准且去法院公證後，才可去就讀，否則不承認相關學位，也不得抗辯或申訴。教師不按規定上下班，予以解職或改為兼任。聘約未滿而離職者，則需繳交違約金、退回寒暑假薪資，且同意放棄抗辯權。如果不遵守規定，或未繳交上述金額，學校可逕行解聘，不發離職及其他證明，並訴諸法律追償。新聘碩士教師，未依規定期限進修博士，也可解聘，並要賠償違約金，教師對此也不能抗辯或委託第三者協調……。

諸如此類，各校大抵差不多，條文或有出入，精神均是站在防嫌、禁止、規範、剝削教師的立場。教師為了餬口，簽下此等不平等條約，形如賣身契，其尊嚴豈堪道哉！

大學的管理階層，充斥著桑莫斯一類人，以經濟思維、管理態度來管束教師，以為如此可以校園和諧、增加效率、提高生產。殊不知如此一來，奴才苟延殘喘於規定與處罰之間，人才則望望然而去。大學在這種思維底下，也是辦不好的。哈佛的例子，值得吾人三思。

第三輯

嘆世道

時事嘆辭三十二則

1

美英聯軍罔顧國際反戰輿論，在無聯合國授權的狀況下，出兵伊拉克。目前擒王未成，搜索其所謂伊拉克窩藏之大批毀滅武器生化武器亦未獲，卻兀自沉浸於勝利之宣稱中，留下一片狼藉、四野廢墟、九萬里哭聲而無力收拾，令人在遙觀戰局時慨嘆萬千。

可嘆者還在英美竟以此與法德交惡。尤其是美國朝野均把法國怨透了，連法國餐廳都門可羅雀。法國一直想在歐洲占有領導地位，現在恐怕也難當英國之鋒。回顧歷史，法國幫美國獨立建國，所贈之勝利女神像還佇立在紐約海邊，兩國關係卻幾成仇敵，實令人不勝咨嗟。英國與法國關係更是匪淺，如今亦為一時之利而參商若是，也教人不知從何說起。

英格蘭本是羅馬占領的土地，羅馬崩潰後，盎格魯、維京、撒克遜等蠻族紛紛入占。十一世紀才由法國去的諾曼地公爵統一。此公本名雜種威廉(William II the Bastard)，因征服英格蘭，故英史稱之爲征服者威廉(William I the Conqueror)。征服之後，他把諾曼地給長子繼承，把英格蘭分給次子。結果長子羅勃特不服，起兵攻弟，三戰三敗，敗了又降，降了又叛。後來還向弟弟威廉二世貸款去參加十字軍。後來因不願還錢，又起兵攻英，被么弟亨利一世打得落花流水，不但殺上諾曼地，還把他囚禁至死。這可說是英法恩仇錄的第一回合。

到亨利二世時，法王路易七世因爲老婆艾蘭諾亂搞男女關係，給他戴綠帽子，而與之離異。艾蘭諾遂嫁給亨利二世，致使法國南部盡入英國版圖。可是，艾蘭諾又支持小孩叛變，迫亨利二世退了位。繼位者爲獅心理查。獅心理查出兵攻法，法王腓力二世則挑撥其弟約翰從修道院還俗來叛變。艾蘭諾幫助小兒子，致使獅心理查終於戰死沙場。可是約翰治國無力，諾曼地也再度遭法國奪回，故英史稱他爲失地約翰(John the La-ckland)。他爲挽回顏面，聯合歐陸諸邦攻法，又大敗。英國國內諸貴族看他不像話，起兵打敗他，迫他訂了城下之盟，就是號稱英國民主制度的根本大法：大憲章(Magna Carta)。規定貴族組成的國會與國王平權，國王財政用度須由國會同意。

此爲第二回合。在一團混亂，狗皮倒灶之中，居然弄出一個這樣一部大憲章，可謂失之東隅、收之桑榆，也可說是在糞土上開了花。

但大憲章並不能令英國就不再狗皮倒灶。到長小腿愛德華一世時，法國通好，將公主伊莎貝拉下嫁其子愛德華二世。愛德華二世據稱是個同性戀，伊莎貝拉則據說跟公公愛德華一世扒灰之外，還多有情夫。電影梅爾吉勃遜主演的《英雄本色》中甚至說她還爲蘇格蘭反抗軍英雄威廉華勒暗結珠胎。此姝行徑如此，現今居然還有賣喜餅的廣告以她爲名，不知是何緣故。

愛德華二世發現老婆淫行後，將她逐回法國。她返娘家哭訴，法王乃出兵攻入英國，逼愛德華二世退位。據野史記載，她還燒紅了一根鐵條，從愛德華二世屁股眼捅了下去。

伊莎貝拉後來又圖謀娘家產業，其子愛德華三世則跟法國開戰。這一打打了一百年，史稱英法百年戰爭。這是第三回。

凡此等等，如此這般，我不能一回合一回合講下去，總之是一筆爛帳、一部相斫史。我國史中無可比擬，只有八王之亂、五代十國可相彷彿。過去史家常感嘆「春秋無義戰」，英法史上無義戰的情況實在又遠甚於春秋時期。

這是因為歐洲當時的王公貴族本來就是一批酋長。酋長們粗鄙不文，連個名號也是長腿、雜種、矮子等亂叫一通。酋長間也沒有什麼是非公理，公理就是拳頭。而且拳頭亂揮，父母兄弟姊妹夫婦間一樣殺來殺去。

我們不要看現在歐洲一派文明燦爛的樣子，它們對於戰爭的觀念，往往仍不脫前述這個傳統。就像美國佬至今仍不時流露出牛仔氣一般。牛仔間也難說有何公理是非，槍子兒快的就是公理、土地墾殖占領了就是我的。獵殺了土著，還要拍些電影來宣揚殺「紅番」的英武與正義。

事情當然也不全是悲觀的。就像約翰亂政，形成了英國的大憲章。英法因征戰連年，貴族軍隊不敷使用，才開始讓平民參與軍隊，但此舉也意外推動了平民地位的提升。猶如我國秦商鞅變法，讓民眾可以軍功晉升，便改變了貴族世家政治那樣。用大儒王船山的話來說，這叫「天假其私以行其大公」。私欲秕政搞出來的結果，也許可能對整個世局會是個好事。

或許我們不能期望美伊戰爭結束後，國際政壇會出現一部新的「大憲章」來約束列強。但此次戰爭提供了非常重要的反省機會，激發了許多反戰或反美的小說、戲劇、歌曲，以及思想。這些，都是會在未來開花結果的。

2

聯合國的武器檢查報告，雖未提出任何伊拉克擁有毀滅武器的證據，且認為伊拉克對武檢行動還頗為支持，但美國的態度迄未軟化；所有發言及動作，均讓人覺得美國是吃了秤鉈鐵了心，非要打這一仗不可。

美國的態度，在國際上並不受支持，各地均有規模不等之反戰活動，包括李遠哲在內的四十一位諾貝爾獎得主也聯名反戰，其傳統盟邦似乎也不甚支持。可是美國目前給人的感覺，卻是：無論盟邦是否支持、不論他國是否聯合出兵、不論聯合國是否同意、不論世界上其他地區的知識分子及一般人民怎麼想，美國要打伊拉克它就會打。

美國為何如此堅決地要打伊拉克？相信大家都不明白。石油壟斷之利益嗎？美國早就壟斷了，伊拉克也不能對美國這方面的利益產生決定性的破壞力量。違反禁核規定嗎？北韓更明顯，為何不先打北韓或一齊打？支持恐怖活動嗎？伊拉克不是最重要及唯一的支持者，摧毀伊拉克並不能瓦解恐怖組織，更不能終止恐怖行動。何況，冤有頭，債有主，美國要抓賓拉登，勞師動眾抓不著，卻去找伊拉克晦氣做甚？打伊拉克可挽救美國經濟嗎？看來也無必然關係，不少人反而憂慮此舉將對美國經濟復甦不利。

這就讓我們獲得兩種認識：一、國際政治，基本上是強權政治。無論這個強權採用民主制度還是共產制度，也無論它喊著的口號是維持世界和平或民族解放，強權之橫蠻霸道，絕不因它名叫美國、俄國或中共而有所不同。我們覺得美國可親而中共可惡，對俄國則無甚感覺，只是因我們選擇了一個做敵人。若由伊拉克人來看，體會又絕對不同。可是，我們不要反而被自己騙了，看不清美國強權的本質。強權就是強權，中共絕不比美國可愛，美國也同樣絕不比中共更可愛更文明。我們不能依附一個霸權而自以爲得計。

其次，我們也當知：一個強權若要興兵，根本不需什麼理由，它可能自有邏輯、可能根本就是非理性的。我們與強權國家打交道，要特別注意這一點。伊拉克的罪狀，說穿了，或許就只是挑釁討打罷了。我們在處理與中共的關係時，自應以此爲鑒。不要以爲從經濟或國際支持諸理由上看，中共無出兵之正當性。一旦霸權以你爲對象，準備動手時，美國的行爲，即會再見翻版。

3

美伊戰爭眼看就快結束了，國際上，關於如何重建伊拉克的問題也越來越要具體討論了。目前，重建的爭論，主要在於未來由誰主導。美國當然不會輕易把掌中肥肉讓出來，俄德法等國則另有盤算，英國、澳洲乃至日本也不無染指之意。不過，迄今爲止，大家都在爭主控權，對於重建伊拉克的方向與內容均罕著墨。

現在，重建的急迫問題，一是政治秩序，二是社會秩序。政治秩序要重獲安定，須建立新政府或其他政治機制。社會秩序要安定，則須立刻恢復水電、居住、醫療、交通及社會安全機制。目前巴斯拉已發生匪徒搶劫，顯見聯軍並無法控制社會秩序，保障該地人民之生命財產安全，故此一問題不容忽視。

除此之外，我們覺得重建伊拉克還應爲其歷史文化負責。

伊拉克有七大遺址：一、烏爾城址。這是蘇美時代的城市遺址，距今七千年，爲世界最早的城市遺址，現存保存完好的烏爾塔廟等遺址。二、拉伽什城址，也是蘇美時代的城市遺址，距今六千年，有古老石雕像和五萬塊泥版文書出土。三、亞述城址，爲亞述帝國之首都，發掘了五座神廟和王陵，出土石雕、石版、印章、武器、首飾、金碗等甚多。四、巴比倫城址，爲兩巴比倫王朝舊地，尚存伊什塔爾城門及修復的寧馬赫神廟、遊行大街。五、尼尼微城，爲亞述國都城遺址，尚存城門、城牆及王宮等。六、尼普爾城，爲古巴比倫時代遺址，出土六萬塊楔形文字泥版，爲研究美索不達米亞文明之重要材料。七、馬里城址，爲蘇美到巴比倫時代之都市，出土神像、貝殼鑲嵌物、青銅器等，尚存墓葬、廟塔、王宮等。除了這七大舉世知名的遺址外，伊拉克博物館和考古場所還有許多文物。在上次波斯灣戰爭時期，即有文物二二六四件及二萬份手稿被搶。現在，在美國拍賣網站電子港灣(eBay)搜尋「蘇美」或「楔形文字」，你也會發現有許多伊拉克文物珍品正在網上出售。現在，戰火對上述各遺址之破壞如何，令人憂慮，而古物損毀、盜賣，更是戰後貧困的伊拉克勢必會出現的狀況。

台灣在重建伊拉克行動中能扮演什麼角色呢？政治秩序部分，列強不會讓我們插手；社會秩序部分，政府固然可協助人道救援，但功能恐怕不會比民間團體強。可是台灣在美國壓力下一定不能不出錢。出的錢，是否能指定用途在對伊拉克的文物保護上？或者，站出來呼籲或組織對該地文化資產的保護救援行動，也許可以替台灣爭取到更多的掌聲吧！

4

美軍進占巴格達之後，世界各國擔心的事果然發生了。美國攻堅有力，守土無責，只對摧毀海珊政權及捉拿海珊有興趣，而不暇籌思如何重建整個伊拉克的社會秩序。結果是，劫掠猶勝於轟炸。巴格達國家博物館數十萬件文物慘遭破壞，令全球關心人士痛心不已。

兩河流域文明有七千年以上的歷史。公元前三千年，蘇美人製作了文字、天文曆法，也建立了最早的學校，世上最早的史詩《吉爾伽美什》亦誕生於此。公元前二千三百年作了最早的地圖，公元前二千年編了世上第一部成文法典《烏爾納姆法典》及現存的《漢摩拉比法典》，還創了六十進位制，出現了最早的商業銀行。公元前八百年成立了世上第一個圖書館，藏有泥版書二千四百多塊。後來亞述王朝、亞歷山大帝國遞興，文明之盛，難以殫述。直到公元六百三十年左右，兩河流域才成爲阿拉伯領土。八三〇年出現「一千零一夜」故事及十進位制、十個阿拉伯數字。因此，這個地區的歷史，是輝煌且應令人生發敬意的，世人絕不會因爲它目前的貧窮或政治不穩定不民主而看輕它。

看輕它的或許只有美國。一九九一年波灣戰爭時，就有多數伊拉克文物遺址與博物館遭到破壞。烏爾王陵至今尚留有四個巨大的彈坑，牆上還有四百多個彈孔可證。一九九〇年前，伊拉克的文物保護體系，亦曾受全球同道所推崇。它有文物法、文物管理所保護所有古蹟和文物，從未發現有任何非法考古挖掘或走私。然而波灣戰爭以後，情況大變，美國尤其是伊拉克文物最大的消費市場。

有鑑於上述經驗，因此開戰之初，歐美一些學術機構就向美國軍方提交了四百多處文化古蹟方面的訊息，希望能減低災害。不料，如今仍發生了博物館遭劫掠之事，令人對美國的態度更不敢恭維。昔年，毛澤東準備進攻北平時，尚且先設法規避炮火可能破壞北平古蹟。美軍在進兵之前，對於如何維護古蹟文物，竟然毫無計畫，可說連毛澤東也不如。

對此，吾人不但應呼籲美國在此後的戰爭中尊重並保護古蹟文物，以形成國際輿論壓力，並應加入世界保護或搶救團體，還應當呼應全球博物館主管及考古學家的建議，凍結藝術市場買賣伊拉克文物，以阻斷銷贓管道。

在這些方面，政府才該有所作爲，不要只去管評鑑媒體吧！

5

近二十年間，美國曾以「執行聯合國決議」、「維護和平」、「實施人道援助」、「反對侵略」、「保護美國公民生命財產安全」等各種名義，先後對外出兵四十多次。其中對他國進行強力干預軍事行動則達十次。

一九八三年十月，因格林納達發生政變，美國以「護僑」和「應加勒比國家緊急要求」爲由，出動快速部隊，閃電攻入。一九八九年十二月，美國以「保護美國僑民生命財產安全」爲名，出動二萬六千人，實施代號爲「正義事業」的突襲。一九九〇年六月，美國又以利比亞內戰會威脅美國僑民安全爲由，派遣二千餘人，實施「利刃」行動，攻入利比亞首都蒙羅維亞。一九九二年十二月，美國再以「人道主義援助」爲名，派二萬八千人介入索馬里，在內部武裝衝突中美軍喪生十八人，至一九九四年三月才撤出。一九九四年九月，海地發生軍事政變，民選總統逃亡美國，美國派軍一萬六千人壓境，迫使海地政府簽訂城下之盟，讓美軍入駐，至一九九六年四月美軍才撤走。一九九五年八月，爲削弱波黑塞族的軍事力量，迫令其接受美國的和平方案，「北約」動用以美國爲主的軍隊，以戰斧飛彈及飛機猛烈轟炸兩周。一九九八年八月，爲了報復恐怖分子對美國駐肯亞及坦桑尼亞大使館的炸彈襲擊，美國直接命令海上艦艇以飛彈攻擊蘇丹和阿富汗。一九九九年，爲了掌握巴爾幹地區的戰略控制權，對南聯盟發動大規模空襲，使用了除核武以外所有現代化武器，包括國際上禁用的集束炸彈、貧鈾彈和石墨炸彈等。二○○一年，九一一事件後，美國把矛頭指向阿富汗，揮軍攻入。出動飛機五千架次以上，投射炸彈導彈一萬二千餘枚，推翻了塔利班政權。

現在，美國又以不斷改變的理由（事實上就是藉口），在轟炸著伊拉克，且揮兵直入巴格達，推翻海珊政權，建立新的兒皇帝政府。

在這二十年間，世界上從來沒有一個國家像美國這樣窮兵黷武，且根本無視於國際法，動輒直接軍事干預他國，而手段又極殘酷。這次攻擊伊拉克，縱使全世界反戰聲浪如此浩大，美國也夷然不顧，可說已做到爲達目的、不計手段也不計毀譽之地步。像這樣的霸權，歷史上也是少見的。

但美國雖然紀錄如此惡劣，許多人仍對他印象良好。不僅平時視之爲正義化身，連這次反戰，也要聲言是反戰而不反美。不但政府公然媚美，以擔任美國之馬前卒自喜；一般民眾也常把美國看成是我們最牢靠的朋友，某些人則以美國爲其心靈上的家鄉。

造成這種現象，當然有複雜的歷史因素及政經理由。例如幾十年冷戰格局，使台灣長期附從於美國陣營中，已與美國建立起若干利益共同體的共生型態。又因美國的政經實力主導世界，令人無法輕攖其鋒，也無法擺脫其光環。而美國的教育與文化，在此地早已深度殖民，知識分子不免以美國心、美國眼衡量世界及價值。何況，美國以民主爲招牌，使信仰這種價值者，不得不以美國爲典範。

凡此等等，理由可以再繼續開列下去。但總而言之，就是其結果是許多人對美國的凶暴橫霸視而不見，而將之當成可親的友邦。

講這些，不是要鼓吹反美，而是要提醒吾人須檢視我們自己的觀念。

例如，中共在沿海部署了四百枚飛彈，又不斷宣稱不能放棄對台動武，還三不五時要恫嚇我們，都令人不爽。在國際場合，堅持「一個中國，台灣是中國的一省」，更使我們缺乏國際空間。因此，國人普遍感到中共「鴨霸」是威脅台灣最大的「敵國」。誠然，這些都是事實。但台灣每年藉由兩岸經貿，賺取了幾百億美元，台商在大陸也享受若干特殊待遇，這些不也都是事實嗎？大陸在政治領域上對台灣不友善，日本又如何？在海域上凶暴驅逐我漁民，強占我領土釣魚台列嶼，在國際場合也從來不支持我們；經濟方面，更是長期剝削台灣。然而，過去我們有一位領導人李登輝，卻率領大家親日媚日，以表現他對抗中共甚有「氣魄」。於是中共爲敵國、日本爲友邦之印象越來越鮮明，不但政府隨時要提醒國人勿模糊了敵我意識，還不時要抓台奸、抓匪諜、抓與中共隔海唱和者等等。

現在，總統府外交部又出面號召大家親美反中，強調美國是我方最重要之友邦，呼籲國人支持美軍攻伊。完全不顧美國在國際上干預他國事務的紀錄有多麼惡劣，只一味升高對大陸的敵對姿態，把中共不友善之處盡量擴大。

這些敵人與朋友的認定，顯然不本之事實，而是基於我們的認定。認定可能有若干事實做爲依據，但主要是由人的觀念形成的。換言之，也就是成見。據成見以論事，結果就會像《列子》所曾提到的故事那樣：一人遺失了斧頭，疑心是鄰居偷走的；看看鄰居的舉止言談，果然鬼鬼祟祟，極不自然，更加深了他的判斷，確信斧頭就是他偷的。可是過了幾天，他在門後面找著了自己的斧頭，結果再看鄰人，也不再覺得他行動有什麼奇怪的了。其人原先對鄰人的判斷或認定，就是疑心生暗鬼。成見誤人，往往如是。

當代詮釋學對於人這種認知及理解行爲，已有深刻地分析，告訴我們：以往大家亂強調一通的什麼客觀中立云云，在人的認知活動中根本不存在；凡理解或詮釋都是帶著既有的一些「先見」亦即成見在看東西的。因爲每個人的先見不同，看出來的結果，當然也就不一樣。此所以每一詮釋均可有他自己獨到的「洞見」。然而，由於這獨特之洞見是由他的成見帶生出來的，是以也不可避免會有所「不見」。成見誤人，即由此故。

詮釋學旨在說明這種認知及理解活動之實況。但吾人並不能止於這層，而更須注意如何在認知及理解時，時時利用後設思考、去反省我們自己的成見如何在認知事物時起作用，發現自己的成見與不見，進而超越我們自己的成見。

當今，到底要親美或反美、要親日或敵日、要視中共爲萬惡暴徒或可和平交往之對象，乃至要不要搞台灣獨立、台獨時美國會不會派兵援我……，都是知識界吵翻天的題目，誰也不能說服誰。爲什麼誰也不能說服誰呢？豈非各持成見以相爭乎？因此，在試圖說服別人之前，最好每個人都能修一修功課，先從檢查自己的成見開始。

6

曾引起軒然大波的著作權法修正草案，有了重大進展。經濟部智慧財產局新近完成的草案，對意圖營利的重大重製、販賣、進口、盜版案件，加重刑責，而且全面改列爲公訴罪。而「非意圖營利」且具有商業規模的盜版行爲，例如下載MP3等行爲，雖也加重罰金，卻列爲「告訴乃論罪」。這項修正，使得學生下載資料，或學校使用著作稍有彈性，可謂進步，也可平衡學者、業界及消費大眾之意見。

但縱使如此，本法亦將是全世界刑罰第三重的保護智慧財產權法令，僅次於大陸與印尼。

一看這樣的排名，大家就會明白：智慧財產權的保護，絕非一紙法令就能奏效的。法令上規範嚴密，苛刻不近人情，事實上做不到。大陸就是明顯的例子。法令罰則比誰都重，盜版卻比誰都凶，爲什麼？一、殺頭的生意有人做，賠錢的買賣無人聞問。著作權保護傘底下，不少東西擁有超高的利潤，消費者若要買，就得給付很高的保護費，商人當然有利可圖。既然有利可圖，嚴刑峻罰也禁杜不了。二、著作權的保護，在法理上一直有爭論。因爲實質上是爲了利財，而非保障著作。所謂侵權，實乃妨礙了利益，在道德上未必具有正當性。一般民眾對此，並無道德上應遵守法令的義務感。因此購買或使用時，既不太注意是否爲盜版，盜版只要較爲便宜，購用起來，也不會有道德上的虧欠感。這樣，法令規範再嚴密，實施起來也終會沒效果。其結果就是檢察官以公訴爲名，替出版商去抓威脅了出版商利益的人；或出版商自己去抓，而社會上對法令、法令執行者及商人之觀感越來越差，覺得他們是共謀，法令只保護少數商人，而讓廣大消費民眾使用著作不便，或須付大價錢才能使用。於是，盜版者反而成了羅賓漢，劫富濟貧。三、智慧財產權保護法，所保護的，其實又以外國大出版商、電腦軟體商、影視傳媒商爲大宗。這樣保護，爭議更大。越嚴苛的法律、越嚴密的執法，越不能解決問題。反而是法令越嚴，越刺激盜版增加。老子嘗謂「法令滋彰而多盜賊」，就是這個道理。

因此，著作權或所謂智慧財產權的保護，不是法令就能奏效的。法網與其嚴密，毋寧寬諒。法令之實施，更須在不斷對話中建立社會共識，否則實難有所期待。

7

行政院成立資訊通信發展推動小組(NICI)，進行「數位台灣」計畫，希望到二〇〇七年時寬頻上網人數可達六百萬戶。這個計畫的經費約五十一億。e化政府占了廿二億，其餘則推動上述等計畫。政院爾來施政頗受詬病，本案則是少數令人期待的案例。因爲目前這個計畫的預算雖然還在立法院審查，該小組已開始運作，且已有了不錯的開端。

這個開端，指的是該小組透過資訊工業策進會與大陸協商，共同推動「自由軟體」。雙方初步議定先從共同制定中文文件檔案標準格式開始。

我國電腦軟體市場，長期由微軟壟斷。NICI小組能正視此一問題，令人激賞。目前是投入研究經費，鼓勵學界研發，明年再編一億七千萬推動相關計畫。

這些計畫由中文編碼開始。現今國際標準組織已採納兩岸均能接受的ISO 10646漢字電腦內碼。目前已有二點六萬字完成審核，正在審核中的還有四萬多字。兩岸在這方面合作多年，預計將可順利完成九萬多個中文碼的編定。屆時各國際大廠在開發任何硬體軟體時，都必須採用這個漢字碼。包括日本、韓國的漢字使用，也必須支援ISO 10646，否則未來兩岸即會抵制其產品進入大中華市場。以微軟在台灣市場占有率最高的辦公室文書應用軟體來說，常使用的文件檔是「.doc」格式，若未來兩岸已制定出新的文件檔標準格式，微軟即必須能支援此一格式，使用漢字碼亦然。

該小組也將成立中文自由軟體交換中心，讓各社群有交流交換的網站。也著手制定中文介面標準，發展中文輸入軟體，並研擬應用推廣計畫。這些計畫均曾由資策會與大陸質檢總局、訊息產業部共同督導的「全國訊息技術標準化委員會」研商。

這類合作意義是多方面的，在商業上，打破美國大廠的壟斷，強化實質的大中華市場概念。在文化上，突破「英語帝國主義」的壓迫，讓中文在資訊化競爭中勿喪失優勢。在政治上，以學術合作達成兩岸互利雙贏的局面，擺脫主權及意識型態之爭，兩岸合作，以面向世界。這種格局及作法，才是目前我們需要的。希望政府其他施政，亦均能依此而行。

8

網際網路工程組織(IETF)刻正制定國際化網域名稱標準。一旦這個標準通過，販售網域名稱的企業更可販售各個中文網域名稱。

我們平時所說的地球村，具體徵象之一，便是網際網路。國際化網域名稱標準，大略等於這個村裡村民的姓名登錄準則。依這個準則，登錄了人名之後，要查詢者，一索即得，村民之間，也才可以相互尋認、辨識、交談。

但問題是，國際化網域的標準化，制定者主要是英語系人士，並不太了解中文的情況。即使是非英語系人士，大概也沒有料到中文並不只是一種文字，起碼有正體字、簡體字、日本漢字等好幾種中文。如果IETF選擇其中之一以爲標準，其他的「異體字」就會被編入不同的「萬國碼」。網路使用者可以註冊成不同的網址，如此便將造成中文網路世界的混亂。除非使用者把每一個字體都去註冊中文網域名稱，否則也無法保障其權益。

因此，資訊界目前曾發起「一人一信搶救中文域名活動」，希望在本月十一日凌晨前能有一萬封以上的抗議信，要求IETF尊重中文網域使用者的權益。負責我國網際網路網域名稱之制定與服務的機構，是台灣網路資訊中心。該中心也正與大陸的中國互聯網絡訊息中心共同研究，希望能解決這個問題。

十一日凌晨以前，台灣有多少人響應了「一人一信搶救活動」，目前不得而知。兩岸網路資訊中心對於中文域名何時採簡體、何時用正體或繁簡混用，目前似乎也仍未做出對照表或規則來。故此事究竟如何發展，仍待觀察。

可是，此事不宜輕忽。網際網路國際化標準一旦制定，國際化地球村的遊戲規則就確立了。假如這個規則對我們不利，未來之國家競爭力勢必大打折扣。社會上應對資訊界此類工作多予支持。政府呢？兩岸政治對抗的惡果之一，正是中文的繁簡分裂，故中文文字問題，是兩岸政府必須去解決的。現在辯論正簡誰好誰對已無意義，需要的是解決問題，特別是電腦應用上的問題。一九九二年兩岸辜汪會談時曾達成之工作協議之一，就是發展文字通用平台。如今，政治爭議固然僵持著，這類工作卻不宜再拖，希望政府也要能有所作爲才好。

9

交通部日昨公布，截至四月底止，台灣行動電話普及率，已達百分之一〇〇・七。行動電話用戶爲二千二百六十萬戶，業已超過一人一機，比去年世界排名第一的盧森堡（百分之九十六・七）高得多。因此，很可能可創下世界手機持有率冠軍榮銜。

同時，我國寬頻上網人口之普及率也居全球第三名。第一名是韓國，百分之十九・九五。第二名香港，百分之五・五六。台灣是百分之四・八三。

一般上網人口部分，我們在全世界排名第十，已達七百九十萬人，普及率達百分之三十五。以學術網路(TANet)上網者三百一十四萬戶，以ISP接駁上網者四九四萬戶。

這些數據都在世界名列前茅，台灣眞成了世界上的資訊大國了嗎？

或許是。但至多僅是消費大國，在資訊生產方面，恐怕問題仍多。世界上資訊生產較多的國家，如美國、日本、德國、法國，這些比率都不如我們，其間之道理，正可深長思也。當然，我們有能力消費資訊、享用資訊，也是好事，但如何促使我們邁向資訊生產大國，卻是更艱鉅的工作，不可被這樣的數字沖昏了頭。

其次，資訊的消費是否有浪費之嫌呢？大哥大，每人一機以上，眞有此必要嗎？以台灣現實狀況來說，老人、兒童、居家婦女、軍人，都甚少使用手機之可能，因此實際使用手機的人，遠不止一人一機。一人而帶上三、四個手機者大有人在。手機又追逐時髦，不斷換機型、換顏色，比炫比酷。這時，手機根本不再是通訊工具，而是社會行爲。但這種趨向或行爲模式，眞是合乎理性原則或資訊倫理的嗎？一個人持三、四個大哥大，又眞有如此必要？個人持有手機比率高踞世界首位的台灣，因此而達成了哈伯瑪達所說的「溝通理性」了嗎？

上網的情形亦復如此。台灣的資訊環境，南北差距、城鄉差距極爲嚴重，老人、勞工、家居婦女、農漁民及原住民，上網人口都仍待提升，故所謂「普及率」，其實不足以反映實情，要眞正讓網路使用普及，還有不少事要做。

而上網的人，又都在幹什麼呢？網路援交、網路犯罪，其比率是否正隨著網路使用率增加而增加呢？上網者如此之多，而國人之世界觀、知識能力顯然並未提升。上網人數多，又有什麼可值得誇耀呢？

10

台北市網路咖啡廳管理條例出爐後，各界有些不同的反應。業者當然反對。目前國內網咖三千家，北市占了一千家。但若依北市版管理條例草案，則北市合法登記的二百六十八家業者中，僅有十八家可以合法生存。故業者表示此舉將扼殺生存空間，可能導致網咖走入地下，對遊戲業的發展也不利。教育部次長范巽綠則表示不宜一味防堵網咖，只須適度規範即可。

這個爭論，方興未艾，未來一周，必然還有若干口水戰要打。對此問題，我們有幾點看法：

一、網路咖啡業蓬勃發展，至今無相關法令可以規範，本來就是一大問題。行政院高談知識經濟，而對此新興資訊事務，缺乏具體政策，亦爲早已存在之弊況。據知行政院已指定經濟部、交通部、新聞局通盤研究，檢討網咖的管理規範，但迄今尚無結果。相對於行政院動作之遲緩，我們反倒十分贊許台北市政府勇於任事。經濟部次長日昨表示，該部爲了研擬管理條例，還準備組團赴南韓去考察。待該部組團、出訪、歸來研究、開會、協調、研擬，眞不知又須待多少時日。因此我們建議，也不用再浪費公帑去韓國觀光了，把北市所訂的草案拿出來討論討論不就好了嗎？韓國的管理制度，既已有制度，在資訊化的時代，還須親赴韓國組團去取嗎？網路上就能獲得。其管理效果，電話也可採訪。新政府實在應該效法北市政府的效率才是，勿再以「研議中」爲搪塞。

二、北市政府在陳水扁時代，雷厲風行，禁絕電玩。網咖雖非電玩，但學童去網咖，正以去玩電腦遊戲爲主。因此民進黨人士不能在陳水扁時代就贊成禁杜電玩，現在馬英九要制定網咖管理條例就反對，甚或批評北市違法違憲，罔顧人權。網咖需要適度規範，其實是社會上大部分人的共識，我們不希望政府立場過度影響這個管理條例。目前這個版本，仍是草案，仍待討論，希望各界能平心靜氣，針對法律規範來討論問題。

三、據教育部資訊室之調查，曾去過網咖的學生占了百分之之五十以上，其中又有百分之五十八是去玩遊戲。這是教育上嚴重的問題。但目前教育部既非網咖的主管機關，準備研議網咖管理條例的，又只有交通部、經濟部與新聞局，我們覺得非常不妥。教育部不但應參與研議，更應針對學童勤上網咖的現象，提出一套教育政策來才是。

11

國民黨選戰失利後，消沉了一陣，經過黨組織重組、黨員重新登記、黨員直選主席等改造工作之後，目前動作頻仍。一方面主席不斷強力抨擊新政府，以營造氣勢。一方面推出各種文宣，邀請知名廣告人爲政黨操盤，孫中山、蔣經國紛紛亮相，猛男秀也熱烈登場，企圖塑造新的形象。

這是國民黨文工事業的一大轉型。早期該黨文化工作，以協助推動文藝政策、服務文藝人士爲主。嗣後爲因應台灣民主化，文工會逐漸變成了選戰文宣單位。如今選戰失敗，證明了以往的轉型並不成功。而再轉型成爲政黨形象化妝師之角色，各界褒貶不一，功效亦有待觀察。

在台灣許多文藝工作者的立場看，其實還頗爲懷念早期的文工會。當時雖然以黨領政，主導文藝政策，爲論者所詬病，但這樣有文化理想、有介入文化工作之雄心、有參與文藝事務之熱情、有文化主張、有積極且具體服務文藝工作者績效的政黨，現今似乎消失了。國民黨誤以爲它的失敗，是公關、文宣、廣告、媒體炒作不如民進黨，而不知文化人根本不會相信那些形象包裝，甚且會恥笑這些包裝。文化界若看重一個政黨，必然不是因爲它某個廣告拍得好，而是它對文化界具體做了些什麼事。

目前國民黨之文化理想早已消失了。因此它在文化方向、社會精神導引方面，毫無地位。僅餘的一點服務文化界之功能，大概也只剩下一個《文訊月刊》及其文藝資料服務中心。

文藝資料研究及服務中心，是在第一、第二次文藝會談之後，因政府尚無法成立文藝資料中心，而先行設置，以服務於文藝界的，成立十八年來，該中心無固定之經費與人員，僅靠《文訊》微弱的人力，十餘年內承接、編纂《中華民國作家作品目錄》、《光復以來台灣文壇大事紀要》、《台灣文學年鑑》，並舉辦許多大型研討會。其資料中心，在兩岸日益頻繁的文學交流中，占有指標性的地位。在台南的政府台灣文學資料館仍未有效運作前，該中心也是台灣唯一擁有豐富資料，且仍積極運作，並足以與大陸現代文學館分庭抗禮的單位。故即使是不同意識型態者，對之亦頗爲肯定。

國民黨目前仍是第一大黨。對於該黨，社會上仍有許多期待。其中期待之一，就是希望該黨重新關注文化工作，勿徒飾聲華、虛構形象。像「文藝資料研究及服務中心」一類事，擴大辦理些，或許較能挽回文化界對它的敬意。

12

文獻古籍，爲一個國家的文化資產，但我國情況特殊：一方面，朝野均以文明久遠自豪，自居文明昌盛之國，認爲我國典籍浩若煙海，足以傲視寰宇。可是，另一方面，古籍在法律及具體施政措施中，卻又毫無地位。故在文化資產保存方面，大家都只談古蹟文物，而很少針對古籍做何保存與整理之工作。文獻單位在各級政府中也無甚地位。教育體系裡，迄今尚少古籍整理研究之機構，也未積極培養古籍整理人才。

事實上，五十年來，我們的古籍整理、刊印流通，僅賴民間出版人獨力撐持，慘澹經營。對於古蹟文物之維修保存，政府頗有獎助；對編輯整理刊印古籍卻少鼓勵。這是極不公平也不合理的事。

而更值得注意的，是編印古籍，亦乏保障。我國著作權法中，本列有「製版權」一項，指針對古籍進行整理而編排出版者，其版面處理，可以獲得十年的保護；這是對刊印古籍之出版人僅有的保障。但此一規定，由於下列原因，對出版者的保障仍嫌不足，且事實上已對刊印古書的出版人權益造成了損失。

原因之一，是古籍刊印，性質特殊，與一般出版物並不相同，故一般人對之並無了解，所以在立法保障上便不以爲意。製版權於民國五十三年修正著作權時才增入，但八十五年修正該法時卻又遭刪除；幸而在立法院二讀時得以恢復。可見此權只是倖存，法界對此權利之保障亦不積極。

二、古籍製版權之保障，以申請方式認定。但若甲已申獲製版權，而乙又據其版本去印製出版，並不直接就犯法侵權。乙亦可向內政部申請製版權。這豈不甚爲荒謬嗎？

三、古籍印刊出版，只有製版權而無著作權；若針對古籍進行校訂、考證、評注、選輯而重排印製，則爲著作權，而非製版權。但法界往往混爲一談，誤以爲只據古書影印，或予以縮版拼版者，因未「整理」，故無製版權。如此一來，誰願出資出力去翻印古籍呢？

這些問題，倘不能重視，我國古籍之整理，似乎沒什麼前景可期。

13

政治對社會文化的影響，多麼巨大！自從江澤民在上海APEC會議上身著唐裝出現後，那個各國領袖穿上五顏六色唐裝站在一塊亮相合影的景象尚留存在人們記憶中時，大陸各地即已流行起穿唐裝了。

大陸女人穿旗袍或傳統改良服飾，由來已久，但前兩年是受香港影片「花樣年華」的影響，以學張曼玉穿旗袍爲時髦，且呼應上海的懷舊風。那仍是屬於流行時尚文化的範疇。現今這一波唐裝熱，則是政治服裝學的性質，影響面則在男裝。

男裝在大陸，本來就有高度政治意涵。從前大家穿毛裝，女人也學著穿。改革開放以後，女性逐漸朝自己的性屬發展，脫離男性服裝體系，自行衍化。男裝則亦漸由毛裝改爲西服，以穿西裝打領帶來代表社會之改革開放、面向西方。傳統的唐裝，在這兩階段都不時興，被視爲傳統的、落伍的、保守的象徵，只有在某些刻意凸顯國粹、表彰傳統文化的人士身上或場合才能看到。

如今，改革開放到某個地步，大陸對自己的文化自信也在加強，才會出現領導人重新穿唐裝的情況。而現在這批唐裝，用大紅大綠、盤龍團花圖案、剪袖堆出墊肩，顯示的，並不是傳統的品味，而是俗豔的、暴富的、洋人中國風式的情調。也恰好符合了中共現今加入世貿、主辦APEC會議的政治社會情境，所以也才造成了流行。

台灣也有自己的政治服裝學。蔣介石時代，以西裝爲主，某些文化場合著長袍；蔣經國則披著夾克到處跑。後來的政治人物，要表現其親民勤政，輒學蔣經國，也穿上夾克，宋楚瑜是最成功的例子。國民黨近幾任秘書長，如章孝嚴、林豐正也是如此。陳水扁到各縣市去，也往往穿上夾克。

但政治人物的服裝若要上行下效，發揮政治指標功能，學問可大了。不是每個人穿上夾克就都具有親民勤政之形象。也不是一穿上長袍就有了傳統文化。服裝表徵著時代氣氛、政治需求，不只是個人形象、行事作風、品味格調之問題。因此，在後蔣經國，也後李登輝的時代，須用什麼服裝來體現新政治新政風，或許也可以是游內閣可以構思一下的題目。

14

教育部國語推行委員會日昨終於通過了採用「通用拼音」作爲中文譯音的依據。

這個結果，正如某些語言學家所說，只乃是順遂了某些人的願望而已。老實說，日昨開會，廿六位委員中僅十三人出席、十人支持的這個案子，通過得甚爲勉強。可是，就算這次會議不通過，又有什麼用呢？不支持通用拼音的曾志朗前教育部長，已經如擋路的石子般被搬開了。反對通用拼音的委員也被換掉了。這個案子，勢必會依某些人的意，終究要通過的。因此某些委員不願出席這樣的會、不願背書，是可理解的，其無奈也甚為明顯。因為，就算參加，也不能改變什麼。

選擇通用拼音有什麼道理嗎？主張通用拼音的人說：通用拼音與漢語拼音各有優劣，但為了文化主體性與國家認同，所以選擇通用拼音。以此為理由，不是明顯地以政治立場來處理文化事務嗎？不是意識型態作祟嗎？可是，主張通用的人說這不叫意識型態，反對以此為理由的人才是意識型態。如此論事，當然也會讓人感到不知該再如何來論事。

陳水扁總統恰在此時返抵國門，對於風災水患等民生大事一概不問，先談準備修憲。為何此刻竟來倡議修憲呢？這與主張通用拼音者所謂的「藉此彰顯國家認同」有無關係呢？

陳水扁上任以來，文化、教育工作一再表現出強烈「去中國化」的傾向，其企圖用以重構吾人之國家認同，至為明顯。這個「國家」，名稱雖仍叫做中華民國，實質上卻非憲法所規定的中華民國，而是實質上的台灣獨立國，只是披著一件中華民國的外衣罷了，以此讓中華民國名存實亡。然後再用一切文化教育之方法，灌輸台灣主權獨立意識，建立新的國家認同，以此提供這個新國家以新靈魂。

他們能這樣做，乃是因為選舉選贏了，一如這次拼音方案中他們投票獲勝了。這是民主的程序，故彷彿亦獲得了正當性。然而，實質上他們只是少數。少數人操縱或耍弄選舉投票之所謂民主程序，而令多數不以為然的人對國事灰心無奈，即是這類事情普遍的結果。修憲，則是他們下一個準備耍弄的議題。對此，眾多認同政府者、贊成採用通音拼音者、主張修憲者，雖覺遂意，其他社會大眾之無奈與不滿只會增加，對這個新國家也絕不會認同。對此趨向，努力建構新國家認同者，

15
又能明白嗎？

馬來西亞的華文教育，一向獨具特色。有不受政府承認但一直努力辦理不輟的華文小學及獨立中學系統。目前獨立中學達到六百多家，還爭取到新紀元和南方兩所可以用華文作爲教學媒介語的學院。一路走來，雖然挫折不斷，血淚斑斑，但畢竟創造出了這項令人稱奇且欽敬萬分的奇蹟。

不過，目前馬來西亞華文教育正面臨絕大的危機。危機之一，是馬來政府決定在它國民型的馬來學校裡也開設華語課程。雖然時數不多，但看起來確是個開放進步之舉。許多家長把小孩送進華文小學，本也只不過想讓小孩不忘本，還能學點華文。現在既然國民小學也開了華語課，當然就會把小孩送去國民小學了，因爲國小學生將來升學終究較有保障。如此一來，華小的生存與發展就相對萎縮了。

危機之二，是政府開辦「宏願小學」，以達成族群融合之宏願爲名，希望華校、淡米爾文學校和馬來學校合併，一校中共同使用各種語文。這固然具有宏願色彩，但未來馬來文必定爲第一語文，華小併入之後，形同消滅。

危機之三，是政府以提高英文能力、增強國際競爭力爲名，決定在小學用英文教授數理。英文在小學中的重要性相對提高，華文不再成爲主要教學媒介，影響深遠。且用英文教數理之效果，華人普遍感到悲觀。

馬來西亞華文教育面臨的這些危機，跟我們有什麼相干呢？

這正是問題之所在。過去幾十年間，台灣是馬來西亞華人在遭受種族歧視與壓迫時最主要的文化協助者。大馬留台學生，在馬來西亞升學無門之際，一批批到台灣求學，現已超過二萬畢業生，在大馬各地都成立了留台同學會。台灣對華文教育所提供的其他協助，亦如留台校友會一樣，在大馬各地發揮作用，令大馬華人對台灣心存感激與尊敬。可是近年來，這種感激與尊敬正在削弱，因為我們已對大馬華人之處境越來越不關心、對其華教越來越無具體支援，只在台灣大搞本土化、英語化，令海外華人感嘆萬千。

値此時機，我政府若想擴大國際影響，建立我們在華人世界被尊敬和具親密感的關係，恐怕應該重新關切華文華語的世界處境。這對新上任的國語委員會鄭良偉先生而言，應不是太困難的事，但希望我們可以看見他令人欣慰的回應。

16

荷蘭各界正熱烈慶祝荷蘭東印度公司四百周年紀念，已邀請在歷史上與該公司有關的國家參加。台灣由中研院院長李遠哲代表。荷蘭二十多個博物館、檔案館也安排明年在國立故宮博物院展出與台灣有關的文物，屆時應該是有史以來最盛大的荷蘭統治時期主題展。

對於這樣的展覽，吾人實感五味雜陳。因為，如果不是慶祝東印度公司四百周年、如果不是荷蘭來辦，一個能呈現十七世紀台灣在東亞地位及狀況的展覽，可有多麼好。但如今，這樣的展覽，傳達了什麼涵義呢？

荷蘭人於一六二四年至一六六一年占領台灣。現在來紀念，實質上便是在紀念其殖民占領之歷史與業績。台灣的歷史，也要納入這個脈絡中來看待嗎？若然，將來是否也要辦紀念日本占台若干年紀念，展出日人治台之相關文物？歷史不能這樣談的。台灣史的主體性，呼籲有年，如今卻只顧著去中國化以建立主體性，渾不管其主體性早已墮入殖民者的架構中而毫無自覺，這樣恰當嗎？

再說，如果日本紀念豐臣秀吉占侵朝鮮若干年，而邀韓國精神文化院院長去參加，且在韓國國家博物館辦十七世紀日本與朝鮮的展覽，韓國人會有什麼反應？荷蘭與台灣的關係，更是遠不如與印尼深厚。荷蘭在台，僅僅十幾年。在印尼，自一六一九年起，勢力幾及三百年。可是印尼對荷蘭如此紀念，會像台灣一樣熱情擁抱嗎？

十七世紀，荷蘭人東來。在海上，一敗於明朝政府，透過鄭芝龍的關係，才能在澎湖進行貿易；占台之後，再敗於鄭成功，黯然退出台灣。可見「十七世紀世上最強大的海權國家」這個說辭與觀念，僅是荷蘭人用以自慰的，塗澤歷史以宣揚國威。在「福爾摩沙：十七世紀的台灣，荷蘭與東亞」特展中，且完全看不見明朝、鄭芝龍、鄭成功的位置，更不曾以此爲中心。這樣的史觀，又符合歷史眞相嗎？台灣人要接受它嗎？

故宮博物院改變其屬性的爭議才剛落幕，護照加註台灣的爭議又起；內閣改組，不接受通用拼音的教育部長更不斷被逼退。似乎文化領域的去中國化已越來越明顯。可是，去中國化並不就能凸顯台灣的主體性。荷蘭東印度公司紀念四百周年一事，台灣的表現，正可以證明這一點。

17

第三十一屆「國際自由宗教聯盟」(International Association for Religious Freedom)會議，甫於匈

牙利布達佩斯舉行。全世界宗教代表凡四十三國約五百餘人參加。本屆會議之主題爲：「宗教自由：歐洲艱辛的告白」，並針對人文理想、宗教自由、教育與交流提出若干討論及交流合作計畫。聯合國自由宗教及信仰代表亦曾蒞會。這個聯盟成立已經百年，今年台灣宗教團體代表被推選成爲國際委員之一，故預料將來這個組織可以與台灣有更多的接觸。

近年台灣在國際組織及活動上，能見度越來越低，但因經濟力活絡及民間團體之努力，在文化、科技、體育、宗教、慈善、非營利領域的國際互動方面仍不乏成績。因此，我們應珍視類似國際自由宗教聯盟這類會議經驗，政府也應給予民間團體參與此類組織之相關協助，才能擴大國際影響，不要只關心政治議題與活動。在那些領域中，我們不但一籌莫展，還常有反效果。像這次陳總統對在日本舉行的「世台會」活動發表一邊一國論，就是如此。何況世台會只是台灣人在海外的延伸，稱不上是眞正國際組織。若政府主政者能爭取替宗教自由聯盟發言的機會，情況一定不至於如此。可是政府對此類國際組織之注意，實在是太少了。

而此中吾人可做文章處，其實卻還不少。例如宗教自由，固然在歐洲是個重要話題，在亞洲何嘗不是？大陸正在鎭壓法輪功，西藏的宗教與人權問題也久爲國際所關注，阿富汗摧毀了佛教遺跡，馬來西亞回教黨以教法代替國法之呼聲亦甚囂塵上，這些都是宗教自由上應該關注的事。吾國若要走自己民主自由的路，則對宗教自由的價值便不能不有所表示。在舉世皆爭先恐後與大陸發展關係之際，對宗教自由的關注，或許是我們贏取尊敬和認同的少數項目了。

以上所談，或許有把宗教性國際組織與宗教自由，朝工具化方向去運作之嫌。但若連這一點都做不到，談宗教的超越價值及人類交流合作的意義，就更空泛了。如今世界宗教團體，正熱中討論「普世倫理」，聯合國也製作了普世倫理的宣言。參與這個世界倫理重建工作，對台灣實在有百利而無一害。假如朝野都能認同這個目標，都能設法恪遵此一倫理，那就更令人喜出望外了。

18

呂秀蓮副總統近日為舉辦和平大會之努力，眾所共見，一舉邀得五位諾貝爾獎得主來台，更是非常難得。但這麼大規模高規格的大會，卻可說毫無效果，不但在國際上未達到「台灣發聲」的作用，連國內報刊媒體上也未形成什麼話題，更遑論促進兩岸和平的實際效能了。

平時，若有一位諾貝爾獎得主肯來台灣，都已經不得了了。這次五位聯袂而來，卻無甚聲息。原因何在？因為呂副總統唱了主角，且把整個大會的意義徹底顛覆了。

為了辦大會，呂副總統自己指揮外交部，逼它出錢出人，惹來殺亂行政系統的批評。接待貴賓，又不理會行政倫理與國際慣例，先總統一步接見了客人，再帶著來賓去找總統，徒令識者愕然。接著，領外賓去戰地，感時憂國，對經發會放寬「戒急用忍」政策之議又痛批了一番，籲當權者拿出良心，逼得總統只好回應，要她勿亂發飆。而她在世界和平論壇中更強調：依最新國際理論，台灣應只屬於島上居民，接受「九二共識」便會落入北京陷阱。至於當年辜汪會談，則被她批評是「走後門」。

呂副總統自己表演得如此精采，誰還會去管什麼和平大會？媒體報導，一再追著呂副總統與總統、行政院的關係打轉，雖說部分原因在於媒體搧風，但呂副總統過於激情的脫線演出，恐怕才是主因。而且，誰不知道她所辦的這樣一個意欲追求和平的會議，是根本達不到和平效果的呢？

古代有人駕著快馬想去楚國，卻拚命往北跑。路人攔下他，勸他不可如此。他說：無妨，我車好、馬快、風向又順，只要努力，一定可以抵達。旁人只好廢然而嘆。蓋此即所謂南轅而北轍，風疾馬良，去之愈遠。

這樣的故事，向來視爲笑談，不料今世許多自命爲聰明人的主政者卻偏來做這等傻事。想要兩岸和平，唯一的辦法是維持交流，代替對抗；恢復談判，取代戰伐。可是呂副總統卻一心只想著建立台灣國，希望台商不要去大陸，反對談判。這不是以和平爲名而邀戰嗎？如此追求和平，結果除了迎來戰亂，還能有什麼別的功能？

台灣應積極開放，陳總統已有說明。我們要補充的則是：九二共識、一中原則，不但不是陷阱，反而是通向兩岸和平之路。呂副總統若眞想追求和平，萬勿捨正路不走。

19

總統府中樞慶祝行憲國父紀念月會，每個月都會請人去演講。日昨獲邀赴總統府演講的台灣新聞記者協會會長石靜文，卻似乎不太給主人面子，以「一個自主性新聞專業團體的焦慮與期待」爲題。當著陳水扁總統、呂秀蓮副總統，批評新政府執政以來不斷造成媒體與國家機器間的緊張關係。

對於媒體人的觀感，陳呂兩位主政者不知有何評價，吾人倒是要爲媒體人不阿附權勢，當面直言之風喝采。而且在喝采之餘，還有若干引申的看法，想提供各界參考。

台灣的媒體環境、媒體生態不健全，是眾所周知的。現代報業和電子媒體，早已不是早期文人辦報，書生藉此報國時期那樣，可以憑著熱情、筆桿、簡單的設備，就能張羅出檯了。現代報業或電子媒體，本身是非常龐大而複雜的企業體，需要龐大的資金才能維持運作。因此，商業化、市場化，乃是現今媒體一般之性質與趨向。能操控媒體者，便因此而主要是財團與消費大眾。要想突破這種操控，表現媒體不媚俗、不追逐市場、不譁眾取寵之風格，成爲「一個自主性新聞專業團體」，是非常困難的。政府對媒體至今仍願花大氣力去討論國家定位、公共政策、民生議題、揭發弊案、追蹤隱情、拾遺補闕，老實說，應該是感謝都來不及的。

但政黨輪替後，主政者對媒體的態度，卻令所有關心媒體的人同感失望。陳總統居然說國事之壞，媒體乃是「亂源」。呂副總統控告《新新聞》之後，陳總統也一度準備控告《中國時報》，檢調單位則先後搜索了《中時晚報》與《壹周刊》。而且隨便把批評政府政策的媒體扣上紅帽子，教育民眾勿信任媒體，還要在新聞局設單位來監督媒體……。凡此等等，不唯踐踏媒體、製造對立，還使得台灣的人權評比越來越差。官員面對媒體，則分化、輕蔑、撒謊，無所不爲，把媒體環境搞得更爲惡劣。跟民進黨執政前的態度迥然不同，尤其令人感嘆失望。

也許長期在野，習慣批評別人；一旦主政後，面對媒體之監督與批評卻頗不習慣。但新政府必須學習著把媒體當成它的夥伴，傾聽其逆耳之言。因爲媒體天生就應是政府的監督者。如今政府不但應要讓它繼續監督，還得協助它在商業潮流中好好存活，能更有力量來監督哩！

20

行政院經建會日昨決定：明年一月一日起，實施國民旅遊卡。初期以公務員爲對象，未來再全民發卡。此卡爲信用卡性質，將來公務員在周一至周五出外旅遊刷卡消費時，可以申請旅遊補助。

經建會與交通部估計，民眾持用國民旅遊卡消費，因可享有優惠，故可增加旅遊消費支出，帶動國內觀光產業之發展，每年增加的消費支出，估計也將達到新台幣三、四十億。

政府官員對於這個規畫如此樂觀，實在令人佩服。但吾人對此，還有幾點疑問：

一、全國公務人員中，軍人、教師、國營事業員工、地方政府員工，均無法享受這個旅遊卡的優惠辦法。因此，適用於本卡之公務員，爲數僅二十萬人。二十萬人，怎能創造三、四十億的消費額？須知年休未滿十四天者，最高刷卡四千元；十四天以上者，最高刷卡八千元。刷卡額度及總體消費都很有限，不能有太樂觀的估算。

二、補助僅限於周一到周五，也影響了實際的效果。國人旅遊，主要仍以周休二日爲主，因爲除非是年休假，否則周一至周五通常並無假期。縱使周一至周五休假了，家人朋友也很難配合。就算是配合了，大體也以出國旅遊爲多。故欲以此辦法刺激國內旅遊之非假日消費，成效也是極有限的。

三、發這個卡給公務員，名爲優惠，實乃苛扣。因爲依現行辦法，只要憑統一發票就可以申請旅遊補助了。現在改用這個辦法，反而使周六、周日之刷卡單據無法申領。而所謂折扣優惠，目前其實也無具體辦法，只能仰賴將來發卡銀行提供，故實質作用，與民眾自己去辦一張信用卡沒什麼大差別。

四、國內旅遊，能否用這種辦法起死回生呢？看來也不能預期太甚。國內旅遊設施不足，缺乏新鮮感，導致國人旅遊都往國外跑，國外觀光客也逐年下降。起死回生之道，其實並非國民旅遊卡，而是觀光業者一再呼籲的：擴大開放大陸人士來台觀光。經建會、交通部若眞欲改善業者的窘境，增加島內觀光消費收益，就不能只在我們公務員身上動腦筋。

21

台中市長胡志強赴美洽公，意外因罹患輕微中風而休假，令社會大爲震驚。恰在此時，交通大學教授猝死的消息、整體教師健康狀況不佳的現象，也相繼傳開。「過勞死」及長期工作壓力所造成的文明病問題，才使大家眞正重視起來。

過勞死，正式定義是「慢性疲勞症候群」。主要得病者，是社會精英階層。這些人，因具高度專業背景，擁有技術或管理專長，故多工作繁忙，長期處於超量工作，缺乏適當適量休閒，競爭壓力極大的情況下。所以疲勞逐漸積累，身體狀況逐漸衰壞，以致罹患這種病症，同時也很容易引發高血壓、心臟病、腎臟病等併發症。因此近年來，過勞死亡越來越多。據研究，在日本，與工作有關的死亡案例中，它已占百分之六十二。台灣則過勞死的比率占職業災害死亡的百分之四，比率都非常驚人，而且還有快速增加之趨勢。

過去，「勞工」主要指勞力者，一般概念也都認爲勞力者較爲辛苦，要「汗滴禾下土」地操勞打拚。不像「勞心者」，位居管理階層，可以指揮別人做事，坐辦公廳吹冷氣；或如學術界教育界，位置既清高，又愜意優閒，時間自己調配，且不受人管。如今才漸漸明白：腦力勞動更耗精力，長期處在高競爭高壓力的環境中，體力也會不勝負荷的。

改善之道，治標，是要大家善自珍攝，多注意休假，多保養身體。各機關機構落實休假制度，以維護員工身心健康，這個觀念，近年才逐漸獲得各界認可，但實施並不切實。例如各機關行號其實仍以拚命工作爲價值，以不休假獎金做爲酬報，也未落實代理人制度，致令員工有許多根本不能休假。大學中甚至規定只有到達什麼職級、什麼服務年資才准休假。使得休假不是權利，而是額外的福利或某些特殊好處，非一般人所能具有。

治標之外，尚須有治本之道。那就是心理、價值觀的調整。放慢腳步，不再追逐名利，生活以自適安恬爲主，工作以快意適性爲要。這種非競爭的、淡泊平常的態度，才是現今吾人所應提倡的。這樣才不會造成自我的壓力，也較能抵拒社會的壓力。心境平和，身心安適，過勞死的陰影也就自然遠去了。

22

陳寶蓮終於自殺身亡，對某些人來說，頗有悲劇終於落幕之感，令人釋然而又惘然。釋然，是因她數年來風波不斷，屢傳「恍神」及自殺之事，外界對之，一方面是看笑話，一方面也覺得不忍。但援溺無從，徒感嘆息而已。如今她自殺而死，實亦可說是痛苦的解脫。惘然，則是從她的身世與遭遇，令人對現代社會複雜的男女關係、演藝界與現實生活交錯的網絡等，頗感迷惑。

這些問題，事實上是當代社會存在著的大問題。君不見近數日王筱嬋與鄭余鎭之緋聞乎？政商名流、演藝女星、大眾傳播媒體，共構成爲一大網絡。而這個網絡的每一個交錯點，其實也都是一個個引爆點，可以炸開許多家庭、政團、固定組織，以及社會定型的觀念。因此，它實乃當代社會存在之一大問題。只不過，這個問題，現在都被緋聞化了。大家只把它看成是一樁樁有趣的新聞，以扒糞偷窺之心觀之，並僅以此爲滿足，並未考慮到像璩美鳳、黃顯洲、金素梅……到陳寶蓮、鄭余鎭等事件背後透顯的，乃是當代社會的大病痛、大迷惘。

一般人，既非政商名流，又非演藝紅星，似乎與此病痛與迷惘無關，實則不然。現今男女交往，情況至爲複雜。一個暑假，墮胎者有多少？離婚率已高到百分之二十五，而未離婚者，有外遇或有婚外性交往者又有多少？每次舉行大規模舞會或小場合pub臨檢，更是搖頭丸、迷姦藥、保險套齊相現形的。在這種情況下，知識界仍在推動「情欲論述」、「身體意象」，而對新時代男女複雜的交往現象、情欲生活，缺乏貞定。

性解放及愛情獨立，曾是過去知識界推動社會意識改革的主題。如今，此類論題已不再被人關切，也不能切合時代的脈動了。現在的問題，乃是性解放和愛情獨立之後該怎麼辦？而知識界、教育界於此，卻甚漠然。學生在學，爲情所困者極多，每年自殺他殺的比率中，爲情而起殺機者一直居高不下。故中小學推行的「生命教育」，即以針對降低自殺他殺比率爲主旨之一。可是感情教育一直沒有太大的進展，且又不是正式課程，故學生之收穫實仍有限。大學更連這一點輔助性的生命感情教育也無。青年於此，雖處困惑之地，而實乏問津之途。社會教育部分，則益發無視於此。如此，豈能眞正面對時代？自殺者將又豈只陳寶蓮一人？

23

我國自八十六年起，即由政府推動生命教育，八十九年成立生命教育推動委員會，九十年訂立推動生命教育中程計畫，預計到民國九十三年，將投入一億七千萬元。且除了中央政府以外，地方政府亦得本於權責與地方特色編列預算，學校則結合相關教育活動經費辦理，還有民間團體主動配合推動。因此，整個計畫，投入的人力與物力，其實已非常可觀。

教育部在推動生命教育委員會之外，設有工作小組，中部辦公室則負責鼓勵與督導所屬學校，各教師研習中心也爲此舉辦過許多培訓師資、課程研發、教學方法改進的活動，編製過家長手冊、學生手冊，架設了全球生命教育資訊網站，建立了相關人才資料庫，發行了宣導廣告影片，確立了評鑑指標，成立了資源中心學校，舉辦過生命教育博覽會，開發了十二個單元的中學六年一貫生命教育教材，還鼓勵民間成立了生命教育推動協會、生命學健康中心等民間團體。凡此，洋洋灑灑，實在也不能說沒有成效。

但仔細觀察，卻又會發現：教育部推動生命教育的預期目標，第一項就是「讓生命教育成爲各級學校教育的核心課題」、「生命教育由中小學延伸到大學」、「學生普遍具有生命意義的認識，舒緩意外傷亡、自殺率及犯罪率」等。以這些目標來看，生命教育究竟有多大成效，便不言可喻。

生命教育非但未曾成爲整個教育的核心，反而它自己就邊緣化得厲害。目前教材雖試編出來了，但試辦的國中大體只是利用周會、班會、聯課活動、導師時間或空白課程等時間來實施。也沒有學生會因生命教育學習的好壞而影響其升學。故生命教育也者，在現行體制中，仍是輔助性、邊緣性的。學生並未因我們推動生命教育，而在人生態度、價值觀、犯罪率、自殺率、情緒商數等各方面，有何改進。

生命教育延伸至大學，目前更是毫無進展。現今大學之生命學相關科系，幾乎全屬科學領域，與中小學的生命教育南轅北轍。社會上推動的生命教育，則往往成爲宗教弘法、葬儀服務之變形。熱鬧倒是熱鬧，實質上可說一片混亂。

日昨又有清華大學學生自殺了。教育部對生命教育的推動方法，該改一改了吧！

廣　告　回　信	
台灣北區郵政管理局登記證	
北台字第15949號	

235-62
台北縣中和市中正路800號13樓之3

印刻出版有限公司　收

讀者服務部

姓名：＿＿＿＿＿＿＿＿　性別：□男　□女

郵遞區號：＿＿＿＿＿＿

地址：＿＿＿＿＿＿＿＿＿＿＿＿＿＿

電話：（日）＿＿＿＿＿＿＿＿（夜）＿＿＿＿＿＿＿＿

傳真：＿＿＿＿＿＿＿＿

e-mail：＿＿＿＿＿＿＿＿＿＿＿＿＿＿

INK

INK PUBLISHING

讀者服務卡

您買的書是：____________________

生日：________年________月________日

學歷：□國中　□高中　□大專　□研究所（含以上）

職業：□軍　□公　□教育　□商　□農

□服務業　□自由業　□學生　□家管

□製造業　□銷售員　□資訊業　□大衆傳播

□醫藥業　□交通業　□貿易業　□其他________

購買的日期：________年________月________日

購書地點：□書店　□書展　□書報攤　□郵購　□直銷　□贈閱　□其他

您從那裡得知本書：□書店　□報紙　□雜誌　□網路　□親友介紹

□DM傳單　□廣播　□電視　□其他

您對本書的評價：（請填代號 1.非常滿意 2.滿意 3.普通 4.不滿意 5.非常不滿意）

內容______　封面設計______　版面設計______

讀完本書後您覺得：

1.□非常喜歡　2.□喜歡　3.□普通　4.□不喜歡　5.□非常不喜歡

您對於本書建議：

感謝您的惠顧，為了提供更好的服務，請填妥各欄資料，將讀者服務卡直接寄回或傳真本社，我們將隨時提供最新的出版、活動等相關訊息。

讀者服務專線：（02）2228-1626　讀者傳真專線：（02）2228-1598

24

立法院內政與民族委員會日昨審查通過「墳墓設置管理條例修正草案」，除了翻修十八年未修的殯葬設施管理條例，更明定推動輪葬、除葬制度，且將引進海葬、樹葬。此外，本條例也授權地方政府因地制宜訂立殯葬設施管理自治條例，以處理納骨塔之類設施。公墓墓基及納骨塔也將訂有使用年限。

在政局紛擾中，立法院可說做了件實事，值得稱許。目前我國殯葬管理問題叢生，希望政府也不僅是修訂幾條法律條文便了。若能確實本此新法之精神，落實改革，相信民眾會對政府施政有新的感受。

茲因新法甫修，尚有幾點意見，提供秉政者參考：

一、推動輪葬、除葬制，立意甚佳，可減少死人與活人爭地之困擾。但宣導工作，規模甚大，何種單位負責推動?此舉與民間「撿骨」之風俗，倘能結合起來辦，可以事半功倍，否則施行必然困難。民間堪輿，看風水、葬龍穴，乃至於「立生基」之俗，與新構想適相枘鑿，相關行業龐大的利益，也使得業者不會輕言配合此一政策。故除了由政府與地方民政單位推動政策之外，仍須有教學、研究機構之協力。

二、政策必須考量各宗教之教義與立場。例如火葬，主要是本於佛教傳統，回教就不火葬、不水葬，只能土葬。鑒於土葬用地取得困難，穆斯林迭次要求政府建立伊斯蘭教民葬區，其他某些宗教也有類似之要求，政府似不宜不審慎考慮。

三、殯葬管理，一向僅從政府公權力如何規範管理墓葬的角度看問題。事實上，殯葬不僅是墳墓的問題。墳葬是結果，整個殯儀是其程序，墓葬要如理如法，首先殯儀喪禮就要處理得宜。但政府除於一九九〇年內政部編了《國民禮儀範例》之外，對此甚少著力。今年我爲台北市政府所編《國民通用喪葬儀式手冊》供民眾參考，似亦未見發行。

四、殯葬不只是法律問題或管理問題，更是文化問題。社會上對殯葬事務之負面印象，或來自文化上視死亡爲禁忌、不祥；或來自殯葬業者之良莠不齊，龍蛇混雜；或來自喧囂吵鬧的喪儀；或來自不倫不類的弔唁規矩，而很少來自對濫葬的認知。目前殯儀無所適從，喪禮上也聽不到一曲像樣的輓歌、哀樂，政府能不慚愧嗎？

25

今年我國學生參加數學、物理、化學、生物及資訊奧林匹亞競賽，共獲得十金、十銀、三銅，成績甚佳。但包括參賽學生及指導教師都對國內年輕一代的數理程度均不表樂觀，擔心未來喪失競爭力，因爲整個中小學數理教育目前仍在風風雨雨中。建構式數學之爭論未已；數理教材是否太過簡化，也啓人疑竇；國中學力基本測驗考科及考題，又發生了爭議。對此，教育部雖一再表示會妥予處理，維持台灣科學人才的水準，各界依然憂心忡忡。

數理人才培育發生危機之外，英語教學更是亟應注意的問題。目前各縣市國小，幾乎都努力在教育部規定的時程前提早教英語。但條件好的縣市或學校，可提前至三、四年級教，差一點的，則在五年級教。一些偏遠或人才不足、經費短缺之學校，無計可施，其學生卻連在六年級學英文都很困難。結果就造成了城鄉極大的差距，導致教育機會不均等。同一校中，也可能學生程度不一，令教師無法執教，最後不得不放棄程度差的學生。

現今國小的英語教學師資也是問題，各校幾乎均無專任專業英語老師，要上英文課，就得外聘教師。外聘則需向學生收費。可是，如此收費又是不合法的，若遭檢舉，課程即須停辦，人員也會受處分。

這些問題，教育部不容不知。早先在未規畫完善、未積極培育英語教師、未備妥配套措施之前，就貿然實施國小英語教學，如今面對問題，理應盡快出面解決，勿令教師及生童繼續受折磨才是。

日前，英國教育大臣莫里斯女士，爲了政府所定的公立學校英文數學能力目標未能實現、學生標準化考試成績低落而毅然辭職負責。此事對我教育部官員不知有何啓發？我們則誠摯希望教育部能知恥改過，爲全國生童謀福利。

具體的做法，是立刻明快決定前此「教改」的一些事項是否繼續做下去，哪些又應立刻放棄，以免治絲益棼。如此才能穩定民心，杜絕政策擺盪。然後召開中學校長全國教學會議，共謀對策。不能再由教育部主導，找一些教授及所謂教改團體、教改人士，談一些辦法就要中小學來實施來配合，做不通，再指責執行不力了。

26

針對社會上近來充斥的緋聞、謠言、八卦、政黨攻訐、粗口、誹謗，大學該做什麼、又能做什麼呢？

國立大學校院協會理監事會議，日昨通過嘉義大學楊國賜校長的提案，要發起一個「口德運動」，希望能改善越來越嚴重的口不擇言現象，讓大家有點口德。這些大學校長們建議這個「運動」應落實在各級學校教育中。例如在中小學開設「說話課」，教學生正確說話，大學則開設「說話的藝術」之類課程。各大學校長們都覺得此議甚爲切要，故還準備將此案提到本月廿五日的全國大學校長會議中討論。

此案不知是否能獲得私立大學校長們的支持。但社會反應恐怕並不如國立大學這些校長們所預期。

首先是迷信開一些說話課，講講「表達與溝通」、「說話的藝術」、「人際溝通要領」之類課程，就能把人教得既會說話又會有口德，實在是太單純了。一來說話技巧與言說道德未必能相符應，故孔子說「巧言令色鮮矣仁」。現在大家的毛病，不是不會說，而是言辭太過便給、齒牙太過犀利，會講話而無講話之道德。故這是道德問題而非言語問題。那些在國會壇坫、電視媒體上口沫橫飛，公然扯謊扯淡、粗口胡言者，哪個不會說話？無奈其技甚高而其德甚鮮，不思由養志畜德、陶冶心氣方面入手，而只著眼於其說話藝巧，只能說這些校長們不懂教育。

其次，講授一些課，便能教人明白「修辭立其誠」之類道理而躬行實踐於口耳之間嗎？被收押的郭玉玲女士，曾任阿梵達領袖，教授心靈修鍊，可是她涉嫌偷拍、監視璩美鳳，並販售性愛光碟，其心靈修鍊之功又安在哉？若講說、開課、研習，一門課在講堂裡說說，就能對人之道德實踐理性起具體作用，那麼我們從小講授公民與道德、倫理與價值、忠孝信義、仁愛廉恥，講得還不夠多嗎？何以如今學童均尚未成爲善人信人？因大家尚未信善，故準備再開此課來灌輸道德，又怎麼會有效果？豈非以火救火乎？

道德實踐上的問題，不是言說與知識所能解決，只能在實踐的場域中養成其理性。如若一個說髒話、謊話的人，在這個場域中會遭到鄙視與唾棄，小孩子立刻就學會了不再說髒話、謊話。反之，粗口與鄙俚，若是會獲得掌聲的，縱使學校裡再開一百門課教他口德與優雅，他還是會捨口德而追求傖俗。因此，校長們用點腦子，去改善這個社會、這個具體道德實踐場域中的失序現象，才是正理。再開課？免了吧！

27

文化大學校長林彩梅指導自己女兒的碩士論文，被指違反教育倫理，文化大學董事會決議予以解聘，創了國內高等教育一個先例，對這件事，我們覺得有幾點可深入討論：

一是公共教育之精神與分際如何拿捏的問題。文化大學董事長張鏡湖在這個事件中一直支持林校長，不但投了棄權票，還表示父母指導子女爲情理之常，法律亦未禁止，故不宜以此責難林校長。我們覺得此說頗嫌混殽視聽。因爲現代公共教育的精神，正在於它獨立於親子家庭教育之外，與古代私塾也不一樣。公共教育所提供的，是親子及家庭家族之外的，屬於公眾的知識，故其運作也受公眾倫理之規範。林校長要指導其女，儘可以在家中指導；既讓她入學，若仍由自己指導，她又何必去念碩士？豈不聞古人亦嘗「易子而教」乎？古人即知此理，今人無反而不知之理。

二是親屬關係在公眾教育領域中之存在分際。親屬關係是私人關係，這種私人關係不宜納入公眾關係中，否則就會形成干擾。這即是考試時若父親母親命題，子女理應避嫌的道理。母親擔任指導教授並參加論文口試，情節更爲嚴重，亦難獲社會諒解。如以爲此類行爲可被接受，將來誰也不必再遵守迴避原則了。

三是抄襲與引用的分際。引用是徵引他人見解以爲自己之佐證或參考，這在研究論文中是必需的。但引用必有註明，示不掠美；其次則是引用之外必須有自己的、不同於所引文獻之觀點與主張，否則何須再另做這項研究呢？抄襲恰好相反，徵引未予標注，且直接採錄援用舊說而乏新見。這兩種情況之不同，非常容易鑑別。但文化大學一直在這方面和稀泥，藉口不易分判究竟是抄襲還是引用，而遲未處理。如此行事，恐怕對校譽影響甚大。

四、林彩梅校長遭董事會解聘，但據文化大學行政部門解釋，應只是解聘其校長職，教職仍可保留。如此解釋，固然是該校之自由，但恐反遭物議。一般學校，教師發生此類有損專業倫理之事，均應由教評會討論是否續聘，非由行政單位逕行認定。此事關涉文化大學校譽，至祈該校能謹愼將事。

28

中研院今年巧立名目，在尚未修法的情況下，開辦國際研究生學院；準備辦兩個學程，招收四十名學生，每位可以領到每月三萬元的獎學金。原本以爲憑著中研院的名頭，所謂一流師資、頂級研究設備、豐厚獎學金，一定可以吸引世界各國傑出青年來就學。孰料，迄今只有四人報名，兩位是國內畢業生、一位越南人、一位泰國人。

對此結果，國內各大學都抱著幸災樂禍、看笑話的心情。這也難怪。各大學本來就不贊成中研院辦什麼研究生院。因爲體制不合。中研院是研究機構，教育應歸高校負責，豈有越俎代庖，自辦研究生院之理？目前辦這樣的學院，理由固然冠冕堂皇一大堆，其實只是爲了解決研究員做研究時的助手荒而已，想藉此找學生來協助做實驗，擔任不廉價的勞工之外，學生其實並不太可能獲得什麼教育的機會。整個研究生院的興辦宗旨、精神、設置方式，均有違教育之原則。

但中研院本身對此毫無反省力。面對世界各國之不了解（外國學術界人士都以爲我國國際研究生院主要是從事「漢學」研究，以中文授課。不曉得我們是全程用英語，而且「所有學程都走在時代最前端」）、國內博士生之反彈（獎學金是國內博士班學生的三倍），中研院只打算赴東歐辦招生說明會及批評「以公平爲由，要求國內大學博士班也享同樣待遇，很可笑。若傳到美國會讓人笑掉大牙」云云來回應。我們也覺得甚不妥當。

一是「好機構以優渥條件爭取人才」之類說法似是而非。中研院可以給學生每月三萬，其他大學給不起，不是因中研院特別好，而是政府給了中研院這筆錢。只要政府肯給，誰不能付？其次，給那麼多，有什麼道理呢？東歐、越南、泰國的學生有必要給比本國學生高三倍的錢嗎？三、眞讓人笑掉大牙的恐怕也非國內博士生的反彈，而是中研院主管們的國際觀。那種說話的口氣以及以美國爲偶像的態度，聽著誰不生氣？

在這種國際觀底下，他們才會難以了解爲何外國對我們辦此學院諸多誤解。他們不曉得我們在國際上最有競爭力、別人最有興趣來學的，正是漢學。倘若要講英語、研究「走在時代最尖端」的東西，人家爲什麼不去美國、英國，而要萬里跋涉到台灣來呢？一心以爲只要說英文、追逐「走在時代最尖端」，就可以國際化的中研院，實在應由這次招生失敗中好好學習啊！

29

中央研究院刻正進行資源整合，以「單科設所、跨學科設中心」的方向整併相關系所。而第一個要裁撤的單位，就是中山人文社會科學研究所。

該所原名三民主義研究所，成立已三十七年。於民國六十五年設置，七十九年改名社科所，現有研究人員四十三人，不乏知名學者，歷來也有不少成果，如今遭到裁併，相關人員反彈非常強烈，社會上也頗多質疑。因爲不但工作人員工作權缺乏保障，一個機構的學術傳統的建立並非易事，遽爾斬斷，對中研院恐怕也非好事。

何況，中研院的處理方式並不圓熟，對社科所人員進行未來去哪裡的調查，令人感到不安。因爲想去哪兒，不是自己說了就算的，得其他所願意接納。社科所原本地位並不比其他所差，如今該所人員卻成了仰人鼻息、須看人臉色的被處理者，尊嚴蕩然，心情怎會好受？無怪乎該院研究人員聯合會呼籲研究員們團結起來，勿任人宰割。

中研院這件事將如何發展，目前尚不得而知。不過，無論如何，一樁研究機構內部單位調整案例，與國計民生並不太相干，屬於茶杯裡的風暴，震盪數周，大概也就過去了，想來也不會形成什麼大風波。因此，我們評論此事，著眼點並不在爲該院人員爭權益這方面，也不準備爲該所之裁員申冤。我們眞正關切的是：

一、中研院社科所，前身乃三民主義研究所。這個所與其他大學的三民主義研究所一樣，早期均是政治干預學術的產物。在三民主義仍爲國家意識型態時，地位甚爲特殊。但隨著政局轉變，不得不轉型或遭裁併，似乎也成為這類機構的宿命。「趙孟能貴之者，趙孟能賤之」，學術依附於政治，結局通常如是，足令人唏噓警惕。

二、就此言之，如今老的三民主義研究所固然走進歷史的塵灰中了，新型的什麼台灣研究所、台灣文學所等，不仍是新政權意識型態卵翼下形成的三民主義研究所嗎？若說中研院整併單位的原則是「單科設所，跨學科設中心」，則台灣研究所跟社科所一樣，都兼跨社會、經濟、歷史等領域，為何不一併裁併呢？可見此中尚有奧妙。中研院做為全國最高研究機構，如此處事，吾國學術，欲求提升，難矣哉！

30

國科會準備設立吳大猷紀念研究獎金。這個辦法，學術界大抵樂觀其成，因為多一個獎項並沒什麼不好。可是，吳大猷先生之貢獻，主要在科學領域，故學術界普遍希望該會也能另設一獎，鼓勵人文社會學科。同理，國科會每年舉辦的培訓高中優秀學生營隊，都偏重理工而輕忽人文，論者亦不無微辭，企望該會能再予加強人文。

但這些爭論都不會比國科會的研究成果獎助大。這項研究成果獎助辦法，行之有年，評比辦法、給獎方式屢經修改，而爭議始終不斷。近日尤其喧騰紛擾，連中研院院長李遠哲先生也有停發該項獎助之議，可見爭端確實不小。揆其所爭，大約有以下幾點：

一、給獎之對象，涵括了各級研究機構和大學等。可是研究機構，例如中研院，其研究人員本職就是研究，從事研究工作已支領了政府薪水，研究結果又可再獲獎勵，顯然不妥。專職研究者與另有教學及服務工作之大學教師，在研究質與量上，更不應一例相衡，否則研究機構之獲獎率必然較高。二、新進人員單獨考評，固然是對的，但新進教師或研究人員，多半以其博士畢業論文送審。博士論文寫作經年，篇幅自非其他教師研究者一年所得之單篇論著得以比擬，因此也較易獲得獎助。這也不甚合理，博士生畢業論文是否宜計爲研究成果呢？三、研究成果之評比，機遇成分過大。學界山頭林立，派系恩怨、師友關係複雜，獎助評選，事實上就反映著學界的流派、人脈與權力關係，很難令人有公平之感。一個獎，辦到現在，毫無公信力，未能使人有實至名歸之榮耀，反而充滿了怨懟、質疑，自然應該改弦易轍。四、評比過程中，指標混亂。以代表作爲主，抑或以研究總體表現、研究成果獲其他人徵引爲評定標準，乃是不同的考量。這些指標並無一定的比分，故有些研究總體表現很好，量也很多的學者，卻可能因代表作不受評審青睞而損龜；更多平常不做研究，每年只努力寫一篇文章的人卻獲獎的例子。同理，也有人批評國科會只從產量著眼，未考慮品質。至於外國期刊論文引用數，更不可據，人文社會學科便不合用這樣的指標。

綜合這些質疑，我們贊成廢除這項獎助，另外改訂辦法。從鼓勵開發論題、提升研究水準角度考量。

31

依教育部發布的〈私立學校法施行細則〉第二條所稱：「本法所稱各級學校，指經主管機關依本法核准立案之大學、專科學校、高級中等學校及國民中、小學。」那麼，凱達格蘭學校是什麼時候「經主管機關依本法核准立案」的呢？教育部曾於一周前行文給民進黨中央黨部，請其說明凱達格蘭學校的性質及創校進度，至今尚未收到回文。可見教育部迄今連這個學校到底是中學、小學，還是大學都搞不清楚，該校未依法向教育部申請核准，更未獲准立案，自不待言。

然而，這個學校招生了。不但堂而皇之開辦，且冠蓋雲集。創辦人更是總統陳水扁。總統自己違法開辦了一間私校。他學的是法律，自己又是政府的領導人，自己踐踏法律，替下屬教育部找麻煩，可眞是行政學上難得見著的例子哩。

教育部則尷尬異常。之前教育部審核私校設立可嚴了：基金要先預存二至七億，不准動支；土地不得少於五公頃，圖書館、教學及實驗房舍、校長資格必須符合規定、各系所規畫須先送審……等。因此，籌辦一所私校，實非易事，就是改制升格，也有許多規範，非常困難。凡不遵辦者，則予處分，故一些「台北金融大學」、「台灣文化學院」之類機構均遭了取締。可是，面對這所不知其性質爲何（誰都知道，這是民進黨的革命實踐研究院，唯獨教育部不曉得）的私校，教育部動不得。因此，面對立法委員之質疑，教育部官員只好宛轉開脫，說此校與李登輝學校一樣，均爲非正規學制，故並不違反私校法云云。

非正規學制的管理法規是終身教育法，在中央由教育部主管，直轄市爲市政府，縣爲縣政府。凱達格蘭學校之主管機關到底是教育部抑或台北市政府？若是台北市政府，顯然該校並未令北市主管之。若是教育部，教育部目前也根本不知其性質與創校進度。對非正規學制的管理，教育單位都這麼寬鬆嗎？凱達格蘭學校業已公布了學員名單，教育部爲何還說它未公開招生呢？

看來，面對政治，教育仍是弱勢的，可憐的教育部又能說什麼呢？

32

日人小林善紀的《台灣論》近日雖遭到許多批評，但作者小林不僅未因此而稍戢其氣焰，更表示台灣是歇斯底里，又預告他還準備再出版續集。

小林之所以如此強硬，據他表示，是獲得了許多支持台獨人士之捧場。這些人士不但或明或暗聲援此書，並強調小林善紀這本書是提醒台灣認同的重要書刊。他們認爲《台灣論》所引起的批評，只是統派人士與媒體的圍剿。

高雄市也有一個由醫師及教授組成的「台灣南社」，日昨更在高雄統一百貨前拉白布條呼籲民眾「熱烈購買台灣論，冷靜思索台灣未來」。該社人員除自己出資購書之外，並批評社會上指摘許文龍的言論是「親中國勢力的撻伐」。因此他們呼籲大家用台灣人民主體立場檢視書中許多具衝擊性的思考。

針對這些現象，我們有幾點看法：

一、許文龍對日人小林善紀所陳述的慰安婦事件「眞相」，經許多對慰安婦有研究有調查之團體、學者、當事人澄清後，已可確定許先生確實是講錯了。許文龍自己在道歉聲明中也表示自己以偏概全、未盡周延。這是史實，不是任何政治立場所能扭曲或予以模糊的。對就是對，錯就是錯。豈能錯了不認錯，還要批評指出他們錯誤的人是統派或親中國？還要表示將再繼續刊布錯誤的言論？

二、以上述蠻不講理、罔顧史實、不問是非的態度處事，已夠令人側目了，現今居然還要扮演被壓迫者，認爲批評許文龍與小林善紀的社會大眾是在「圍剿」他們，指書店「不主動陳列台灣論」是「白色恐怖」。這是欺負了別人還要假扮受害者。自己在別人傷口上撒鹽，還說別人是自己弄傷的之後，別人喊了痛，竟被指責說是迫害者。此乃對當事人的三度傷害，也是對整體社會的暴力。

三、有人要主張台獨，乃是言論自由。但主張台獨爲什麼要美化日本殖民統治呢？《台灣論》對台灣原住民、慰安婦、抗日義士的敘述，存在什麼台灣人民主體性呢？以台灣人民主體性的角度衡量，豈能呼籲大家去熱烈購買，並支持作者再接再厲？

是非的問題，不能用政治立場來模糊。媚日的態度，不容以台灣人民主體性爲幌子。

第四輯

悲台灣

兩岸論述的模式

中共國家新聞出版總署刻正起草大陸報業改革方案，方案內容有二：一是報刊體制改革，除《人民日報》、《經濟日報》、《求是雜誌》之外，全部中央報紙、雜誌、各行業各部委報刊，一律與原主管單位脫離，以企業法人重新登記。各省、直轄市、自治區，均只保留一份省市委機關報，其餘一律與政府部門脫離，納入企業法人化管理，今後國家機關也一律不再辦報刊，一些有官方背景的「人民團體」所辦報刊，則主辦單位亦須調整爲學會、協會，其餘則應與主管單位脫離。

其次，允許民間資本和外資進入傳媒市場，占股且可達四成。

這兩項改革，前者是民營化，後者是讓傳媒成爲國際資本市場。改革幅度之大，恐怕要跌破許多觀察家的眼鏡。

書刊報紙，在專制社會中向來被視爲意識型態陣地，也是政府的喉舌及統治工具。中共在改革開放的過程中，資本市場開放迅速，資訊領域則拖拖拉拉。明顯採用政經分離原則，在經濟方面開大步走，可是卻把報刊出版等視爲政治穩定力量，抓得死牢。故各界觀察大陸，多以此爲指標，認爲大陸仍不脫其專制本質，未能眞正把傳媒市場化，脫離政治控制。

過去，台灣、香港，乃至歐美主要傳媒，也都曾覬覦大陸市場，而思揮兵入駐，卻總是在大陸控管之下叩關乏力。或鎩羽而歸、或遊走灰色地帶，例如收購刊號或以協辦單位名義出資，而股權實無保障。現在，驟聞其開放之議，且開放改革幅度如此之大，想來應有「乍見翻疑夢」之感吧！

當然，依大陸政府之體質及其行事作風，改革之中，未必即能盡祛其官方管制色彩。民營化、市場化，涉及的不只是管理制度，更在於整個觀念和運作模式。大陸的傳媒，在這方面，調整也還需要時間。可是，無論如何，這樣的改變，毋寧是巨大且值得重視的。

兩岸論述的模式之一，是敘述大陸近來的發展進步狀況，提醒台灣：大陸已非吳下阿蒙，台灣勿仍效法驕傲的兔子，儘是悶著頭睡大覺。其二是描述大陸改革新猷，以對照台灣在同類事務中之顢頇情狀，以激勵朝野速求改革。例如，碰到大陸這樣的改革方案，對比台灣政府建國家電視客語台、以置入性行銷左右媒體、遲遲不願黨政軍退出媒體等舉措，不是令人深感慚愧憂慮嗎？

但這樣的論述方式，固然用心良苦，謀國忠藎，卻頗不為政府所喜，也不被強調台灣本土意識者所歡迎。他們認為這是「唱衰台灣」、「長他人威風，滅自己志氣」、「為匪宣傳」、「不愛台灣」……等等。台灣與大陸，必須被描述為本質性的對比關係，台灣民主而大陸專制，因此也必須是本質性的對敵關係。

要跟大陸對敵，是某些人的理想或信仰，我們懶得與之爭辯。但台灣若要與之對抗，如何對抗呢？大陸不唯已準備改革開放傳媒市場，其人民銀行也早已在香港試點辦理，將股權釋出，向全世界招資，成為去歲香港最大的集資案例。各省人才市場更是熱切開放向全球徵才。不僅珠海、深圳、上海這類城市的機關機構，開出各種誘人的條件來吸引各地優秀人才，造成「孔雀東南飛」的現象，世界各國資金之外，人才也正在向大陸流動。連河南這樣的內陸省分，今年都空出四十二個廳長級幹部的位置，向全球徵才，邀請大家一道來經營中國。面對這樣的人才與資金流向，我們該採什麼對策，才能與之抗衡呢？

現在我們政府及某些人所採取的辦法，是在外部樹立敵對者，努力把大陸妖魔化，要人民強化敵我意識，把赴大陸經商者形容爲資敵、賣台；在台灣內部也在找敵人、製造敵人，以族群、是否在台出生、是否愛台灣、是否支持陳總統或李登輝或民進黨或什麼政策、是否曾去大陸……等各種標準，來區分敵我。然後再努力地鞏固「我們的」陣地，在國營事業、傳播媒體、學校、社團……等各處插幟立樁，安排自家人手，以便掌控資源。而其所以如此，又是爲了便於操作選舉。例如選舉時，強化中共之鴨霸凌侮形象，便有利於同仇敵愾，衝高選票。選舉時，指責他人可能賣台，也有同樣的效果。掌控資源、利用媒體，情況亦然。因此，非常弔詭地，民主選舉，竟成就爲掌權者逐漸封閉、專制的局面，與大陸逐漸走向民主，形成了具諷刺性的對比。

以這種封閉的、專制的、自我分化製造敵人的方式，能對抗大陸開放的政策嗎？答案是不問可知的！

眾所周知，大陸的改革開放，其實主動層在社會，社會已經產生了變動，才刺激上層主政者做出政策上的回應。並不是像檯面上看到的，什麼都由上而下。可是，這裡雖顯示著政府步調迂緩，老落在民間之後的弊病，卻畢竟也呈現了中共領導階層對權力的自制，以及對整體形勢的正確掌握，明白應順應情勢。這是中共新一代領導班子不同於以往革命大老粗的地方。所以整體上看，大陸的政經文化發展，仍呈平穩上升的趨勢。

台灣反是。整體政經文化社會發展，是朝下墜的趨勢。政治惡鬥，永無寧日；經濟衰退，人人財富縮水，不少人且有失業之苦；文化陷入路線之爭；社會則瀰漫乖戾八卦之氣。這是爲什麼呢？領導階層對權力攫取，貪婪不能自制，對國內外情勢又不能正確掌握，或雖知趨勢如此，而悻悻然偏欲矯治之，結果伉激對搏而全民皆傷矣。

這樣的對比，很無奈又落入前文所述兩種兩岸論述模式之中了。但我也不想如此比較，因爲這樣比較是令人感傷的。我在參加大學聯考時，三十年前，考風還不至於像今天這般媚俗，出什麼番茄豆腐之類，作文考題規規矩矩要我們申論曾國藩所說「風俗之厚薄奚自乎?自乎一二人心之所向」的道理。可是彼時年幼，雖明其理、雖申其說，畢竟無深刻的眞實體會。如今閱世滄桑，比較兩岸榮枯之故，感傷之餘乃又想起這句話。但想起來，還眞是感傷哪!

新台灣悲情二十六則

1

美國的中共軍力報告，已成爲此間新聞的熱點。無論政治立場是統是獨，都很注意中共近年軍力的成長。

但軍力只是國力的一部分。中共近年除了軍力成長外，經濟力成長更快，對台灣影響也更直接更深遠。除此之外，更當注意的是大陸傳媒的發展。

二〇〇一年全球經濟不景氣，歐美傳媒均受到重大衝擊。時代華納第一季虧損即高達五四〇億美元，相當於烏拉圭或保加利亞這類國家的一年國民生產總值。巴黎的威旺地環球，也虧損一五四億美元，創下了法國企業虧損之紀錄。其餘強勢媒體，亦多如此，灰頭土臉。台灣的情形更糟，傳媒爲了面子，咬牙苦撐，而實際上裁員、減薪、送廣告，一片哀鴻遍野。

全世界只有大陸是例外，其傳媒並未受到影響。這當然與大陸經濟尚未受全球不景氣情勢侵擾有關，卻也令人發現大陸尚未全球化的經濟體質，及半封閉的媒體環境，不全是負面的因素，有時反而會形成保護網。因此，大陸傳媒的競爭力值得重新評估。

但，更應注意之處，在於大陸傳媒業已在國際上回應全球傳媒的挑戰了。中國中央電視台的中文節目，已通過衛星和電纜電視網絡傳播各海外華人地區。其英語新聞時事頻道CCTV-9，二〇〇一年底也開始在美國播出。香港的鳳凰衛視，近年更是展現了打造成華人世界的CNN之雄心。

此外，媒體整合也在熱切進行。早在二〇〇〇年一月，大陸官方就提出多種媒體聯合經營，跨地區經營的構想。次年，中國廣播影視集團成立，成爲大陸最大的新聞集團，整合了中央電視台、中央人民廣播電台、國際廣播電台、電影集團公司、廣播電視傳媒網路有限責任公司、廣播電視互聯網站等，簡直成了個巨無霸。出版界也在發展出版集團，香港的Tom.com近年也不斷收購和兼併，以期成爲巨大的跨媒體平台。

這整個趨勢，稱爲一體化：即是把電視、廣播、報紙、出版社、網路聯合起來，多層面運用社會資源。中共國務院新聞辦公室主任四月在「亞洲博鰲論壇」中還誇下海口，說是：「要以亞洲的方式和語言，報導新聞，突破西方媒體的壟斷。」

對於大陸官方的作爲及大陸傳媒的新發展，我們的政府有什麼了解、什麼評估、什麼因應措施嗎？

2

在台灣仍然爭論大陸經濟是否將要崩潰之際，大陸的經濟卻正在持續增長。其徵象可見於下列數事：一、住宅、汽車、電子通訊、基礎設施等直接提升消費及產業結構之領域，仍呈增長趨勢。

如房地產開發，二〇〇一年增長三成，今年上半年增長百分之三十六．七。二、外資公司對大陸轉移生產能力之速度增快，帶動了外商投資速度。三、近年國營企業之改革已有部分成效，沿海地區改制較佳，且投資總額已占全大陸百分之六十二，利用國債資金甚少。四、消費增長達百分之八．六，對穩定內需頗具貢獻。五、國際經濟形勢對大陸有利。例如大陸鼓勵出口時，正逢美國大力刺激其國內經濟增長，故外貿條件較佳；美元貶值，也促進了大陸對美國以外地區的出口。

但大陸失業人口仍極嚴重，去年已達一千四百萬人，今年將更多。市場供需也不平衡，供大於求的商品依然甚多，加入WTO的衝擊則已出現，國際上貿易保護主義卻在此時逐漸瀰漫，美國即爲一例，且國際上針對中國蔬菜、果品等等出口，或知識產權保護方面，要求也極高。大陸的出口市場又太集中，貿易多元政策並未形成，因此，大陸的經貿體質仍不健全，甚爲顯然。

不過，經濟體質或結構的改善，大陸近來似乎頗爲注意，對於如何完善投資體系，消除消費領域中的體制障礙，處理財政增收與稅收減免之關係，建立自主而穩定之貨幣政策，著墨甚深。雖未必能遽爾收效，但若無意外，應對其經濟發展頗有幫助。

這是其整體經濟情勢。但這種趨勢中有一個最大的變數，卻不是國際的，而是國內的；不是經濟的，而是政治的，那就是所謂「西部大開發」。

西部大開發的經濟發展戰略，當然是要將沿海經濟勢頭往內拉。然而中亞政局緊張，西部貨品無通路行銷出去，歐洲之資金與企業也難以經歐亞大陸橋進入大陸內地，西部大開發便前景堪虞。西部大開發目前在西南較具成效，西北則尚無顯著成果，亦與上述因素有關。

這個問題與台灣是息息相關的。因爲沿海台商的投資環境已日蹙，產業西移正是目前許多人的打算。因此，觀察大陸，不應僅著眼於東莞、上海，更須注意它西部大開發的進展。大陸把它與哈薩克等中亞五國的合作機制設在上海，正著眼於以東南灌濟西北之意。正在上海熱興頭上的台灣人，似也不能不留心西北情勢的發展。

3

上海交通銀行近日曾公開研究成果，謂大陸加入世界貿易組織後，各行業中影響最大的並非農業，而是銀行業。因爲：一、銀行業是爲所有行業服務的；二、銀行業與金融市場的關係至爲密切，外匯市場、國債市場、銀行同業拆借市場、股票市場、債券市場等，均與銀行業有關；三、銀行業由於貸款給不良企業而存在許多不良的體質與資產，一旦加入世貿，窘境必然暴露。

這個分析確實不錯，大陸銀行業正面臨空前挑戰。其「入世」以後經濟發展之前景，即將由它面對挑戰是否能順利轉型這個地方來觀察。

但大陸對這個挑戰目前似乎也已有了些作爲。其金融體制改革正在推行。中共中央金融工作會議之後，四家國有商業銀行都紛紛著手進行公司化改革方案，不少海外投資銀行也對此大感興趣。其中，中國銀行進展步調最快，其子公司中銀香港控股公司二○○一年由十二家銀行重組合併，並於七月十五日開始向香港公眾投資者公開售股，集資達二百五十億港幣，成爲今年香港最大的招股活動。該公司於七月廿五日正式掛牌。其售出之股權爲百分之二十五，且採取全球發售方式，從七月八日起對歐、亞、美三洲巡迴推介，故成果豐碩。猜測台灣可能也有不少人買了該公司的股票。

然售股集資之多並非重點。重點在於這乃是中國銀行管理體制改革的一個試辦例。它不是把原有機構簡單地合併了事，而是另行設計了一套新的組織架構和經營策略，所以是整個公司的脫胎換骨。期許在目前國際銀行業競爭的態勢下，能建立更穩固的體質，並提高效率、服務顧客。

顯然，中銀在大陸若想進行此種體制改革必然阻力甚大，故以香港做爲試點。這個試點如若成功，當然也就強化了中銀在大陸內部進行改革的決心與正當性，未來改革也會順利得多。

在「全球化」的時代，資本全球流動，銀行即是資金之府庫與鎖鑰。對銀行體質及體制的調整，亦是適應全球化浪潮的必要之舉。大陸顯然已開始行動了，我們的銀行體制改革，什麼時候才要開始呢？

4

大陸對台政策到底如何，目前正成我政府解讀之課題。錢其琛之說，我方甫讚揚其有善意；張銘清發言，我方又只好說它了無新意。正在解讀爲難之際，企業界又大力抨擊「戒急用忍」政策，財經官員則在努力安撫消毒中。

在這個時候，大陸漁工的問題，就顯得政府更無暇顧及了。

現在在台之大陸漁工達三萬人，是台灣漁業主要人力，台灣漁船業主也長期依賴這批人力。有些港口，如蘇澳籍漁船幾乎百分之百使用大陸漁工。可是因政府政策不開放大陸勞工，以致這些漁民無法像菲勞、泰勞般享有各種福利與保險之保障，也無法上岸，長期居住在船屋上。過去即曾發生因颱風而翻船溺斃之事。我政府以天災來推諉責任，大陸則視爲人禍，屢屢以人道權益爲由，向我方抗議。十幾年來均無改善，遂於日昨發出「關於全面暫停對台漁工勞務合作業務的通知」，不准漁工來台。

大陸漁工不准來台，結果只有兩種：一是台灣放棄漁業，業者轉業棄船，或直接向大陸買魚；二是以私運大陸漁工方式繼續運作。十幾年來，台灣不准雇用大陸漁工，而漁業者還不是用到現在？未來至多也僅是現在這種民間模式的擴大而已。畢竟，上有政策下有對策。兩岸關係，政府說一套，民間做一套，由來已久，本也不只此一樁。

因此，實質上可能影響並不很大，但此事凸顯了我們大陸政策一些大問題：

一、在兩岸角力過程中，人道與人民權益，一定擺在口邊，強調任何政策與決策均需顧及人民之權益與感受，人道也是最高的價値。但實際運作，卻總以人民權益爲犧牲。兩岸不通航，讓人民轉機轉來轉去是一個例子，這也是一個例子。企業家對「戒急用忍」可以抗爭可以談判，大陸漁工的權益則長期無人關懷。人道與人民權益永遠是犧牲品。

二、兩岸人民關係條例，明訂大陸勞工開放政策，政府卻以不執行來遂行其不開放之實，政府違法，反責民間使用大陸勞工爲違法。面對大陸新措施，也不見陸委會等機構出來解決，荒職怠忽，莫此爲甚。成天只會與對岸鬥口，有什麼用呢？

三、台灣明明需要大陸漁工，明明也在用大陸漁工，可是偏要說：我們現今還沒開放使用大陸勞工。這不是掩耳盜鈴、自欺欺人嗎？這樣的做法，新內閣上台了，有什麼令人耳目一新的辦法嗎？

5

每天翻開報紙、打開電視，都是疫情災報，令人幾乎要忘了世界各地政、經、軍事、學術體系仍在運作。而事實上，我們要提醒的，也就是這一點。

雖然疫情嚴重，但由大陸主導的博鰲亞洲論壇，二〇〇三年會即將於五月十八日在海南島舉行，巴基斯坦、尼泊爾、印度、哈薩克、塔吉克、新加坡、澳洲、越南、寮國、日本、南韓均將參加。本次將討論區域經濟合作、亞洲金融形勢、自由貿易區建立、旅遊、農業、人力資源、伊拉克戰爭對亞洲經濟之影響等議題。另外，據泰國駐北京大使帕馬威奈透露，該國與大陸洽簽FTA（自由貿易協定）已頗有進展，四月底即開始執行互惠消減關稅政策。因此，東協國家十加一的合作議題，預料也會是博鰲亞洲論壇的重點。

目前亞洲FTA的發展，已形成兩個軸心，一是以新加坡、日本為南北樞紐的組合，另一個就是東協與大陸的十加一組合。再加上大陸與俄羅斯、中亞四國所組成的上海合作組織，大有三分天下之勢。大陸在此中，地位益形重要。北進，與俄羅斯簽署中俄睦鄰友好合作協定，並組成上海合作協定，可說進展非常順利。南進，如上所述，也頗有斬獲。故縱使這次廣州、北京等地疫情嚴重，大陸在亞洲經濟上舉足輕重的地位仍將絲毫無損。這是我們不能掉以輕心的地方。

台灣目前抗疫正焦頭爛額，也許無暇去思考經濟發展大戰略的問題，但整個形勢的發展是不等人的，台灣是否加入新加坡、日本倡議的東亞自由貿易區（或稱為ASEAN+5）？我們與東協國家的合作關係為何？均應加緊研擬對策。

五月下旬，亞洲開發銀行也將在土耳其伊斯坦堡舉行年會。這個會議是我國參與國際財金組織中最重要的一個，也是我國財金首長與各國高階主管交流的少數機會。在這個場合，「清邁協議」和東協與日韓中的關係，勢必會成爲一個焦點。我國也應對此有所因應。可是我們迄今仍不知經建會或央行有何策略，是否由央行總裁與會，目前也未聞討論。

另外，我國在太平洋經濟合作理事會(PECC)中還負責社區建構論壇及金融論壇部分小組工作，也應對此有所因應，以免屆時手忙腳亂。

6

台灣與大陸的政治領域對話交流機制，現已中斷來往，海基會投閒置散，完全沒有業務開展。經濟領域，「戒急用忍」至今也乃未見具體鬆動開放之跡象。故唯一在政府政策層面尚在推動的，只有文教交流一端。

但文教交流，十年來，格局、法規、做法，其實均未有所突破。例如新近開放大陸記者來台長駐，乃是民國八十年我提出的建議及辦法。至今仍在爭議中的大陸學歷採認辦法，則是民國八十二年我即已擬就之草案。如今草案尚未落實者，固然不用說了；就是落實了，效果實也已大打折扣。因此，兩岸文教交流的速度與幅度，乃至它的效果，確實是到了該檢討的時候了。

在郝柏村、蕭萬長主閣時期，都曾舉辦過大陸工作會議，邀集各部會集思廣益，協調相關政策步調，討論具體做法及工作目標。如今，政府高層固然在戰略層面上仍未能確立兩岸關係之基調，態度擺盪於中間路線與新兩國論之間。可是，具體的大陸工作，也不能就此懸宕，仍應視具體現況，審斟辦理。

因為，時日稽延，情況對我方越來越不利。以教育來說，十餘年前，我方教育，具絕對優勢，不唯基礎教育穩實，高教規模與水準亦均非大陸所能及。當時赴大陸就學者，大抵是台灣所無之學科，如中醫、民族音樂之類，且以在台考試不如意者居多。如今，大陸教育改革，情勢丕變，不但體質改變甚大，與世界接軌也步伐迅速，故台灣赴大陸修讀課程或學位者，業已與從前大不相同。大陸教師薪資已不遜於，甚至高於台灣，是以台灣教授轉赴大陸執教者，亦大有人在。大陸學校過去經費極為窘困，如今教育產業化，校辦企業、專利營收以及合資控股，其術多方，財政更是不可同日而語，其經營遠較台灣靈活而有彈性。比起台灣各大學之坐困愁城，日日為財務所苦的情形，實在又好得多。更值得注意的，是他們的國際化程度，一日千里。與世界各著名大學發展的雙邊協定、學術研究合作、教師學生交流、會議及刊物之發展，廣袤綿密，實已遠勝於台灣。世界各國廣泛延攬大陸學者、提供大陸學生交流獎金、支援大陸學術研究與出版，實已令我之學術發展國際空間日蹙。像新加坡政府，甚至直接去大陸招收高中生了。

對於這種新形勢，政府該討論的，不應仍是學歷採認的老問題，而是新格局、新做法、新法規。

7

辜汪會談，轉瞬已屆八年。海基會董事長辜振甫發表談話，呼籲兩岸求同存異、消除障礙、增進互信，並再度表達期望海協會會長汪道涵能來訪問，他自己也願前往上海與汪會面，探求兩岸關係進一步發展之契機。

辜先生老成謀國，願不避辛勞，固然令人欽敬，但辜老先生若希望今年能再繼八年前歷史性會談之後，再創一次契機，機會恐怕並不太大。辜汪會談所簽訂〈辜汪會談共同協議〉、〈兩岸公證書使用查證協議〉等四項協議，至今不但仍擱在冷凍庫中，新政府還企圖否認達成這個協議的基礎。陸委會主委蔡英文，昨日尚在報端表明：「九二年的香港會談，眞正的價值，不在雙方有沒有簽署協議或協議的內容是什麼，而是陳總統所說的，雙方共同創造了『九二精神』：交流對話，擱置爭議。」這樣的談話，事實上否定了辜汪會談的價值，也不可能讓兩岸復談，因此辜老的期待也終只是一場空想罷了！

爲什麼呢？九二年在香港的會談，兩岸達成了在「一個中國」原則下進行交流對話的協議，但一個中國之內涵爲何，因雙方認知不同，故彼此同意不予界定。此即後來外界解讀爲「一個中國各自表述」或「一個中國，各自不表達」之故。由於有了這個協議，兩岸才有可能在次年於新加坡展開辜汪會談。可是，新政府上台以後，因爲不願接受「一個中國」原則，便否認曾於九二年香港會談時達成了什麼協議，也不承認協議的內容。後來爲形勢所迫，乃改稱「九二精神」。意謂不知九二會談是否有協議，但九二年確實曾經談過，現在仍希望能繼續交流對話云云。

此乃政府自以爲得計之想法與說詞。問題是：九二年交流對話、擱置爭議的結果，就是達成了一個中國的協議。如今卻以不承認此一協議爲出發，要求再來對話。

我們不要成天批評中共「鴨霸」。設身處地，換了我們是中共，能接受這種做法嗎？一個中國原則，是當初奠定了辜汪會談之基礎，如今卻認爲一旦接受，就代表投降，因此只能當議題來談，又是從何說起？把一個中國做爲議題，九年前香港會談就談過了。這樣做，不但退回到了原點，而且已談之事，變成了還須再談，什麼談判對手願再上談判桌呢？

或許拖著不要眞正展開談判，才是這種大陸政策的眞正奧妙所在。但拖下去眞對我們有利嗎？秉政者對此，固然不乏信心，但民眾可不見得那麼想！

8

韓國總統盧武鉉刻正訪問大陸。相對於前此我政府爲了是否曾「過河拆橋」對待印尼，以及印尼是否曾派特使來台道歉事，與印尼方面各說各話，實在令人感慨萬千。

台灣與大陸在國際舞台上揮灑的空間完全不同，當然無法相提並論，但處理外交事務的方法，顯然也是造成今天台灣處境日絀的原因之一。近年大陸在國際事務的處理上，手腕越來越靈活，也越來越嫻熟歐美主流社會的語言，故折衝樽俎的收穫，也越來越多，這是我們不能不加強留意的。

大陸的發展，似此之例，實多有之。相較之下，台灣均須有所借鑑，有所警惕。例如金融改革，我們想做但做不成，現在要選舉，當然更不能做。可是大陸先在香港試辦，把中國人民銀行的股分釋放世界集資，成爲二〇〇二年香港最大的民間集資案例。此例成功改造了整個銀行的管理體制，對金融體制改革形成具體且積極之影響。又如「抗煞」，台灣對大陸早期隱瞞病情，一再表示憤怒、鄙夷；對其後期以打仗的方式號召抗煞，也不以爲然，頗致譏諷；對於大陸比台灣更早除煞，亦深表不平，且極爲懷疑。可是，在這場抗煞競賽中，台灣事實上是灰頭土臉的。大陸固然早期掉以輕心，又隱瞞消息，但後來全力投入抗煞，其措施及政府應變能力，其實頗有可稱道之處，不可一筆抹殺。若考慮到大陸人口之多及轄域之大，便可知其抗煞難度實萬倍於台灣，便應了解中共新政府確有與從前不同之處。

因受SARS影響。大陸、香港、台灣經濟大受衝擊。台灣的慘況，大家都明白。一般也以爲大陸會更糟，孰料二〇〇三年上半年大陸的經濟成長率仍然高衝到百分之八，令人對大陸的經濟體質刮目相看。此亦不能不予注意者。

九月，大陸政治體制改革、新聞體制改革也有了新的進展。新聞體制改革，已準備讓報紙民營化，先選擇試點辦理，動作比台灣吵嚷已久的「政治力退出媒體」還要迅速果決。政治改革，也開始試辦直選。河南省今年還騰出四十二個廳級幹部的位子，向全世界徵才，包括起用外國人，讓外資之外的外地人才來治理中國。這些，都是台灣過去沒想到的新作爲。對於這些作爲，台灣不能仍以老思維因應，更不能不努力，因爲，競爭優勢很快就會喪失了。

9

《亞洲華爾街日報》在二〇〇二年十二月三十一日發表評論，認爲中國大陸在二〇〇一年經濟增幅爲百分之七・三，二〇〇二年經濟增幅爲百分之十二，超出國際間的預期値甚多，但榮景未必可以繼續，二〇〇三年它的經濟增長應會放緩。原因是：大陸政府的預算赤字不斷增加，目前已達經濟總產出的百分之三・五左右，過去五年發行的國債則已有八百億人民幣。

但大陸內部一般不贊成這項預估，認爲二〇〇二年已有近五百億美元的外資進入大陸；城鎮失業人口雖有百分之五左右，也未在中國進入WTO以後形成嚴重的問題；反而是效率低落的國有企業，因競爭而開始更新體質。政治上，十六大順利召開，平穩接班，更保障了經濟發展的形勢。因此二〇〇二年全國GDP增長約百分之八，總額超過十億萬元人民幣。現今雖仍有失業問題、農民收入問題、通貨緊縮問題、股市低迷問題等難關，但整體發展勢頭仍是平穩向上的。

我們認爲，大陸對其經濟發展持樂觀態度是必然的。然而外部形勢瞬息萬變，美國對伊拉克一旦開打，世界經濟環境便不相同，美國、日本經濟復甦的時間與強度都會影響大陸的經濟。其次，財政風險比想像還要嚴重，財政赤字規模及國債越來越多，只是其中一端。銀行不良資產處置、社會保障制度建設、糧食企業虧損掛帳等還存在著許多負債。金融風險也一樣，呆帳達到三萬億左右，是隱藏式炸彈。高新科技部分，雖被人所看好，但問題依然不小。目前大陸科技總體水準仍低於發達國家，電子信息產業主要技術都在外商手上。科技人員所占人口比率、科技投入及產出比率、科技成果轉化比率也都偏低。而且高新技術企業的規模又都偏小，融資管道也不暢通，資金總量不足，投資分布不合理，這些都使得大陸的高新技術產業目前尚不發達。高新技術對經濟增長的貢獻僅爲百分之十五，西方發達國家則有百分之六十以上。可見大陸在這方面仍待努力。

面對大陸的形勢，台灣該怎麼辦呢？財務及金融的問題，兩岸頗多類似之處，失業與加入世貿的衝擊也相彷彿。但大陸這些問題只會減緩其增長幅度，我們卻是生死攸關的，主政者其善思之。至於高新技術產業，我們仍有優勢，正應趁此好好把握。待大陸高新技術產業也發展起來後，我們就沒有競爭力了。

10

台商赴大陸投資，究竟對台灣是利還是弊，各政治團體有不同的判斷。從現實上說，則台灣目前的經濟，完全仰賴對大陸的順差，故若非與大陸發展經貿，台灣早就完了蛋。可是，雖然依存關係如此密切，仍有不少人擔心，這是飲鴆止渴，終將掏空台灣。這不只是意識型態作祟，因爲整個東南亞都曾流行這種觀點，憂慮中國經濟發展會形成磁吸效應，排擠外商赴東南亞投資。

此即「中國黑洞說」。這個說法，強化了許多人對大陸崛起的疑慮，故希望能放緩與大陸經貿的步調，減少產業外移。

近日，德意志銀行公布一項研究則反對此種流行觀點。因爲據研究，大陸出口不斷增加後，東南亞各國不但未因此而喪失國際市場，反而同樣出口成長。過去十年，大陸出口占世界總量，由百分之一．八上升爲百分之四。東協國家則爲由百分之四．三上升到百分之六．九。也就是兩者都在成長，並未形成排擠。不但如此，因大陸出口中，許多根本也就是東南亞資本及工廠所爲，故大陸出口之成長，間接地又挹注了東南亞各國之經濟。何況，大陸每年湧入東南亞的觀光客及業務採購，對東南亞亦大有裨益。

在外商投資（FDI）方面，大陸之成長其實有限，一九九五年吸收了百分之五十三的亞洲FDI，到二〇〇〇年也不過百分之五十四。反倒是南韓，在一九九五年只有百分之二，到二〇〇〇年就增至百分之十三．六吸引外資之幅度，遠勝於大陸。台灣吸收外資，一九九五年是百分之二．三，二〇〇〇年達百分之六．五，也未因大陸狀況而減退。而整個流入東南亞的FDI，五年間變動其實也不大。

數字會說話。這些統計，充分說明了中國磁吸效應並不如此可怕，中國也不是黑洞。因此，與其爲此而擔心，因此而踟躕不前，因此而抱怨赴大陸投資者，或以此而推諉吸引不到外資的無能，都是不可取的。

相反地，我們更要重視如何吸引外資及外國人才來台。別忘了，大陸在這方面可是卯足了勁的。通過政府購買國際知名獵人頭公司和諮詢公司相關服務，以及建立覆蓋全球的「人才信息網」，提供優渥待遇、終身保障，又面向國際發布重大科研及重大建設項目，配套招標。這樣長期做下來，外資及外國人才當然會被它吸引。台灣要想競爭，就得有一些具體的辦法，光擔憂或防堵是沒有用的。

11

在大陸發射載人太空船升空之際，亞洲各國的評議，除了日本有些酸葡萄心理之外，大體都表祝賀，也有一些表達了亞洲國家共同的驕傲之意。大陸在亞洲地區的領導地位似乎逐漸確立了。

這種地位，並非由這一次火箭發射即能獲得，而是因近來大陸在經濟與外交上的表現。例如在東北亞，取代了日本，扮演美國、日本與南北韓之間斡旋的主要角色；中亞，召集上海五國加上俄羅斯，形成一個結盟狀態；在東南亞，則與東協十國簽署「東南亞友好合作條約」，正式建立彼此的戰略夥伴關係。藉由這些作爲，大陸才能逐漸消除亞洲國家對它的傳統敵意以及疑懼之心，進而成爲亞洲地區安全維護之要角。

對台灣來說，大陸與東協國家的關係尤其值得注意。大陸於二〇〇二年十一月簽下與東協「全面經濟合作框架協議」，二〇〇三年則正式加入「東南亞友好合作條約」。這個條約，是東協主動提議希望大陸加入的，二〇〇三年六月，大陸人大常委會才決定加入，成爲東南亞國家之外第一個也是唯一的加入者。條約規定：締約國彼此尊重獨立、主權、領土完整和民族特性，反對訴諸武力，並應有效合作。它對區域安全的作用，不言可喻。溫家寶在今年第七次東協國家領導人會議上重申：「鞏固安全合作，維護地區穩定」，其意亦在於此。當然，大陸與東協國家的合作，還有經濟意義。據溫家寶估計，兩年內，大陸與東協十國的貿易額，就會超過此一地區與美國的數字；大陸也可在二〇一〇年前完成大陸與東協的自由貿易區。

相對來說，日本在全球商品出口的比率上，卻一直在下降，從一九九三年的百分之十，到二〇〇一年只剩百分之七。反之，中國從一九八三年僅百分之一上升到二〇〇一年的百分之四，已與英國相仿。到二〇一〇年，肯定要超過日本。趨勢如此，大陸在亞洲的地位當然逐漸會取代日本。

這個趨勢對我們難道不重要嗎？台灣在亞洲，只注視著日本，在全世界只注視著美國。這樣，在東亞自由貿易區中，越來會成爲一座孤島。在大陸與周邊地區締結安全友好合約，亞洲各國均越來越相信或承認大陸爲其安全協防夥伴之際，卻單獨整軍經武，且朝與大陸對抗，甚且不惜朝「先發制人」的方向走。這不會讓台灣日益孤立嗎？

12

「九一一」事件兩周年紀念過去了，縱觀美國在今年的紀念活動，可以發現：規模不似去年，聲調也不再激昂。對往事，仍然傷痛，但創疤彷佛已不必再予揭開。對恐怖攻擊，仍表不滿，但聲討之聲漸淡，且多了許多沉思。「九一一」事件後激起的美國民族主義情緒，顯然業已節制了許多。

這種節制，其實早已體現在美國近來的政策上。一個甫上台即表露出一副準備打仗之模樣，又已因遭逢時會而得以在伊拉克大顯身手的布希政府，已漸擺脫國防部門獨大的印象，向協商合作、以追求和平的方向靠攏。除了九月三日由駐聯合國代表團提出解決伊拉克問題新草案，請求國際共同協助重建伊拉克外，美國白宮也將向國會重提一份總額高達七百億的新預算案，以彌補對伊重建及軍事占領期間不足的支付。這是二〇〇三年四月，美國國會追加七九〇億美元戰爭追加撥款之後，爲重建伊拉克所需付出的代價。美國向聯合國提交的新建議，若不獲支持，這些追加款勢必還要增加。因此，美國現在在伊，政策上已由追殺罪犯、打擊恐怖主義，轉而朝向「重建新秩序」，並積極尋求國際合作。過去強勢的行動，自然趨於和緩；務實的態度，也取代了激昂的民族主義及單邊主張。

在北韓核武問題上，情況亦復如此。在北京舉行的六方會談，雖然暫時仍無結果，但美國已表示願有條件對北韓作出讓步，北韓也表願意參加下一輪的會談。

這些，實亦可視爲一種趨勢，例如巴基斯坦就明確表白不會與同樣擁有核武的鄰國印度進行軍備競賽，也否認將花九十億美元向美國採購武器。

相較之下，另一向美國大量購買武器的國家：我國，表現卻甚爲另類。大規模軍購、舉行十年來最大型的三軍聯合作戰演習、大肆渲染中共威脅，殆均與國際情勢背道而馳。在中共進行第十次裁軍（一九九七年裁了五十萬，這次將再裁二十萬）之際，如此說辭與作爲，是很難獲得國際認同的。

我們非常了解：陳總統許多強調中共威脅、升高兩岸對抗的言論及做法，旨在對內之選舉。但在國際風向已變的時刻，操縱民氣，畢竟要非常小心，否則我們在國際舞台會將更形孤立。

13

大陸目前正在推動一些大型的文化建設項目。例如大陸現存古籍善本仍然很多，這類善本古籍保存不易，流通困難，但珍秘資料卻對學術研究極有幫助。過去，大陸雖因文革等因素，破壞傳統文化甚烈。但古籍整理出版可從未間斷。此舉也爲中共爭取了不少國際支持。如今，彼岸政府更準備大規模、成系統地將珍貴善本複製出版，稱爲「中華善本再造工程」。因爲大規模複製後，古籍便不啻重生，達到保護、開發並利用的目的。這個項目，於公元二〇〇〇年確立，至今已投入四三五〇萬，預計整個計畫將達到一點二億人民幣。其中，已有九十多種書業已出版，廣獲學界好評。

這只是其中一個小項目，類似的項目還多得是。例如重修《清史》、修建國家圖書館的敦煌寫經館、推動民族民間文化保護工程、籌編《中華大典》等，每一項都將投入億萬。其他如每年投入四千萬的國家舞台藝術精品工程、二千萬的全國文化信息資源共享工程，總投資廿七億的國家大劇院、十二億的國家圖書館新館，以及改擴建國家博物館、中國美術館、國家話劇院、天橋劇場等，可謂洋洋灑灑，整體文化投資頗爲可觀。

介紹這些，旨不在「爲匪宣傳」，而是想具體呼籲咱們政府重視文化建設、增加文化投資、推動大型文化工作。

眼前，政府「競選賣力、治國無方」，屢言要拚經濟而羌無績效，以致各界企望它在經濟上有所作爲的期盼越來越殷切。但我們要在此呼籲的是：不但要拚經濟，也要注意文化發展；尤其不能在拚經濟之際，輕忽了文化建設。

相較於日本、韓國，我們在文化設施及文化投入上本來就不足。如今，恐怕也遭大陸迎頭趕上了，這還不該警惕嗎？我們的文化經費，在政府部門預算中，一直只占百分之一左右。政府也有許多年不曾推動什麼大型文化建設項目了。一個不重視文化，在文化上又無所建樹的政府，就算鞏固了政權，又能讓人尊敬嗎？一個只曉得編織屬於一時政權需要之意識型態，而又無視於悠久文化以及未來文化發展的政府，則能讓人期待嗎？無論目前政治趨向是統是獨，台灣總是要跟大陸競爭的，如果仍然如此因循荒怠下去，如何有競爭力？

14

大陸女子偷渡來台，被人蛇集團推落海中。我方對此別有解釋，近來輿論討論已多，本文不擬再談，茲介紹兩樁國際要聞，以供參考對照。

一是世界貿易組織（WTO）第五次部長級會議，已於二〇〇三年八月廿四日發布了長達二十一頁的宣言草案修改稿。這個草案，即將提供給兩周後本次「坎昆會議」的世貿組織成員國貿易部長參考，作爲供討論用的參考架構。

也就是說，本文件所表達的雖非定案，但本次坎昆會議的討論主題及框架，大體已定。其中最主要的是兩點，一爲農業補貼和非農業產品的市場准入問題；二是WTO首次提到要改善發展中國家勞工在他國就業的途徑問題。

後一點與台灣尤其相關。目前台灣接受印尼、菲律賓、泰國、越南等國勞工來台工作，而對大陸人力採限制措施。處理其事，也一直放在兩岸架構中談，與其他國家勞工分開處理。可是，這些辦法，會越來越得不到國際同情與支持。我們很努力地加入了WTO，但WTO的宣言，我們卻無法支持，未來國際空間如何拓展，豈不令人擔憂？

另一件事，是北京又成功地成爲世界焦點，因爲美國、日本、俄羅斯、南韓、北韓以及大陸，於廿七日起在北京舉行六邊會談，擬藉此解決朝鮮半島的核武問題。

據估計，約有五百名中外記者參與此次會議之採訪，可說是中共在外交上一大突破。當然，會議本身是否能有具體結論，未可樂觀。因爲北韓主張務必要先提供北韓具體安全保障，並由國際社會提供經濟援助，使北韓融入國際社會，再銷毀核武設施。美國則相反，認爲該先放棄核武計畫，再由美國牽頭，讓多邊國家給予朝鮮安全體制保障。這有點像兩岸間，一方說你放棄武力犯台，我則不台獨；一方說你放棄台獨我才不武力犯台，推來推去，會永遠談不攏。但，此次會談之重點不在實質內容而在形式。一是以談判代替了武裝衝突，不必像伊拉克那樣要打仗。二是六邊會談，且以中共爲東道主，爲首次會談主持人。顯示了中共已成功成地爲協調者，其國際地位明顯上升。三是會談期間，美日均將與北韓再舉行雙邊會談，這也是一項突破，過去沒有的。

談這一些，是要提醒扁政府：兩岸對抗的時代與策略會越來越行不通。兩岸若不能及早談判協商，未來如果中共再成功主導多邊會談，而台灣不得不參加時，又會是什麼光景？

15

大陸具有軍方背景的《戰略與管理》雜誌，連續發布專文，主張對日外交採取「新思維」，不要再拘泥於歷史問題，而應以國家利益爲重。持此主張者，爲《人民日報》評論部主任以及人民大學國際關係學院，當然就更引人注意了。日本大眾傳媒更藉此大作文章，並揣測這是中共新政府的新外交傾向。加上今年蘆溝橋事變六十六周年，中共官方沒有舉行任何紀念活動，更加深了這種揣測心理。

日昨中共總書記胡錦濤會見日本訪問團時，強調雙方應「以史爲鑑，面向未來」。雖然提到了歷史問題，但語意重點顯然在面向未來。因此接著胡錦濤就說：在新的歷史條件下，中日雙方應更加強民間友好交往，鼓勵年輕一代政治家投身於雙方友好的事業中。

相對於政府所採取的這種較和平、較現實利益取向的策略，大陸民間表現則迥異。對於所謂「新思維」，痛批者多，贊成者少。而且反日仇日之情緒並未因現實利益考量而減緩，反而提醒大家：勿忽視美日同盟的態度、勿低估日本鷹派的勢力。

但依大陸官方目前之作爲，大概只會維持民間此種反日之情緒，做爲對日談判之籌碼，而不會去激揚它。整個政策施爲，仍會循著「面向未來」的方式平穩推展雙方關係。

近年大陸在參與「東協」，解決中印問題，處理兩韓問題，和面對日本訪問團時，基本上都採取這種態度，而且成效甚豐，是值得我們注意的。

台灣與大陸之間，也有複雜的歷史問題，可是我們的政府卻不是「以史爲鑑，面向未來」，而是操弄民氣，鼓動民粹，擴大歷史傷口，以尋求與大陸更堅決地決裂，走向「一邊一國」。到底這樣一邊一國後，對台灣未來能有何好處，甚少著墨，只在強調中共的霸道與對我們的打壓而已。

這種戰略思考是可議的。中共大概也不眞心想跟日本交好，但現階段拉攏雙方關係是符合其利益的，所以也就只好暫時擱置歷史仇恨及複雜的問題，先和平交流再說。台灣與大陸，目前不也該這樣嗎？盱衡未來，我們不應選擇對抗甚或戰爭。那麼，對付中共，我們豈不也應有「新思維」？

16

南京豆漿店遭人下毒案，大抵業已落幕。但這樣的案例，對於觀察大陸社會來說，頗具意義。因爲這樣的事，起因於妒忌商業利益。爲了這個而不惜殘害人命，顯示商業利益之考量，在某些人心目中已遠高於一切。這種價値觀，若與大陸上其他「一切向錢看」的事例比合而觀之，則其社會之倫理思想著實令人憂慮。

這樣的倫理態度，對於台海關係，在政治上似乎是有利的。因爲人將不容易再爲了什麼民族大義或政治口號，而拋棄了個人現實利益去爲政府或政黨賣命。可是，這對期望大陸逐漸發展爲一個重視人之尊嚴與價値、有人味兒的社會的人，就不免要失望了。而一個爲了利益可以無視他人的社會，又怎能期待它會理性、對等地經營台海關係呢？

其次，這個事件也暴露了大陸社會內部的一種危機。由於大陸社會內部差異過大。城鄉差距、沿海與內地差距、階層差距……等，在近些年改革開放後，均急速擴大。人與人相比，可能前兩年大家差不多，這會兒你忽然闊起來、地位高起來了。這種反差，影響人對自己處境的了解與判斷。整個社會，固然正飛速繁榮，人人財富都增加了，但「期望値」的增長，遠高於實際的成長。這時，又看見別人不比我強而財利之增長竟遠勝於我，其不滿、怨懟乃油然而生。下毒，即是因怨懟而生之報復。

這種怨恨之情，某些社會學家曾認爲是資本主義興起的內在精神動力。但它或許可以刺激大陸社會的資本主義化，更可能引發巨大的社會危機。因這種不滿，恰好可以抵消大陸政府在經濟發展上的成就，對個別他人的不滿，亦將積累爲對政府的不滿。大陸近年各地所發生抗糧、抗稅、下崗工人抗議、市民不滿示威遊行等事件，其實極多。政府一般總是消極以應，封鎖新聞、低調處理，無非是不希望造成社會動亂，形成普遍的不安。可是，這樣消極的做法，並不能眞正解決問題。針對社會逐漸擴散的不滿情緒，也缺乏正視的態度和有效的措施。

一葉或許不能知秋，但如今畢竟已有了落葉，適當地注意秋之訊息，或許是吾人所應爲之事。

17

日本政府拒絕韓國及大陸等國要求它修改教科書的建議，認爲並未發現明顯有違歷史事實之處，又詭稱該教科書之論述與日本政府立場不同。可是日本政府對發動侵略戰爭也迄無道歉之意，只說願對此進行反省。而它反省的結果，卻是堅持不修改教科書、首相小泉仍不斷表示將去靖國神社祭拜等等。

對於日本這種態度，亞洲各國當然非常不滿，韓國與大陸都有嚴正抗議。大陸並提議結合台灣、韓國等，共同對日本施壓。

但台灣對日本情結特殊。迄今爲止，對日本在二次世界大戰期間之罪行，研究與聲討都不足；對日索賠、慰安婦求償等活動，政府不關心，民間支持也有限；而對其教科書中美化日本侵略行爲的敘述，更是少有人討論。韓國與大陸想讓台灣參與對日抗議之行列，恐怕是奢想了。何況，台灣目前正企望日本右翼勢力能擴大與中共的對抗性，以增強台灣在國際上迴旋的空間。要在這個時候去對日本抗議，更是不可能的。

但是，主政者或許有現實上的考量，然而，歷史問題，絕不能以一時之利益或利害予以模糊。對日本，如果台灣繼續如此阿諛示好、拉攏供輸，台灣之主體性何在？

過去，某些人爲了批判國民黨統治，竟將日本殖民視爲合法統治，跟政府遷台等同起來，改「日據」之稱，名爲「日治」。這是所有殖民地未曾有過的現象。又重編歷史教科書，美化日本殖民統治的功績，謂其爲台灣奠定了現代化基礎。這也是歷來殖民地所無之事。目前，台灣對日本，經濟上純是逆差，可說並無依賴關係。可是台灣對於經濟上順差甚大的大陸，態度卻截然不同。因此，對日本與對大陸，正是政治利益影響了歷史觀，才會形成如此扭曲的景觀。

而大陸的情況也不理想。中共至今仍在構建其革命建國史，對國民黨的歷史地位及治績，不斷扭曲醜化；對中共在抗戰中的角色與作用，不斷放大美化。要求日本修改教科書，而對自己歷史教科書中荒謬之處，則仍缺乏反省。

因此，如何面對歷史，其實已是大家共同的課題。在歷史面前，如何學會謙卑，不再「古爲今用」，不再以政治目的歪曲歷史，乃是現今吾人均應學習的態度。

18

前總統李登輝日昨接受媒體採訪時表示：釣魚台是日本的領土。

對此說法，連民進黨也不方便附和，外交部、內政部則都發表了聲明，重申釣魚台屬於中華民國，政府必須捍衛主權。國民黨、親民黨則同聲批判李登輝媚日賣國。唯有奉李登輝爲精神領袖的台聯仍在硬口挺李。

台聯以特殊政治立場及利益所繫，無法出面反駁李登輝之說，國人想來均能了解。但講政治至無是非，甚至顛倒是非，畢竟令人嘆息。國民黨、親民黨翻出老資料，證明李登輝從前親口說過「釣魚台自明朝以來即是我國漁民海域，日據時代也歸台」之類話，批評李氏前後矛盾、欺騙國人，尤令人感慨。因爲李登輝欺騙國人之言行，何止此一端？整個國民黨，不也被他騙了嗎？

李登輝主政期間，曾強調兩岸要統一，喊相關口號不知喊了多少，相關政策文件也不知制定了多少，「國家統一綱領」即爲其中之一。現在大家才終於明白那些都是謊言，都是基於政治鬥爭的策略性言說。他派出密使，赴香港與中共密商，同樣在欺瞞對方。後來兩岸關係趨於惡劣，固然原因甚多，但中共因發覺被騙而老羞成怒，則爲一重要因素。

如此行騙，顯然讓李登輝嘗足了甜頭。現在大家發現受騙了，他卻早已享盡榮華，目前且有台聯一批人爲其羽翼，誰也奈何不了他。因此李登輝才是「政治是高明的騙術」的實踐者，倡言這句話的朱高正，則是坐而言不能起而騙，無怪乎要憔悴京華了。

然而，政治人物行騙，雖然賺得了個人的利益，國家社會卻倒足了楣。過去，兩岸關係之緊張，損及了多少人？現在又要賣國以媚日，邦國社稷禁得起政治騙徒如此折騰嗎？

何況，行騙既久，「大說謊家」之名，早已掩蓋了「民主先生」的稱號，後世評價，必非今日沾沾自喜者所樂聞。而政治人物的言論集，若竟變成謊言集、成了行騙的眞贓實據，民眾就再也不會尊敬任何政治人物了。

陳水扁總統頗學李登輝先生。在說話變來變去這一點上，亦常遭人揶揄爲「陳水騙」。甚願陳總統善自砥礪，勿使市井戲謔之辭成爲您的千秋定評、甚願您在這方面勿以李登輝先生爲師。

19

在選舉前力挺陳水扁，發揮臨門一腳作用的中研院院長李遠哲，近日傳出對陳總統有些不甚滿意，謂其「說話太多」。

陳總統就任後，曾一度調整其身段，將原本令人詬病的「鴨霸」作風改得頗為柔軟，也曾改變其語言風格，將原本草莽氣的語言，修飾以老莊等名賢格言，使人耳目一新。覺得陳水扁果然做什麼像什麼，像個總統的樣了。

不料，因內政愈來愈糟，兩岸關係也久無進展，陳水扁似乎已無耐心再扮演溫文爾雅的角色，故態漸萌矣。在處理總統府與台北市政府某些人事、經費、巨蛋興建等問題時；在處理唐飛內閣人員進退的問題時；在面對兩岸關係的議題時，態度都逐漸僵化倨傲起來，語言也愈來愈粗糙乃至粗暴，而且不斷跳出來講話，越過行政院。李遠哲先生認為他講話太多，諒係此故。

陳水扁對中國文化典籍涵泳不多，早先幕僚為其敷飾以老莊哲學，他或許也未用心體會，故可能尚未體會古人所言「為政不在多言」之旨。

為政不在多言，有幾個層次。一是少說話，多做實事。目前無論內政抑或兩岸關係，老百姓普遍感覺是政府夸夸其談，官員上上下下隨便放話、發表高論，而缺乏實際解決問題的辦法，且似乎也不想解決問題。好像宏論一發、政策一宣布，問題就已處理完畢了。於是政壇口水四溢，人民陷於水深火熱之中。因此，希望總統及其政府可以少講點話、多做點事，乃是民眾普遍的態度。

其次，言多必失，為政不多言者，正是為了避免亂講話。新政府成立以來，副總統成天亂講話，內閣閣員也一人一把號，亂吹一通。總統本來還矜持些，不旋踵而亦大鳴大放，說錯了就怪媒體，再勞動各級官員出來塗飾解說注解，紛紛擾擾，不知所爲何來。

言不應多，另一個意義，在於爲政者說話是要算數的，一言九鼎，片言可以折紛，故不須太多。現在之所以多言，正因發言不誠，是以言辭閃爍，變來變去。此尤以兩岸關係爲然。口稱願改善兩岸關係，但否定兩岸九二共識，改云九二精神；不談一中各表，改言各表一中；避稱中國人，自號華人；既說任內不廢國統綱領，又云統一非唯一選項。凡此等等，司馬昭之心，路人皆已知之矣，兩岸關係又怎麼可能會改善？古云：「修辭立其誠」，豈不是因爲誠懇的話就不用多了嗎？正處在權力頂峰上的陳總統，能再體會一下這些法語格言的啓示意涵嗎？

20

台聯主張將來非台灣出生人士不准選總統，引起許多爭論，如今已改稱乃個人意見，尚未具體討論。

心理學家弗洛伊德以夢的解析聞名。但他對潛意識的分析，除了經常以夢爲對象外，也常針對日常語言來討論，著有《日常語言分析》等書。其法，是從人們口語中的「口誤」或習慣語句中去發現其人之心理潛意識。台聯有人講出非台灣出生者不得選總統這句話，在政治上也可稱爲口誤。但衝口而出的話，往往恰好暴露著內心的鬱結，讓人發現了：原來在我們這個社會中確實還有這麼些人，有這麼嚴重的省籍情結，亟待心理治療。

本來，從地籍來思考這類問題也沒什麼不對。例如，美國的辦法，就是以生於美國爲美籍之基本條件，要選總統，也須在美國出生，血緣反而不重要。這是因爲美國爲多種族移民社會，血統問題複雜，故以生地爲判準，以杜紛爭。我國情況相反。基本上是漢人社會，故以族姓地望來做區分，所謂某爲某省人某地人，其實是講血緣而非地緣。因此，父親是台灣人，你雖生於西安、北京，仍是台灣人；父親是廣東人，生於四川、台灣，也是廣東人。在這種情況下，所謂省籍情結，其實乃是血統主義，並非眞正的土地意識。外省第二代、第三代，雖生於台灣，長於台灣，依然不被承認是台灣人。生於香港，襁褓中來台的馬英九，當然也仍被視爲外省人。爲了杜絕紛爭，內政部逐漸修正籍貫登載辦法，改以出生地來登錄，可算是由血統思維轉向地籍思維了。現在，台聯如果是主張繼續貫徹這個思路，不再以血統關係來區分族群、界隔你我，自然也可以是個值得鼓勵的方向。

無奈此法也有許多實際的問題。例如改採屬地主義的話，是否菲勞、印傭在台所生子女即當然擁有我國國籍？即應被視爲台灣人？他們可以選總統而連戰、馬英九不能選，又是否合理？所謂「外省人」之地位，爲什麼又在菲勞、印傭第二代之下？

又，血統非個人自己所能決定，生時生地亦然。以生於某地不生於某地來剝奪人民之參政權，豈非荒謬？跟限定某種血統之人士才能選總統，有什麼兩樣？

何況，政治人物發言時須考慮政治效果。如此主張能解決什麼政治問題？若只是心理有病，發言喊爽，則應趕快去看心理醫生，不應再在政壇放話。

21

總統所聘任的國策顧問、資政，才剛有幾位聯袂提出建言，希望政府在「憲法一中架構下」與中共恢復談判。立刻又有另一批顧問、資政們，聯名上書，強烈反對。國事如麻，對此爭議，吾輩小老百姓深以為憂。

總統所聘資政與國策顧問中，本來就含有統派獨派各代表人士，如今兩方各立壁壘，勢不相讓，毋寧也是預料中事。但民眾不了解的，還有以下幾點：

一、目前我們的國家、我們與大陸的關係，難道不是「憲法架構下的一中」嗎？依憲法，中華民國主權，涵括大陸地區。除非修憲，否則中華民國無法也無權放棄對大陸的主權。正因如此，故我們的主權規定，才會與中華人民共和國牴觸，才有一個中國到底應由誰代表的問題。早先中共強硬主張世上只有一個中國，即中華人民共和國。在辜汪會談時讓了步，同意承認現實，一個中國、兩岸可以各自表述其內涵。如今更同意說兩岸都是一個中國的一個部分。這正符合我們自己憲法的規定，也符合兩岸的實況。我們憑什麼反對？憲政國家居然反對自己的憲法，豈非荒謬？反對「一個中國原則」的人，當然有權繼續主張台灣獨立，也可推動修憲。但在憲法尚未修改、主權規定仍未放棄時，怎能不遵守「憲法架構下的一中」呢？

二、兩岸關係僵持下去，對台灣能有什麼積極的好處？主張採認「憲法架構下的一中」，以利兩岸恢復對談者，著眼點顯然在於營造和平氣氛，以便三通等。反對的，又在圖什麼呢？一項政治行為，當然有其效益考量。如今，維持這樣的僵持局面，使兩岸無法對談、無法三通、無法和平，到底對台灣利益何在，卻是誰也答不出來。

三、目前經濟形勢險峻，政府口口聲聲說要拚經濟，但經濟迄無起色，股價仍然不斷下跌。在國際經濟大環境短期無法復甦、國內經濟結構短期無法改善的情況下，試問：除了恢復兩岸復談、解除戒急用忍限制、接受憲法架構下的一中原則、開放三通以外，還有什麼辦法能提振台灣的經濟嗎？

陳總統應非笨人，對於這些問題，諒不至於毫無判斷能力。他聘的顧問們既已分立，他自己總該有一個理智的判斷與裁量。吾輩正在過苦日子的小老百姓，翹首企望著哩！

22

台灣朝野每年都會關切國際重要媒體或研究機構對台灣經濟發展、競爭力的評比。評比名次高，則欣然色喜；評比名次低，則籌思因應之道。這是個好的態度，只要不以此做爲政治攻防的籌碼，注重評鑑，毋寧是應鼓勵的。

不過，經濟貿易事務的發展，仰賴人才，我們對國際上如何評價我國的人才養成，似乎不甚關心也不太了解。所以底下我們要介紹一下兩份評鑑報告。

一是二〇〇二年《亞洲企業》(AsiaInc)對亞洲商學院所做的調查，排名前十名依序爲：香港中文大學、印度管理學院、新加坡國立大學、香港科技大學、菲律賓亞洲管理學院、澳洲阿德雷德大學管理學院、香港大學、印度班加羅爾管理學院、新加坡南洋科技大學、澳洲墨爾本商學院。二是《亞洲周刊》二〇〇〇年的調查，前十名是：墨爾本商學院、印度管理學院、菲律賓亞洲管理學院、泰國亞洲理工學院、新加坡國立大學、香港中文大學、韓國高等理工學院管理研究生院、澳洲瑪嘉麗管理研究生院、新加坡南洋科技大學、泰國朱拉隆功大學薩辛工商管理研究所。

評比雖有點差異，但列名十傑的學校基本上均是強手。像新加坡南洋科技大學商學院畢業的學生，就同時可獲瑞士聖迦蘭大學之學位。英國《金融時報》二〇〇三年的全日制工商管理學院碩士課程排比，香港科技大學也高居亞太地區之首，該校MBA課程提供的國際經驗甚至蟬聯全球冠軍，其畢業生則在「畢業後三個月內受聘」項目居全球第六。

依這些評比，台灣號稱管理學重鎮的台大、政大、中山各校，都在十名以外，比印度、泰國、菲律賓一些學校還差，其國際競爭力著實堪虞。

這就是台灣實際的困境。在心態上，我們夜郎自大，老是以台灣經濟奇蹟自負，侈言台灣的經營人才如何優秀，瞧不起大陸，更無視於東南亞。殊不知在整個商管學術研究、人才養成、教育體系發展各方面，台灣都還須急起直追，根本落後上述這些學校一大截。且因人才培養，會影響到未來的競爭力，因此，在商管教育方面落後，也使人對台灣的競爭情勢更爲擔憂。教育部對此，可曾注意？可有對策？

23

陳水扁總統刻正四處固樁拔樁。拔樁者，深入泛藍地區，以示惠或其他方式拉攏原本支持泛藍候選人者。固樁也者，到屬於支持自己的地方去鞏固本身的票源。一位總統，如此努力於競選，雖說無可厚非，仍然讓人感到不安，因爲我們選出一位總統，乃是希望他治國的。如今國事如麻，而總統一概不管，儘忙著為自己跑票，實在令人著急。何況，總統在忙著競選時，為了鞏固其基本票源，發言常踰越中間路線，偏投獨派人士之所好。這些言論，看在國人眼中，感覺就很不妥當了。

例如日昨總統與台南扁友會座談，就說他已將下屆總統大選定調為「一邊一國對一個中國」，而且一邊一國的話，說了絕不會收回來。這樣的語調，當然符合扁友會的口味，他們喜歡阿扁總統，喜歡的就是這個調調。

然而，阿扁總統難道只要扁友會支持就夠了嗎？還要不要其他人的票呢？這樣以蠻橫顯示魄力的談話，又是否足以做為治國之方向？

要知道，我們憲法現在仍就是一個中國的架構，在未修憲之前，陳水扁競選的總統就仍是一個中國意義下的總統。陳先生本屆總統就職時，曾鄭重宣示「四不一沒有」，其中就包括不修憲在內。他本身擔任的，是一中憲法架構下的總統，卻要以「一邊一國」來反對「一個中國」，這豈非邏輯混亂？

若不說法理，從現實上看，陳總統治國無方，舉措每每失當，就算一邊一國了，我們這個國又有什麼希望？更莫說在強要建立這一邊的新國家時，會引起多大的國際爭端、會把國人帶到什麼樣的危險境地了。

陳總統喊一邊一國之後，尚未發生具體而立即的危險，只被美國關切了一番，也許令他覺得還好，還可以再喊一喊。可是，我們不能不提醒他注意中共的作為。中共甫在聯合國裁軍會議上，與俄國聯手，提議簽署「防止外太空武器競賽」(PAROS)條約。卻於八月七日起，在上海合作組織舉行首次多邊聯合反恐怖主義軍事演習。要反的對象，包括分裂主義。換言之，中共強化本身軍事力量、擴大本身在軍事國際議題上的發言力量，都是不可輕忽的。面對這樣的敵手、這樣的態勢，陳總統發言喊爽，豈非不智？秉國者，非市井莽夫，宜慎之慎之！

24

陳總統繼大溪會議之後，又召開了三芝會議，主題是「反恐」。可是綜觀會議決議諸項，幾乎與反恐怖組織恐怖行動全無其關係，全部宗旨，只在反中。這個結果，當然令人啼笑皆非。腹誹竊笑者，殆不乏人。因此總統又站出來補充說明曰：中共整天用飛彈威脅我們，又要發展「超限戰爭」，根本與恐怖組織無異，甚至比恐怖組織更恐怖，所以我們要反它等等。

此等說辭、如此營造被迫害形象、如此塑造戰爭迫臨的氣氛，自有陳總統選戰的戰略考量，但在國家發展上究竟是福是禍呢？從道理上說，又是否說得通呢？

國際社會上，對恐怖組織與恐怖行動，有一定的定義與認知，不是你討厭誰、覺得誰對你造成威脅，就可以說誰是恐怖組織或恐怖主義的。故若伊拉克批評美國是恐怖組織、巴解指責以色列為恐怖主義、印度稱巴基斯坦為恐怖分子，都只會惹人笑話，不可能博得支持。雖然從伊拉克的角度看，美國確實對它極具威脅。以此為例，便可知我們假借反恐名義來反中，關起門來固然喊爽有餘；放在國際上，便只有令人搖頭的效果，別人一定笑我們搞不清楚情況。

其次，指責中共為恐怖主義，理由薄弱。我們所能說的，只是中共以飛彈瞄準我、以武力威脅我或中共準備發動超限戰而已。超限戰只是中共的構思與策略，目前尚未對台實施，故無具體威脅例證可說。而這種以癱瘓對方電腦作戰系統為主的超限戰思維，亦非中共之專利，美英各國，誰不研究超限戰？如果兩岸交戰，我們也一定採此戰法。以此為指責之證，豈能服人？至於飛彈瞄準台灣，美國的飛彈瞄不瞄準其他國家呢？我們的飛彈又瞄準了誰呢？中共對我們當然有威脅，但此不足以為恐怖主義之證。再說，中共一再聲稱若台灣獨立則必動武，固然令人聽了不快。但台灣若不準備獨立，則既無「的」，對岸又如何放「矢」？不獨立，中共想威脅也威脅不到台灣。故以中共威脅我為彼乃恐怖主義之證，徒逞口舌意氣而已。

再者，國際反恐，有一個指向，那就是作戰。參與反恐是要打仗的。美國已出兵阿富汗矣，今則準備揮軍伊拉克了。我們也要準備為了反中而作戰了嗎？秉國命者，倡議發言，切不可如此魯莽。

25

「大溪會議」之後，行政院立刻舉行會後會，召集各部會研議，決定推動簽署自由貿易協定國家，集中資源，落實南向政策。政府現在的做法，是擬將經濟與國安結合，並在國際上爭取活動空間。

這個雄心，值得讚嘆。但成效能有多大呢？就在大溪會議之後，勞委會主委陳菊赴泰受阻；接著，二〇〇二年十月，在馬來西亞又盛大舉辦了東協國與大陸首次合辦的「合作論壇」。在這種態勢下，南向政策能有多大的空間？

執政黨及政府，目前似乎仍沉醉在呂秀蓮突襲外交的勝利感之中。姑不論呂秀蓮副總統這次的所謂「成就」眞實性如何，政府似乎都應該從整體結構面來思考，不可以單點突襲突破為樂。

什麼是結構面的問題呢？東協十國，是東南亞的主要經濟體。我們要南向，勢必要參與這個經濟體。可是現在這個經濟體要與大陸合辦論壇，而將台灣排除在外了。這意味什麼呢？要知道，這不是一次會議不能參加的問題。陳水扁總統曾倡議台灣與東協共組自由貿易區，可是東協不理會，反而邀中共合辦此次論壇。這就意味著東協經過考量，已捨棄與台灣形成一個經濟體的構想，要與大陸重新整合成一個新經濟體了。這個正形成中的經濟體，包括了十七億人口，區內生產總値二兆美元，乃是全球最大的自由貿易區。

因此，第一，我們根本不可能對抗這個大趨勢；第二，也不可能逃離這個大結構。我們要去跟東協國家玩奇襲外交、賣弄限制勞工進口、參與東南亞建設等小把戲，固然可以，但不會動搖這個大架構。小戰術的成功，也不能改善台灣在這個大架構中的地位與作用。而南向的結果，更不可能逃離西向，因爲那只是曲折地西向罷了。大陸這次派出了近千人的代表團赴馬來西亞，未來台灣南向的結果怎能擺脫得開中共？

而且我們不要忘了，除了「東協十一國」之外，大陸上還組織了「上海五國」加上俄羅斯，這也是東北亞、中亞最強的經濟體。台灣自外於這些經濟體，死抱著經濟逐漸惡化的美國、經濟早已衰頽的日本，能有什麼發展？爲國者，當有新的戰略思考，才能讓台灣免於沉淪。

26

第十一屆台北國際書展，已於二〇〇三年春間開幕，計有四十九個國家及地區參加，展出攤位兩千零九十二個，含九百二十五家出版社，規模爲歷屆之冠。

書展同時，並舉行「出版創意產業展」，舉辦「國際出版論壇」、「國際版權聯誼會」。透過這些活動，主辦單位預估成交的版權交易至少在兩千筆以上，本項書展也可使台灣成為亞洲的版權交易中心。

這無疑是台灣出版界的大事，也是文化界的大事，令人對台灣出版業仍存有繁榮興盛的感覺。但事實上，熟悉出版業者都明白，這只是個假象。一方面，北京書展近年規模越來越大，結合其龐大的市場力量、雄厚的資金、大企業集團化經營的出版業者，早已讓台北書展深受威脅，亞洲版權交易中心的地位，並不見得非我們莫屬。何況，日本經濟雖然衰退了，其出版事業可沒走下坡，其傳統優勢，更非台灣短期內靠一個書展就能超越或取代之。其次，台灣這兩年經濟不景氣，百業蕭條，出版業也未能豁免於難。整個產業早已是咬緊牙關度小年了，慘澹經營之際，逢此書展，強顏歡笑，外界殊不能因它們在書展上表現的繁榮而忽略了它們處境的艱難。

日前，光復書店發生財務危機，該書店發行的上千萬元圖書禮券可能淪為廢紙，持有其禮券的愛書人權益勢將受損。該書店旗下教育產品「快樂學員」也因不再提供服務，而將令七、八千名客戶蒙受損失。在此同時，錦繡文化企業也發生財力困難。該社曾出版圖書數千種，獲金鼎獎甚多，旗下老地理雜誌等，有不少二十年、十年的長期訂戶，隨著企業資產轉移，原先繳費所獲承諾及權益，如今亦均已受損。諸如此類，產業困難、老百姓抱怨之情景，實非一個書展之光彩熱鬧即能掩蓋。

新聞局為了每年辦這個書展，特地成立了圖書資訊基金會，視書展為該局輔導出版業之指標。這固然有其需要，但對上述出版業真正的處境與困難、對老百姓遭遇的困擾，卻又有什麼具體措施，予以紓困、救濟的嗎？台灣社會，並不是一個喜歡讀書的社會，少數愛書人讀書人的權益，乃是台灣未來向上提升的一些苗子，希望政府能有點培苗育種的辦法，不能只懂得辦書展、做活動、放煙火。

第五輯

佛光大學校長辭職的爭議

關於「草原文化周」的說明

本校於本（九十二）年四月三十日，配合教育部獎勵實施「博雅教育計畫」，舉行多元文化教學課程第一單元，獲得蒙藏委員會協助，舉辦「草原文化周」。辦理非常成功，獲教育部、蒙藏會及文教界各方來賓之激賞；師生亦咸感獲益良多，對多元文化融合之義，有更多的了解。但因其中有烤羊項目，因此也有少數佛教信徒來函或來電批評。以下刊出一篇，以為代表，並作說明以釋疑惑：

敬啓者：

當SARS風暴狂襲全台很多宗教團體投入支援抗疫之際，今天我們在媒體上看到「我們在建大學」募款由僧眾率隊再出發行腳托鉢募建佛光大學的廣告，卻也同時看到佛光大學正在熱烈舉辦蒙藏飲食宴會，火烤全羊、羊肉串、蒙古牛舌等品助興活動。當電視螢幕上映出被鐵條貫穿的羊隻瞪大雙眼掛在火爐上方燒烤，一群人興高采烈手持羊肉啃食，面對鏡頭，一大口、一大口地享食羊肉料理時，都看傻了眼，怎麼由佛教大師所募建的佛光大學竟然會出現這種公然殺生食肉的驚人場面？這與佛陀與大師所教示的慈悲喜捨、戒殺護生的理念顯然違背啊！就如同回教徒所建的回教大學內舉辦殺豬比賽、豬肉大餐饗宴以作爲教學示範，一樣令人感到怪異不可思議！一些朋友看到這新聞報導，都感到訝異，或嘲弄或質問：你們佛光大學也在「殺豬倒羊」？我們都啞然赧然，不知如何應答。

頃據了解：原來佛光大學成立後，校長以下一批行政人員，多是從中國國民黨退休黨工引進來的非正信佛教徒。由這些對佛教信念沒有認識、信仰的人來辦佛大，當然難免會做出一些違背佛教信念的荒謬事來。因此大家都有一個疑問：爲什麼佛教徒辛辛苦苦募捐所建的大學卻要雇這些對佛教沒有正確認識與信仰的人來辦？竟然辦出這種違反佛教教育的活動。那麼我們辦佛教大學究竟眞正的意義與目的何在？

今後我們這群多年爲籌建佛大而向親友勸募的佛光信徒，感到羞愧之餘，不知還有何信心與臉面繼續向他們按月去收款？

以上將我們所見所聞與所感草述。

——一群關心佛光大學的佛光人敬啓

說明：

一、本校所辦任何活動，歡迎各界指教。但請正式署名，勿以黑函形式，以建立公開理性討論風氣。本校爲教育機構，凡有教示，本校均將以誠懇負責態度作答。

二、草原文化周，內容廣泛，包括文物展、演講、學術討論、歌舞、祭典、搭建蒙古包等，欲使學生了解草原文化生活之內涵，飲食僅爲其中一小部分。批評者似是只知有烤羊、只關心烤羊的問題，並以烤羊抹煞整個活動之意義。

三、本校係由佛教團體所倡辦之大學。但依國家法令及建校宗旨，本校之定位一向是：「佛教所辦之大學，但非佛教大學」。辦校資金主要來自佛教徒，但也不乏非佛教徒之贊助捐款；教職員工及學生來自各界，亦非皆佛教徒；課程及教學內容，依大學教育之原則、需要與發展而設，更不限於佛教。批評者對大學教育似乎頗有誤會，對本校之性質亦不了解。

四、本校教職員及學生既不僅爲佛教徒，來校服務或就讀之因緣也各異。其中職員八十六人，中國國民黨退休黨工轉任者僅只三人。其他民進黨、親民黨黨員等則甚多。信仰基督教、伊斯蘭教、天主教、道教等者也各有比例。批評者請勿挾黨派、教派之私見，橫生誣謗。

五、批評者對烤羊、吃羊肉深惡痛絕，認爲違背了佛教理念。不知蒙古人、西藏人雖烤羊吃羊也一樣仍是佛教徒，喇嘛亦皆肉食。以吃素爲佛教徒之倫理戒行，乃漢傳佛教特殊之態度，其他地區的佛教徒並不如此。南傳、藏傳、蒙古、日本之僧侶均不以爲吃了肉就違背了佛教教義。批評者只知其一不知其二，對佛教並不了解，卻大起嗔心，自居道德之一方，痛斥別人敗德。此種態度，殊不可取。

六、本校辦學成果斐然，不唯教學滿意度全國最高、教師素質及研究私校第一，不因有宗教背景而表現佛教色彩，亦迭獲教育部屢次評鑑之肯定，教育界、文化界對此亦讚譽有加。佛教徒應以能支持這樣一座好學校爲榮。只知吃素、只知在校內推廣佛教信仰者，雖可能博得某些信徒之稱許，在教育界其實已成笑柄，也不利於招生及發展。故特籲請支持本校之佛教信眾：愛護本校，應有方法，切勿愛之適足以害之。

七、本校校長爲著名佛學學者，曾創辦國際佛學研究中心，著作及編刊佛學論著甚多。校內教師，精研佛教者亦甚夥。且本校雖不以「佛教大學」爲辦學目標，但珍惜佛教辦大學之因緣，也感念佛教徒眾對本校之支持，因此對佛教教理教義之研究，一向不遺餘力。故凡有願深入經藏、徹知佛教義理者，可參與本校推廣課程，或與本校聯繫。本校甚願爲各佛學及修證團體服務，提供正知正見。

縱欲以證菩提？
——佛教的例子

一、滿足欲望的言說

研究宗教的人，大抵都會強調宗教對人欲望的克制面，以此說明宗教對於淨化人心、提升心靈層次的功能。宗教在這方面的作用，當然非常顯著，無庸置疑；各教的清規戒律，也無不體現這種功能。

但是，宗教與欲望，是個複雜的題目。各個宗教，固然頗多調伏、克制、淨化人心之部分，卻也不乏順成、滿足人欲之部分。例如民間拜神，大概以祈福佑爲主。祈什麼福佑呢？無非升官、發財、平安、富貴、多壽、多福、男女姻緣和合、考試得雋之類。能塡我欲壑者，才算有靈驗，才是好神、好廟。而且還專門有一些神、一些廟，是只爲了這個功能而存在的，無其他教理教義可說，譬如財神信仰就是。民間拜媽祖、保生大帝、三太子、十八王公等等也都是如此。

並非民間信仰才是如此，那些制度化的大宗教，如道教教人鍊黃白術，造黃金；教人習房中術，練習御女採陰，且謂如此即可長壽登仙，不也是如此嗎？西方長期以來，在教會中都存在著鍊金術的研治事蹟，同樣顯示著宗教在試圖滿足人類欲望方面其實頗有作爲。

佛教，是個講究解脫的宗教，要超越此世娑婆火宅，到達彼岸的清涼世界去。因此它強烈顯現了對現世的厭離之意，要出世、渡至彼岸。這樣的宗教，照理不應有順欲福佑之說，然而不然，此類說法在佛教中其實還頗不少。例如《大佛頂廣聚陀羅尼經》卷二〈造珍寶品〉第十一就介紹了造黃金的術法：

> 作金方及藥：銅百兩、合灰一分、延壽藥一兩、訶利多羅、堅故瑟吒一兩、摩吒羅娑一兩、蜜二兩、膏油一兩，並向土堣中，取前膏油及延壽藥，塗銅上及諸藥上，取前咒竟，……咒師著新淨衣裳，壇前誦咒守之。婦人、孝、六畜、狗等，病不得見，見即不成。愼之大吉。欲熟之時，即點延壽藥少許。欲熟時，狀如日色，即出向鬱金汁中寫著，變金色如日，即成紫磨金，作任意所用，千鍊不壞。
>
> 作白銀方及藥：錫百兩、銅三百兩、延壽藥三兩、螺貝五兩、油王三兩、金礦三兩、銀礦二十兩、合灰三兩、阿迦吏羅三兩、羅娑噂二兩、多羅二十兩。右以上准前合，欲熟時，光如月色，即知是熟。

在古代，能自己造出黃金來，等於現今的自己印鈔票，乃是許多人的夢想。爲了滿足大家這種發財夢，遂有作金作銀之方術。這種點藥成金的敘述，還見於《不空羂索神變眞言經》：「若藥一兩，點化赤銅百兩成金。」又《觀自在菩薩隨心咒經》亦云：「用前樹王木柴燒之，駁駁咒雄黃，擲著火中燒之，其火變作金色，亦如藥色，如是七日，大得金用。又云只此藥成金也。」

道教的黃白術，方法也很多，依金陵子《龍虎還丹訣》所載〈點丹陽方〉，是：「取前卦爐霜（即砒霜），每二兩點一斤。……丹陽（指丹陽縣所產之好銅）可分作兩鍋，每鍋只可著八兩，……每一兩藥分爲六丸，每一度相續點一丸。待金汁如水，以物直刺到鍋底，待入盡，即以炭攪之，更鼓二十下，又投藥。如此遍遍相似，即瀉入華池中。看色白末。若所點藥不須將火燒卻，其物即不白，更須重點一遍，以白爲度」（正統道藏・洞神部・眾術類・蘭字號）。此法，據現今的模擬實驗，確實可得到含砷量極高的銀白色砷銅合金。這種化學合金可用以燒煉金屬表面，薰製成美麗的工藝品。又《太古土兌經》卷上與《龍虎還丹訣》卷下〈伏丹砂成紅銀法〉〈青結紅銀法〉，也是砷白銅的煉製方法。所製造出的紅銀，顏色光鮮亮麗，可用於美術工藝的彩色調劑。另外唐玄宗時劉知古的《日月玄樞論》云：「或以諸青、諸礬、諸綠、諸灰結水銀以爲紅銀。」這種紅銀就是赤銅。而《太清丹經要訣》裏〈伏雄雌二黃用錫法〉，可製得含砷量較多的金黃色錫砷藥金。佛教的點金法，與此大同小異，可在銅的表面上產生類似黃金般的色澤及質感，因此稱爲「紫磨金」。

這其實並非眞的黃金，故《慈氏菩薩略修愈誐念誦法》雖自我辯飾說：「所點銅鐵鉛錫皆成爲金，貧乏眾生，廣施利益」，可是，用藥點金，造些假黃金出來幹什麼呢？以此濟貧，恐無實利，徒誑人耳目，以狡獪驚俗而已。歷來黃白術均被人利用來騙人。一些貪心的人，以爲眞能用藥點鐵成金，騙徒就利用他們這種貪財的心理，誑他上當。結果破家財以供養鍊金的法師道士，不是藥金無成，就是傾家蕩產只得到些不值錢的藥金、假金。或者鍊金者鍊了一些藥金，拿出來魚目混珠，冒充眞金使用。又或者一心一意想發財，乃以此法造黃金，以滿足其黃金夢。

人的大欲望，除了發財之外，就是健康長壽。我們看現在社會上瀰漫的養生保健風氣及相關醫、食、減重、健身產業，就可知道了。佛教的教義是「無生」，不像道教喜歡說長生，因此也不應關注我們這身臭皮囊或愛生惡死。但富貴壽考，乃人之欲求。富者，既已教人造黃金矣；壽考云云，似亦不能不俯循信徒之需。因此，經典之中，教人以長壽之法者，其實亦頗不尠。

有以生人血肉與大黑天神交換長壽藥者，如神愷《大黑天神法》云：「有大黑天神，是摩醯首羅變化之身，與諸鬼神無量眷屬，常於夜間遊行林中。有大神力、多諸珍寶，有隱形藥，有長年藥，遊行飛空，諸幻術藥。與人貿易，唯取生人血肉，先約斤兩而冒藥等」。另外有進入修羅宮，降服藥精，並吃下藥精而成仙者。例如菩提流志譯《不空羂索神變眞言經》云：

加持輪索三遍，旋擲輪，其藥精頭上頂上血現霶流。持眞言者取血塗身，則得變成金剛之身，刀杖水火悉不能害。又取藥精眼精血淚，塗點眼中，證淨天眼。析骨取髓服噉喫之，即得壽延七千大劫，證大智慧，廣大如海，識知過去百千大劫所受生事。取心噉食，即得騰空。又取肝血塗點額上，即得隱入大地地下。取舌執持，即得折伏地下一切藥叉、羅刹、毘那葉迦。

《大佛頂廣聚陀羅尼經》卷二〈延年藥品法第六〉則說，咒師每日要飲食五味物：「一乳、二酪、三酥、四水尿、五牛糞汁。一日一迴觸并飲一掬。」以為服此煉製之藥物，依法修持，則可以入修羅宮取伏寶物，能隱形不見，騰空自在，聰明大力，長壽千年，貌如少年。另外善無畏譯《蘇悉地羯羅供養法》也載食用牛五淨云：

牛五淨者，謂黃牛尿及糞未墮地者。乳、酪、酥等，茅香水，一一持誦經一百遍，然後相和，復持誦一百八遍，於十五日，斷食一宿，以面向東，其牛五淨置於蓮荷等葉之中，默飯三兩，十五日中所犯穢觸及不淨食，皆得清淨。（《大正新修大藏經》十八冊，密教部，頁七〇三，下）

這是服食牛尿、牛糞以去除不淨，而得長壽之說。這些分明是不潔之物，爲何吃了卻能去除不淨？大概是以毒攻毒之意吧！不空所譯《聖賀野紇哩縛大威怒王立成大神驗供養念誦儀軌法品》卷下，亦有說要以牛糞中之麥粒洗淨煮粥，做爲持法者服食及祭供之用。此外，用白馬屎、動物血肉、貓兒毛跟人血合藥者亦時時可見，如阿質達霰譯《大威力烏樞瑟摩明王經》卷上就以毒藥末、芥子、己血，配合咒語而用。

以人血人肉跟神交換長壽藥，涉及密教的身體信仰及術法，待下文再討論。以吃屎尿穢物求長壽，則與某些道教方術相同。喝小便的風氣，在漢代即已流行，至今也還有不少人在奉行「尿療法」，認爲吃屎喝尿有助養生。而從以上所引諸密教文獻便可知道：只要能長壽，叫他去喝尿吃屎，乃至嚼牛糞、咀貓毛，也一樣會有人去做。佛教這些術法，無非是要滿足人的這種希求罷了。

人在富貴壽考之外，飽暖思淫欲，當然還有男女之欲的需求。佛教與基督教在色欲方面，本來最嚴格，以戒欲爲修行，故《大方廣菩薩藏文殊師利根本儀軌經》卷十一云：「佛說女人爲苦根本，由是諸苦相續而生，是故行人宜心遠離。……若親近女人，於未來世欲求菩提涅槃永不成就。何以故？女色壞人，障聖道故。」女色既如此可怕，自是以絕斷爲佳，不幸見著女人，也要「想觀不淨，惡臭膿血蛆蟲爛壞如屍陀林」。但是，就在這本強烈告誡佛徒須守色戒的經典中，便有教人「求降夜叉女」之法，說：「唵彼夜叉女名七晝夜，用無憂樹作護摩，即來降伏。……來時或求作母、或求作姊妹、或求作妻。若不來則病頭裂。或降龍女亦同夜叉女儀」（卷十六）。

像這樣，不但教人找女人，而且是用咒語用法術強迫女人來就我者，佛經中多矣，不只此一例。以《金剛手菩薩降伏一切部多大教王經》來看，它教人作大供養，「獻人肉食，燃人脂燈，燒人肉爲香」，然後唸眞言，「時賀哩尼部多女即來現身，與彼爲妻，同作歡樂」；又或燒香，「彼部多女即來現身，做童女相，金色，一切莊嚴，即爲妻子，同作歡樂」；又或持誦，於夜分用酒肉食，「彼迦彌濕嚩哩部多女即現人前，以血獻閼伽。告言：『呼我何作？』持誦言者言：『汝爲我妻』，女即允之，滿一切願」……。這些女人，不但要來給施法者做妻，提供性服務，還要提供施法者聖藥、金銀、衣物及其他種種服務。有時用咒術召來女人，並不是要求她作妻，而是作姊妹。但有此姊妹之目的，仍是要她負責去找女人來供我之需：「若爲姊妹，於千由旬內，所須女人即爲取來，及供給飲食衣服種種聖藥」（卷下）。其經文的形式是：

△至月盡日，作廣大供養，復誦眞言至中夜。時彼天女即現人前，用作歡樂，復與金銀眞珠及種種聖藥等。

△誦此眞言，能鉤召一切夜叉女。

△時持誦之者先於龍堂之內。持誦眞言一洛叉令法精熟，得一切龍女心大歡喜。然後於月初五日，往龍堂內，入於龍池，用香花塗香及乳汁，依法作供養。即誦八大龍女主眞言一千遍。時彼龍女速來池內，用乳汁白檀香水獻閼伽已。持誦者言：「善來與我爲妻。」女即聽允，日給金錢八文。或令殺冤或令救護，隨意無違。

△誦眞言八千遍。時彼龍女即來現身，以其好花戴彼頂上。告言：「汝爲我妻。」龍女即

允，日給金錢五文及上妙飲食等。

△復次，持誦者往蓮池岸上，誦眞言八千遍。龍女速來同作歡樂。即得與妻，日給金錢八文。

△復次，持誦者往二河合流之岸，於夜分時誦眞言八千遍。時彼龍女即來現身，行人言曰：「善來與我爲妻。」龍女即允，日給黃金一兩。

△復次持誦者往彼龍堂，復入龍池水至臍輪，即誦眞言八千遍。時彼龍女即來現身。以其好花戴彼頂上，告曰：「汝爲我妻。」龍女即允，日給金錢八文及上味飲食等。

△復次持誦者往彼龍堂內，於夜分中誦眞言至明旦。時彼龍女莊嚴其身即現人前，用華水獻閼伽。告言：「善來汝爲我妻」，龍女即允，與持誦者種種聖藥聖物等，能滿一切願。

△復說六緊曩囉女主成就法。持誦者往山頂上，誦眞言八千遍作大供養。用牛肉及安悉香同燒，誦眞言至中夜。彼緊曩囉女即來現身，持誦者不得怖畏，彼女告曰：「呼我何作？」持誦者言：「與我爲妻。」女即聽允，背負行人詣諸天界，與上味飲食等。

這些女子，如天女、龍女等，固然非一般世間女子，但呼召來作老婆，其「同作歡樂」、「能滿一切願」之內容，諒與世俗男女夫婦無異。整部經典就是如此翻來覆去，教人一招又一招的召女法，什麼天女、龍女、夜叉女、各部女，都要設法召喚來，極我所欲。道教中也有這類法術，但所召者皆凡人，似乎佛教的術法更要高明些。

不過，此類呼召女子來遂我淫欲之舉，在道德上是有爭議的，其術法往往也因此而有些奇魅的色彩，例如燒人肉、獻人肉食、燃人脂燈、夜間作法，或該女不速來則會「高聲啼哭，身生惡病，四體乾枯，即得命終」（卷中）。所以女人即使來了，也往往是「即來現身，甚大苦惱」（卷下）；來時還常要拿血獻給持術者。這些，都使得此類術法頗具魅異色彩，跟道教「養小鬼」、「召女自來法」等性質相似。

其召使世間婦女之法，亦與召天女、龍女等等相同。《金剛埵說頻那夜迦天成就儀軌經》卷一載：用燒尸材作頻那夜迦天像，再把像放在酒肆幡竿上，竿到之處，別人家的酒就都會壞掉。這是可以用來害人的。但「若欲求端正童女，以彼天像埋童女門。前彼之童女不樂嫁於別人」。若以芥子油塗天像，以尸火燒柴灸於像前，童女也會生大熱病作夢要嫁給他。於是用乳汁淋像，讓女子復元後便可得諧好事。或以左手密持天像，見到背水的婦女，故意作舞旋轉，該女子便會裸體負水及作樂。這些，都是滿足人色欲和愛捉弄人的劣習之術法。

諸如此類，滿足人發財、長壽、飲食男女之欲者，看來佛經中確實是所在多有的。這些，都是人之大欲，佛經對此，殊不諱言。而且還不只談這些大欲而已，經典中往往細加分疏，要滿足什麼欲求，須用什麼術法，講得非常瑣細，如《聖歡喜天式法》說：

……欲望官位爵祿者，以日輪天加帝釋天。若欲令他熱病者，以日輪天加火天王。若欲得福德者，以月愛天加毘沙門天祈之。若欲得他愛念者，以月愛天加毘沙門天使者，呼二十八宿。若欲勝兵軍者，以日輪天加大自在天，呼一萬眷屬。若欲得人心遂吾思者，以議特天加炎魔天。若一切人欲被愛敬者，以愛王天加毘沙門天。若欲得他人財寶者，以月愛天加大自在天。若夫妻之中欲令愛念者，以月愛天加帝釋天。若夫妻之中欲令相離者，以議特天加水天王。若欲忽死敵惡人怨敵者，以愛王天加羅刹天。若從者逃走欲令還來者，以愛王天加大自在天，呼其從者姓名。若懷妊之女早安欲令產生者，以月愛天加炎魔天好矣。若被咒詛時，卻被還者，以日輪天加羅剎天祈申之。欲令他人風病者，以議特天加風天祈之。欲止病瘡癰疽一切瘡病，以愛王天加炎魔天願祈之。欲止常血赤痢者，以日輪天加帝釋天祈申。欲止雨降難者，以愛王天加帝釋天。欲止旱魃降雨者，以議特天加水天王。……

類似的句型，甚爲常見，一再反覆出現，如《五大虛空藏菩薩速疾大神驗秘密式經》，曰：

……若人欲得國王大愛念者，以西方菩薩加毘沙門天，祈之必得之。若人欲得王后采女，乃至諸貴女極愛者，前菩薩加前天，祈之必得之。若人欲得大臣公卿愛念者，以前菩薩如前天，祈之必得之。若人欲得大福長者成急者，以南方菩薩加前天，祈必得之。若人欲得大官位歸依尊重者，以東方菩薩加帝釋天，祈必得之。若人欲得勝諸人天下自在者，以北方菩薩加梵天，祈之必得之。若人欲得遂一切所望出世間事者，以中方菩薩加東方天，祈必得。若人欲得示他人大靈驗者，以南方菩薩加西北方天，祈之必令爾。若人欲得大驗利益一切眾生者，以東方菩薩加西南方天，祈之必令爾。若人欲得官爵職祿者，以東方菩薩加毘沙門天，祈之得。若人欲得一切人愛念者，以西方菩薩加前天，祈之必得之。……

像這樣的經典是不便徵引的，因爲實在太多太瑣細了，引用頗占篇幅。可是它如此絮絮叨叨，豈不意在表示：「只要你信我這個教，什麼欲望我都能滿足你」嗎？

二、成就欲望的術法

我講過，這類能滿足人欲望的術法，往往具有魅異的色彩。似乎是要用特殊的方式及供養，才能讓人達成平時所難以達成的心願，故其方術可謂千奇百怪。如《摩醯首羅大自在天王神通化生伎藝天女念誦法》除教人唸咒之外，尚有用羊尿、白馬蹄、驢眼和藥，燒薑入鼻，或取尸陀林燒死人柴等法。像這樣用人及動物之穢物、體液、骸身之類東西做爲術法者極多，前文所引經典也可以看到這種現象，底下再略引數例，以供參證：

《金剛香菩薩大明成就儀軌經》卷上曰：「若欲令冤家失心狂亂者，用人骨作金剛橛，長八指。以安息香及牛肉同燒薰橛，埋冤家門口，彼即三日內失心離家狂走。或用牛肉狗肉牛屎相和爲泥，作冤家像，埋尸陀林。」「又法欲令冤家出本國者，亦用人骨作金剛橛。以人血染線纏橛。……用牛肉爲泥作冤家形像，長八指。用前橛釘其頂或口脅耳臍，或陰及膝足等處，經一七日彼冤家身決定破壞。……取黑蛇口中沫塗坏器內，令冤家食之須臾即死。……以人骨作釘，釘於頭臂脅三處，彼即苦惱。……又法同前造像，取人牛狗三肉并白芥子塗像，安冤家本舍中，彼即迷倒永不入舍。……復次，行人若欲求見女鬼者，往尸陀林中，用毒藥及鹽并血相和，誦大明作護摩，日三時滿七日，至夜，於護摩爐內現一女鬼。……復次說禁縛法，用雌黃作冤家形像。以尸灰遍塗像身及塗金剛杵。……復說成就法，行者先於帛上或髑髏上，畫金剛香菩薩身赤色。……又法於青帛上，用人血調青畫冤家形像。」

《佛說瑜伽大教王經》卷四：「人欲作此法者，先用尸衣，以血或赤土，於尸衣上畫羅刹女形像訖，焚安悉香，用赤色花及赤色飲食，出生供養已，持誦心眞言八百遍。然後以此畫像密埋於尸陀林地，及稱冤家名。如是埋像之間，所有魔冤等悉皆禁縛復成魑魅。」

《蘇悉地羯囉經》卷中〈阿毘遮嚕迦品〉云：「作極忿事，以自血灑令濕之，以右腳踏左腳上，面向南住。怒目不齊，精眉閉瞋皺嚙其牙齒，作大聲音，自想己身。此部之主身意勞苦堪能忍之。如依此法次第，作阿毘遮嚕迦。日別三時，取於黑土，塗曼陀羅，或用驢糞、或馳羊豬狗糞，或燒死屍灰獻、……或自身血。……或足底塵、或用驢糞、或馳狗豬羊糞、或人糞等，或用毛髮擣碎用之、或用烏翎、或鷲鵰鷲鸛鵲鳥等，或用其翎、或用毛羽、或用如上禽獸脂等。或用棘刺、或破瓦器、或諸骨散、或用犬肉、或豬肉等，或俱尾那木、或苦練木、或燒屍木，或燒屍殘木。或有刺木、或佉陀羅木，仍依法截而用護摩。如上等類隨所用者，皆應和以毒藥及自身血鹽等。……」。又，〈被偷成物卻徵法品〉云：「以己身血塗而用護摩，或用苦練木，或用燒尸殘柴，而用護摩火著以後，以燒尸灰和己身血，而用護摩。及以毒藥、己身之血、芥子油、及赤芥子，四種相和而用護摩。復取四種物，作偷物者形，而坐其上。以左手片片割折而取護摩」（卷下）。

《妙臂菩薩所問經》卷一〈金剛杵頻那迦分〉說：「我今分別說緒跋折羅量。其量或長八指或長十指。……或求大富貴用鍮石作跋折羅。……若降害極惡冤敵者，可用人骨作。」

《蕤呬耶經》卷下〈分別護摩品〉：「若作降伏事者。應著青色衣及血濕衣。或破穢衣或復裸形。若有冤家相惱瞋心即作此法，著赤衣或青衣，或更作大惡法取血染衣裳。胡蹲坐，是足相蹋，西向皺眉努眼咬齒。……取糠和芥子取自身血和，一咒一燒滿一千八遍，一日三時時加如是燒人骨頭髮如是等物，發願嗔之。」

《大方廣菩薩藏文殊師利根本儀軌經》卷十五：「若將芥子以人血染散於地上。復以迦尾囉木枝打彼人授打。先所說一切調伏法可依法作。或有求屍成就者。於屍林中收一屍未損壞者，於遍身亦不得有瘢痕，仍須身肢具足者。得已，用佉襧囉木四橛釘之，彼持誦人於屍上坐。用寶秣作護摩，擲秣入口中，彼屍從舌出如意寶，見寶出已，收之。」

《金剛薩埵說頻那夜迦天成就儀軌經》卷四十一：「復用前像以毒藥塗之，持明者裸形被髮，於木架上懸掛天像，以麥糠火炙已。……復用前像，用毒藥芥子、鹽曼陀羅子，同和如泥塗於像身。持明者用屍灰塗自身。……復用前像，於黑月十四日或八日，持明者往尸陀林中，用一髑髏滿盛酒，以口噀像，一日三時。」卷二：「復次成就法。用一人屍腳腨骨作一穴，入前四味合和之藥，即誦大明。用左手執此腨骨之藥晝夜經行，以藥於自頭上旋轉，得隱身法無人能見。……復次成就法。用屍骨作頻那夜迦天像，長八指四臂三目。右第一手作施願印、第二手執滿髑髏血、左第一手執竭椿誐、第二手執人頭，如是作像已。用三辣毒藥芥子鹽曼陀羅子，同和如涅塗彼天像。作三角護摩爐，燒佉儞囉木火，以人肉作護摩。……復用前像用人脂油塗已，燒天祠內萎花薰彼像，或男或女等速得敬愛。……復用前像用黑鵄梟肉裹，燒人屍薰。持誦者於紙上書彼名字及書大明，然後裸形被髮，以左手執彼天像稱彼人名。……復用前像，用五種甘露沐浴及塗像身，復用象馬牛驢駱駝五種肉爲香，燒薰彼天像。或用狗肉爲香亦得。」卷三：「復次成就法，持明者用瓦師輪上泥，作頻那夜迦天像。十二臂十二目六足，髑髏爲裝嚴人皮爲衣，乘必隸多作大惡相。右第一手執輪羅、第二手執鉞斧、第三手執拏摩嚕迦、第四手執剛迦羅、第五手執人頭、第六手執劍。左第一手執劍、第二手執三叉、第三手執人肉、第四手執髑髏。……復用前像，以貓兒血塗，用童子衣繫像，安漿水器內懸掛架上，彼人即得鬼魅所執。……復次成就法，持明者用人肉，作頻那夜迦天像如魚形。……復次成就法。用旃陀羅等下賤人肉，作頻那夜迦天像。長一磔手，用苦辣藥塡彼像腹。持明者於黑月八日或十四日，用屍灰塗身，裸形被髮往尸陀林中，觀想一切眾生如彼虛空。然後食彼天像。……復次成就法。用染師肉及皮作人肉，作頻那夜迦天像，長一磔手，用辣油塗像以芥子油煎。……復次成就法。用象馬牛驢及人肉等，持明者食此肉已及飲酒。復用前肉塗於自身，往彼陣前面向他軍作舞，彼軍見已，悉皆禁止不能征戰。」卷四：「復次成就法。持明者用牛肉人肉，同和爲第一分。雞肉羖羊貓兒駱駝肉爲第二分。象馬驢狗鷺狐狼鼠牛肉爲第三分。弩摩賛拏拶哩摩迦羅肉等爲第四分。如是等肉得周備已，持明者觀想，自身即作五如來之體。或四親近菩薩身，若依頻那夜迦天法，我身即是一切如來之體，心離二相如虛空界。……復次成就法。持明者用摩登伽女屍，行人於黑月十四日，往尸陀林中作八箇佉儞囉木橛，以油及牛皮裹於木橛。大於八方，用屍坑內瓦礫屍灰屍炭，作三角曼拏羅。……即誦大明求隨意成就法，時摩登伽女經一時間作於大笑。……復次成就法。持明者先收一端正福相不損壞者人屍，然後於黑月八日，或十四日，往尸陀林中或寺院內，用屍炭屍灰瓦礫人骨同爲粉，畫一曼陀羅，作四方四隅安四門樓。用必力多鬘爲嚴飾，以人肉爲幢，安前人屍以紅色花供養，然後求最上成就。」

凡此等等，再抄下去還多得是，但我懶得抄了。總之，這些啖人肉、牛肉、雞肉、貓肉、狗肉、驢肉、狐肉、狼肉、鼠肉，乃至象肉、駱駝肉，喝人血、塗人油、燒人尸、用髑髏盛酒、執人骨劍、染毒藥、或裸體、或著穢衣、或淋牛羊狗馬驢屎尿，做法喚起死尸之類的術法，想必會讓一般佛教徒看得瞠目結舌。那些自居「正信」的佛徒，往往只曉得吃素、念佛、守戒行、拜佛，以淨化心靈、往生彼岸自期，不會知道他所信奉的佛教經典裡居然還有這麼多奇怪的方術。看見這些殺牲、吃人肉、交織血肉，以求滿足各色欲望的記載，相信他們都會感到錯愕甚或惡心。

但事實上，佛教中是存在著這個部分的。了解這一部分，有助於我們更了解佛教，不能僅從禁欲或不飲酒食肉這方面來認知。本文主要的目的，也即在此。

三、順世縱欲的爭論

然而，僅指出這一點，說明佛教有需欲的部分，且常以飲酒、食肉、殺生、操弄毒藥尸骨屎尿來達成願望，只是點明了這個現象。能看出這個現象，固然需要一些眼力，但只要對經典略爲熟稔，便都能觀察得到，故此亦並不甚難。難的是對這個現象的解釋。

怎麼解釋呢？須知欲望只是人的欲求，欲求本來可善可惡。上引諸經典所述諸呼神、召鬼、咒人之法，固然可以恣其私欲，遂其邪心，但也不乏用術以除惡，令人得以滿足和平的祈求，如《金剛薩埵說頻那夜迦天成就儀軌經》卷二云：「復用前像，持明者用牛骨爲橛，橛上作穴，以毒藥芥子及天像同入橛內。或出行時繫於臂上，即誦大明，得一切人見者歡喜。若入軍陣禁彼器仗皆無作用，若有諍訟論其公理常得勝他。」卷三云：「復次成就法。所有諸惡象馬等，傷害於人難以禁止，持明者作奇剋印剋於彼舌。彼惡象等速自馳走，如鼠入穴更不可見。」愛好和平、遠離一切恐怖，同樣是人的期望。持其術者，亦可以達成此類願望，故其術並非都是邪惡的，須看其目的何在。

而其術法本身，雖充溢著人與動物的體液、穢物、身骸等看來非常恐怖或汙穢之物，但同樣的，《雙身大聖天菩薩修行秘密法儀軌》有云：「此法以酒供養附子。此毒物服醫師，得之除病安身藥。和令人合得悅賀酒，此歡喜水妙藥也。田夫令悅。此酒也，能飲人藥成，惡飲人毒成。此天菩薩人心令得歡喜故。以酒供養，此名歡喜水耳。」酒可以是毒物，也可以是歡喜水，更可以是藥，看是什麼人、什麼心態、在什麼場合用。各類術法，均可作如是觀。

再者，《金剛埵說頻那夜迦天成就儀軌經》卷四講了一個喚起女屍的術法，說先在女屍前用葷辛飲食，「食人肉羖羊飲酒」，作法。而其所以要如此，是因「心無二相，雖妄分別，食如非食，作成就法」。從佛教的究竟義來說，故意吃葷辛人肉等，正是破相破執之舉，所謂食如非食，葷素不二、殺生不殺亦不二，無有分別，不須執著。唯其能破執破相，乃得成就。此類術法，用屎尿等穢物塗抹飲食之，常人視爲昏濁臭惡，不知「道在屎尿」、「道在稊米」，固執美惡葷素之見，亦是行於邪道，不能見如來。

又，此類術法，多觀想或供養忿怒戰鬥之神，如《大威德一尊略軌》云觀想誦咒後，變身成大威德金剛，現忿怒相，「噉惡魔血脂膏髓。冠五可畏骷髏之冠，頸圍五十鮮血人首之圈，胳腋交纏裏色之蛇」。頂上一面，「相最可怖，口灑鮮血」。卅四手，左一執顱器，盛滿鮮血；四持人足；七持人腸；十持裹屍布；十三持帶髮半截之顱。爲什麼要如此可怖呢？《大威德成就方便略引》解說道：「引人血腦塗脂燃膏，食其諸根臟腑、身肉手足者，顯能與諸魔毒害等，作對治降伏無畏之意。」古代驅邪制鬼，均用此法，飾爲魔王，模樣比鬼怪還要可怕，吃人殺人害人的能力更甚於鬼怪，所以連鬼怪見了也只好辟易。佛經裡這些金剛凶像及其術法，亦是如此。北京市計程車司機常在座前吊一個毛澤東像的道理就在這兒。

因此，此類忿怒尊及其術法均有象徵意義。例如其名相，「所謂忿怒仙人、忿怒羅刹、忿怒焰魔、忿怒夜叉、忿怒魔王，如是種種詞喻所作，皆是顯離一切無盡不平，瞋恨之意，攝意繁多」。他頭上顯藍色火焰，則是「顯速急覺鋒利故」。手中所持器杖法物，也各有喻指，如匕首，是「顯次第中間，明利向上，及其鋒銳，必於初始概具。又諸廣大作爲，最初必須光細明利趣入」；箭，是「急利致遠之意」；人腳，是「美妙名貴處女之足，顯戒德也。謂行若貞女」；人腸，「新鮮人腸，想顯能獲得難得之等持等引之用意也」；人手，「顯示方便波羅密。謂必具戒合節，無過悲過急損菩提心，缺戒方便則成世間奸滑」；死屍布，「遮止味觸之貪心，及愼口業也」；人幢，「以刺死罪人之夬木幢，其上貫以貧窮苦惱之活人（或作自身想）」。另外，戴五骷髏，「表五智之用，及表法界肉身建立之作用。五智是法界之骨相，若空無常無我，是啓者之大用故」；戴新斬的人頭五十顆，是「顯韻音五十字母，明朗清靜之作用故，謂能怖罪、痛無常、厭不淨、成清淨念」；赤體裸形，是「具大慚愧，一切無者，示大出離，益他精勤，無計自身故」……。宗教解釋學中本來即有象徵釋經文之法，此類術法及對金剛相的觀想，也可以以此法索解。

性交的問題，情況一樣。除了上述術法外，金剛乘根本就崇拜雙修成雙身。吐蕃時期翻譯的一些舊密經典已包括了無上瑜伽密智慧母續部的內容。當時那些大論師在譯經的同時也傳授著他們所譯的教法，包含雙修內容的上樂金剛法，即是其中重要的內容。漢地最早雙身圖像，是繪於吐蕃統治敦煌時期，現藏大英博物館的《千手千眼觀音圖》絹畫，其間摩醯首羅天身側左腿之上坐有明妃，與印度早期的雙身像風格類似。這種女尊坐在男尊左腿之上的構圖，是波羅時期的典型樣式，而尼泊爾畫派一般是將女尊置於男尊的身體一側而不是坐於腿上。至今俗稱的「歡喜佛」，即爲此類。但一般也認爲雙修圖像所展示的是象徵意義而非實際情景。在雙修圖像中，女方代表的是智慧，這種智慧是佛教義理中的空性；男尊代表的是對眾生有情的慈悲，即達到智慧空性的方法和這種智慧的外在表現方式。男尊和伴偶的結合，象徵著智慧與慈悲的合一、象徵目的和手段的完整統一。

以上是我試圖做的一些解釋。這些解釋，可以說明佛教採用此等術法的理由。但是，這樣的解釋仍只是局部的，或有爭論的。像雙修，西方佛教研究者就頗不以象徵說爲然，謂那是眞正的男女交合，在性交時，男性作爲主尊神，女性（通常是十六歲的少女）作爲女神或神靈的伴偶，代表智慧或內明。在雙修儀式中，主尊要以控制呼吸和意志的方法阻止射精，使其上行至男尊體內以提升法力。男尊和伴偶分別被稱爲「金剛和蓮花」（參看David S. Noss & John B. Noss, Man's Religions, 7th Ed., New York, 1984, P.150）。同理，那些召喚女人來讓我恣欲的方術儀軌，也不見得只是象徵。

在道教中，講陰陽交媾、坎離合和、水火既濟、鼎爐火候，一樣有這類問題。某些道派固然是虛說的，以氣言陰陽、交媾結胎等等，某些道士卻是眞用採陰補陽之法，以少女爲鼎爐。我估計佛教裡的情況也相仿。

殺人、剜骨、盛血、剝腸、剁足、燒屍、吃胎衣……等，亦是既可以象徵爲說，也確實就是殺人的。據《大威德成就方便略引》云：「飲人膏血腦油，食其肉臟諸根者，能使魔類驚怖之用」，這是我們在上文已說過的理由。但是，它說吃人「又能換行人之諸根脈系血液、補治過失，去奮代心、克制毒物，種種成身之道，俾能履艱巨而不難不怖，入定持戒，能具力精進，速成聖種」云云，就是藉由身體崇拜，讓人吃血補血吃心補心，去舊代新。這就非象徵性的說法，乃是眞相信吃人可以獲補，可以超凡入聖。故用其術，必然要殺許多人，一如相信性交可以入道，就須找許多女人來恣欲那樣。

藏文文獻即曾記載赤松德贊的大妃才邦氏怒斥金剛乘密法的儀軌，云，「所謂嘎巴拉，就是人的頭蓋骨。所謂巴蘇大，就是掏出的人內臟。所謂岡菱，就是用人脛骨做的號。所謂曼荼羅就是一團像彩虹一樣的顏色。所謂金剛舞士，就是戴有人骷髏花冠的人。這不是什麼教法，是從印度進入吐蕃的罪惡。」【參看《蓮花遺教》第七十九品，四川民族出版一九八七年藏文本，頁四六〇～四六一(ka pva la zer stegs khar mi mgo bzhag/ ba su da yan zer nas rgyu ma bres/ rgang gling yin zer mi yi rkang du vdug/……dkyil vk-hor yin zer khra khra shig shig vdug/ gar pa yin zer rus pavi ohreng ba gyon/……chos min rgya gar bod la ngan bslabs yin)。】

藏傳佛教後弘初期，寧瑪派大師索洛巴・洛珠堅贊（一五五二～一六二四）的文集中，也有一份天喇嘛益西沃的文告，文告記載天喇嘛對當時在阿里一帶極爲盛行的寧瑪派的大圓滿法極爲不滿，特別是對「雙修」、「救度」與「食供」之法尤爲懷疑。他在文告中寫道：「再者，密教之隱旨已頹敗，加之以密教『雙修』、『救度』、『食供』三者，其衰何速也！吾派譯師仁欽桑布往迦濕彌羅之地求正宗之法。」文告的第二部分和第三部分則批評密宗教法並明令禁止，云：「今日，眾有情的善業用盡，諸王之法有削弱之勢。冒名的大乘稱作『大圓滿』大行於藏地，他們的教義虛僞荒誕。僞裝成佛教的邪端密宗，在藏地蔓延。眾修密法者於如下方面有損於邦國：『救度』之法之繁盛，山羊、綿羊皆受其害；『雙修』之法之繁盛，尊貴卑賤次序皆被打亂；『藥修』修法之繁盛，治療疾病的藥物被用盡；『尸修』修法之繁盛，墓地供品的製造也廢棄；『供修』修法之繁盛，人只能在身前得到救度。焚燒人屍的煙霧升到了虛空，冒犯了山神和天龍，這難道是大乘的做法嗎！」他又說道：「鄉間的住持，汝等密法修習的方式，如果異域外人聽說你們修如此之法定會吃驚。自稱『我們是佛徒』的諸位，你們的惡行表明你們的慈悲心比羅剎還少；比鷹和狼更貪求血肉；比叫驢和騷牛更貪愛色欲；比腐敗房屋裏的潮蟲更貪愛腐水。向潔淨的眾神供奉糞便、尿液、精液和血，你們將托生於腐爛如泥的屍體中。否認三藏佛法的存在，你們將在地獄中降生。利用『救度』修法，殺戮無辜有情，你們將轉生爲羅剎。利用『雙修』沈溺女色，你們將轉生爲女人胎中的陰蟲。用肉和尿液供奉三寶，不知佛密之精要，且將此奉爲經典來實行，你這個『大乘人』將轉生爲羅剎。堅持如此法行的佛徒可眞稀奇！」

這些批評，固然存有教派之見，但亦可見崇信此類術法實際的後果。那麼，爲什麼修行者要如此殺生嗜血且喜歡性交呢？

四、身諦論者的修行

從禁欲修行的角度，大抵只能說這是敗德、腐化、墮落。但我們不要忘了：持此術法的，乃是修行者，殺生或性交等等即爲其修行方式。因此這不是敗德的問題，而是不同的一些觀念使然。

希達察人(Hidatsas)婦女們參加農業儀式時，要把自己脫得赤裸裸的。巴龍加人(Baronga)婦女祈雨儀式和剛果各種婦女社團的儀式特點也在於婦女們一絲不掛。佛蘭德人(Flemsh)的婦女同樣必須裸體表演儀式。不列顛女祭司則裸體塗上青顏色表演舞蹈。爲何需要如此呢？早期農業生產者的豐收巫術，往往就是認爲自然的（大地母親的）生產力，可以由模仿人類的生育來提高或誘發；倒過來，人類的繁殖力也同樣可就由裸體或性交來達成。整個世界既是由生殖形成的，宇宙的動力也在於性交，或須由性交來促成。

因此，古印度《薄迦梵歌》曾描述阿修羅的宇宙起源論爲：「aparaspara sambhutam kim anyat kama haitukam」。意味世界起源於陰陽交合，除了性愛(kama)的推動，沒有其他原因。因人類創造新生命的過程是男女結合。宇宙也是以同樣的方式通過陰陽交合創造出來的……廣闊無垠的虛空中偉大的創世律動，表現於人類，則爲性欲衝動(kama)的形式，亦即愛神(Madana)的作用。由淫欲和愛神在原陽(purusa)和原陰(prakriti)身上所造成的偉大震顫，創生了新的名色遍於全宇宙。後來在某此密教經典中濕婆神（Siva，即元陽）與莎基提女神（Sakti，即元陰）的交接，或人類男女的配合，其觀念正與之相似。

在吠陀文獻《歌者奧義書》的《女天贊歌》(Vamadeya Saman)中也說道：

> 一個人召喚／那是一節興迦羅（Himkara，哼聲，序曲）。
> 他作出請求／那是一節布羅斯多婆（Prastava，引子）。
> 和那個女人一起他躺下／那是一節烏吉佐（Udgitha，歌唱娑摩吠陀）。
> 他睡在那個女人身上／這是一節布羅提訶羅（Pratihara，和歌，合唱）。
> 他結束了／那是一節尼陀那（Nidhana，尾聲）。
> 他盡歡而起／那是一節尼陀那。
> 這是女天贊歌迴旋在歡會的場所。
> 他如是知道女天贊歌迴旋在歡會場所，一個接著一個，每一次交媾他親自生育，綿綿一生，歡樂長壽，子孫滿堂，牲畜滿欄，名望滿天下。一個人永遠也不應當拒絕任何女人，這就是他的規矩。

吠陀，一般認爲是修淨行的，但事實上也不乏此類吠陀欲行(kamacara)之資料，表現了與前述性力崇拜雷同的觀念。

性力崇拜，在密教中尤爲常見。密教文獻中，金剛(vajra)及其變體摩尼寶(mani)，是代替林迦（linga，陽具）的一個文雅或神秘的措辭，正像蓮花是拔伽(bhaga)或瑜尼（yoni，女陰）的文學的代用語。密教最重要的五支儀式稱爲「五摩迦羅」或「五摩」(panca makara)，因爲表示這些儀節的名詞均以摩(ma)開始。它們是madya（酒），mamsa（肉），maithuna（性交），mudra（炒麵），matsya（魚）。其中前三摩較爲重要。在密教經典中，其核心主題之一即男女交配，雖然是用性空(sunyata)和慈悲(karuna)，般若(prajna)和方便(upaya)，金剛(vajra)和蓮花(padma)等語詞來表示，但讀的人都知道性空般若和金剛被表男性，而慈悲方便和蓮花代表女性，兩者的結合即是性的結合。這些經典的儀式場面也常是公開性交場面（有時用羶幕圍起來）。

換言之，裸體在某些人看來是不雅的，因它會激發性欲因此也是不道德的。性交更是人欲之大者，應予減少或禁滅。可是在另一種宇宙起源論中，性交卻是天人合德的神聖儀式，陰陽結合也是修行的極至。

同理，佛教以身體爲虛幻，謂人身乃五陰（色、受、想、行、識）所成，顧眾經撰《雜譬喻經》，舉一故事說：

昔有一人，受使遠行，獨宿空舍。中夜有一鬼，擔死人來著其前。後有一鬼逐來，嗔罵前鬼：「是死人是我許，汝何以擔來?」二鬼各提一手諍之。前鬼言：「此有人。可問是死人是誰擔來?」是人思惟：「此二鬼力大，若實語亦當死，若妄語亦當死。二俱不免，何爲妄語?」語言：「前鬼擔來。」後鬼大嗔，捉手拔出著地。前鬼取死人一臂補之，即著如是。兩腳頭脅皆被拔出，以死人身安之如故。於是二鬼共食所易人身，拭口而去。其人思惟：「我父母生我身，眼見二鬼食盡。今我此身盡是他身肉。我今定有身耶?爲無身耶?若以有者，盡是他身；若無者，今現身如是。」思惟已，其心迷悶，譬如狂人。

依此說，身體不是我們關注的重點，修行者應忘卻這襲臭皮囊。四聖諦中苦諦、集諦、滅諦，所說之重點均在此。但另有一些修行人重視的卻是「身諦」。古印度《彌勒奧義書》說了個因陀羅與毗盧遮那的故事：

自我離於罪惡，不老不死，無憂愁無飢渴，其欲爲眞實，其想爲眞實。——應當找到他，一個人應當希望瞭解他。找到他的人，瞭解他的人獲得一切世界，獲得一切欲望。一生主如是說。

天神和惡魔都聽到了，然後他們說：「來吧！讓我們找到自我，找到自我一個人將獲得一切世界，一切欲望！」

然後因陀步從諸神中出來，毗盧遮那從群魔中出來，向他走去。然後兩人未交換一語，來到生主的面前，手裏擎著火炬。

當時這兩個人度過了三十二年聖徒的純潔生活（梵行）。

然後生主向他們說：「你們生活著一直希望什麼呢？」

然後兩人說：「自我，不老不死，無憂慮無飢渴，其欲爲眞實，其想爲眞實。——應當找到他，一個人應當希望瞭解他。誰找到了誰瞭解了那個自我，將獲得一切世界，獲得一切欲望。——人們說這是你的話，大人，我們活著一直希望他。」

然後生主向兩人講：「在眼睛裏看得見的那個人就是我談到過的自我。那是不朽的，是無畏的。那就是大梵。」

「但是這一位，大人，在水裏和在鏡子裏觀察得到的，哪一位是他呢？」

「的確，在所有這些裏面觀察得到是同一位。」他說。

「請你們在一盆水裏看看自己，告訴我，你們對於自我還有什麼不懂的地方。」

然後這兩個人觀看一盆水。

於是生主向兩人說：「你們看見什麼？」

兩人說：「我們看見這裏一切東西。大人，看見各人相應的自我，甚至頭髮指甲也看清楚了。」

生主向二人說：「你們自己去梳裝打扮一下，穿上好衣服，戴上裝飾品，然後再往水盆裏照一照。」

然後這兩個人好好地梳妝打扮，穿上好衣服，戴上首飾，然後再來照照水盆子。

於是生主問他們：「你們看見什麼呢？」

他們答道：「正像在這兒的我們自己。大人，梳妝打扮修飾穿著得很漂亮─那裏也一樣，大人，梳妝打扮穿著修飾得很漂亮。」

「那就是自我，」他說：「那是不朽的。那就是大梵。」

這兩人懷著寂靜的心向前走去。

生主目送著他們兩位，說道：「他們並沒有領會，並沒有找到自我。無論誰持有這種學說主張（奧義），無論是天神是魔鬼，他們都要滅亡。」

然後帶著寂靜的心，毗盧遮那回到魔鬼中，向他們宣說這個教義：「一個人的自我應當在這個世界得到幸福。一個人的自我應當得到奉侍供養。誰使自己的眞我在地上幸福，誰侍奉供養他自己——他將獲得兩個世界，此世和彼世。」

《奧義書》講了這個故事，然後批評道：「那就是魔鬼們的學說奧義。他們用乞討來的東西，用服裝，用飾物，如其所稱，來打扮死者的屍身，他們認爲那樣一來將會獲得那邊的世界。」這種批評，就是兩種觀念的對諍，《奧義書》的作者斥責這裡重視自己身體以及現世幸福之說爲魔鬼之見。

然而，執此身諦之見者，其實甚多，商羯羅遮利耶(Samkaracarya)在《梵經》注述中提到當時印度：「不學無術的人們和順世論派的意見、認爲只有賦有理智素質的身體才是自我。」「正是因爲這個原故，看得到身體的地方才看得到理智，如果沒有身體永遠也看不到它，（順世論派）認爲理智不過是身體的屬性。」他又說：

這裏現在有一些只在身體裏面看見自我的（順世論派），他們認爲一個自我離開了身體是不存在的；他們承認在「地」等外在元素中（單獨的或混合的）觀察不到「意識」，當元素轉變成爲形體時，意識可以在身體的元素裏面出現，所以意識是從元素生出的。如是，他們主張知識類似於致醉的性質（那是由於某些物質材料按某種比例混合而發生的），而人也不過是被意識改變了的身體。因此，照他們看來，沒有脫離身體而能夠進入上天世界或者得到解脫的自我。而身體本身就是有意識的，就是自我。爲了這個論斷，他們援引經文中所陳述的理由，「只要有自我的存在就有身體的存在。」因爲不管在哪裡，如果有其他事物存在就有某種事物存在；如果沒有其他事物存在也就沒有該事物的存在，我們就認定後者爲前者的屬性。如生命、運動、意識、記憶等等，只能在體內不能在體外觀察得到，它們只是身體的屬性。所以自我無異於身體。

所謂「順世」，表示隨順世間或世間的習俗。照婆羅門教的資料，他們也是被歸屬於毗河跋提（廣智仙）的學說，故順世論又稱為毗河跋提派學說，但據說遮婆迦派也持此論。

在佛教典籍《天業譬喻經》則依順世論一名的語源學意義，說它是流行於民間的俗見。人民群聚認為財富和欲望是人生唯一的目的，否認未來世任何事物的存在，此即為順世論。

在巴利文或梵文佛教經典定型的慣用語中，我們發現順世論就被收納在婆羅門規定學習的課程表中。其後也一直未曾斷絕。根據《毗河跋提經》（托馬斯輯佚本）和耆那教論師德寶的說法，順世論派和迦波里迦派(Kapalikas)之間的緊密關係：「順世論派和迦波里迦派的影響現在在印度也還是很強有力的。是人數眾多的一個宗派，它的信徒相信人的物質身體(deha)是唯一值得關心愛護的，他們的宗教修行與男女的結合有關，他們的成就(siddhi)差異就看交合的久暫如何而定。這些人自稱為毗濕奴派(Vaisnavas)，但是他們並不相信毗濕奴神(Visnu)或黑天(Krisna)或他的化身。他們相信deha（身體）。他們還有另一名稱，叫做蘇合佳(Sahajia)。」

D.R.夏斯特里《印度唯物主義感官主義享樂主義簡史》頁三五至三七，則描述道：「有些墮落佛教宗派，以放鬆男女道德為其特點，逐漸加入順世論派。這些宗派之一即迦波里迦，他們本是很古老的宗派。他們飲酒，以人為犧牲，玩弄婦女。他們借助屍體、醇酒和婦人爭取達到宗教目標……因為色欲(kama)或肉體快樂的享受是這個宗派的目的，它逐漸加入到左道異端(Nastika)形式的順世論派，按照這派的觀點人生至高至善的鵠的……就是低級肉欲快樂的享受。」「在婆羅門教大復興之後，順世論派在印度各地採取各種形式的僞裝隱蔽起來。在孟加拉主要與性放縱有關的一個大乘佛教的老宗派放棄了它的獨立存在，像自然論者(Svabhavavadins)和迦波里迦一樣與異端順世論派(Nastika Lokayatikas)合併爲一體，而順世論派自己方面也合併到那個團體中間去了。異端派的愛神節(Madanotsava)期間准許滿足下流享樂，其中古老的肉欲主義因素至今發現仍然留連徘徊於該派之中。該派的名稱即蘇合佳派」。又說「順世論派是一種歡樂的信條，一切都是明朗愉快。由於他們的影響，在印度的那個歷史時期，無論寺院與朝廷，詩歌與藝術，無不陶醉於色欲之中。色情主義風行全國。婆羅門和首陀羅，帝王和乞丐以同等的熱情參加愛神節，在此節日狂歡與淫欲是受到崇拜的」。

另外，德寶在他的《六見集論疏》中談到遮婆迦是一個虛無主義宗派，說他們只知道吃喝，而不關心善與惡的存在，除了直接知覺到的東西之外，不相信任何事物。他們飲酒食肉，耽於無限制的性放縱。每年他們在一個特定日期大家集會與婦女們無限制的交接。他們的行爲像普通老百姓，由此故被稱爲順世論。而迦波里迦派以灰塵塗抹身體，修瑜伽行，其中有些人是蛻化墮落的婆羅門。他們不認識眾生的善行(punya)與惡業(papa)。說世界是四大構成的。他們有些人，遮婆迦及其他，認爲虛空是第五大；謂世界爲五大所組成。在他們看來，意識是從這些元素中醞釀出來的，好像造酒釀出醉人力量的情況是一樣的。生命體好像水中的氣泡。人不過就是賦有意識的身體。他們飲酒食肉，不分青紅皀白的放縱雜交，甚至亂倫。在每年一個特定日期他們全體集合在一起，可以隨心所欲與任何婦女交接。他們不承認超乎愛欲(kama)之上的任何正法。飲與嚼是他們的座右銘；他們之所以稱爲「遮婆迦」是因爲他們專講嚼(carv)及不加分別的吞吃。他們認爲善與惡屬於對象事物的性質。他們也被稱爲順世論者，或順世派，因爲他們的行爲正像普通無知無識辨不清是非的群眾。他們也被稱爲廣智派(Barhaspatyas)，因爲他們的教義主張最初是由廣智仙(Barhaspati)提出來的。

這些思想，也表現在佛教密宗裡密教的唯身觀（dehavada，身論）是它與其他佛教宗派很不相同的地方。是故密教的理論與實踐有兩個方面。其中之一是外在的方面，與宇宙有關。另外一個是內在方面，與人體有關。密教修行的成就表現出兩種形式。一是屬於外界自然。一是屬於內在本性，即人體本性的方面。根據密教觀點，既然宇宙和人體是按照同一原則製造的，同樣的物質組成，既然在兩者之內以同樣的力量、同樣的方式起作用，那麼發揮你的身體的固有的力量，你就可以使宇宙力量於你有利、由你控制。獲得成就(siddhas)的人，認爲沒有什麼工具(yantras)比人體更奇異。沒有人能夠製造出比這更了不起的工具。所以你可以不藉任何其他工具的幫助實現你的願望，只要你能夠發揮和表現出一切蟄伏在你的身體裡面的力量。依靠它這種密切關係就明白了、確立了密教的修持法(tantra-sadhana)。它的基礎就是身諦，身體崇拜。

德寶說順世論派舉行定期雜交，荒淫放蕩。密教中也有這個部分，即所謂女行(vamacari)的學說和實踐。vama意爲女性，也許還有愛欲(eros)之意；在密教經文中兩種意義都表示。密教中也存在著一種薩基多密宗（即性力派宗教）。故其關心身體，並重視飲食男女，實不遜於上述迦波里迦、蘇合佳、遮婆迦諸派。

五、理論矛盾的解釋

但問題是：爲什麼一個主張苦集滅道的佛教宗派，竟如此重視身諦，且以身諦爲其修行法之核心？

一種解釋是說印度密教滲入了佛教信仰中，所以才出現如此矛盾的景象。似乎印度教密經的濕婆、杜爾伽（難近母）等名稱在佛教密經中被轉換爲金剛薩陲(Vajrasattva)、金剛都基尼(Vajradakini)等稱號。在佛教密經中也流行對坎提(Candi)、多羅母（Tara，救度母、地母）、婆羅奚(Varahi)等的崇拜。像在濕婆神啓示的密教中曾出現一些怪誕的神靈，在佛教密經中也一樣，我們也會遇見像亥如迦等類神靈。也看到不淨眞言(malamantra)、本母(matrika)、鎧甲(kavaca)、心(hridaya)等等。在闡明佛陀觀點的佛教聖典中，強烈指責五摩。但是密宗信徒的行爲不同。五摩的修持法構成佛教密經典及修法的基本特色。在佛陀聖典中那麼嚴厲譴責的縱情酒肉，在佛教密經中卻受到極力讚揚。佛教密經也稱呼一個修行密教有成就的人爲英雄大導師(Viranayaka)。佛教密宗信徒也主張世界是女性生出的(vamodbhava)。佛教密經也不缺乏妙輪崇拜(cakrapuja)、勇猛無畏(virayaya)、女根崇拜(bhaga-puja)等修行儀式。這些，都是受印度教或印度早期密教的影響。

另一種解釋是說密教本身也可以區分成兩種型態，即左派右派。兩個密宗派別都主張一切眾生都是金剛薩埵，都是獨一不二的金剛薩埵；在一切眾生中金剛的本性是永遠長存的，可以通過適當的禪定和祭祀儀式促其實現。可是密宗的左派按照濕婆教的模式設想金剛的本性；而其右派更接近吠檀多或瑜伽傳統。

在濕婆教類型的密宗經典中，佛教採擇了濕婆教和性力教派的內容，三種傳統佛身都保存了，但是金剛薩埵的眞實本性是他的第四身：福生身（ananda，sukhamaya，mahasukhakaya，歡喜、妙幻、大妙身），亦即「金剛身」。這種身永恆的如來或世尊會擁抱著他的莎基提女神，多羅地母或薄伽梵女（Sakti，Tara，Bhagavati）。而且，爲了實現他的眞實神聖的本性，修行者必須和一個婦女

（yogini，mudra，瑜伽女、牟陀羅），即薄伽梵女的化身，亦即薄伽梵女神本人表演性交。據他們說：「佛性居住在婦女的陰戶中」(buddhatvam yosidyoni samasritan)。這個眞理是釋迦牟尼發現的，照《樂欲大憤發經》(Chandamaharosama)所說，他是執行密教儀式在日月光明(harim)中獲得佛位的。這其中最引人注目的，是所謂stripuja，即婦女崇拜：既淫穢又罪惡，包括亂倫等最易引起爭議的修行儀式，構成這種崇拜的一部分，被視爲是一個菩薩眞正的英雄行爲(duhkaracharya)，可實現功德圓滿。佛教的神話和性力派混合起來：以至於說精液即是五佛陀等等……。

這種密宗左派當然多採印度密教之內容。它以「般若」與「方便」的結合來講性交，印度教密經則一般設想爲濕婆神與莎克提女神，或黑羅神(Hara)與喬利女神(Gauri)的結合。在毗濕奴沙合佳崇拜(Vaisnava Sahajia cult)中，性事又被設想爲大黑天(Krisna)與拉達(Radha)，或羅薩(Rasa)與羅蒂(Rati)的結合。在古印度，那些秘密修行者與濕婆教派和性力教派的玄想相結合時，產生了濕婆教派和性力教派的密宗。後來它們與佛教的思想相結合又產生了與佛教密宗拼湊起來的宗教體系。繼則再與孟加拉的毗濕奴教派的思想相結合，這種秘密修行就成爲毗濕奴派沙合佳運動秘傳的毗濕奴崇拜了。

這兩種說法，都是把佛教密宗內部與佛教基本教義的衝突，推源於古印度，說那是不同教派混雜的結果，且深受印度古密法，或婆羅門教或其他各色教派之影響。

李約瑟則以爲情況並非如此，而是受了道教的影響。他覺得密宗裡金剛與蓮花的講法、密教徒的性交和身體崇拜等等，「全部形式都非常類似中世紀初期的道教」。國內學者，如蕭登福先生，也持此見。

這些觀察都是很有可能的。一個宗教在流傳過程中，不可能不發生變異；與其他教派相競爭時，也常以吸收其他教派之長來謀生存。《舊唐書》卷五一〈玄宗廢后王氏傳〉載一故事，說僧明悟爲玄宗祈子：「祭南北斗，刻霹靂木書天地字及上諱，合而配之，且祝曰：『佩此有子，當與則天皇后爲比。』」奉北斗，相信「南斗注生，北斗注死」，是道教的信仰；爲世俗人求子，僧人亦本無此術法。但社會上需要，僧家也只好向道教去挪借了。密教中甚至有北斗本命延生之術法及經典，完全抄自道教，原因即本於此。拜北斗以求長生緩死或求子嗣，當然與佛教的無生宗旨不合，但在宗教發展中，此亦不得已之舉，而且是常見之事。同樣地，道教抄自佛教之處也不少。他們在中國是如此，在印度，佛教與其他諸教派競爭的場域中，形成混融雜揉教義教法的可能性，當然也一樣。

這些混融其他教法的東西，是否一定就比血統純正者更好，情況也很難說。像我們上文介紹了不少密宗的術法，也許有些佛教信徒會得到「密宗頗爲邪魅，且與印度教、民間巫術相混雜，因此較不正宗」的印象。可是，宗教間相混揉，其實是常態，就算是禪宗，也頗與其他宗派相混，例如密宗的基本教義，集中闡述於《大日經》及其《疏》。《大日經》譯於開元十二年（七二四），由善無畏主譯，寶月充任譯語，一行筆受。《大日經疏》形成於開元十五年（七二七），是一行在善無畏講解的基礎上疏釋而成的。一行就是禪師而兼宗密教的。善無畏本人則是密而修禪。《善無畏三藏禪要》中有關密教的內容，也很多，如誦陀羅尼，以陀羅尼爲眞法戒，說陀羅尼者，究竟至極，同於諸佛，乘法悟入一切智海，是名眞法戒。誦陀羅尼，即稱受諸佛內證無漏清淨法戒。說善無畏三藏發言，前雖受菩薩淨戒，今須重受諸佛內證無漏清淨法戒，方可入禪門。又如作手印，說欲入三昧者，初學三昧時，事絕諸境，屏除緣務，獨一靜處，半跏趺作已，須先作手印護持。又要證入灌頂曼荼羅位，說既入菩薩灌頂之位，堪受禪門。修禪之時，受菩提心戒、誦陀羅尼、結手印、入曼荼羅位，都是密宗影響下的禪宗的特點。善無畏一行等既奉持禪法，又同時講「悉蘇地羯羅供養法」，顯然爲一歷史事實；而我們所認爲的矛盾，在修行人的實證活動中，顯然也並不成爲矛盾。

實證的不矛盾，在於修證之旨在於解脫，而能解脫之法門無限，《善無畏三藏禪要》中說：「輸波迦羅三藏說：眾生根機不同，大聖設教亦復非一，不可偏執一法。互相是非，尚不得人天報，況無上道！或有單行布施得成就，或有唯修戒亦得作佛，忍進禪慧，乃至八萬四千塵沙法門，一一門悉得成佛。」個人依根器、依境、依機，可以各用各法以成正果。在一個人身心上，也同樣可以併用各法而唯求其能解脫。

可是，順世、恣欲，也能解脫嗎？當然，佛教中有一個「鎖骨觀音」的故事，見於唐李復言《續玄怪記》、宋影印本《續玄怪錄》、《太平廣記》等書都有收錄，文曰：「昔延州有婦女，白晳頗有姿貌。年可二十四五。孤行城市，年少之子，悉與之遊。狎昵薦枕，一無所卻。數年而歿，州人莫不悲惜，共醵喪具爲之葬焉。以其無家，瘞於道左。大曆中，忽有胡僧自西域來，見墓，遂趺坐具，敬禮焚香，圍繞讚嘆。數日，人見謂曰：此一淫縱女子，人盡夫也，以其無屬，故瘞於此，和尚何敬耶？僧曰：非檀越所知，斯乃大聖，慈悲喜舍，世俗之欲，無不循焉，此即鎖骨菩薩，順緣已盡，聖者云耳。不信即啓以驗之。眾人即開墓，視編身之骨，鉤節皆如鎖狀，果如僧言，州人異之，爲設大齋，起塔焉。」世俗之欲，無不循焉，乃因此而入道、乃因此而成菩薩。論禁欲縱欲者，咸可於此再求參驗。

——發表於九十二年五月十八日佛光科技整合論壇・演講稿

如何可證菩提？

1

美玲：

讀到妳在網路上對我於五月二十九日「佛光科技整合論壇」上發表的主題演講之〈縱欲以證菩提：佛教的例子〉的批評，非常感謝。

文中提到兩段：

1.「佛光大學是佛教團體所創辦的大學，是爲了聘請到最優良的師資，創辦最好的高等學府，培育出最優秀的人才，爲國家社會服務，全校師生應有此一共識，龔先生身爲一校之長，是否有此認知呢？」

2.「龔先生身爲佛光大學校長，應尊重自己，體諒他人，以身作則，謙沖自牧才是，否則怎能堪任學校教育重任呢？」

這都是很好的建言，我當以此自勉。事實上，本校及我本人也以此爲方向。但妳以爲華梵大學做得比我們好，跟一般學者的看法不太相同，我也還不敢苟同，需要再想想。希望妳也能多再用心體會。

至於妳批評我那篇文章，說我以偏概全，說佛教就是教人發財及淫亂，誤導了師生錯誤認識佛教，故須鳴鼓而攻之等等。則顯然是個大誤解。

我那篇文章是宗教學式的討論，要說的是宗教有戒欲淨行的部分，但也有順世縱欲的部分，以佛教徒爲例而已。在舉證及做爲參照說明時，多以天主教、道教、印度教、民間宗教及民俗信仰爲例。換言之，該文非以污衊佛教爲目的，佛教中順世縱欲的部分，在其他宗教中也存在著。

其次，我說的，只是佛教中「也有」順世縱欲的部分。何嘗以偏概全，說佛教「就是如此」或「皆是如此」？

第三，除了介紹佛教有順世縱欲的部分外，更重要的是解釋。強調「苦集滅道」及淨行修持的佛教中，爲何竟會有這麼多矛盾的現象呢？我在文中提出了三個哲學性的解釋（包括象徵性解釋），三個歷史性的解釋（受印度教、密教及道教之影響）和二個修證性的解釋。我覺得這是我對佛教研究最大的貢獻；要爲佛教做解釋，更需要花很多腦筋、要讀很多書。沒想到妳居然毫不重視，也不領情，且以爲我在破壞佛教聲譽，眞是令人遺憾。

第四，妳說佛教中順世縱欲的部分是受印度教等影響者。這不就是我文章中已說明了的嗎？妳又說它們不能代表整個密教、也非「正統佛教的正確觀點」。可是，我何嘗說過它們能代表整個密教或佛教？至於它們是否爲佛教之正確觀點呢？那些經典均收在《大藏經》裡，也有一些教派依之修習。編《大藏經》時，既未於刪除，誰敢說它一定就非正統佛教觀點呢？它正不正確，不正是吾人應予探討的嗎？何況，我文章中也介紹不少有關它們所引起的爭論，以及對它們的批判觀點。我在哪一段、哪一句中，「以此概括全部佛教」或大力讚揚它了呢？

第五，護教思想顯然影響了妳的閱讀。護教思想非學術研究之態度。但現在要妳放棄，妳一定不能接受，所以我也不奢求。但我期待妳能本於尊重人的原則，對於胡亂罵我「提出謬論」並批評我德行有虧等等道歉。

龔鵬程

2

如果師生不能在校內享有學術自由、言論自由、思想主張自由，那麼佛光大學之未來將令人擔憂。

誰要到一個以宣教護教爲目的的狹隘大學？如此，絕不可能再吸引眾多重量級大師及懷抱理想之年輕教師了。

最近「佛光論壇研討會」校長發表〈縱欲以證菩提〉一文所引發出的風波，值得校內師生與教團、信徒、董事會諸公好好思考。此研討會乃一學術會議，校長以正式論文發表。如此的學術發言，不管其學術主張爲何，都應絕對擁有發言與堅持學術主張之權利。任何人若要討論，也應在學術之層次上就論點來討論。但是，護教人士竟然因此進行人身攻擊，質疑校長之人格與適任性。這未免太過狹隘保守了。

如同中研院院士許倬雲來校演講時稱許校長時所言：「龔校長擁有最自由開放的心靈。」也因爲如此，我們願意來此教書、讀書就學，來享受自由的學風與自在的空氣。我們感謝佛光山願意出資辦個好大學，我們景仰大師氣度之恢弘、眼界之卓越超凡。但卻沒料到我們在校內卻還是不能自由發言，動輒引發誹教、滅教之誹謗激憤。

slchena（雲中君）六月四日

3

美玲同學：

妳好！我亦爲佛光的學生，所以就免了一些客套話吧！

本文的上一篇是探討學術自由的文章，我想妳能勇於對龔校長的文章提出妳的詰難，這就是一種學術自由的表現，也是本校師長所不斷地提醒我們，關於大學校園的精神之一。或許妳會因此而遭到責難，但我反倒認爲大多數的同學缺乏了像妳一般的勇氣。不過，我想給妳一點誠懇的建議。

假設妳已經是一位在修行的菩薩，那麼爲了別是非、辨善惡，而令妳心有罣礙的話，然則妳當初的發願，就已經有了退轉，是相當可惜的。

如若妳是爲了「以學術客觀、嚴謹、公正的立場，對校長的論述提出疑問」的話，那麼就該避免使用一些過於情緒化的表達方式，諸如「有毀佛教聲譽，實應撻而伐之，不應一味姑息」等等。這樣的用語，不僅對自己、對他人，都容易造成難以彌補的傷害，也模糊了妳的論點。

我很訝異許多人對校長的惡意攻擊方式，竟然也會出現在佛光大學。我想妳應當是無心的，希望下次再看到妳的文章時，是充滿著祥和之氣的。畢竟，教出一個成績優異的學生不難；能成爲一個品格高尚的人，「雖曰未學，吾必謂之學矣」。

如果有人認爲龔校長對於佛教有輕蔑的看法，或者偏要說他人格上有缺陷，那麼我必須表達另一種觀點。

身爲文學所的學生，我的畢業論文是《金剛經》的校釋，從敦煌本到現行的流通本、其他的五種譯本、上百家的註解，龔校長都要求我一一細讀與對照。由於下了這樣的死工夫，我才能找出僧肇的註本究竟是誰寫的、四句偈有幾種說法，其中的得失爲何、彌補了江味農居士〈校堪記〉的不足、重新爲《大正藏》、《卍續藏經》斷句……等。我想說的是：

第一，身爲文學所的學生，校長卻能夠不斷地鼓勵我，爲「正統的」佛學研究貢獻一份心力，並支持我對於佛學的熱愛，提供了許多寶貴的資料。坦白說，要不是有這樣的老師、和如此開闊的求學環境，我可能成爲那種談某某人的佛學研究，自己卻對佛理一無所知的研究生。至於校長的人格如何，不是我說了算。但在三年的相處中，我並未看到他做過缺德敗行的事來，也沒有在學生面前，批評過其他的學者，還爲了研究生開補習課。近當代的學者中，很少能像他這樣胸襟開闊、無私奉獻的。近幾年我每日早晚誦讀《金剛經》、《普門品》，所以絕不跟妳打誑語。

第二，經書也不是白讀的，我想我是有點資格，來和妳交換一些意見。

妳說到：「在龔先生這場演講中，提到引據密教的《大佛頂廣聚陀羅尼經》等諸經，說明學佛是爲求發財夢及健康長壽，及『縱欲可以證菩提：佛教的例子』等荒謬言論，其實這是後期密教所衍生出來的思想，實非正統佛教正確的觀點。」

《大佛頂廣聚陀羅尼經》讀過的人不多，看得懂的人更少，但我相信《了凡四訓》，應該都讀過了吧！教袁了凡持準提咒、作善事、求富貴、求子女、求長壽的，不是算命的，而是雲谷禪師。如果妳覺得，這也不是「正統佛教正確的觀點」，那麼我要恭喜妳，眞的體會了何謂除三毒。

但是這本《了凡四訓》印造最多的，卻正是佛教團體，印光大師更是不遺餘力的提倡這本書的好處。爲什麼？

因爲這是誘導芸芸眾生，避免來世受苦的法門之一呀！實話說，布施財物、口念佛號、持戒守律，如果不能除三毒，哪一樣也無法讓我們跳脫火宅，證入無餘涅槃。要達到妳所說的「正統佛教的正確觀點」，知道的人少，信奉的少、能做到的更少。

校長的文章提出了另一種佛教徒的法門，在妳看來，不是正統的佛教，因爲這讓妳覺得刺耳，和妳往昔所聽慣的教誨不同。但是在台灣爲了家庭美滿、長壽健康、金銀財寶，去利用經典中手印、咒語以達成他們目的的人，可眞不少。或許在他們眼中，我們才不是「正統的」呢？

校長提出來的看法，是往昔撰寫佛教史的人，所看不到、不敢寫的，是給予我們一種知識性的閱讀。妳想，他會不曉得妳所謂「正統佛教的正確觀點」是什麼嗎？所以爲了學術界好，像這樣不拍馬屁、爲了學術中立而直述其言的學者，我們應當給予鼓勵才是；如果是爲了維護佛教界的正統命脈，更應該支持校長的文章，否則連別的法門在想什麼、他們的源流是什麼都不知道，如何分析當中的弊病呢？至於，會不會有人看了這種文章，就入了「外道」？妳不會，我也不會，心早是外道的人才會。

妳說「佛陀早有導正教示：修行要不苦不樂行，也就是不執二端的中道思想」，這個不執二端說得好。正因爲不執二端，所以看任何法門，盡皆平等，妳能知道，也當做到才好。

看到現在點光明燈的、印造經書的，都在上面寫著迴向某某、全家安康、生意興隆、兒子聽話……，我多麼想跟他們說，這不是正統的佛教啊，這可不是求解脫的法門喔。但是看到他們心中無比的喜樂，人也眞是那麼的善良，也就由著他們吧！

文學所碩三張曜鐘謹上　六月八日

4

美玲：

1.因去日本拜會了幾所大學，回來才看到妳的信，遲覆爲歉。

2.看了妳這封信，才明白妳爲何會誤讀我的文章（雖然妳的信仍對我〈縱欲以證菩提〉一文有所質疑，但毋寧說妳詳細說明了妳是怎麼讀文章的）。

3.我那篇文章，本來的題目是「縱欲以證菩提？——以佛教爲例」，後來打字出了點疏忽，才變成現在這個題目。但不妨，仍以現在這個題目來看。它主要是討論佛教，所以標題說是「以佛教爲例」。既以佛教爲例，前面那個大題「縱欲以證菩提」，當然就是泛指所有宗教均有的一個現象。在這個現象底下，佛教也有佛教的情況，所以小題才是「以佛教爲例」。而既以佛教爲例，佛教的一些狀況與其他宗教當然也須有些比較，所以在說明、舉證時多以其他教爲參照的例證。例如我說佛教中有教人鍊黃金的，即舉天主教鍊金術、道教黃白術來做說明……等等。我在口頭報告時，引用的圖片，其他各教甚至多於佛教，用意也是如此。結果妳讀成什麼了？讀成：

【校長在六月一日的回應文中說到「文中舉證時，多以天主教、道教、印度教、民間信仰爲例」，何以立題卻標明以「佛教爲例」？文中以多頁的篇幅，列舉他教或非正統佛教的縱欲修持法來「支持」、說明立題——「佛教爲例」，如此的論述方式，實是誤導、錯認佛教，並有以偏概全之失。】

幸好妳不是天主教徒或道教徒。否則，如此讀法豈不要讀成：「龔某藉佛教邪法來說明天主教或道教，欲誤導讀者、錯認天主教與道教，並有以偏概全之失」了？再者，為什麼講其他宗教有順世縱欲之說就可以，說佛教有就不行？

4.我整篇文章，妳都是這樣讀的。一方面認定了我寫文章旨在攻擊佛教，一方面用「那些都不是正確佛法，不應傳述」的想法來指責我。所以妳十分在意我引錄那些縱欲的經文與論點，卻完全忽略了我同樣徵引的批判文獻，以及我嘗試做的解釋。我說某些人講究「身諦」，妳就批評那些非正統佛教；而我同樣論斷「佛教是以修淨行為主的宗教，以身體為虛幻」，妳為何卻不認為這正是我的觀點？妳一再指責我「成就欲望的術法」那一段（共二頁），介紹了許多縱欲之說。妳並說我講該文寫作之目的就是介紹此類縱欲之說。是的，我講過這句話。但底下我接著用「然而」說了十一頁對這些現象的解釋，而且認為這些解釋更重要，妳卻毫不重視。這樣亂讀文章，怎能不誤解？平常我們誤解古人，古人不會說話、無法抗議。可是現在妳誤解的是我，我是活生生的人，我站出來說：「妳誤會我了」，結果妳還要堅稱：「我沒誤會你，你就是這樣的。」我實在有點哭笑不得哩！

5.妳一再說那些縱欲的言論，都不是正確的佛法。但請問：

(1)密教某些派別會認為妳正確還是他們正確？正不正確的判定，各宗派本來就有歧見。我的文章不也在說明此類分歧嗎？

(2)順世論不但在佛教中引起爭論，在古印度教中同樣有爭論。我文中引《古奧義書》說彼乃魔鬼之想法，即為一例。難道妳以為我會認為古印度教即佛義嗎？

(3)順世論也不是對佛教沒有影響的。做學術研究，難道不能說明這種影響嗎？

(4)佛陀曾教人「中道」修持之法，但為何後世會有許多自稱為佛教教派或佛教徒仍以順世縱欲爲修行之法，又有許多人以苦行爲修行呢？這不是個該追問的問題嗎？

(5)我的文章，引錄佛經，以密教相關者爲主，那是因爲我想集中處理密教與古印度思想、道教關係的問題。結果妳據此大談密教左派並非正統佛法。難道妳眞以爲其他各宗派就沒有這類順世縱欲之說嗎？哈哈，我告訴妳，那是很多的。《大藏經》妳仔細讀讀就知道了。妳誇我淵博，頗令我慚愧，其實我不過老老實實讀過佛經而已。

(6)妳指摘我大談佛教順世縱欲之術，但我那也只不過是抄錄佛經罷了。爲什麼佛經可以印行，印經、抄經且有功德，而我不過引錄了幾段，卻被妳說成德行有虧？

(7)妳看我引用佛經，就說那不是「正統佛教」之觀點。若看見我引用《續玄怪錄》，就說那是小說，非佛經，且批評我：「在尚未提出明確聖言量證據之時，貿然推論，並據此作爲縱欲以證菩提之結論，實有思慮不周之虞。」那麼，我到底該如何引證呢？何況，妳也不會曉得《續玄怪錄》那一則故事，就收錄在《佛組統記》裡（當然，妳仍可以說：那不是正統佛教之說，不可採據。反正，如此推理，妳永遠也錯不了）。

6.我上次的回信，寫得客氣。但老實說，我心中頗不以妳如此治學態度爲然。對於妳對我進行人身攻擊且呼籲大眾一齊來「撻伐」我，尤覺不妥。彷彿誤會別人辱罵了人家，竟欲糾眾報復似的。而且這樣說話的人居然是我學生，妳可知我心中感受如何？又是如何自責沒把學生教好？但當時只希望妳就像走路撞著了人一樣，說一聲抱歉就好。沒想到至今沒等著妳的道歉，妳卻又來上這麼一大篇，自認「客觀、公正、嚴謹」，而其實充滿了混亂與誤解。對於此，我依然要感到哭笑不得呀！

龔鵬程　六月九日

5

校長在「佛光科技整合論壇」上發表的論文，討論佛教中的縱欲面向，招致署名林美玲者撰文批評，認為是以偏概全，「有毀佛教聲譽，實應撻而伐之，不應一味姑息」，而後又引發一連串相關討論。

從「汙蔑」、「淫穢」等字眼看來，林美玲對正統佛教思想與「後期密教所衍生出來的思想」的分別，不僅是單純的判定正統與旁支的分別，而且蘊涵著價值判斷：正統高於旁支，一旦兩者之間的界限混淆，對正統來說就是種詆毀。這種看待旁支的方式，不只是拒絕承認它是正統的一部分，而且是將之視為異端，乃正統所不能容。然而，異端存在的狀況是事實，見於佛教典籍、歷史記載、社會現狀；而異端與正統間的界限，也從來就不是那麼清楚的。林美玲對於疆界的堅持、與對正統界域被侵犯的排斥反應，正是在試圖維持自身的獨立、完整、一致、同質的前提下，所產生出來的必然結果。這種前提，通常伴隨著以下想法：如果自己內部有任何異質的部分，它不會是內部本來就有的成分，而是被外來因素干擾產生的成分。用比較政治性的語言來說，就是我們團體內部立場從來就是一致的，若是成員之間有對立，那一定有外部敵人的影響，乃內部成員受到他人挑撥的結果。

當然，知識本來就是在種種分別之下的產物，當然也包括上面所提的「內部」與「外部」的分別。但知識不是來自立足於中性位置而對各種範疇進行的區分。範疇區分經常帶著特定立場中權力運作的軌跡。於是，知識經常與政治有關，也就是知識的生產與權力的施行有關。佛教自己，在中國歷史上一開始就不是正統思想，反而不斷被指爲域外傳入的異端思想。根據這種劃分，種種對佛教的排斥，甚至迫害，在中國歷史上時有所聞。當時，權力施爲依據的就是中土與外邦的劃分。現今林美玲的文章似乎忘卻了佛教過去那段在中國遭受不平迫害的歷史，反而複製了排擠異端的模式，顛倒過來指控別人對正統佛教的「汙蔑」，彷佛自己從來就是清明、澄淨的整體，不該受到外來的異體汙染。自體的完整性若是受到威脅、內部產生不一致，當然就必須不斷排除雜質，以確保自身同一。這種狀況一旦進入權力空間，讓掌權者用來維持自己所屬團體及信念的完整性，就會造成排除異己的政治施爲。

宗教一旦進入世俗，接觸世俗事務，免不了總要被「汙染」。佛光大學的成立，是佛光山有意接觸世俗事務的表現，當然無法避免會招致一定的「外部」挑戰。很多人說，宗教不應該與政治扯上關係、不應該介入學術活動。然而，宗教本來就毋須自閉門戶，大可介入政治、教育、文化……等各種領域。問題是如何介入，以什麼樣的立場介入。若宗教無法脫離世間而獨立，無法自生自足自滅，它就必須回對現世的挑戰、無數的「外部」敵人。但敵人不一定是敵人，換個角度想卻也是促發「內部」活力與發展的因素，一個創新的契機。從佛光山創辦佛光大學開始，佛光山對於佛光大學事務就不可能置身事外，不可能以一個無關的角色來冷眼旁觀。就林美玲的文章而言，我會說：「佛教必須介入學術！」而介入的方式，就是開創並維持一個多音爭鳴、眾聲喧譁的自由場域，勇於開發邊緣議題，讓佛教本身的義理也能在異己的刺激下更加豐富。

回到現實上講，若是佛光大學的學術自由，導致某些較具邊緣性的觀點，與部分信徒的信念產生衝突。那麼，做爲傳教者，便應該本著傳播正信正念的態度，教育信眾們多元思考的可貴，而非執著於一言堂式的理解。同樣地，種種立場間的差異從來就是存在的，毋須因爲害怕造成對立就紛飾太平。假如把異議的發聲當做是在「惟恐天下不亂」，因而強迫消音，那難道不是一種自我催眠亦催眠他人相信「一切都在控制中」的幻見？畏懼與排除異議，就是對眞相的遮蔽，徒然畫地自限而已。

文學研究所碩士班一年級陳文彥　六月十日

6

我不知道這是否是佛教團體辦學的宿命？似乎「佛教」團體辦的大學就要面臨「吃素、禮佛與否」等等形式上的磨合，在台灣數所佛教興辦的大學中也的確洋溢濃濃宗教味。有幸佛光大學在形式上能夠擺脫這個干擾，然而不幸仍落入另一個困窘的境地——「思想檢查」。思想檢查的標準是佛教教義（或某些佛教徒所認定的佛教教義），用佛教教義衡準佛光大學師生的行止。因此「烤全羊」要被撻伐、「縱欲以證菩提？」的學術討論要被撻伐。

用佛教儀規指斥大學，這不是再現「一言堂」嗎？彷彿來到喬治・歐威爾(George Orwell)《一九八四》的恐怖世界，運用極權體制、愚民教育、政治神話、無處不在的秘密警察，嚴格監控人民的行動、言談、生活與思想；更彷彿再現某些宗教的強烈排他性，一旦發現有違其正統義理的言論，就要下達全球追殺令，必除之而後快。

龔校長五月十八日的演講被稱爲「在演說中發表『不當言論』」，被指責其言論逆於教理，甚且其人德性有虧，「言行舉止應有校長恢弘的氣度和高潔的德性」、「不負責任的言論，有毀佛教聲譽，實應撻而伐之，不應一味姑息」，此等論述，無疑是在檢查其思想、圍剿其學術生命，用「佛教」的話語權框限學術研究的話語權。甚且，援引權力系統務求去除異端之效，此等作為無異造成大學自由學術風氣之傷害。

這個世界不是只有佛教義理的詮釋系統，「逆我者亡」思想不是「義正道慈」校訓所要薰陶的價值觀，更非弘揚佛教所要採取的方法。

我在佛光求學問道兩個寒暑，課堂上也碰過教徒／非教徒之間因為信仰而起摩擦的經驗。討論《奧古斯丁懺悔錄》、《聖安東尼的誘惑》大家都可以侃侃而談，但是討論〈鳩摩羅什〉文本時便形成壁壘。我們試圖從文本中鳩摩羅什修道證果的過程，討論僧人與世俗的對抗、聖與俗的拉鋸，去思考言說與實踐之間，情欲與修行之間，應該如何檢驗？鳩摩羅什未焦朽的舌頭，是「言說」與「情欲」的永恆存在嗎？還是作為一種修行的反證？從課前資料蒐集、課堂討論的過程當中，有助於我更加全面了解並思考佛教義理嗎？然而，這樣的討論，仍然引起虔誠信仰佛教的學生強烈反應。這樣的結果是：往後課程中老師會擔心是否冒犯了學生的信仰？同學會擔心是否褻瀆了教徒的信仰？課堂上瀰漫一股說不清的緊張感。

這股緊張感是學生既想維護學術討論的自由，又想澄清絕無觸怒詆毀佛教之意圖，因而躑躅猶豫，既不能暢所欲言，又不願屈服於單一話語權的脅迫，而形成的焦慮。

這股緊張感來自於外界對我們的誤解，我們既要走出一般民眾對佛教辦大學的既定認知，達到理想大學的目標，因而孜孜矻矻，眾聲喧譁；而這個目標似乎與佛教徒對佛光大學的想像有著嚴重的牴觸。當然，我們也可以選擇符合佛教徒對佛光大學的想像。太容易了，不是嗎？然而，我們若如「眾」所願，選擇了最容易走的一條路，請問，佛光「大學」存在的意義在哪裡？為何不辦佛光佛學院呢？這股緊張感是因為我們不願製造對立，卻又不能不維護獨立自由的立場。

這股緊張感，像是山嵐晨霧盤桓於林美山頭。它會是山雨欲來的徵候嗎？還是蒼天欲晴的前兆？

文學所碩士生古明芳　六月十三日

7

本人聽聞佛光大學在BBS上出現學界難得之學術論難，初步瀏覽之後，有幾點心得與大家分享：

㈠龔先生有勇氣探討佛教人士、學界不敢碰觸的議題，除顯示了他廣博的閱讀成果，以及開發學界研究領域的能力，更可看出他性格中純眞的一面。試想，誰有勇氣「知其不可爲而爲之」？

㈡本人非常羨慕佛光大學有此學風，能夠容納各種意見與異見。此等活潑自由的學術討論風氣，是國內各校努力追求的目標，而佛光大學新設不過幾年，即可營造多樣求學問道的風氣，實在是學子之幸！學術界之幸！

㈢龔先生並非成佛之人，其言論自無十全十美。若其言論有牴牾佛教教義之處，大可慈悲相待，共同開啓溝通管道，則爲學術界之幸！佛教之幸！

何均聿敬筆　二〇〇三年六月十八日

8

我非常贊同何均聿先生的看法，證諸龔校長近年的學術著作，常常發前人所未言，啓發學術界許多新穎的思考點，不僅開啓新的學術領域，更將枯燥的、嚴肅的題目，深入淺出地加以詮解，深深吸引莘莘學子。例如在今年五月三日的「宗教與社會學術研討會」，龔校長在〈宗教的社會功能〉一文中，以梵蒂岡教廷、少林寺、宜蘭碧霞宮、礁溪協天廟爲例，分析天主教、佛教、道教和儒教的社會功能。除了「慈善、救濟、醫療、紓難、施棺、賑災、托嬰、養老、辦學、防疫、喪葬、超度」等領域的發揮之外，龔校長提出少林寺以其武術影響社會的觀察，且其「對中國人人格及心態，更是影響深遠」此一角度肯定少林寺的社會功能，認爲僧道與武術之間的關係非常値得注意，並以峨嵋和日本禪宗爲例，提出「武士的精神修煉在知萬物法空心亦空，克除一切迷妄，見空性。……這完全是佛教的講法」，或是探討日本劍道「劍禪合一」的思想，實源於無學禪師和澤庵禪宗風所澤，等等論述，追索中、日兩地一些重要的文化現象實源於佛教思想理路，將印象中玄妙的佛教世界詮釋得兼有學術味與生活趣味，將佛教人間化，徹底實踐了「以文化弘揚佛法」、「以教育培養人才」的宗旨。

龔校長關於佛教的論述不少，下列數篇文章，或可提供諸位更加全面了解其思想特色。以上淺見，或有野人獻曝之嫌，提供大家參考。

〈僧人的書法〉，歷史博物館，十卷十期，二〇〇〇。

〈佛學與企業管理〉，第一屆觀音思想學術研討會，一九九五。

〈世俗的解放與宗教的解脫：旅遊心理學〉，解脫與精神治療國際會議，美國洛杉磯，一九九六。
〈台灣宗教典籍的整理〉，古籍整理研討會，一九九六。
〈佛教與文學〉，第一屆歐洲華文文學研討會，德國漢堡，一九九六。
〈開展新的宗教教育事業〉，世界自由宗教聯盟十一屆年會，韓國益州，一九九六。
〈近代中國的宗教與高等教育〉，第一屆亞洲宗教與高等教育研討會，一九九六。
〈共創淨土：佛教非營利事業的拓展〉，世界佛學會議，一九九七。
《佛教與佛學》，新文豐出版社，四八〇頁，一九九六。

古小妹　六月十九日

編按：林美玲女士的文章因無法與本人取得聯絡，故未收錄於書中。

苦行以證菩提？

我在〈縱欲以證菩提？——佛教的例子〉一文中說：宗教在淨化人心、提升心靈層次、克制欲望方面的作用非常明顯。但宗教與欲望是個複雜的題目，各宗教也不乏順成、滿足人欲望的部分。信徒信教亦往往以求升官、發財、平安、富貴、長壽、男女姻緣和合之類爲多。民間宗教、道教、天主教等，都有這類情況，佛教也不例外。因此介紹了一下佛教在這一部分的經典、術法與觀念，並追問：爲何佛教的教義與此類順世縱欲者恰好相反，而卻偏有這麼多人修此法門呢？其類型爲何？原因何在？順世縱欲也有成爲菩薩、得證菩提的可能性嗎？

這麼一篇條理井然的文章，竟然引起許多教徒之撻伐，實在始料未及。因爲我實在不能料想今人閱讀文章的能力竟然如此低劣。因此，他們氣憤塡膺、發動連署、呼籲共同撻伐我，或說我是「屠夫」、「色鬼」、「殺人大魔王」、「台灣學界的一大諷刺」、「欲火攻心而令智昏」、「縱其個人之獸心」符「恬不知恥」、「野蠻的龔校長不但要殺動物，還大大的提倡殺人、喝人血」等。我看了這些檄文，卻頗感啼笑皆非。看來他們口口聲聲護生慈悲，不准人殺生，但打心眼底可卻有不少人是準備殺了我吃掉的（其中一位先生就曾建議把我捆起來，像烤全羊那樣去烤）。

如此論事，當然就不可以理喻了。因此我也不想回應，只講些故事，以供參悟。鈍根人便不用聽了罷！故事之一，是提婆達多。

釋迦牟尼佛有位堂弟，名提婆達多。也是釋迦族的王子。其親兄長阿難，即是釋尊十大弟子之一。他本人也曾隨釋尊出家，但後來不服釋尊教法，率領不少比丘脫離了釋尊，另外成立新教團，形成史上第一次佛教團體的分裂，史稱「破僧」事件。

提婆達多是主張修苦行的。認爲修行者一生都應在樹下住，不可居屋；也不可以吃肉魚、吃酥乳。強調「少欲、制欲、頭陀行、樂住、滅漏、精進」。因此，他的戒律比釋尊還要嚴，在不可吃肉之餘，連草木也不准傷害，頭髮指甲亦不可剃剪，因爲髮爪也有生命。所以，若說要護生尊生，提婆達多可比釋尊更尊生護生多了。

但釋尊批評其修行之法並不可取。原因何在？《根本說一切有部毘奈耶破僧事》卷六載佛陀告訴五位弟子：凡「樂著凡夫下劣俗法及耽樂淫欲處」，或「自苦己身，造諸過失」的，都是邪師，都不可親近。前者爲縱欲之樂行；後者爲無謂之苦行，身受苦而心未必能離欲。長持其法，反而常會陷溺於自以爲是的邪法之中而不自知。

其次，《解脫道論》卷二說，若不能除惡欲，則縱使修十二頭陀行也會成爲「不善頭陀行」。而且，頭陀行也不是人人可修、人人應修的。貪痴較重的人才可以修，但若根器不同，嗔心較重者，修此法門，反而「更成其惡」（又見《清淨道論》卷二）。

於此可見，苦行並不足取，非「中道」，乃是偏執。所以佛陀絕不教人勿吃肉，只說應「節量食」。修苦行，標榜不吃魚肉、不吃酥乳者，自以爲戒行高於縱欲者，其實在佛陀看來，其偏邪實與凡夫下劣俗法及耽於淫樂處者相同。嗔心重者，修此法反而會更糟糕。提婆達多恰好就是這樣一個例子，嗔佛陀之位高聲望重，而傷佛害佛謗佛、殺蓮花色尼、欲納耶輸陀羅爲妻，且以爲其偏見邪說高於佛陀，號召比丘脫離佛陀，造成僧團之分裂。其行爲，足以證明佛陀所說，修苦行者也可能反倒「更成其惡」的道理。

另一方面，縱欲，雖然同爲偏執，但跟苦行一樣，也有一部分人的根器是適合修此法門的。像《分別功德論》卷五載天須菩提隨佛陀出家，見比丘「粗衣惡食，草蓐爲床，以大小便爲藥」，很不能接受，準備還俗回家。回家前夕，因重思四聖諦，忽而大悟，得證阿羅漢果。佛陀針對他的事，開示道：「喜著好衣」的天須菩提，其根器是適合此一法門的。而且他雖看起來似乎不符出家人之標準，但符不符合出家人穿著的標準，不在衣服本身華麗與否，而在於對穿著者的道心是否有益。若對其道心增長無益，甚或會因此而生起修行之障礙，則雖穿粗衣敝服，又有何用？反之，若對其道心增長有益，那麼，再漂亮的衣裳也可以穿。

住的方面，《薩婆多毘尼毘婆沙》卷四也載一比丘隨佛陀學法，不耐居住簡陋，要求住清淨的房舍，房裡還須有「幢幡花蓋，繒綵被褥，以香塗地，絲竹音樂」。佛陀也答應了。結果此僧即在此安逸舒適之處得證阿羅漢果。

衣、住方面既都如此，吃不也一樣嗎？標榜戒行，以不吃肉爲高的人，若本身不除惡欲，嗔心大發，他就是不吃肉也無助於解脫。而要求修行者不吃肉，若對其道心增益反而會起生障礙，也應有所權變。反之，吃肉，若對其修行進德、增益道心有益，更應如佛陀般，認定它是可以採用的法門。

再就歷史事實說，鳩摩羅什在食衣住行乃至色欲方面都是不戒禁的，他證了什麼果位或證了菩提沒有，我不曉得。但我知道：就佛教發展歷史上看，吃齋、念佛、持戒超過他的人雖有億萬萬，卻沒有任何人比他對佛教更有貢獻。

在〈縱欲以證菩提？——佛教的例子〉一文的爭論中，我看見了自命爲佛教徒的一些人，嗔心熾盛，妄執邪法，反而指斥他人（例如我及不符合他們見解的宗派）爲邪，以破裂佛教團體爲事。他們是提婆達多的追隨者。我，則只願意相信佛陀、尊敬鳩摩羅什。

縱欲如何證菩提？

苦行既然未必能證菩提，縱欲當然也一樣。但反過來說，苦行若也可能讓某些人證菩提、修成正果，則縱欲同樣也可以。

縱欲怎麼可能令人修證得道呢？批評我者，對此大加撻伐、粗口穢言、罵不絕口，其實是少見多怪，未諳理趣，故不知此一法門，原不在苦行之下也。

自來說明縱欲而可令人得證者甚多，且不說怛特羅式的縱欲解脫理論，光就與佛教理趣相關者說，分析起來，大抵就有以下幾種論理型態：

一是如佛陀所說，縱欲與否之行爲並不是重點，重點在於心。提婆達多在行爲上是止欲持戒的，但因內在的惡念欲望不止，故雖不食肉、不居屋舍、不穿華服，也仍是惡的。天須菩提不能安於僧團粗陋的生活條件，要滿足他對食衣住行的欲求。在行爲上看起來固然是縱欲的，然而其心並不執取於欲上，此時華服即有助於其道心之增益。故雖適欲，依然是善的。此時，不讓他衣華服，反而會令他起生罣礙，令其無法證成正道。在這個意義上，便可以說是縱欲以證菩提。

第二種論理型態，是〈南柯太守記〉、〈黃粱夢〉、《紅樓夢》式的。宗教上教人止欲，平常人也就如此說、如此修。可是一旦大欲歆動、富貴儻來，靡不盡棄所守。爲什麼？沒有眞正體驗過富貴榮華，未極人生之大欲，則平日說止欲戒心等，俱屬空談。猶如貧兒從未飽餐過，卻大談不要吃龍蝦魚翅吃得太多那樣。唯有眞正經歷過一番，紅塵富貴奢欲皆已嘗遍，此時才看得出紅塵逸樂原不過是一場空幻、宛如夢境。此時方能眞正放下，幡然捨去。那種人生空苦之感，在這兒就不是理論，而是生命存在的體認，因此也才親切痛切，其證悟亦不會退轉。不像一般人自誇止欲持修之工夫如何如何，可是沒經過眞正的試煉、沒嘗過眞正縱欲的滋味，碰上眞正可以放縱欲望時，反而多半守不住。近世弘一大師的生平，最能印證這個道理。

第三種論理型態，是「順欲以止欲型」的。什麼叫順欲以止欲呢？例如：好吃，是人的欲望。對於人的好吃，由止欲一路說者，會勸人節制、少吃。順欲以止欲者卻是說：既然人都好吃，那就該吃。但怎麼樣才能讓你吃得好呢？若大吃大喝，結果消化不良，得了高血壓、糖尿病，那豈不再也不能滿足吃的欲望了嗎？因此，要想滿足吃的欲望，就得有節制地吃。此猶如大禹行水，順欲以止欲，與防堵禁斷之法不同，是順人之欲求而說以止欲。止欲之目的，同時也就在讓人能適當地享受欲望，中國《呂氏春秋》論情欲即屬於此一路數。欲望若能適當化，也就是孔子所說「從心所欲不踰矩」了。

第四種論理型態，是說欲非己欲。如《續玄怪錄》所載鎖骨菩薩故事（改編收入《佛祖歷代通載》卷十五）。妓女般的女人，爲什麼竟然可以成道？解釋者會說：一般婦女淫行，乃是自己縱欲；可是這位女子，卻是捨用己身，以滿足他人的欲望。欲非己欲，而是令他人在自己身上肆欲，令每一人皆能得遂其欲，「世俗之欲，無不循焉」，故可因此而成菩薩。

第五種理論，是說要吸引人入道，須「先以欲鉤牽，後令入佛智」。令其肆欲，在此便具有工具性作用。例如人因好吃，多殺魚豕，以滿足口腹之欲。要令其止欲不吃，極爲困難。所以把素食做成雞鴨魚等狀，讓他吃起來也有雞鴨等等的味道，滿足了吃的口感，又達到了止欲的目的。我國自唐朝以來，即有「素菜葷做」的傳統，原理就本於這個理論。《北夢瑣言》甚至說發明素菜葷做的「唐崔侍中安潛，崇奉釋氏，鮮茹葷血，……唯多蔬食，宴諸司，以麵及蒟蒻之類染作顏色，用像豚肩、羊臑、膾炙之屬，皆逼眞也。時人比於梁武」。

縱欲爲入道之媒。歷史上另一個著名的例子，是唐朝玄奘大師挑弟子時，相中窺基，窺基要玄奘答應他「不斷情欲、不斷葷血、過中可食」，才願出家。玄奘即本於「先以欲勾牽，後令入佛智」之原理，答允了他。終於使佛教思想史上多了一位大師。後來主張持戒禁欲者，對此當然仍有不同的認識。有些人譏笑窺基不守戒律，外出時，女眷、葷食相隨，多達三車，故爲「三車和尚」。呂澂則在〈慈恩宗〉一文中說這是窺基晚年在講《法華經》時，對經中「三車」的解釋，因與天台宗不同而被論敵歪曲，造出的故事。友人杜潔祥則考證謂爲善無畏故事之訛傳。但此事既記錄於宋《高僧傳》卷四，早已成爲佛教徒共許之教法，我即見星雲大師多次談過。且窺基後來被視爲玄奘之傳人，宋《高僧傳》中贊道：「奘苟無基，則何祖張其學乎？開天下人眼目乎？」其成就非一般僅知吃素禁欲之人所能比擬。其成道固非因縱欲而成，但入道卻終究係以縱欲爲媒，且其縱欲亦不礙他後來之能成道也。成道之途，顯然與由禁制止欲一路而來者異趣。

第六種理論，謂「貪欲即是道」。言貪欲之事雖惡，然具法性之實理，故習於貪欲者，可就貪欲而觀法性。其說類似「淫欲即是道」。是依天台宗所立性惡法門而說，故以惡爲眾生本具之性德。《摩訶止觀》卷十下云：「行惡者，執大乘中貪欲即是道，三毒中具一切佛法。如此實語，本滅煩惱，而僻取者還生結業」（另參《雜阿含經》卷二十一）。

歷來修苦行者，都自以爲其道德高於縱欲者，亦不曉得縱欲也仍是可以證菩提的，更不可能曉得論說其理者早有許多型態。這只能說是偏執和固陋啊！自己不懂，還來亂罵我。

但是，爲何縱欲雖也與苦行一樣，可以令人成就，聖哲佛陀教人，卻依然以止欲節欲制欲爲主，不輕易教以縱欲法門？

原因在於這個法門比較危險。順欲而下，期其幡然改悟或順欲止欲或後再入佛智，那個「順」要順到什麼地步？人嗜吃，吃了好吃要更求好吃，什麼時候欲望才會滿足？人欲色，老婆最好像唐伯虎、韋小寶，討個七八個。但七八個就夠了嗎？什麼才是止欲的標準或界限？縱欲之後，那懸崖撒手、空際迴旋如賈寶玉般的本領，也只有賈寶玉這樣的人物才做得到。因此，一方面它太危險，可能人本想順欲以止欲，結果卻縱欲下去，不再能「不踰距」了。另一方面，它又不是人人可以嘗試的。此所以《摩訶止觀》說此法「僻取者還生結業」。唯大英雄、大才子、大根器者，才能入此法門。畢竟，它比苦修還要難得多呀！

不殺爲佛教所重？

佛光大學於本年五月間舉行「草原文化周」教學活動，得蒙藏委員會支援，舉辦了演講、展覽、歌舞、搭建蒙古包及體驗飲食文化等活動，廣獲好評。不料，某些佛教徒見飲食中有烤全羊，竟鼓譟撻伐，謂我們不應殺生。但羊既非由我殺，我亦不見殺，殺又不在學校內殺，西藏、蒙古佛教徒且以牛羊爲食，實在不曉得這些人在吵嚷些什麼。或許他們認爲既是佛教就不應殺生、不應茹葷腥。不知學校並非教團，本不受此戒律。正如校內亦有伊斯蘭教徒，但不能因此而令學校師生皆禁食豬肉也。且縱使只就佛教戒殺說，戒殺在佛教中又眞有那麼重要嗎？

讓我再說個故事：《佛祖統記》卷三九載自唐太宗以來，中土流傳摩尼教，「其法不茹葷飲酒」。後來該教與禪宗相混，「其說以天下禪人但傳盧行者十二部假禪，若吾徒即是眞禪。有云：菩提子達磨，栽心地種透靈臺」。因此該書作者批評道：「如此魔教，愚民皆樂爲之。其徒以不殺、不飲、不葷辛爲至嚴。沙門有爲行弗謹，反遭其譏。」

摩尼教強調不殺生、不飲酒、不茹葷辛，比佛教還要嚴格，所以該教常譏諷佛教徒在不殺生不飲酒方面不如他們。也因此，該教教徒就被稱爲是「吃菜事摩」，指他們吃素、奉事教主摩尼。後來反對這個教的人（主要是佛教徒）則說他們是「吃菜事魔」、批評該教爲魔教。我們看金庸小說

《倚天屠龍記》中描述的魔教：明教，講的就是它。

摩尼教至唐末漸「衰」，其實是因它們已成功地混入佛教。許多信佛教的人搞不清楚，以爲吃菜、拜菩薩、講禪心就是佛教，殊不知許多「菜堂」、「齋堂」其實倒是摩尼教的底子。

佛教，如眾所知，原本並不強調吃素。這也是它與耆那教不同之所在。提婆達多所倡五邪法之二，才是「斷肉」，見《順正理論》卷四三。《大毘婆沙論》卷一、六則說其第五法爲「盡壽不食一切魚肉血味」。可是這種斷食之主張佛陀並不贊成，斥爲邪法。因此中國佛教徒之斷肉，非常特別，一般都認爲是梁武帝頒布了〈斷酒肉文〉以後，佛教徒才開始以吃素爲修行之法。可是，梁陳隋唐期間，佛教徒在不茹葷飲酒這方面仍不嚴格。不要說在家居士，就連出家眾也是如此。像著名的僧人大書法家懷素，就都須恃酒之力才能寫出那筆瀟灑的狂草來。提倡不茹葷飲酒較積極者，反而是摩尼教徒。

一些佛教的支派，爲了與摩尼教等競爭，才也開始提倡嚴格的吃素。某些宗派，以此爲強調，竟漸漸亦入了邪道。如宋代發展起來的白雲宗，又稱白雲菜。《佛祖統記》卷四六：「西京寶應寺僧孔清覺，居杭之白雲庵，依倣佛經立四果十地，分大小兩乘，造論數篇，傳之流俗。從之者稱爲白雲和尚，其徒曰白雲菜。其說專斥禪宗。……白雲之徒，幾與白蓮相混，特以無妻子爲異耳。」這一派，歷來佛教界均判其爲邪僞，因此說它「幾與白蓮相混」。而白蓮教，一部分就是由摩尼教轉衍而出的。

換言之，以吃素爲修行，在我國那麼興盛，摩尼教、白雲宗等頗有推波助瀾之功。再細考之，提倡禁斷酒肉的梁武帝，本身也有道教的背景，曾尊事大道士陶宏景。其斷酒肉，固曾援引《涅槃經》以爲證據，思想上恐怕更以道家「貴生」之說爲淵源。畢竟，早期佛教並不禁食肉，道教中一些派別如天師道等才有這類主張不飲酒、貴生、禁殺的教法。

由此看，便可知道：殺不殺生、或是否吃素，並非佛教之特色。奉此戒行，更不能說就是佛教徒。是否爲眞佛教徒，根本不由這裡看。如果以此爲判斷之標準，摩尼教、白雲菜、白蓮教都比佛教還要更合格些。後來許多拜彌勒、吃素的教派，如清朝的清茶門教、現今的一貫道，也都是吃齋戒殺的。

再者，進一步說，佛教的基本教義是緣起觀。肉體生命爲一時緣業所成，本無實質，故殺生的過惡，其實如斫虛空，並無過惡可說。唯殺心既動，業力即成，以此有過而已。就算有罪，其罪亦遠不如在道教貴生思想中的殺生那麼重。因此佛教五戒中的「不殺」，不能理解爲不殺，而應是與「不妄語」語意相似的「不妄殺」，亦即不隨便殺生。不殺與不妄殺之區別，正如不語與不妄語。人不可能不殺，食葷殺動物、食素殺草木、行道踐螻蟻、飲水食蟲子，不殺是不能實踐的倫理，一如要人不語甚難，但求其不妄語即可。（《行事鈔資持記》卷下三：「彼有啞羊外道受不語法。世有持不語者，謂爲上行。此外道法，宜速捨之。」）

後來是因受到中國另一些思想淵源的影響，佛教的不妄殺才得到強化，像前面說的斷酒肉風俗就是。放生也是如此。放生本是我國古風，《列子．說符篇》云：「正旦放生，示有恩也」，可見節日放生，古已有之。當時也已有人專門去捕獵動物來供人放生，以致放生越多，捕獵越多。後來佛教天台智者大師也開始提倡放生，依據的雖是《梵網經》，其實亦如梁武帝斷酒肉般，經證固然搬出了佛典來做爲依據，可是這些經文及儀式並不流行於其他地區，獨獨在中土，才被他們摘舉出來提倡，其中緣故，殊非偶然也。

《梵網經》十重四十八輕戒，向來是我國佛教徒講菩薩戒的依本。但此經西土無之，乃鳩摩羅什所出，與玄奘所譯《菩薩戒本》即所謂瑜伽戒者不同。前者重在發誓願，略於戒相，鳩摩羅什本人可能也未斷葷腥。後者論戒相較詳，凡四重四十五輕戒，周叔迦〈大乘律之研究法〉稱：「邇來慈恩宗法相唯識之學中興，及西藏密教宏傳漢土，頗有主瑜伽而訾梵網者」，似乎頗有人認爲此本更好，但西藏佛教也同樣未斷葷腥。

故知不殺生也者，非佛教之通義，佛教亦不特別重視不殺生的倫理意涵。漢地某些佛教徒上體天心，發揮「好生之德」，以吃素爲事、以不殺生放生爲善行，雖亦不悖於佛教，其本身也可令人敬重，但卻不能以爲這就是佛教徒最重要的行爲標準，且以此去譏嘲或貶視不如此的佛教徒。若竟如此，那又與摩尼教白蓮教徒何異呢？

五戒以殺戒爲首？

法藏《梵網經菩薩戒本疏》卷一〈初篇殺戒第一〉說：「斷生命業道重故，負此重業，不堪入道，是故大小二乘道俗諸戒皆悉同制」，對殺戒如此鄭重，似乎佛教於此，絲毫不容妥協了。其實不然。法藏此說，影響雖廣，卻不免仍須面對幾種疑難：一是教史、二是教義、三是事實。

教史上的疑難，是說：佛教在發展史上，對於殺生戒，確實非「大小二乘道俗諸戒悉同」。藏傳佛教不禁食肉，固無論矣，道宣《四分律刪繁補缺行事鈔》卷下二說得更明白：「四分中有五種蒲闍尼（此云正食），謂麨飯乾飯魚肉也。五種佉闍尼（此云不正），謂枝葉花果、細末磨食。……諸律並明魚肉爲時食。」因此大乘後來強調戒殺，以食肉爲戒律，道宣就明說：「此是廢前教。」換言之，殺生戒，不是大小二乘道俗諸戒悉同的。

從教義上說，爲什麼那些殺生吃肉的佛教派別仍是佛教呢？那是因爲殺生並不違背佛教的根本義理，否則食肉之藏傳佛教等就不應仍視之爲佛教。反之，主張殺生戒的佛教宗派，才有必要提出解釋，說明殺生爲什麼有罪。法藏面對的質疑與他的回答是這樣的：

問：「殺既爾。從緣必無自性，無自性故，應無有罪。」答：「有無自性得罪，還無自性得報。一切法皆爾。」問：「既自心變眾生，還自殺者無實眾生死，何因有罪？」答：「還自心變罪，如眾生來報。受罪當知亦爾。」問：「知殺性空，殺應無罪。」答：「空是罪治，知空必不殺，殺必不了空，故亦有罪。」

這是三個問題。一是說佛教講緣起，但殺生之殺，必從因緣；從因緣則無自性。殺無自性，怎會有罪？二是說法由心造，眾生皆爲一心之變現，故殺生也者，只是自殺其心，亦不應有罪。三說緣起性空，既是性空，殺空有什麼罪？這些都是從佛教根本教義上做的質問。

法藏的回答，可以視爲持殺戒者的辯護，固然也持之有理，但未必足以服質疑者之心。例如第一則問殺本身既無自性，殺有何罪？法藏以業報觀念回應說無自性得罪，仍會以無自性得報。這個業報說固然巧妙，但問者是說殺本身無罪，法藏的回答卻轉移了問題，說得罪者亦必得報。可是若殺本身無罪，又怎會得報？何況，此釋亦未回答殺必從緣無自性，然則殺到底有罪抑或無罪的問題。底下二釋亦皆如此，皆是轉移問題，強調殺生有罪而已。以法藏之聰辯，回答這些質難，尚且如此支絀，我們就可以知道：要在教義上確定殺生有罪，並不容易。

再從事實上看，不殺生是能持守的戒律嗎？且不說「眾生皆有佛性」之「眾生」若包含草木，如華嚴天台宗所說，草木亦有佛性，則人吃動物是殺生，吃植物也是殺生，倘欲不殺，只能餓死。就是只依法藏之說，殺亦含業殺、語殺、意殺等。意殺「如二十唯識論中仙人嗔殺三國眾生一時而死，乃至草木亦死不生。是故得知意最重故也」，意殺、語殺，比業殺更嚴重，但也比業殺更難持戒。而就是僅由業殺說，行道踐螻蟻、飲水食蟲沙，也都是殺生。依法藏之意，也都應戒斷。所以他說：「有愚人飲用蟲水，曰：我但用水，本不害蟲。蟲若自亡，固非我咎。此不識業道，不見聖教，深可悲。」如此嚴格地不害物命，固然值得欽敬，可是，辦得到嗎？法藏自己就說，依〈僧祇律〉，「成道五年制淫，第六年制盜及殺」。可見盜殺之戒，比戒淫還難，故戒之者較緩。而成道六年之後，又眞能達到行路不踐螻蟻、飲水不傷蟲命之境地嗎？恐怕法藏自己也做不到。何況，蝗蟲肆虐，殺不殺？邪暴當道，殺不殺？惡敵進襲，殺不殺？殺生有時候是必要的，怎麼說殺了生就是斷了大悲心？若殺生也有必要，不殺之戒就非普遍倫理。殺與不殺，須看狀況而定；有罪無罪，也須看狀況。

《梵網經菩薩戒本疏》是主張殺戒最嚴格的，但其實難行；道宣《四分律刪繁補缺行事鈔》於此便頗有變通。例如殺不殺，以心論而不以跡論，「律云：若擲刀杖瓦石村木，誤著彼身而死。及抱扶病人而死，或以藥食，及以來往出入而死者，一切無害心不犯（罪）。故俗律云：過失殺人者以贖論」（卷中一）。這就比現在法律對於過失殺人者的處罰還要寬了。據此說，飲水誤食蟲子，也是無罪衍的。

其次，道宣認爲：「五戒之中，酒戒最重」，並不以殺戒爲最重（見卷下三）。《四分律刪補隨機羯磨》卷下、《薩婆多毘尼摩得勒伽》卷三、《僧羯磨》卷中則都把「惡心罵僧、盜一錢、食生肉血、裸身著外道衣」定爲下品罪，只須對一比丘懺悔即可。

再者，道宣說做買賣的罪比屠夫還要大得多。卷中二：「販賣戒。……爭價高下，數數上下，皆犯。多云此販賣墮，一切墮中最重，寧做屠兒。何以故？屠兒只害一生，販賣一切俱害。不問道俗賢愚持戒破戒，無往不欺，常懷惡心。設若居穀，恆希天下荒餓霜雹災變。若居鹽積貯，恆願四遠反亂，王路隔塞，多有此過故。」因此做買賣或買東西殺價的人，都有罪，罪且甚於屠夫。販貿所得金錢財物做的塔像，也都不應向禮。現在有些商人，自以爲把販賣所得供僧建寺就有了大功德，斥人不吃素爲殺生有罪。此類人，若見道宣此說，料當爽然若失。

此外，道宣也不主張酒肉一切禁斷，有許多情況下是可以喝酒吃肉的。如卷中二說：「昔有比丘，不行道命，終作一肉駱駝山，廣數十里，時世飢餓，一國之人日日取食，隨割隨生。」這是個業報的故事。據此故事可知：一者，時世饑荒時，有肉自應食之。二則此僧因業報故須供人食肉，若人不食，即無報。也就是說，人食肉，可能是因被食之駱駝或其他動物本身有業力報應，故須來供我食。我吃牠，才能助牠完成業報。此時食肉者亦無罪可說，反而是助成了因緣。

卷下二道宣又說：「明轉變者。《中論》云：如葡萄漿，持戒者應飲。若變作酒，不應飲。若變做苦酒，還復得飲」、「相和者，薩婆多四藥相和從彊而服。……又助成故如以穌煮肉，此穌肉汁得作七日服」（四藥受淨篇第十八）。酒肉本身有變轉；飲食也可能既是欲望亦可能是身體營養所需，此時就不宜泛說不殺生、不飲酒食肉，而須考慮情況。

四分律，是我國戒律之主要依從根據，其說殺戒者如此。略爲補釋，以免俗人妄見再來嘵舌。

附：

毛同學：據九十二年五月九日《蘋果日報》綜合外電報導，歐洲每年在市場交易的貓皮狗皮達數十萬件，保護動物人士則認爲每年大約有兩百萬隻貓狗被殺，因爲歐洲人用之製成帽子、手套、鞋子、塡充玩具、毛毯等，許多人且相信貓毯對風濕病患特別好。

這則主要取材於英國廣播公司BBC的報導，充分顯示了我們立法禁止吃貓狗的可笑。爲什麼呢？立法禁止吃貓狗，理由是「貓狗爲寵物」，而且先是說中國人本無吃貓狗之風俗，後來又以歐美人士寵愛貓狗而中國人吃貓狗爲文明與野蠻之分野，故欲立法禁止食用，以建立文明國家的形象。可是，這則報導顯示了歐美人士固然寵愛貓狗，卻更喜歡利用其皮毛，所以殺而取皮，其數量遠多於國人吃掉的貓狗。他們如此殺害貓狗，恐怕也不會比國人食用貓狗更爲文明。貓狗被定義爲「寵物」，在此事件中，看起來尤爲荒謬。

我在九十年十二月八日《自由時報》〈觀念的偏執〉一文中，即曾指出：這類只保護某種動物（例如只保護貓狗，而不保護蛇、魚、水禽、豬、羊，或一千萬種生物中居九成的無脊椎動物，如蝸牛、蝦、蟹、蚯蚓等）、只禁止某些行爲（如只禁止中國人吃，而不禁止歐美人捕獵或開發土地）的保育動物行動，其實充滿了虛矯與觀念的偏執，並不符合正義。現在，由BBC的報導，更能看出我爲什麼會這麼說了。

但不幸，我的說法受到某些佛教人士的惡意曲解。他們根本不理會上述情況，只針對我的〈貓狗論〉大加攻擊。我說貓狗不應定義爲寵物，也不可以立法來管制人民該吃什麼；他們就說我提倡吃貓狗、鼓勵吃貓狗，就是提倡殺生、不關懷生命等等。這是頭腦清楚的人能說的話嗎？以佛教徒而如此倡言保護貓狗，他們也不曉得那可能是有違戒律的事。

道宣法師《四分律刪繁補缺行事鈔》卷上二載：「或畜貓狗……如是等類，並是惡律儀。……惡律儀者，流注相續成也，善生成論若受惡律儀則失善戒。今寺畜貓狗，並欲盡形，非惡律儀何也？」今以僧人而主張保護貓狗，使盡形壽者，毋乃亦爲惡律儀乎？

對於佛教界這些自命護生，而實自陷於惡律儀之妄人，我是很有感慨的。今承你下問，略書感慨如上。〈貓狗論〉及其相關文章，請見我《年報：龔鵬程二〇〇〇年度學思報告》，頁六一八～六二三。

龔鵬程　二〇〇三年六月二十八日

事件的主要報導與評論

一、報導

(1)龔鵬程被迫去職

【高琇芬、蘇岱崙／台北報導】星雲法師創辦的佛光人文社會學院（對外自稱佛光大學）校長人事波折不斷。前校長龔鵬程因「內蒙周」活動在校內烤全羊，並撰文討論出家人性欲和飲酒議題，引發佛光山信徒抗議，龔被迫去職。校方內定行政院體育運動委員會前主委趙麗雲接任校長，但因數名教師代表不願背書而請辭，且因遴選辦法不合規定，遭教育部駁回，佛光至今仍無合法校長。

佛光大學四月底和蒙藏文教基金會合辦「內蒙周」活動，由基金會提供蒙古包與相關民俗文物在校內展示，並依照蒙古民族敬天祭祀習俗，於活動尾聲在校園內烤全羊。當天因天雨，參與的學生不多，現場活動氣氛並不熱鬧，但有不少地方媒體前往拍攝採訪，報導後引發捐款蓋校的信徒譁然，不能接受在佛教團體創辦的學校內，出現殺生烤肉的場景。

龔鵬程後來在校內舉辦的學術研討會中，以〈縱欲以正菩提〉爲題撰文，討論世界各地不同的佛教派別，各有其不同型態與規定，提到有的派別典籍記載如何滿足和增強出家人性欲，而日本出家人可以喝酒吃肉，只有漢傳佛教限定出家人要吃素。

數名現爲佛光宗教系所學生的比丘尼當天出席該場研討會，得悉龔鵬程發表的文章內容後感到「很不堪」，會後去電校長室抗議。這篇論文後來放在佛光大學的官方網站上，進一步引發信徒的不滿，信徒紛以寫信、打電話到校長室或地方電台的方式，要求龔鵬程道歉，信徒甚至準備串聯拒繳捐款給佛光山以示抗議。這篇文章後來被校方撤掉。

面對信徒的反彈，龔鵬程六月中到佛光山面見星雲，星雲面有難色地詢問他該怎麼辦，龔鵬程當場口頭請辭，星雲改聘任他爲「榮譽校長」。

龔鵬程最近接受《蘋果》採訪時首度打破沉默說：「就像納稅人不會管教育部爲何要花經費辦台大這樣的大學，我當然也認爲信徒不應這樣來鬧。」其妻子也對記者說：「我先生認爲自己沒有錯，不可能道歉。」

另一不願具名的佛光董事證實，龔鵬程辭職確和信眾不滿其言行有關，但佛光大學近年來任意擴張不能結合生活和就業市場的系所，也是董事會要龔自行請辭原因。佛光董事之一的政治大學教育系教授鄭石岩則否認校董逼退龔鵬程之說。

龔鵬程去職後，校董會推舉曾任國際佛光會副總會長的趙麗雲爲校長候選人。遴選委員教師代表之一、佛光心理所教授王震武說，早在遴選會召開前，媒體已於七月報導佛光新校長是趙麗雲。但佛光山董事會慈惠法師否認內定校長說。王震武轉述同爲教師代表的佛光心理所講座教授楊國樞說法：「既已內定，我們再出席就是背書。」包含心理所所長林文瑛在內共三名教師代表，在校長遴選前夕辭委員，身爲教師代表的龔鵬程也在遴選當天請辭。八月十二日的遴選會因五位教師代表有四位請辭而流會。

王震武說，星雲在九月二日邀宴董事會、遴選委員及前後任校長，「希望校內老師不要有這麼多是非」，教師代表認爲董事會處處暗示「希望推薦趙麗雲擔任校長」。

部分佛光老師看不過去，向教育部投訴佛光遴選校長不符《大學法》規定。教育部因此要求佛光重修校長遴選辦法。趙麗雲坦承佛光原先的校長遴選辦法不符《大學法》，她目前最主要任務是修改辦法後，再選出另一候選人和她角逐。

——原載於九十二年十月五日《蘋果日報》

⑵宗教不能干預大學學術自由

【韓國棟／台北報導】教育部長黃榮村昨天嚴正表示，宗教不能干預大學學術自由，佛光人文社會學院前校長龔鵬程如果眞是因爲「學術論文談情欲」遭信徒抗議而被迫辭職，學校董事即涉嫌以宗教干預學術自由。當事人龔鵬程可以向教育部提出申訴，教育部一定秉公受理。

黃榮村說，佛光學院就像天主教的輔仁大學和基督教的東海大學一樣，是一所大學，不是培育神職人員的神職學院，也不是靈修或宗教研修的機構，佛光學院必須接受大學法管轄，宗教不能干預學術自由。

他指出，培育神職人員的神職學院有一定的宗教儀禮和飲食，但大學不能如此。例如，東海大學雖有很特別的教堂，但不論是否教徒都能進入，而且校方不能規定學生每周一定要上教堂禮拜。

教育部高教司長黃宏斌進一步指出，教育部「教師申訴評議委員會」雖從未受理過校長申訴，但龔鵬程若眞有委屈，教育部仍可採取廣義作法，接受校長申訴。

黃宏斌說，佛光人文社會學院日前給教育部的公文中，只簡單提到校方同意龔鵬程提出的辭呈，完全沒有說明他提辭呈的理由。就目前的情勢看來，龔鵬程似有委屈，他今天將聯繫龔鵬程，進一步瞭解是否有宗教介入學術的事實。

龔鵬程因烤全羊、論文討論情欲和飲酒話題，遭信徒抗議而於六月間主動請辭，獲聘爲「榮譽校長」，並在學校授課。七月底任期結束後，先由教務長暫代職務，董事會推舉趙麗雲接任校長，八月中獲遴選委員通過。當時雖引發部分教師不滿，質疑趙麗雲並非大學教授，學術地位不足，但校方還是將遴選結果報至教育部。

《大學法》規定校長遴選委員之中，教師代表不得低於二分之一。佛光提出的校長遴選辦法，遴選委員共十一人，其中教師代表僅五人，不合規定，因而要求修改遴選辦法，重新遴選。

黃宏斌表示，教育部八月間即得知龔鵬程離職，但這是各大學內部事務，除非當事人提出申訴，否則教育部不能主動介入。不過，該校現行校長遴選辦法不符《大學法》規定，教育部希望校方趕快將校長產生方式，改爲須半數以上教師同意，以便在規定的六個月內（明年一月前）補選出新校長。黃宏斌說，因爲佛光學院組織章程中沒有「校長出缺，由教務長代理」的規定，所以董事會有權聘請趙麗雲爲代理校長。

中央研究院社會學研究所研究員瞿海源表示，大學不是寺廟，爲什麼不能站在學術的角度殺豬、烤全羊、發表論文探討情欲？

瞿海源說，龔鵬程請辭佛光學院校長，是否與宗教干預學術有關，可從兩方面探討。首先，龔鵬程請辭是否眞的是因爲殺豬成年禮、內蒙周烤全羊及發表論文探討情欲，遭受信徒抗議而被迫辭職。若眞如此，那就有宗教干預學術之嫌。瞿海源說，內蒙周不烤羊，那要做什麼？學校不是寺廟，沒有規定不能殺羊。

另一個要探討的是校長遴選問題。瞿海源認爲這個問題更嚴重。他說，對於大學來說，學術自由非常重要，據說龔鵬程辭職後，董事會介入新校長遴選甚深，教師代表人數不足，還強行通過新校長人選，完全不尊重教師代表。

對於外界質疑佛光學院代理校長趙麗雲沒有大學校長資格一事，教育部長黃榮村昨天表示，只要具有兩年以上政務官資歷，就具備大學校長的資格，因此趙麗雲具有大學校長資格。黃榮村說，趙麗雲非大學教授，所以有學校老師反彈，認爲她的學術地位不足。不過，趙麗雲確實有資格擔任大學校長，校方遴選委員會舉薦她爲校長，結果被教育部退回的原因是，遴選委員會的組成和程序有問題而已。

——原載於九十二年十月六日《中國時報》

⑶佛光大學校長遴選惹爭議

【陳康宜／台北訊】由佛光山創辦的佛光大學，近日傳出校長更換爭議，包括前任校長龔鵬程被迫下台，新任校長趙麗雲選出程序不符法規、專業遭到質疑等。對此，佛光大學強調，校長人事案目前正在教育部審核中，且此事也不會影響到校務運作。

佛光大學的首任校長龔鵬程，主張宗教與教育各有領域的作風，在校內獲得不少好評。不過，今年四月他於舉辦「內蒙周」活動，在校內烤全羊模仿蒙古生活的行爲，卻引發佛光山信徒的不滿，認爲殺生場面太過殘忍，違背佛家慈悲主張。當時，校方解釋蒙古周是多元文化生活的教育活動，應給予學術自由。

而在烤全羊事件後，龔鵬程又發表一篇〈縱欲以正菩提〉的論文，討論出家人性欲和吃酒肉的議題，結果再度引起信徒不滿，還要求龔鵬程道歉。但龔鵬程堅持論文是學術並沒有錯，不會道歉，讓佛光大學董事會備感壓力。最後，龔鵬程爲平息外界反彈，以及讓學校能繼續使用信徒捐款興學，於今年六月請辭校長職務。

龔鵬程下台一事引起學術與宗教的爭議，接之上任的校長趙麗雲也引發董事會及教師意見相左情形。據了解，七、八月間佛光大學遴選委員會準備改選校長時，董事會屬意人選爲前體委會主委趙麗雲，學校教師則屬意教務長王明蓀，兩派各堅持己見。董事會認爲，趙麗雲行政經驗豐富，教師卻質疑趙麗雲學術背景不夠，且黨政色彩濃厚，最後遴選結果出爐，由趙麗雲接手校長一職。

不過，趙麗雲接任校長的遴選程序卻在日前傳出不符規定的傳聞，而教育部也承認，遴選委員的教師代表人數確實不足，因此已請學校再修訂相關辦法，並於年底前選出新任校長。

面對一連串校長人事風波，佛光大學昨日指出，校長人事案正在教育部審核中，校長現在由趙麗雲代理，學校並沒有「無主」問題，而校內事務工作也一切正常，不會因此事影響到學生上課。

——原載於九十二年十月六日《中央日報》

(4)最令人遺憾的新聞：烤全羊事件，龔鵬程辭佛光大學校長

【劉伯姬整理】前佛光大學校長龔鵬程因與蒙藏委員會合辦獲教育部補助的活動，在學校的「草原文化周」烤全羊，以及在研討會上發表〈縱欲以證菩提〉的論文，引發信徒抗議，而請辭校長一職。佛光以宗教辦學，而非辦宗教學校，教學活動本應多元思考，更何況〈縱欲以證菩提〉祇是學術論文，而非提倡縱欲。宗教，何以如此狹隘？

——原載於九十二年十月九日《新新聞周刊》八六六期

(5)校長致全校教職員生的一封信

本校各位同仁暨同學公鑒：

本校創辦迄今，雖時日尚短，但已規模粗具，教學及研究成果亦為各界所稱道，教育部訪視考績，輒多好評。此皆全體同仁夙夜勤懋所致。鵬程至為感念。唯本校發展迅速，至下學期，校內人

數將成長一倍，第二期建校工程且將展開。而全島推廣教育網、海外教學網，亦將次第建置完成，對外學術交流及建教合作關係又日益綿密複雜，非一人精力所能周照總攬。故與董事會商議，獲准於八月一日起另聘賢達擔任本校校長，主持校務行政。鵬程則以榮譽校長身分負責學術領導、貫徹立校精神，並推動本校對外聯繫及發展事務。斯乃分工，以便合擊。在大學競爭環境日益困阨之際，謀學校更大之利益。昔年本校創辦人星雲大師自佛光山寺住持退位後，不受日常行政事務羈縻，天空海闊，對佛光山教團之貢獻反而更大。此次職務轉換，希望亦能有此效果。只因人事變動，在董事會未正式召開議決前，未便與同仁及同學宣布，致令同仁等日昨聞訊而惑，私心至感不安，特此說明，敬表歉意。耑此，恕未能一一面申微忱。謹祝

時祺

龔鵬程　敬啓

九十二年六月二十六日

(6)再致本校同仁與同學

自宣布辭卸職務後，這兩天接到許多電話，或問：「你還好吧？」或勸我：「趁暑假出去散散心吧！」或說：「我們都支持你」，或云：「其實是佛光山的損失」等等，哈哈哈，謝謝關心，但把我想成什麼了？悲劇英雄嗎？

事情並不如大家所想像那樣。許多同學在本校BBS站上氣憤塡膺、悲傷痛苦，同樣也無必要。且讓我再做些說明：

一、董事會是支持學校的。或者說，董事會根本就是學校之一單位，立場當然要維護創校精神與辦學方向。因此，同仁及同學不應理解爲彼此對立的型態，也不須以對立的方式來處理這次人事變局。

二、在維護立校精神及辦學方向的原則下，我轉換職務，只是因應客觀環境的一種方式。我所能發揮的功能並未減少，而如我昨天在信上所說，或許揮灑之空間更大，而董事會之支持亦無不同。

三、或許因從前在南華大學校長轉換過渡階段，頗有些未盡合人意之處；對未來，又充滿了不確定感，令同仁等對於現在許多「不會改變辦學方針」、「不改變校園生態」之承諾並無信心。可是，過去的失誤經驗，彌足珍貴；本次轉換，本質上也與過去不同，校內既無人事及意見之爭，一切體質制度亦較完善，實與前次狀況不可同日而語，同仁等何須思往事而起悲情？

四、本次職務轉換，創辦人與董事會諸君皆一再希望「穩定爲要」。方向不變，人事無改，本校優良之師資亦絕不能因此而流失。新校長尙待遴選，但此爲任何人接棒續跑的先決條件。未來遴選委員會也將以此原則妥愼遴選適任者繼任校長，我則會恪盡輔導之責。

五、學校是學術機構，我們是論學團體，彼此是因教育的理想及學術的興趣而結合，並不是因行政體系而結合。故校內的權力，本質上是以知識爲導向而非職位，誰擔任什麼職位，不像在政治團體中那麼重要。本校同仁，皆以義合，而非利聚；本校特色，厥在論學，亦無官大學問大之文化。什麼事，均須以公義及學術爲論斷之依歸。未來我們若能持續發揮此種「論學取友」之精神，行政職務一任一任更迭，又有什麼關係呢？

總之，我們自己是英雄，就不會失路；學校亦如東海旭日，揚輝初昇，也不應視爲悲劇。

龔鵬程　六月二十七日

二、評論

⑴宗教辦大學，非宗教大學，沒有教育獨立自主精神，就只是神學院佛學院

龔鵬程

個人職務之變更，竟勞動媒體關注，實在是始料未及。也許，大學校長烤羊談性，以致去職，是個有趣的話題，可供談助，故媒體樂於報導吧。但這件事可能也有值得深思的一面。我們辦教育的人，都佩服蔡元培。北京大學十月十日正好要舉辦「蔡元培講座」，邀我去主講，因此我想由蔡元培談起。

一九二二年二月，蔡元培發表了一篇〈教育獨立議〉，批評「教會學校同青年會，用種種暗示，來誘惑未成年的學生，去信仰他們的基督教」等行爲，並提出「教育事業不可不超然於各教會以外之理由」，認爲大學應嚴格地與宣教事業分開來。

可惜宗教界對此勸言毫不在意，隨後在清華大學舉行世界基督教學生同盟第十一屆大會，以「如何向現代學生宣傳基督教」、「學校生活之基督化」爲主題。以爲可以進一步促進宗教在大學生根。結果引起北京、南京、上海各地學生之大反彈，形成激烈的非基督教運動，後來更擴大到反一切宗教，組織了「非宗教大同盟」。光北京大學一校，就有二千人參加，後來甚至導致所有教會學校教育權都被沒收的結果。一九二六年教育部也明訂私校一律不准以宗教科目爲必修課，不得做宗教宣傳及強迫學生參加宗教儀式。

宗教界人士愛教護教宣教，誠然無可厚非。但愛之往往適足以害之，造成反效果，這就是一個

例證。而爲什麼會出現這樣的結果呢？那就是不知蔡元培所說教育應予獨立之理使然。

教育獨立，是說教育應獨立於政治、宗教、學派等等之外。學校雖由國家、財團、教會所辦，但非它們的工具或附屬，具有獨立的體制和精神。目的是爲整個社會培養永續發展，開創未來的人才。故無論公立私立，皆非政黨、學派、教會、財團、家族之私產。

正因爲教育是獨立的，故在大學中各學術思想、言論及活動，均擁有學術自律下的自由。除此之外，黨派、教派等各種主張和意見都無權干預之。唯其如此，創新的精神，各種奇思妙想、異卉奇花，才能在此生長。

從蔡元培提倡教育獨立以來，迄今恰好七十年，教育受政治干擾、意識形態控制的情況，或許漸得鬆綁了，可是蔡先生當年面對的宗教介入校園之景象，似乎尚未遠去，這難道不令人慨嘆嗎？

佛光人文社會學院創立以來，一直以能像蔡先生主持北大期間那樣，「兼容並蓄、教育獨立」自豪。董事會支持校務教學及行政之自主性，捐款贊助者也大都明白我們「宗教辦大學，而非宗教大學」之意義，故其無私奉獻之精神，特別令人感念。但藉此事件，讓大家獲得一次反省教育之本質的機會，再一次提醒了我們教育獨立的重要性，仍是非常值得的。

尤其是在這次爭議中，我看見不少其他宗教大學的主事者或教員，曲學阿世，居然大唱讚歌，說活動與論文應避免與辦校宗教團體信仰相違，或贊成在校內訂定吃素等宗教規矩。這是什麼話？若學校由政府辦，教學與研究也不能違背辦校者的政治立場和信仰嗎？學校若規定要吃素，與規定學生都須參加望彌撒有何不同？如此附和掌權者，還能稱爲知識分子嗎？自以爲維護了宗教，其實，讓宗教辦學迄今仍備受社會疑慮、仍不被人敬重的，正是這樣的人、這樣的做法與想法。

改弦更張，回歸大學之本質，此其時矣。畢竟，不管叫佛教大學、基督教大學或什麼大學，它都必須是大學。既是大學，就有大學的基本條件。沒有獨立自主這個基本精神與條件，就只能是佛學院、神學院或寺廟，而不是大學。語云：「入境問俗」，入大學者，須當知入的是大學而非寺院。

——原載於九十二年十月七日《聯合報》

⑵佛陀歸佛陀，孔子歸孔子

卜大中

佛光大學龔鵬程校長在校園舉辦烤全羊禮俗，又討論性的問題，引起捐款信眾的不滿，宣稱要拒捐，龔校長因而辭職。台灣宗教與俗世的爭執比西洋晚了三百年後終於來到。現在我們討論這個問題，還不嫌晚；幸運的是，不必像西方當年那樣大動干戈，乃至人頭落地。

台灣當然不同於中古歐洲。我們沒有高於政治的宗教威權、沒有宗教裁判所、政治權力的來源是來自民主機制而非神及其代理人教皇、神學不是唯一獨斷所有知識的最高指導原則、學術研究沒有宗教的禁忌、是人而不是神當做我們所有關注的中心……西方經過文藝復興以來數百年的世俗化努力，終於完成政教分離的理想，使西方人不再受宗教的禁錮，也不再爲信仰理由而血戰不止，乃有今日西方文明的亮麗表現。

西方用幾百年的時間摸著石頭過河，以血淚的教訓得到的歷史結論，我們可以輕易學習過來，是何等幸運。

除了政教分離，西方也覺悟到把教育與宗教分離，對於培養學生多元寬容精神的重要性，這種精神是民主自由體制的基石。

雖然美國憲法第一修正案並沒有把學校變成宗教的禁區，但公立學校仍堅持不在學校祈禱的政教分離原則，使宗教成爲美國人的「靜悄悄的信仰」，不使它侵入公眾生活或他人私生活領域，更不干預學術領域。

正因爲這項傳統，西方學術研究才能大致自由並獨立於意識形態之外，創造出今日的文明。佛光事件應該從這個角度來評斷。如果我們給予學者在大學的獨立研究與講學的自由，並認爲這是最高原則，龔校長的學術言行就不應受到宗教理由的干擾；董事會、教會、教育部、捐錢的信眾都不必說三道四，指手畫腳。

校長在學校重現蒙古民族的全羊祭禮，應看成是對學生的文化教育；至於探討出家人的性（禁）欲問題，早已是西方學界的課題，有什麼禁忌可言？捐款者以有違佛教教義爲由，威脅拒捐，是對學術的不尊重，是先佛教後大學；應多讀西方歷史的教訓，先大學後佛教。

一切有爲法如夢幻泡影，如露亦如電，當做如是觀。茹素禁欲亦復如此。

——原載於九十二年十月六日《蘋果日報》

(3)大學自主學術自由

由宗教團體興辦的佛光人文社會學院前校長龔鵬程，因爲在學校舉辦的內蒙周活動中包含了烤全羊，以及曾經發表論文，討論有關出家人的情欲和飲酒話題，引發佛光信徒的抗議，施壓學校董事會，逼使龔自行去職。此一事件，不只凸顯包括宗教在內的外部力量不應干預大學的學術自由，同時也觸及包括出資者及學校董事會等所有者，應尊重大學自主與專業。

大學做爲學術研究機構，以及知識傳遞的殿堂，尊重大學自主與確保學術自由乃是中外通義。以民國初年的北大爲例，即曾成爲引領新文學改革，蔚爲五四新思潮的重鎮。但是校園的學術自由，就如同社會上的新聞自由，並非與生俱來。以台灣的發展經驗來看，戒嚴時期干預學術自由主要來自於政治力的控制，但解嚴後並不代表學術自由獲得確保。以這次的佛光事件來看，恰好印證了政治上、形式上的解嚴，並不代表觀念上、實質上的全盤解嚴。有許多人還是無法容忍校園裡的異端，干預學術自由的手法則更爲粗糙，雖不至於產生全面的寒蟬效應，但有關大學學術自由的實踐確待提升。

確保大學學術自由，相當程度建基於對大學自主的尊重。在這個層面，台灣的發展經驗也是先經過公部門政治力的籠罩干預，把大學視爲教育行政體系的下屬單位，當然談不上尊重大學的自主。好不容易在大學法中提供大學自主的法源，公立大學至少有了形式上的自主性，而私立大學捐資者或所有者，卻一直有同時是經營者的慣性，實務上反而難有大學自主的空間。佛光事件終於照射到一向較被忽視的私校死角，自然值得正視。

——原載於九十二年十月六日《中時晚報》社評

⑷宗教辦學的定位之疑

佛光人文社會學院前校長龔鵬程去職風波搬上檯面，說實話，對於創辦該校的佛光山來說，必定帶來若干程度負面影響。花費十年心力，辛辛苦苦創立一所大學，最後卻惹來「宗教干預學術」的質疑，無論如何，總令人感到不值。

龔鵬程辭去校長一職，據稱是因為在校園內烤全羊，以及一篇探討情欲的佛教學術論文，引發信徒強烈不滿。實際情形如何，還需要更進一步瞭解。大學是知識殿堂，追求眞理的地方，學術自由是絕對不容侵犯的基本前提，即便是宗教團體創辦的大學，也必須尊重此一基本前提。

國外有所謂的教會大學，而我國教育基本法規定，教育應保持宗教上的中立。私立學校法也規定，學校不得強迫學生修習宗教課程或參加宗教儀式，表明了不論是否為宗教團體興辦的學校，都必須維持世俗大學的特性。目前台灣已經有將近二十所各宗教團體創辦的私立大學，這些宗教團體在創辦之初，想必都已經瞭解這些規定。

問題是，按照我國現行法令，設立學校是不能營利的。拋開別有居心、運用違法手段牟利的學店不說，除非有特定理念者，誰要去辦學校呢？宗教團體如果不是基於某種宗教信念，何必湊熱鬧去辦一個「文憑製造廠」呢？於是在實際上，這些宗教團體多半會以各種「潛在課程」或其他方式，試圖讓自身創辦的大學符合其宗教信念。然而，這些大學的教師、學生、家長乃至於校長，若認定這些學校並非宗教大學，而是純粹的世俗大學，衝突便由此產生。

佛光未必是特例，學術自由和宗教辦學理想的矛盾，在台灣恐怕才剛開始呢！

——原載於二〇〇三年十月六日《聯合晚報》社論

⑸宗教與學術各有分際

宗教界興辦大學，原本是教育界新希望之所繫。因爲我們的教育一直存在著兩大沉疴：一是教育充滿功利色彩，理工科技及企業商管掛帥，人文社會學科及人文精神向來不受重視；因此，宗教界辦學被認爲有改善此一結構失衡狀態的作用。其次，辦學者本身往往沾染功利色彩，學校常被譏爲「學店」，私校董事會把學校當私人家產或掏空學校者，時有所聞。即或不然，亦輒以賺錢爲目的，以企業經營學校爲標榜。宗教團體的非營利色彩，因此格外令人期待。

孰料，近日爆發佛光人文社會學院竟因執行教育部專案課程，且是與蒙藏委員會合辦「草原文化周」，其中有烤羊一項引起信徒訾議，迫使校長請辭以弭紛爭。這件事，當事人龔鵬程或因不願使紛擾擴大，損及學校與信徒及董事會之關係，而頗有隱忍，故遲至今日才獲報導。但報導既出，仍令人大吃一驚，發現宗教界對於辦學這件事，原來竟與一般社會有那麼大的差距；若不能調整觀念，則以這樣的認知和態度，怎麼可能辦得好大學？

許多宗教人士迄今仍不能明白：爲什麼捐錢的信徒竟連對校務表示意見也不可以？爲什麼校內辦活動違背了出資或捐資者的理念與信仰，出資捐資者竟不能批評？爲什麼校內教師寫文章牴觸了出資者的信仰或理念，出資者也不得吭氣？……許多宗教界人士對這些，都想不透，覺得社會上指責他們違犯了學術自由眞是冤枉。

這就是觀念的落差。宗教界人士應趕快收起怨懟、面對現實，因爲以上那些「爲什麼」都沒有道理可爭辯。大學之所以爲大學，正因它是如此。從中古世紀以來，若無政教分離即無現代社會，若無宗教與教育分離，也就沒有現今的大學。因此，要辦大學，就得讓宗教與教育分開；宗教界只能捐錢，不宜置喙。這個道理，在學術界是自明之理，無可爭議。宗教界若不以爲然，儘可不辦。要辦學校，就得依教育與學術的規矩。

——原載於九十二年十月十一日《民生報》社論

⑹宗教、學術、政治

莊淇銘

長期以來，爲了國民黨一黨獨大，爲了台灣的民主發展。曾經與許多民間及民進黨好友，走上街頭，被警察驅散也被抬過。更在一次次的演講場呼籲支持民主進步黨。但是，在校園中，我尊重學術自由與個人政治選擇。因此，任何行政人員或學生問我要支持誰時，我都回答，你有投票權，應該自己判斷。我堅持學術及行政中立，從淡江大學擔任系主任開始到開南管理學院擔任創校校長及現在的高雄空中大學校長，都未曾改變過。

我記得多年前與中央大學教授王九奎聊天，他跟我說，他到大陸看到碩士論文，上面的第一句話是「感謝黨的領導，讓我發明了這個定理」。政治不僅干預、凌駕可說是限囿了學術。也因此，政治超越一切的文化大革命，讓中國改革遲緩了數十年。由此可見，政治操縱學術的可怕。準此，我深信任何政黨應該尊重學術自由，這樣才能讓學術界在知識領域中馳騁、衝撞，而締造新的學術思維。所以，我當校長期間，聘人時告訴各單位，不管黨派或是政治立場，能教好書，具學術水準的，我們就聘。

以往，造成政治能夠影響學術的主要原因是，校長的遴選來自政治力。也就是說，誰掌握校長遴選之權力，誰就可以影響學校。用這個標準來衡量許多私立大學董事會就可看出端倪。由於私立大學董事會掌有遴選校長之權力，董事會如果尊重學術自由，那學校就會高度的蓬勃發展。董事會要是干涉學校過深，那校長只是橡皮圖章，學校將消失動力，奄奄一息。

宗教在某些地方有點類似政治，比如信仰與信念。也因此，宗教在辦學時，也應該謹守分際，不要讓宗教進入校園介入學術自由。佛光人文社會學院龔鵬程校長去職的爭議，或許值得教育界及社會省思。

——原載於九十二年十月七日《台灣日報》

(7)龔鵬程烤全羊風波無關信仰自由？

林依蓉

前佛光人文社會學院校長龔鵬程因在校內的內蒙周烤全羊，以及在研討會上發表〈縱欲以證菩提〉的論文引發信徒抗議，在六月間主動請辭。龔鵬程雖改任為榮譽校長，也可在校內繼續擔任教職，但外界多半揣測龔是被迫下台，引發「宗教與學術自由之爭」的討論。

教育部長黃榮村嚴正表示，宗教不能干預大學學術自由，佛光人文社會學院前校長龔鵬程如果真是因為「學術論文談情欲」遭信徒抗議而被迫辭職，學校董事即涉嫌以宗教干預學術自由。龔鵬程可以向教育部提出申訴，教育部一定秉公受理。

政治大學社會學系教授顧忠華認為，要釐清龔鵬程離職風波，可從「宗教辦大學」以及「私校聘校長」這二層面來探討。在宗教辦大學方面，顧忠華指出，從大學的發展史來看，現代型大學的起源在西方，尤其不少知名大學的前身皆是神學院，可是宗教信仰和學術研究之間，不必然會存在著緊張和衝突。

「但別忘記批判與學術自由的精神是大學的核心，這是不容置疑的，任何外界影響因素例如政經宗教等，都不能干預。教育基本法不也規定教育應本中立原則嗎？因此，宗教團體辦大學必須要考慮到大學的世俗化、制式化，宗教與教育應是相互獨立。」顧忠華強調。

南華大學教育社會學研究所助理教授林本炫也認爲，校長與董事會要有一定的默契，如果不能接受董事會的理念，要事先提出或乾脆拒絕校長職位，不然到最後只會兩敗俱傷。

不過林本炫也提出一個值得深思的觀點。他表示，大學教育的自主性包含了學校自主與學術自由，學校自主意即大學自治，私校校長任免根據大學法由董事會組織遴選委員會遴選，遴選委員會之組織、運作方式及有關校長之任期、去職方式，均由各大學組織規程訂定之。

「這給了董事會很大的自主空間來選用人才，但是當『學校自主』與『學術自由』有所衝突，例如這次龔鵬程的例子，就還有許多可討論、解釋的空間。我們說宗教不能干涉教育，但如果以宗教的理由去職，難道就不是宗教干涉教育嗎？」林本炫提出質疑。

雖然佛光人文社會學院並沒有剝奪龔鵬程的教師資格，董事會也隨即在八月中旬選出前行政院體育委員會主委趙麗雲爲新校長，然而卻有學校老師反彈，認爲她的學術地位不足，只是個副教授，擔心她無法帶起佛光的學術發展。也有部分學生對校方的人事安排感到不滿，還質疑「叫管體育的來管人文社會學院，適合嗎？」

根據教育人員任用條例，趙麗雲曾任政務官二年以上，因此她確實有資格擔任大學校長。顧忠華認爲佛光的教師有這般疑慮也是可想而知，因爲台灣的大學校長除了要做好行政管理，通常還要致力於學校學術發展，「趙麗雲能否讓校內教授信服，讓他們不必擔心佛光的學術聲譽會因爲換校長而下降，我想這是她最先得面對的挑戰。」

顧忠華表示，或許佛光人文社會學院的董事應該好好檢視自己的辦學理念：「朝學術國際化、服務在地化、教育人本化的目標努力，讓本校成爲人文社會領域中學術研究暨教學最傑出的學府」，重新思索自己花這麼多錢來辦大學究竟是要達成什麼目標。

——原載於九十二年十月《新台灣新聞周刊》三九四期

(8)一流學府的學術自由

林依蓉

隨著宗教團體辦學的風氣日盛，宗教與學術自由的相關爭議從來沒停過。二〇〇〇年輔仁大學因爲一名教師在課堂談墮胎，而在行政會議中決議將〈教師聘任規則〉中增列「天主教大學憲章」條例，內容爲「本校教師在聘約有效期間內，如不遵守天主教大學憲章……，應予解聘、停聘或不續聘」，「前項所謂不遵守，係指教師於教學或其他公開場合，經本校使命委員會審查通過認爲有明顯否定天主教基本教義，如人性尊嚴、生命尊重、家庭價值等之行爲，且無改善之意者而言。」

顧忠華表示，大學本身經營環境的複雜、教師來源多元，非信徒的教師沒有義務必須遵守天主教條款，否則即可能違背憲法「信仰自由」的基本人權規範。但有人認爲私立大學，只要不違反國家的法令，本來就可以根據自己的理念辦校，所以宗教辦的大學理所當然可訂規矩，強迫受聘教師遵守，「不可以因爲個人需要一個就業機會，要求輔大放棄其宗教信念」。

「問題是，即使在歐美各國，我們也沒聽聞過具有宗教背景的哪所大學敢祭出這類條款來約束教師的學術自由。假若有的話，那所大學不可能成為一流的學府，因為在不知道自己的教學和研究哪天會被扣上違背某某條款的威嚇下，該校的校風必然寧保守毋創新，這和學術自由鼓勵追求創新的價值取向正好背道而馳。更何況由爭取優秀教師的策略考量來看，在聘書上加了隨時可能按使命委員會監督，嚴重時甚至於會有解聘、停聘或不續聘風險的條件，難道是會增加吸引力嗎？」顧忠華說。

——原載於九十二年十月《新台灣新聞周刊》三九四期

(9)「管體育」的為什麼可以當校長？

金恒煒

佛光人文社會學院前校長龔鵬程因為不守佛門「清規」，引發佛光信徒以及佛光學院董事會的反彈，迫使龔鵬程去職。龔前校長烤乳豬也好、烤全羊也好、宣揚「縱欲以證菩提」也好，是不是違反了基本的「共識」以及是不是有「宗教」干涉「學術」之嫌，老實說可以有不同角度、立場切入論列，可以形成議題；是非對錯，恐怕不能化約成簡單的是否。這個大課題且先擱置不說。我們要談的是，誰有資格出任校長，或說出任大學校長的資格是什麼？

之所以有此質問，是因為做過體育司司長的趙麗雲已於九月初接下龔鵬程卸下的位置，暫代校長職，現在只待董事會補完程序就可以眞除上任。趙麗雲接任校長也有佛光學院部分學生不滿，他們說：「叫管體育的來管人文社會學院，適合嗎？」

教育部長黃榮村的回答是，只要具有兩年以上政務官資歷，就具備大學校長的資格云云。所以趙麗雲具有出任大學校長的資格殆無疑義，所以「管體育的」當然有資格到佛光學院當校長，因爲她做過兩年政務官，依此也當然有資格到台大、政大、師大……等大學「管學生」。

這個「資格」設計荒不荒謬？當然，其荒謬不下於過去我們的〈律師法〉明文規定做了十年律師就可以擔任立法委員。當年抨擊此法荒唐的最好說法是，當了立委十年而可以當律師，就好像乘坐汽車十年就可以領到駕駛執照一樣。同理可證政務官做滿兩年就取得校長資格的無厘頭。

我們絕對可以判定，這是政務官的「自肥條款」，是國民黨執政時的「黨國體制」下的「傑作」。難怪從高教司卸任的如黃碧端、劉維琪、楊國賜、楊朝祥（族繁不及備載）……卸下官位，馬上可以到大學去當校長，不但「自肥」，而且違反「利益衝突」。

這樣的「惡法」——甚至只是行政命令而非法，早該廢了。民進黨已執政，還要援引此法，還要讓這款謬法「千秋萬歲」下去，絕對是「改革」的反面教材。

——原載於九十二年十月七日《台灣日報》

⑽研究者不等同於鼓吹者

楊照

秘魯小說家略薩(Mario Vangas Llosa)曾經參選過總統，競選期間有一天醒來赫然發現對手在報紙上刊登了大幅廣告，上面鮮明醒目地引用了略薩的話，意思大致是說：如果不是爲了貪汙得到更多的錢，那幹麼要當官呢？

略薩跳了起來，不祇因爲這廣告殺傷力很大，還因爲略薩覺得莫名其妙，他怎麼可能講這樣的話提供給對手當把柄呢？然而對手言之鑿鑿，而且負責地提供了這句話的出處，略薩哪一本書裡第幾頁。

認眞去查那本書那一頁的人會發現：啊，的確有這麼一句話耶！可是，那是一本略薩寫的小說，那句話是小說裡一個討人厭的壞蛋角色講的。

略薩有沒有寫過這句話？答案顯然是有。可是這句話能不能代表略薩的政治信念，能不能被拿來質疑略薩的操守呢？答案應該是：不能。因爲略薩寫的是小說，寫的是小說裡一個角色口中說出來的話。

同樣的邏輯，可以拿來問：佛光大學校長龔鵬程有沒有寫過「縱欲以證菩提」題材的文章？顯然是有。可是能不能因此認定龔鵬程的價値信念，就是要鼓勵佛教徒「以縱欲修行」，因此違背了佛光教團的立場，也違背了善良風俗呢？

答案是：當然不能。龔鵬程寫的是學術論文，他做的是佛教史上「以縱欲修行」這個概念的演變、發展，換句話說，他是個研究者而不是個鼓吹者。

研究者不能被跟他所研究的題目等同起來，這是基本常識，這更是學術自由保障的第一前提。如果這個前提都不能受到尊重，那麼希特勒與納粹的歷史要如何研究？那麼我們又怎麼去探索一切關於惡的起源與效應的現象呢？

龔鵬程擔任校長是不是稱職，就像略薩是不是最佳的總統人選，應該有別的標準、別的評斷方式，可是不能也不應該扯上他從研究者角度去做的研究、寫的論文。這是重點，而且是非常關鍵的重點，因爲現代大學的核心精神就在尊重學術、發展知識，伸出觸角探求宇宙的各種可能性。

探求宇宙，必要時連地獄也得探求一下吧。不過先決條件是，不能把想要理解地獄是什麼的人統統都打入地獄裡去。

——原載於九十二年十月九日《新新聞周刊》八六六期

⑾宗教不能有道德傲慢

陳琴富

佛光大學校長龔鵬程辭職事件，暴露了當前學術仍然受到各種有形無形力量干預的事實，同時也顯示出佛教在台灣走向世俗化之後，部分信眾對於教理教義的偏執，值得省思。

佛光大學是宗教人士所辦的一所大學，卻不是一所弘揚佛法的宗教大學，這在教育部的規定，以及佛光大學創校之初的理念都已經明確且有共識，然而校方卻會為了辦一場學術文化活動和一篇論文要校長下台，這可能是台灣教育史上的首例。

吃素問題一直是漢傳佛教引以為豪的戒律，但是原始佛教沒有素食的規矩，釋迦牟尼時代就是以托缽為食，施主供養什麼吃什麼，沒有任何葷素的分別；南傳佛教沿襲原始佛制也沒有素食的定制；藏傳佛教因為地區缺乏蔬果，蒙藏一帶多以牛羊維生，喇嘛也沒有規定要素食，吃肉是世代以來的習慣。只有漢傳佛教，因為梁武帝以慈悲為懷的精神，定制要求沙門素食，唐宋以來的禪師仍有喝酒食肉的，大書法家懷素就是例子。素食成為佛教出家眾的倫理要到明朝晚期以後了。

吃素和修行成就有沒有必然關係？吃素當然不是成佛必然的條件，如果這樣，釋迦牟尼又怎麼可能成佛？唐宋以前的禪師、印度西藏的大成就者又怎麼可能悟道？又為何那麼多吃素的人還是貪瞋心如此深重？對於素食者，我們應該尊重他們的選擇，但是素食者卻不可以有道德上的偏執和傲慢，自認高人一等。畢竟吃素是爲了長養慈悲心，怎可藉此豢養傲慢心！

性欲也是佛教徒的禁忌，在南傳和漢傳的戒律中要持守「不邪淫」戒，出家人絕對不能有性關係；藏傳、東密卻沒有嚴格的限制，甚至有利用欲望證入菩提的修行法門。因此，不能以道德上的傲慢侮蔑其他的傳承。

佛教的義理是包容的、是慈悲的、是平靜的，最重要的是對於事相的不執著，許多人堅持形式儀軌而忽略了修心，其實是最大的執著，也背離了佛理。

佛光大學事件正給予佛教徒一個省思的機會，佛教在世俗化的過程中，其言行是否已經遠離了釋迦牟尼當初的法教？

——原載於九十二年十月十三日《中國時報》

⑿大學成了開放社會的敵人？

許育典、翁國彥

佛光大學前校長龔鵬程，在校內的「內蒙周」中舉辦烤全羊活動，並以一篇〈縱欲以證菩提〉的論文，引發佛光山信徒的強烈不滿，最後導致龔鵬程被迫辭去校長職務。對於這樣的爭議，據報載有學者認爲：「校長的經營方向應與創辦人一致，龔鵬程的做法顯然與佛光大學創辦的理念不同，所以不擔任校長是允當的做法。」「爲避免宗教與學術引發爭議，學校可以在新聘教師時，將相關規定明列其中，教師可以自己選擇與自己想法相同的學校。」這些看法，反映大學在宗教與學術自由間進退兩難的困境。

現代大學的實質精神，在於開拓思想自由的國度，使其成員能透過理性的溝通與辯難，探究人類世界中的各項眞理與價值。因此，多元、寬容而開放的學術自由空氣，是任何現代大學所不可或缺，並可爲社會帶來進步的動力與泉源。但另一方面，宗教團體基於其宗教自由，也有興辦高等教育學校，並在校園中宣揚其教義的權利。在這次的事件中，龔前校長的學術自由，與佛光大學校方的宗教自由，發生基本權的衝突，這需要透過憲法解釋加以釐清。

對於這樣的衝突，筆者認爲，宗教團體雖有權利成立學校，宣揚其教義與理念，但應創辦的是，傳授單一價值的神學院，並將自己定位非世俗的宗教學院，接受多元社會的不同評價。反之，只要創辦的是一般的私立大學，基於任何公、私立大學都有其社會任務，甚至領有國家給予的教育補助，此時即應秉持尊重多元文化的憲法精神，不得要求與其信仰不同的師生，不能前來任教或就讀。換句話說，一般大學在校園精神方面應維持中立，並排除受到特定宗教的干擾，不得要求校園成員的生活行爲須符合教義，否則勢必斲傷現代大學最重要、最珍貴的資產——自由的教學、學習與研究氣息。

其次，認爲私立大學校長的經營理念應與創辦人一致的看法，在邏輯上也有難以解釋的漏洞。最簡單的例子，依照上述的觀點，歐洲許多成立於文藝復興時代的大學，豈不是要被五、六百年前的古人牽著鼻子走？實際上，不論是大學校長的經營理念，或是教授個人的研究方向，應只對獨立的學術研究精神輸以忠誠，而非特定的宗教教義。宗教團體若認爲大學校風須符合創辦人的想法，即應成立上述的單一宗教學院，排除一切世俗的學術性質，且不得接受國家所給予的任何教育補助。一旦成立一般的私立大學，即應任憑校園成員自由發展其學術活動，不得設下「創辦人理念」

這類牴觸現代大學精神的界限。

至於，後者主張在校園中訂定「教義條款」的看法，或許不失爲一個解決衝突的折衷方案。然而，如同這次的佛光大學一樣，任何宗教教義皆有其絕對性，難以與各種繁複、多元的學術思想，處於和諧狀態。因此，在一般大學訂定教義條款的結果，勢必會造成：「要就接受本校限制學術活動的教義條款，不然就不要來任教！」筆者認爲，這種一拍兩瞪眼的下場，是否就可以合理化教義條款的反多元、反學術性格，實在大有疑問。更何況，這反而只會阻礙學術自由空氣的流動，導致思想開放、多元的優秀教授不願入校任教，最後終將加速大學的「自我封閉化」或「單一宗教學院化」，相信這不是所有大學成員所樂見。

這個爭議，反映了理想的公共社會（大學），應是個能互相尊重、寬容的多元社會，絕非某人意見與自己相反，便要求其徹底消失；否則，這與極權國家對待異議分子的「蒸發」手段，有何差別？擁有寬廣學術自由的大學，會培育出成熟的公民社會；同樣地，尊重多元思想的校園社會，也會爲進步的現代大學提供堅實基礎，抵擋外來力量的不當干涉。本案龔前校長雖是自願請辭，但信徒以其學術活動內容違反教義爲由，形成不易抗拒的壓迫力量，已使龔前校長的學術自由，受到干預與侵犯；與佛教教義相反的意見，也將成爲佛光大學的學術「禁地」。

促進多元文化，已是我國憲法的基本價值，自由而開放的學術氣息，更是大學校園的必要條件。一般大學須開放多元管道，讓各種觀點得以自由流通，當然，佛教教義而生的非葷、禁欲等各式意見，也應尊重。然而，大學卻沒有權力要求校園成員，只能進行符合教義的學術活動，甚至一定要在「接受」或「離開」中擇一；否則，這大學便成了開放社會的敵人。

——原載於九十二年十月八日《中國時報》

⒀龔鵬程瀟灑去來，埋首著述

陳琴富

因爲在校園內辦「草原文化周」烤全羊，並在研討會中發表〈縱欲以證菩提〉而辭去佛光大學校長的龔鵬程，對於學術遭到宗教干預一事十分感慨，不過他仍秉持一貫來去瀟灑的態度。回首在佛光大學一待已過了十年，如今他正好著手學術論著。

談到烤全羊一事，龔鵬程說：「這完全是一場意外。」事件發生後，很多信徒以各種方式發黑函，甚至威脅不再對學校捐款，要串聯到學校來抗議。他們有些言詞激烈，認爲佛光大學怎麼可以出現這種公然殺生食肉的驚人場面，「我向他們解釋這是一種蒙古的生活文化，他們說非洲還有食人族的文化，是不是要把吃人肉的場面也搬到學校來？」

而〈縱欲以證菩提〉這篇文章引來信眾的撻伐，龔鵬程除了在網站上回覆質疑之外，也寫專論回應。他說：「這純粹是一篇學術討論，主要在探討欲望與證悟之間的各種教理。宗教的社會功能除了有淨化人心的作用，也有滿足世俗欲望的部分，例如它提供人們得到富貴、長壽、健康、升官、發財等等的滿足，甚至有一些求取上述欲望的修行法門，包括性欲。各種宗教都有這些面向，佛教也有。我主要就是引述佛經中談到這些面向的文字，並對這些現象提出解釋。」「他們指責我爲何要毀謗佛法，把佛教說得這麼不堪；我完全諒解信眾的心情和感受，但伽利略的理論被教會大加撻伐，當人們振振有詞對他批判的同時，有沒有想到是對眞理的抹殺呢？佛教徒是不是需要禁欲這是可以討論的。吃素的人不能有道德上的傲慢，認爲吃葷的人就不清淨；不禁欲的出家人不代表不能成就，鳩摩羅什的成就難道會小於那些禁欲的和尚嗎？」

回想當年星雲大師邀請他擔任校長的那段因緣，他與大師素昧平生，只打了一通電話，見一次面，簡短五分鐘就談定。他問星雲大師：「大師想辦一所什麼樣的大學？」「我要辦的大學不準備招太多學生，希望老師都能認識學生，是一所注重人文教育的精緻大學。也希望提供學生一個在山林優遊的環境，成爲一所森林大學，像古代的書院那樣。」「以佛學爲主嗎？」大師說：「不，就辦一所綜合大學。我們是佛教辦學，不是辦佛教大學。」就是這個理念的契合他到佛光，也秉持此一理念使佛光大學在短短時間內屹立於群校中。因爲這件事，「佛光大學原來最引以自豪的部分、它可以創造典範的部分，完全被顚覆了，這是很可惜的。」至於他個人，他覺得是小事，就像他致同仁與學生的信中所說：「什麼事均須以公義及學術爲論斷之依歸。未來我們若能持續發揮此種論學取友之精神，行政職務的更迭，又有什麼關係呢？」

還不到五十歲的他已經是著作等身、資歷嚇人。出版過的個人著作有五十餘種，涵蓋文史哲學的範疇，擔任過大學系主任、所長、院長、校長，更曾經一腳踏進政壇擔任陸委會文教處長。因爲一篇批評陸委會主委的文章，引發「行政倫理」以及「砲打長官」的議論而去職。他自嘲：「我從一個沒有實踐力的文化理想主義者，於歷史的偶然中，進入創造歷史的社會實踐活動，漸漸知曉我的宏圖遠謨原來只是一場春夢，我的生命只是一次莊嚴鬧劇中一閃而逝且無足輕重的姿影。」儘管如此，但不能說走過的路沒有留下一點足跡。

從二十二歲開始擔任行政工作，始終沒有放棄學術研究。或許繞了一大圈，因緣到了，合該回到書堆中埋首著述。他期許自己五十歲以前寫完一部《中國思想史》，目前手邊還有文津閣四庫全書的校刊重印工作，開始進行的《中國文學觀念史》以及《中國文學史》等大著。比起梁啓超、胡適等從政而荒廢了學術，龔鵬程的回歸研究工作算是幸運的了，或許離開行政工作才是他眞正「返本」的開始吧！

——原載於九十二年十月十二日《中時晚報》

面對無知

以佛教的義理來說，成佛的關鍵，不在發善心、存善念，而在「正知見」。爲什麼呢？無正知正見，則所謂善所謂慈，根本無從判斷，且常會誤以善爲惡、誤以惡爲善。其次，就算發心確實是善的，但在不眞知道的情況下，其所謂善只是依循著外在的倫理觀範罷了，非眞正本諸自律而發，故無眞知，即無眞行。再者，縱發善心、存善念，也只是符合了「存心倫理學」而已。可是一個善念，是否即能成就爲善果，卻須有許多其他的考量，否則發心之善，往往造成結果之惡。俗語說：「愛之適足以害之」，就是這種情況。例如鼓吹放生不殺生，結果可能因買魚買龜而放，反而使商人去大肆捕魚，又使環境生態遭到破壞；立法不准吃狗肉，結果台灣每年要花好幾億元去捕殺流浪狗，撲殺流浪狗的方法，甚且比殺狗來吃更殘忍、更不規範。歷史上因信徒熱愛其教，而導致迫害學術、獵殺婦女、形成宗教戰爭等事例，更是層出不窮。此所以孟子說：「徒善不足以自行」。知善須有知識、行善須有方法，皆非徒言善心善念即可的。

在佛光大學烤全羊及我發表〈縱欲以證菩提〉一文而產生的爭議中，支持大學應本於學術自由、大學自主之精神占了絕大多數，這是令人感到欣慰的。少數反對我們的人，講了種種似是而非的理由，甚且對我惡口穢言相加，則大概都是被邪見蒙了眼、塞了心。

許多人連我的文章也未看過，就開口亂罵起來。例如相關報導或評論中，大多把「縱欲以證菩提」寫成「正菩提」。那是《蘋果日報》一個排版上的錯誤，卻被輾轉沿襲，一錯再錯，其餘可見一斑。這些人都是沒見過我文章的。我們學校所辦的，是「草原文化周」，不是「內蒙周」，也很少報導或評論弄清楚過。如此水準，大抵也呈現了我國傳媒世界反智無知的一面。

具體的無知，則有幾種類型。一、是對大學無知。不曉得大學是什麼，也不曉得大學應怎麼辦，所以彷彿只要具有宗教情懷就足以辦好大學，不知大學之靈魂端在其自由精神。沒有這一點，一切就都免談了。

其次，是對佛光大學的無知。批評者動輒說「佛光」是個以佛教理念辦的學校，故須肩負宗教教義。還有一位仁兄謅了一首歪詩罵我：「學術自主失高傲，學府屬性豈忘了？佛門重地忤梵義，文人無狀欠厚道」。妙哉，此君！他不曉得佛光大學的屬性，從教育部長到創辦人，都明確說過，乃是一般大學，要接受與一般大學同樣的規範。佛光大學不是佛學院，也不是什麼佛門重地。任何學校能辦的活動我們就可以辦、應該辦，佛教的教義在這裡也不能獨尊，不能受到特殊的禮遇。否則如何面對校內各種信仰其他宗教的師生？

三、是對佛教的無知。自命為佛教徒的人士，大肆批評「公開烤羊全無善念」（黃一峰語）。或說出家人必須斷欲，謂我說縱欲乃是「人格上的缺陷」（淨耀法師語）。不曉得蒙古人信佛教而正以烤羊烹羊為日常民俗，烤羊就無善念、就非佛教了嗎？斷欲以修行，又真是佛教的方法嗎？請問佛陀何時說要斷欲？人未死，欲又如何可斷？反之，我引了一大堆佛經資料來論證佛教中確有縱欲以修行的法門，也許我會講錯，但佛經俱在，總不能說那些都不算是佛教吧！學佛人，少所見而多所怪，於經典不精，於義理不熟，乃隨意謗侮人，這能叫什麼學佛者呢？

四、對教育的無知。有些人說學術固應自由，但學術也應尊重宗教。大學中則應尊重出家人的信仰，在佛教創辦的大學中烤羊，是不尊重別人的宗教。淨耀法師、慈濟大學游謙等人皆有此等論調。此眞皆昏悖矣！我很懷疑自己以前怎麼會認識這一班荒謬的人。

爲什麼呢？(1)大學中，出家人的信仰若須尊重，那請問出家人尊不尊重我的信仰呢？大學裡，什麼樣信仰的人都有，因此，眞正相互尊重之道，就是無所避忌。信教者也不要整天疑神疑鬼，覺得別人不尊重你、或別人已冒犯了你。要知道，你吃素時，可能已經不尊重了別人。因別人或許正是信仰宰牲祭祀、以獲分胙肉爲無上光榮的。眞要避忌起來，可就避忌不完啦。故而，大學中眞正的相互尊重，乃是自己有自己的信仰與堅持，各安其是，而不強以己律人。

夌佛教辦的學校，爲何即不准烤羊？且不說佛教若爲藏傳、若爲蒙古地區之佛教，豈有不可烤羊之理？對於不同的佛教形態、不同的文化區域之文化，我們要進行了解，正是教育的功能。大學要做的事，不就是這個嗎？我們舉辦草原文化周活動，也非突然興起，也非率爾抓隻羊來烤。而是規畫了一整套「博雅教育計畫」，報送教育部審核，獲得教育部認可、嘉許，並給予四百餘萬獎助費。整個計畫內容包含幾十項計畫，其中「多元文化教育課程」即爲項目之一。這一項也得到廿幾萬的獎助。爲了實施這個課程，本年才規畫舉辦草原文化周，以演講、座談、學術會議、展覽、演出、飲食文化生活等各種方式來達成認識多元文化之目的。換言之，這是個教育部獎勵支持的教學活動。活動過程中，也獲得蒙藏委員會全力協助，包括烤羊，都是他們安排及執行的，因爲我們並不懂蒙古人要如何烤全羊。對這樣的教育活動，大聲撻伐，豈知教育部爲何物、多元文化教學爲何事者乎？

五、反對我的人，還有更嚴重的問題，比上述各項更要嚴重，那就是不自知。也就是不曉得自己該是什麼。例如說在佛教辦的學校裡即不應做佛教人士所不喜之事，不該挑戰佛教的禁忌、批評佛教等等。這是什麼話？辦學者，出錢供養學者教師，不是在養一批屬於自己的奴工，而是在為國家養士。在大學中執教供職的人，也不是出資者的雇傭，唯老闆之命是從。這是雙方應自知自守的分際，不能把自己的位子與角色弄錯了，這就是為什麼國家出錢辦大學，而學校裡的教師卻應本於其學術良知、社會責任，臧否時政、糾謬補闕的緣故。倘云佛教出錢辦了學，我們就不能講佛教不愛聽的話、就不能批評佛教，豈不是說公立大學的教授都不准批評政府了嗎？美國出兵越南時、出兵伊拉克時，大學都是反戰者的大本營。那些大學校長、教師豈不都應被逐出校園了嗎？荒謬之說，莫此為甚。知識分子，不以帖然媚諂權勢者為恥，且以此為正理來教訓我，眞是奇談！

這次事件，《新新聞周刊》曾選為那一周「最遺憾的」新聞。確實，這是一樁憾事，但願我們能從這件事中學習到如何自知自重以及尊重他人。面對無知，需要更多的勇氣與智慧。

第六輯

「散居中國」與華文文學

附：世界華文作家協會風波

世界華文作家協會風波始末

一、阿扁總統、連戰相繼出席，多了點政治較勁

【記者楊珮欣／台北報導】由海內外華文作家組成的「世界華文作家協會」第五屆年會閉幕式上，少了藝文氣息，多了點火藥味。先是大批媒體一開始被安全人員阻擋在外，陳水扁總統、連戰同場不同時出席的轉折也相當戲劇化，其後部分會員甚至對新任會長國立故宮博物院院長杜正勝的當選，懷疑有政治力介入執委會的選任程序，引發另一派會員反駁表示對方太泛政治化，雙方言語交鋒，場面火爆，使得交接典禮耽擱到下午才舉行。

「世界華文作家協會」年會昨日上午的閉幕活動一開場就不平靜，先是前往採訪的媒體被安全人員阻擋，表示不對外開放，大批人馬僵在那裡，最後會長林澄枝到門口幾經交涉後才放行，此時連戰已快致詞完畢。據悉，由於總統府事前曾向主辦單位協調，希望不要造成兩黨黨主席上午都出席世界華文作家協會活動。不過由於協會這兩年的會務經費都由連戰個人資助，協會因此相當爲難，協調作業一直折衝到昨日晚間，最後才按照主辦單位的規畫，讓兩人以同場不同時的方式參加。

但事情還未告一段落。在連戰致詞後，陳水扁總統仍未蒞臨會場前，亞洲分會會長吳統雄宣布，第六屆世界華文作家協會總會長人選出爐，由年會舉辦場地的故宮院長杜正勝繼任，引發台下議論紛紛。美國科羅拉多州分會會長陳月麗馬上站起來批評事先並不知情，認爲選任過程不夠公開，部分女性會員並哭了起來，質疑有政治力介入選任程序，杜正勝雖是學者，但不具作家身分，其目前擔任政務官的身分將使「世華」蒙上被綠化的色彩，提出臨時動議卻又未被採納，原本一場單純以文會友的國際聚會，氣氛火爆了起來，許多會員後來甚至離席，不參加後續的參訪活動。幸而，下午的交接典禮仍平順的舉行。

對此，「世華」秘書長符兆祥表示，一切都是照組織章程規定，會長由北美洲、亞洲等等七洲會長組成的執委會選舉，屬於內部事務，沒有必要公開。不過，據悉，提名杜正勝的，正是公佈名單的吳統雄。至於即將卸任的現任會長林澄枝則表示，「世華」改選會長一事，執委會這兩天都討論到深夜。由於委員對於另一名候選的佛光大學校長龔鵬程也不是非常熟悉，各有支持及反對的聲音，直到前日深夜離開前，還沒有共識，她也同意若會長人選難產，她願意在繼任者出爐前，暫代職務，並擔任榮譽會長一職，未料昨日上午執委會就宣布了這項訊息。她後來也和杜正勝討論了接任事宜，她相信杜正勝願意認同「世華」的理念。既然人選已經確定，她也樂觀其成，只不過擔心杜正勝的政務官身分，未來募在向政府申請補助時，恐怕會遭到立委質疑圖利特定民間團體。

而杜正勝則坦言，他是被推舉出來，並不熟悉「世華」的選任程序，之前也並非「世華」會員，和文壇淵源不深。他昨日上午上班後，才接到符兆祥的通知，並說服他符合章程規定，足以擔任總會長一職，無黨無派他並不在乎外界政治化的質疑，場地在一、二個月前敲定，純粹是基於協助立場，「我的個性絕不可能運作任何位置」，仍將推舉符兆祥擔任秘書長一職，況且未來年會舉辦六、七百萬元經費艱鉅的募款問題將是總會長最重要的工作，需要的話他一定會出面。

——原載於九十二年三月十八日《自由時報》

二、部分作家臨時動議，由卸任會長林澄枝擔任榮譽會長，結束「流淚」年會

【陳文芬／台北報導】在世界華人僑界著名的民間社團世界華文作家協會，昨（十七）日改選會長，部分作家得知會長林澄枝下台，改由杜正勝接任，一時之間未有心理準備，竟然哭成一團，經大會臨時動議提議請林澄枝擔任榮譽會長，一場流淚的年會才告結束。

世界華文作家協會歷來予人的印象是個快樂的洲際作家社團聯誼會，昨天卻傳出會長改選的內幕風波，昨天陳水扁總統與在野黨的連戰分別出席年會，「改朝換代」也感染了現場的氣氛。

美國柯羅拉多州分會會長陳月麗、作家簡宛，都在現場表達對會長選舉民主公信力的質疑。世華秘書長符兆祥隨後指出，依據章程，會長是由美洲、歐洲、非洲、澳洲等七大洲會長的執行委員會投票表決，是間接選舉制度，七人小組的共識，是很明確的。

昨天，在故宮博物院行政大樓舉辦的年會，當司儀葉樹姍報告會長交接，並要大家鼓掌感謝執委會投票的辛苦，非洲會長趙秀英忽然在麥克風前說：「不能承擔這種感謝！」前任的歐洲會長趙淑俠即失聲哭了起來，荷蘭回來的作家丘彥明也哭了，隨後，陳月麗、簡宛都發言說了重話。

杜正勝在會場表現謙謙有禮，說明自己的責任就是服務作家，而林澄枝也承諾大會願意擔任榮譽會長，使現場的氣氛稍爲緩和。

與世界華文作家協會沒有淵源的故宮院長杜正勝忽然獲選爲會長，秘書長符兆祥表示，他是本屆大會需用場地前往商借時，「忽然看見他」，認爲這位學者非常適合！另外，他對於林澄枝提出的會長人選龔鵬程，則表示龔鵬程是一個很好的華文文學學者，「但是支持他的星雲法師有宗教背景」，而世華宗旨強調的是只談文學，不談政治、宗教與種族。

符兆祥也爲杜正勝辯解說，他不認爲杜正勝是「台獨」，而是一個研究中華文化的思想史學者；他也指出，有人認爲杜是現任官員，但過去前任會長黃石城也是政務委員，這一點其實並不衝突。

——原載於九十三年三月十八日《中國時報》

三、杜正勝：上午才被告知擔任會長

【李維菁／台北報導】國立故宮博物院院長杜正勝，昨天在世界華人作家協會年會中，正式出任世華作協新任會長，引起部分世華成員質疑杜正勝出任會長的過程涉及政治性運作，且解讀此舉爲「綠營拔除藍營海外樁腳」。杜正勝反駁指出，世華選舉會長過程他根本不在現場，沒有參與，怎麼可能涉及什麼運作？他本人是在昨天上午才被告知要接任會長。

杜正勝表示，世華年會借故宮場地舉行三天，昨天落幕。在年會之前確有世華作協人士詢問杜正勝出任世華會長的可能性。杜正勝說，他不是世華會員，當時他的回應是，自己對世華這個組織以及會長的責任其實不太了解。昨天他被通知要進行世華新任會長交接，與協會人士溝通，了解會長的功能主要在於爲世華募款。但是，之前整個會長改選的過程，他完全不了解。

至於被質疑出任會長涉及政治的聯想，杜正勝反駁：「我沒參加任何政黨，人家要怎麼聯想，怎麼給我戴帽子，我是一定會否認的。」

杜正勝表示，世華章程中對於會長人選的資格有三項要求。第一就是沒有黨派色彩，杜正勝說，他到現在都不曾參加任何政黨，比起上任會長林澄枝身為國民黨副主席，他自己不具黨派色彩是相當明顯的。

另外，章程中要求的會長人選條件，第二是在專業領域需具備地位，第三則是必須有寫作的經驗。杜正勝表示，自己曾任中研院史語所所長，在歷史方面的研究有一定學術的公評。至於寫作方面的經歷，他除了學術論文的發表，也撰寫過一些較為通俗的評論。

杜正勝表示，世華的總會設在台北，但其組織其實較為鬆散，因為在世界各洲不同國家的不同城市都設有分會，整個運作過程比較傾向在不同國家由下而上的運作型態。台北總會則負責服務與聯繫，會長這個職務主要是運用會長本身的知名度與專業地位，為協會服務募款。杜正勝說，雖然說是募款，不過就協會過去的紀錄了解，「其實募款的最主要來源與對象，還是中華民國的政府在支持。」

一接任世華會長就面對爭議，杜正勝坦言，要說自己面對這些雜音不會感到任何不愉快其實太假仙了。不過，他相信這些雜音多半是對他不夠了解的緣故。

他也說，世華儘管組織鬆散，但是這個協會主要宗旨在於以文會友，讓生活在不同環境但是都使用華文寫作的作家彼此產生交流互動，對於這個組織在這種本質上的認同，讓杜正勝覺得這個協會還是有存在的必要，也願意貢獻自己的能力。

——原載於九十三年三月十八日《中國時報》

四、林澄枝：對中間曲折感到意外

【陳文芬／台北報導】世界華文作家協會卸任會長林澄枝昨天（十七日）說，離別場面至此她很難過。她也說，昨天連戰主席會參加世華年會，是因爲她臨時得知陳水扁總統撥冗與會，因此她立即聯絡連主席也來。因爲過去兩年來，連主席在國民黨經費有限下，仍支持世華六百萬經費，這些事，作家們可能都不知道。

林澄枝昨天坦言，官場文化她看得很多，但此次世華作家協會開會，她對於中間的曲折感到意外。她坦承她堅辭會長，不想連任，實在與國民黨經費有關，但她建議的接任人選包括書香後代的民意代表、著名社團人士及出色的學者，但都被一一排除了。

這次開會過程，林澄枝一路參與，大前天、前大都開會到夜間十一時，小組與秘書處對繼任人選都未有結論。昨天早上她進入會場，才得知是杜正勝接任。林澄枝說她雖然感傷，但被會場內的作家們的眼淚震懾住了，「忽然，我覺得能卸下重擔，也輕鬆了！」連連安慰許多舊識文友！

林澄枝昨天在會場接受電視台訪問，一本榮譽會長的責任，仍爲大會能邀得總統與在野黨主席與會，感到榮幸。不過，林澄枝也說，她個人從小喜歡文學，未來仍會憑一己之力，爲文學社群做事。

——原載於九十三年三月十八日《中國時報》

五、質疑聲中杜正勝獲選為世華作協會長

【記者陳宛茜／台北報導】第五屆世界華文作家協會年會昨天閉幕，除了頒發終身成就獎與華文文學獎之外，也公布新任會長爲故宮博物院院長杜正勝。不過，杜正勝的黨派背景引起部分會員質疑，並對選舉過程表示不滿。

世界華文作家協會的會員多數散居海外，藉兩年一次的會員大會回台報告各地工作進度、舉辦文學研討會，並選出下一屆會長。對於部分會員批評會長選舉過程不符合民主程序，要求讓會員參與章程修訂和會長改選。協會祕書長符兆祥表示，協會會長向來是「間接選舉」而非「直接選舉」，由七名各洲分會會長投票選出。對於外傳七名代表表決是否由杜正勝接任時，有四名代表棄權、三名沒有意見，符兆祥表示，人選絕對是在七名代表同意的情況下產生的。

符兆祥表示，世界華文作家協會會長的人選必須「以經費爲考量」，協會屬民間單位，沒有政府機關固定提供經費。而辦一次世華大會的經費需台幣七百萬，會長必須有募款的能力。這幾天會期當中，七名代表討論過多位人選，最後認爲杜正勝最爲適合。

至於前任會長、國民黨副主席林澄枝提出的會長人選佛光大學校長龔鵬程。符兆祥表示，協會成立的宗旨有「不談政治、不談種族、不談宗教」三點，龔鵬程雖然人文背景、募款能力都符合協會會長的要求，然而佛光大學的背景有違協會「不談宗教」的原則，因此最後不選擇龔鵬程。

林澄枝則表示，杜正勝是最後才進入提名人選，她事先完全不知情，而投票通過時「正好」她也不在場，有不受尊重的感覺。她也指出，本屆大會的經費多數來自國民黨贊助，然而國民黨主席連戰到會場時卻險些被拒於門外，她很爲國民黨抱屈。

林澄枝指出，她所以不再續任世華協會會長，是「不忍」再從已經捉襟見肘的國民黨經費中撥出部分贊助世華大會，她自認自己也沒有募集世華經費的足夠能力。不過，杜正勝的黨派背景未必是包袱，她期許杜正勝能超越黨派色彩，爲世華協會開闢另一片天空。

——原載於九十二年三月十八日《聯合報》

【記者何明國／台北報導】今年的世界華文作家協會會員大會非常政治，昨天閉幕會在會員吵嚷反對下，質疑會長一職「被綠化」，仍由故宮博物院院長杜正勝出任。此外，國民黨主席連戰與陳水扁總統一樣被邀請出席致詞，也引起總統府方面的不悅，臨時下令「不開放採訪」，經抗議後，才准媒體進場採訪，不過連戰致詞已近尾聲。

世華會昨天舉行第五屆會員大會閉幕會，該會標榜「不談政治、不談宗教、不談種族」三不談，這次的大會卻非常政治。

據指出，前文建會主委林澄枝在擔任兩年會長，鑑於募款愈來愈艱辛，表明不再連任後，即有一股政治力積極介入，使世華協會綠化，過程令會員極爲痛心。

據了解，在林澄枝決定不續任會長後，世華會內部本有意安排熱心捐助的婦聯會秘書長辜嚴倬雲，或是佛光大學校長龔鵬程接任會長；不過在政治力介入下，世界七大洲七個分會負責人組成的執委會已被幕後人士操控架空，在不少會員抗議、激動流淚場面下，昨天世華會會長的棒子還是從林澄枝手上交給杜正勝。

——原載於九十二年三月十八日《聯合報》

六、世華作協總會會長：杜正勝意外出線，閉幕會上舉座譁然，主角很尷尬

【記者賴素鈴／報導】從昨天開始，國立故宮博物院院長杜正勝除了中研院院士、中研院史語所研究員之外，還多了一重新身分——「世界華文作家協會」總會會長——如杜正勝交接之後所說：「我來接這工作也是意料之外的事。」他意料之外的出線，在世華作協閉幕會上引發軒然大波。

風波的背後，政治角力的微妙可感。趕在昨天上午陳水扁總統出席世華作協年會致詞之前，國民黨主席連戰就先行前往向與會者致意。而在陳水扁總統離去後，會員對於新會長產生程序問題的不滿終於爆發。媒體追問尷尬十分的杜正勝在此狀況下是否會接任？他答以：「只要國家需要，我願意。」他強調個人全無任何黨政色彩且未參與會長改選過程，而被問及陳水扁總統的看法，杜正勝堅決地說：「陳總統完全沒有介入！」

成立於一九八一年，前身為「亞洲華文作家協會」的世華作協，雖然是旅居海外文藝愛好者的組織，業餘、專業兼容，但如今已發展為亞、歐、北美、南美、中美、大洋、非洲等七大洲際分會，全球九十七分會的國際組織，不但是海外文人以文會友慰藉鄉情的團體，更是延伸向龐大僑社的重要橋梁。

兩年舉辦一次的年會，本屆在故宮舉行，耐人尋味的是，七洲分會會長組成的執行委員會三天來幾度開會改選，都難以作出結果，前晚持續到深夜的會議據悉以七位執委四人棄權三人反對收場。但昨天一早卻宣布杜正勝是新任會長，以致會員驚訝耳語不斷。

杜正勝雖有眾多學術著作與論述，但不以作家為名，且也非世華作協會員，遽爾躍為會長，自然難免意外。但出面質疑的會員都強調並非針對杜正勝個人，而是不滿程序問題，因為會員在事前

對會長候選人有哪些、章程被修改等事，全無所知。

到底會長怎麼產生的？表決票數如何？世華作協秘書長符兆祥被眾多媒體追問時，不悅表示：「這是我們世華內部的事，我們又不是公務機構，沒必要公布。」新任亞洲分會會長吳統雄，主持稍後的臨時動議時，面對質疑，則避重就輕說：「我們是採『共識決』，異中求同，取得大家諒解，彼此尊重彼此。」

率先發難的北美美國科羅拉多州分會會長陳月麗，主動向媒體表示不滿，並提出召開臨時動議提案。她激動地說，北美洲百餘位會員絕大部分飛行二十多小時返台與會，卻只能當橡皮圖章，改選會長及修改章程絲毫無法參與，太違反民主的原則。

她的發言在臨時動議中也受到不少會員攻訐，主張世華作協會長本來就非直選制，應尊重執委會決定，還要體諒大會主辦人的辛苦。不過，北美洲北卡書友會創辦人簡宛則持平表示，會員的質疑，只是希望對程序問題有所了解和參與。北美加拿大會長徐新漢也提問，到底世華的最高權力機構是執委會還是會員大會？新章程到底如何修改？

眾聲喧譁間，主張尊重執委會決定的大洋洲澳洲會長黃豐裕倒是一語中的：「做會長是很辛苦的事，如果沒辦法籌錢，有辦法開會嗎？再民主的方法選出來的會長也沒用！」吳統雄則一再強調，需要大家用一種妥協的方式面對，否則世華就不存在了。

爭議在前任會長林澄枝接受提議成為終身名譽會長打了圓場，新會長杜正勝則以「台灣在民主化之後，我們對這些問題已經習慣了」這句話所帶起的笑聲，四兩撥千斤化解尷尬。

杜正勝也強調，總部不過就是協調中心，未來仍會尊重世華由下而上獨立自主的團體，他承諾日後會盡可能到各洲拜訪了解，共同將世華組織更為發揮，也表示將考慮由總部出版雜誌，讓全球各地文友有共同的舞台抒發異國觀察。

——原載於九十二年三月十八日《民生報》

七、符兆祥的說法

一、依據「世界華文作家協會」組織章程十二條條文規定：總會會長由執行委員會推選，並非任何人所可指定。意即：會長選舉由執行委員會代表各洲會員間接選舉，而執委會推選總會長則採多數決，此次執委會曾再三邀請林澄枝會長連，林澄枝會長則一再堅辭，執委會方才進行會長改選。經熱烈討論以多數決方式，共推杜正勝先生為第六任會長。推選過程容有多元聲音，但並無貴報報導所謂四個棄權、三個反對之情事，更無投票情事。此一事實可向主持會議之亞華會長吳統雄查證，未參與會議之人士實不應胡亂猜測。貴報報導亦應多方查證，否則即失之偏頗，有損本會名譽。

二、歐洲華文作家協會第五屆年會於二〇〇二年五月在瑞士蘇黎士舉行，龔鵬程先生係由歐洲華文作家協會邀請。

三、本人不止在蘇黎士與龔鵬程先生談過，希望在執委會中提名他擔任世華會長，第三屆歐華會議在德國漢堡也和他提過。但這是徵詢而非決定，若未獲執委會通過，只好對龔先生抱歉。

四、本人自創會迄今即擔任秘書長一職，純為義工服務，容有服務不周及溝通不良，但卻問心無愧，且一向避免與政黨及政治人物來往，亦非任何政黨黨員，更不可能和外人討論喜歡或不喜歡任何政黨，何來總統府接收「世華」之說？報導中所指蘇先生爲本會創會會員，亦爲國內知名作家，其作品不僅爲國中國文課文，亦翻譯多國文字受國際肯定，此次是應本人之邀，以會員身分協助本次大會聯絡、接待事宜，其用心、用力甚爲可感，外界不應泛政治化。

五、「世華」只是一個全球性作家聯誼會，從來沒有固定經費，怎能被利用或政黨化？何況作家能被人利用嗎？對此次大會期間因本人溝通不良協調不周，招致外界關注與會員爭論，本人願負全責，並向遭到不公平困擾之杜正勝先生、龔鵬程校長、蘇進強先生致歉。

六、有關歐華分會理事謝思諾、楊玲表示退會一事，應向歐洲華文作家協會提出，總會不予過問。

七、本會在本人擔任秘書長義工期間，一向遵守不談政治、宗教、種族之規定，惟前會長爲國民黨副主席，是否恰當外界亦有仁智之見。而本次會議場所原訂在中國國民黨中央黨部地下室召開，引起「政黨化」爭議，後經林會長從善如流，同意改覓場所召開，與會人士咸表滿意。

八、立委要杜正勝辭世華作協會長

【李維菁／台北報導】故宮院長杜正勝上周成爲世界華人作家協會的新任會長，選舉過程引起世華成員反彈，部分立委昨天的立院質詢中，直言要求杜正勝辭去世華會長一職。

立委孫國華表示，世華選舉新任會長的過程中，不少人反彈涉及政治與選舉的運作。選舉過程中，由執行委員會投票，卻因世華秘書長符兆祥的強力運作，讓七位執委有四人憤而棄權。在這七人中有四人棄權的會長選舉，選出杜正勝當會長，這樣的選舉有效嗎？

孫國華質問杜正勝：「身爲故宮院長，何必去作一個被秘書長任命的會長？」「究竟是不是涉及總統府的運作？」立委關沃暖也質問：「七人中有四人棄權，這樣的選舉合法嗎？符合程序嗎？」

杜正勝否認總統府或是自己涉入世華會長選舉的運作，他並回應，自己根本是突然間被世華告知自己被選上新任會長的，他對執委會選舉的過程不完全了解。在大會中有人反彈，他也不在現場，所以並不知情。而自己既然不知情，也沒必要爲執委會的選舉過程或行爲作任何解釋。

關沃暖與孫國華皆表示，就算以前不知道整個運作的過程，現在杜正勝既然已經知道了，不但選舉過程遭質疑，目前會員醞釀連署反彈，「這樣的會長當得有什麼意思？」

杜正勝對立委要求他辭去會長一職則說，自己會儘快通盤了解情況，必要時自己會有所考量。

——原載於九十二年三月二十五日《中國時報》

「散居中國」與華文文學

一、中國及中國體制

沖繩大學校長新崎盛暉，曾贈我一冊他所主編，而爲日本圖書館協會、全國學校圖書館協議會所選定的介紹沖繩專著：《沖繩の素顔》。我拜讀之下，大生感慨。爲什麼呢？全書二四〇頁，談及沖繩與中國關係者，僅有區區二頁。被改名爲日本名字「沖繩」的「琉球」，看來它的歷史也日本化了。

雖然如此，該書仍不可避免要談到琉球王國的誕生與中國皇帝對它的冊封有關。也就是說：琉球王統治的正當性，係由中國政府給予確認的。該書並說明此種「冊封」儀式，是把琉球納入以中國爲中心的東亞世界秩序體制，對於這個體制，它稱爲「冊封體制」①。另外有些學者則稱之爲「天朝禮治體系」②。

明王朝對其藩屬的冊寺封，與藩屬對其「進貢」是彼此相關的。據《明史・外國傳》載，周邊諸國入貢的次數爲：琉球一七一次、安南八十九次、烏斯藏七十八次、哈密七十六次、占城七十四次、暹羅七十三次、土魯番四十一次、爪哇三十七次、撒馬兒罕三十六次、朝鮮三十次、瓦剌二十三次、滿剌加二十三次、日本十九次、蘇門達臘十六次、眞臘十四次。琉球的次數高居榜首。另據新崎盛暉書中所考，明朝時期，中國與琉球間渡海往來者達十萬人，清朝時則約有三十萬，其數亦不可謂不多③。

《明史》把琉球列入〈外國傳〉，自然是將琉球視爲獨立王國。但這個「國」的涵義，恐怕不能以現代國家觀念來看待。因爲現代國家之特徵之一，在於有獨立之主權。而琉球的主權既須經由中國朝廷之冊封，顯然它就不是獨立的。

其次，中央政府也經常賜人民入琉球。如洪武二十五年「賜閩人善操舟者三十六姓，以便往來」。此後一直到萬曆，賜姓不絕。賜姓，是一種政治表示，表示爾我人民相同之意。亦即在政治上，將琉球人與中國人視爲一類。現代國家另二重要特徵，即有其屬地、屬民。明皇朝此舉，益發顯示當時琉球不能視爲現代意義的國家。

再者，潘相《琉球人入學見聞錄》載：「琉球版《近思錄》屢引明《一統志》、丘瓊山《家禮》、梅誕生《字匯》，乃似刻於明季者。……球人讀法，非日本人所能，且遵用前明弘治、萬曆年號正朔，屢見於序文」，可見在文化意識上，琉球亦以中國文化爲主。故〈琉球國新建至聖廟記〉說：「稽古危微之旨，堯以是傳之舜，舜以是傳之禹，禹以是傳之湯，湯以是傳之文、武、周公，至我孔子而集大成。」口氣中便是把堯舜禹湯文武周公孔子當成「我」的文化傳統。

由這幾點看來，我認爲如今吾人對《明史》所謂之「外國」，應有恰當之認識。它非現代意義之外國，而是中國傳統意義下，中央政府與地方王國的關係。

這個關係，在周朝時，表現爲周天子與諸侯王國的型態。諸侯王國自治其領地，進貢于周天子，以表達共同隸屬於中國的意義。秦漢以後，則表現為中央政府與地方王國的關係。漢朝自七國之亂以後，中央採「眾建諸侯而少其力」之措施，歷代大抵沿用之。明代也仍封有諸侯王國。琉球王國與明朝的關係，應即如此類之王國。故洪武五年中山王入朝，政府即冊封之，承認其中山王國的地位。山南王、山北王，隨後進貢，也同樣獲得承認。一琉球而有三國，蓋即視若諸侯王國然。

換言之，像琉球這樣，經朝貢、冊封，而納入所謂「冊封體制」或「以中國為中心的東亞世界秩序體制」，其實就是廣義的傳統意謂的中國體制。

《明史》所列諸進貢國，大概都可以如此看待，起碼從中國的角度看，殆即如是。因為像漢光武二年，「東夷倭奴國王遣使奉獻」《後漢書‧光武帝記》，漢朝給它的印璽就是「漢倭奴國王印」。在倭奴國上加了「漢」字，即表示它屬於漢。只不過，傳統中國的概念，包含中原及羈縻、藩屬。倭奴國與琉球國一樣，均屬非中原本土的藩屬，然其同為漢屬則一。中國的漢唐宋明皇朝，要加上這些藩屬，才合起來成為一個完整的「中國」。

這樣的觀念，本於《春秋》。《春秋》大義，認為「夷狄」若能「進而中國，則中國之」。也就是夷狄若能進入中國這個體系，吾人自應視之為中國。進而中國的方式，便是朝貢、接受冊封、接受中國文化（例如建孔廟、受經書、行科舉、採用漢字、接受儒家倫理觀……等）。

二、中國體制的散離及中國人的散居

這樣的中國觀，乃是彷彿同心圓式的，由中央直轄地向外輻射，一圈一圈，由封國而羈縻而藩屬。以周為例。其封建，本來就是「封建諸侯，以屏藩周」的。故周在中央，諸藩列屏於四周。屏藩諸國，併周才成爲整個周。其間楚曾一度自居荊蠻，不與中國，齊桓公就替周天子去質問：爲何苞茅不入？楚納貢了，才又被視爲周之一體。可見未納入中國的是「番」，納入了就成爲「藩」。藩屬一辭，亦即屏藩之意；雖非直轄，仍是屬地。清初以吳三桂、耿精忠、尚可喜等爲三藩，均封王，也是本著這個觀念，我們絕不能說三藩之地就非中國。

要這樣看，才能了解《大唐西域記》之類的書。該書所記百一十餘國，皆在玉門關以西，在喀什、庫車、和闐之外，乃現代意義均應承認爲外國之地，但在該書中均稱爲大唐之西域，非唐以外之邦國。也就是根據同樣的觀念，中國的傳統疆域，才不僅指本土直轄的中原地區，也包括著琉球、台灣、越南、日本、韓國、暹羅、爪哇等地。南海被稱爲南中國海，與東海在韓被稱爲中國海道理相同，其實均爲中國之內海。這個疆域中的南沙、東沙、西沙群島也因此被認爲乃中國固有之地。

但歷史不是一成不變的。許多藩國逐漸脫離中國體系。如日本，在宋代便漸趨獨立，蒙元時因其不再納貢稱藩而發兵攻打。結果失敗。日本便脫離了中國體系。在明朝時，明皇朝仍想用封貢方式來將日本納入中國體制，派使者去封豐臣秀吉。但使者讀冊封文，讀到「封爾爲日本國王」時，豐臣秀吉大怒，取冊書撕裂，驅逐明使。正式與此一體系決裂。其後開始與中國競爭，先後併取琉球、朝鮮、台灣、東南亞諸地，想建立另一個大日本體系，所謂東亞共榮圈。其他印尼、越南、朝鮮……等地，也各有不同的歷史際遇，總之是漸漸獨立，並逐漸轉型爲現代意義的國家。同心圓式的中國體系，不但打破了，且常成爲被攻擊或諷訕之材料。

藩屬各自獨立後，中國便僅能指涉中國政府所能直接管轄的地區（連台灣，現在也有一部分人主張「中華人民共和國政府」於一九四九年後從未直接統治管轄過台灣地區，故台灣不屬於中國）。中國的涵義及所指屬地，大大縮小了。

但是，在中國體系逐漸瓦解、中國義涵及領屬逐漸縮小的同時，中國人的世界擴散行動卻越來越規模越大。

在秦漢唐宋時期，中國聲勢盛大，四裔慕義來歸者多，這是以「夷狄」或「諸蕃」進入中國體系爲主的。中國人移往海外蕃國、諸夷者畢竟較少。明清時期恰好相反。中國體系開始鬆動，藩屬逐漸散離，而中國人，亦日益走出直轄本土，向世界擴散了。

以馬來西亞爲例，中國人在漢代就已經到過馬來西亞，但直至唐宋，均無華人定居該地之記錄，元朝以後才有，如汪大淵《島夷誌略》所載：單馬錫「男女中國人居之」（單馬錫，即新加坡舊名）④。鄭和下南洋以後，此類人漸多。而大規模移入，則須待一七八六年英軍占領檳榔嶼之後。隨著英殖民勢力擴占馬來西亞各州，華人之移入人口也隨之增加。十九世紀已移入五百萬人，二十世紀以後更移得多。僅一九〇〇至一九四〇年便移入了一千兩百萬⑤。

在菲律賓，西班牙人於一五七一年建立馬尼剌以後，留居華人也從數十人，在三十年之內暴增至幾萬人⑥。

這眞是個奇怪的現象。中國人不在中國體系建立且強盛時散布於「中國」境內，而在中國體系散離時才擴流出去。可能的解釋，是早先中國等於世界，中國體系瓦解了，中國人才認識或發現世界。又或者是：中國體系的鬆動散離與中國人的散之四方，恰好是同構的。

但不管如何，中國體系散解了，中國人散居於世界各地了。北走歐、美、加拿大，東入日本、韓國、琉球，南則中南美、東南亞、澳洲、紐西蘭，甚或非洲等處，無不有華人蹤跡及其所形成之華人社會。在那些華人社會中，往往即體現著具體而微的中國。

三、散居中國的新體系

以報紙來觀察。任何談中國現代報刊的人或書，都說第一本現代報刊爲一八一五年創刊的，《察世俗每月統紀傳》。但這本刊物根本不在中國直轄本土出版，而是在麻六甲創刊的。一八三三年在廣州發刊的《東西洋考每月統紀傳》才是中國境內第一份報刊。可是這無礙《察世俗每月統紀傳》爲中國第一份報刊的地位。顯見中國也者，不止指中國政府所直轄地區。中國人所在之處、發行給中國人看的報刊，就是中國報刊（同理，中國人所在之處就是中國。而中國人又是散居的）。《東西洋考每月統紀傳》於一八三三年創刊後，一八三七年便移到新加坡發刊。它也呈現著散居、移動的性質。

這些海外報紙的內容，每每體現著它的中國意涵。如美國《唐番新聞》，光緒二年七月九日創刊。名爲「唐番」，義殆指唐人在番邦，其報刊體例則自稱：「茲《新聞》之作，亦是率由舊章，與唐山《轅門日報》同出一轍」（發刊詞），可見是以內地報紙爲典範的。《金山正埠中西日報》「用中朝之筆墨，仿西報之體裁」，似若與之不同，然其凡例自謂：「凡上諭奏摺公文等體，亦必恭錄，所以勵華民忠愛之忱也」、「各省官紳近事、商務情形，有聞必錄，例固宜然，所以紓旅人故鄉之念也」，亦可看出辦報者均自居華人唐人，雖旅居外邦，忠愛之對象仍是中國。⑦

許多報紙，更是直接以中國爲名。如宣統二年在美國創刊的《少年中國晨報》即是。某些報紙雖不用中國字樣，但名義類似者實在太多了。如泰國於民國元年創辦的《天漢日報》、《中華民報》；抗戰期間的《國民日報》、《中原報》、《中國報》、《晨鐘日報》、《中華民報》、《中國人報》、《建國報》、《重慶報》；戰後的《光華報》、《中華日報》、《新中國報》。菲律賓於民國四年辦的《新福建報》、十二年的《復國日報》、二十一年的《新中國報》、二十七年的《國民日報》、三十年的《中山日報》、三十四年的《中正日報》、《重慶日報》，三十七年的《大中華日報》。緬甸於民國二年辦的《覺民日報》；抗戰期間的《中國新報》。印尼於抗戰時期辦的《新中華報》、《中華日報》、《興中報》。越南於抗戰前的《中國日報》、《中華日報》；抗戰期間辦的《中國日報》、《中華日報》、《民國日報》。戰後的《中山日報》、《光華日報》、《大夏日報》。新加坡、馬來西亞於民國以前辦的《光華日報》、《中興日報》；民國十四年的《中華商報》；二十三年的《中華晨報》。凡此等等，難以枚舉。⑧

這些中國、中華、大夏、天漢，固然都是指中國。民國云云，也非它所在地之國，而是指中國。其所謂覺民、鐸鐘，要震聾發聵、啓迪民智之民，也是中國人民，非「番邦」之人。至於重慶、福建、中山、中正、中興、光華等，涵意也是非常明顯的。

可見，由整個報業史來看，清末以來，華人散居於世界各地，但其意識內容，並不覺得他離開了中國。不止是在種族、國家文化認同上，他均認同中國。僑居異地，亦未必即與中國形成了疏隔。因爲他們仍然談著中國事，仍參與救國、中興、建國、光華、覺民大業。因此他們遂亦成爲「大中華」、「大中國」中之一分子。「興亡有責、匹夫足動聖聽」（《金山正埠中西日報敘》）⑨。

據王慷鼎《新加坡華文日報社論研究》說，《新馬華文報》在戰前和戰後多年，每逢中華民國國慶、孫中山誕辰忌辰，都循例要休假停刊一天，且要發表社論。《華文報》在文章中談到中國或與中國有關事務時，也都以祖國、我國、國慶、國父、國人、國府、國事、國運、國脈、國貨、國幣、國軍……等來表示。提到自身及在新馬與自身有關之事務，則常用華僑、我僑、同僑、僑胞、僑務、僑社、僑團、僑教、僑校……等詞彙爲之。到一九五二年之後，情況才改變，中國認同漸淡，本地認同漸盛。⑩

《新馬華文報》此種現象，其實非一地之特例，甚爲普遍。僑居各地之中國人，自稱中國人，用自己的文字，談著自己國家的事。國籍法上登記的國籍，只是他暫居的居住地罷了。他眞正屬於的國度，並非所僑居之地。在僑居散處於世界各地之際，這些中國人也用這種方式，建構了一個新的中國體系；散居的族裔與散居的中國。

中國無所不在，在僑居所在之處。「四海、四海都有中國人」（一首歌的歌詞），這些中國人合起來又構成了一個世界性的大中國。

四、與國族主義的糾葛

但在中國天朝體系瓦解，而逐漸發展爲上述散居中國新體系的過程中，恰好經歷了西方殖民主義擴張及其後民族國家興起的浪潮。

中國天朝體系之瓦解，並不導因於西方殖民主義擴張，但西方殖民勢力確有推波助瀾之效。此一時期流散移居中土以外西方殖民地區之中國人，亦由天朝華夏之人，一變而爲奴工般的被統治著。現實地位卑下所形成之屈辱感，與中國人在種族歷史文化上的優越感，遂混雜併存於散居中國人心中。這種心理，奇妙地激生了國族主義，渴望中國能富強、能再恢復傳統的榮光。晚清的維新改革運動或革命救國主張，之所以廣獲僑界支持，即由於此。

但國族主義既不伸張於中國本土，而伸張於別人的國土上，自然會遭所在國的疑忌排斥，視華人爲「境內的異國人」。偏偏二十世紀又是東南亞、非洲、中南美洲各地紛紛擺脫殖民走向獨立及民族建國的時代，民族國家努力伸張其國族主義以自脫於世界殖民強權之外。對於在他們國境內，非其族類，其心也異之中國人，既有感於族類之異，更對中國人這種跨國性的世界網絡深具戒心，認爲那也是一種強權，故不能不伸張其國族主義以壓抑之。

於是散居世界各地之中國人，不伸張其國際性、世界性，而伸張其國族主義。但方伸張其國族主義時，卻又開始遭到各國國族主義的壓制。處境異常弔詭。

所以我們才會看到馬來西亞、印尼、新加坡、泰國……等地各種排華或壓抑華人的舉措。手段或剛烈或陰柔，總之，是要轉化中國人爲馬來西亞人、印尼人、新加坡人、泰國人……等，轉化僑民意識爲國（所在國）民意識，轉化「落葉歸根」心態爲「就地生根」，轉化僑社爲屬國團體，轉化華僑資本爲所在國內民族資本。

「中國人」一詞也越來越不好用。因爲會凸顯國家認同上的困窘，因此漸漸以「華人」相稱。正如王慷鼎所統計，一九五〇年以前，《南洋商報》等報刊中，華字頭詞彙（如華人、華教、華校之類）可說完全沒有地盤。但一九五一年以後，逐漸追上僑字頭詞彙（如僑胞、僑團、僑社、僑教、僑校、僑務……等），取而代之。國字頭詞彙（如我國、祖國、國父、國府、國軍……等），則在一九五一年便已絕跡了[11]。這種僑民意識或中國意識之弱化現象，殊不僅新馬一地而然。各種現象足以證明：在客觀形勢不利的情況下，原先伸張國族主義的世界各地中國人，已逐漸識時務地放棄其國族主義，企圖融入所在地國家了，其國家認同已發生了變化。

雖然如此，華人的國族主義亦並未全面潰散。因爲「中國人」的認同中，包含著種族血緣認同及文化認同。具體的國家認同雖已轉向，「忠愛之忱」不施於中國政府，而施之於所在國，但種族血緣卻無法接受改變。文化上，亦只有兩條路，一是放棄自我文化，同化於所在國之文化；二是以「國境內少數民族文化」的身分及名義，要求所在國容許其存在。若採取後一條策略，種族文化之重要性與獨特價值，便會被不斷強調。如此，事實上又強化了國族主義。

或曰：此僅爲文化上的族類意識，談不上是國族主義。誠然。但華人在其所在國之處境，終究仍與中國強不強大有關。因此，無論如何說僑民意識、中國意識已弱化或轉化，對中國本土政府仍不能不有期許、不能不寄予關切。期冀「光華」之心，或許不如早期直接且強烈，畢竟不能去除。國族主義，會以隱晦的方式潛存，遇到機會即可能發抒。而文化上「存文保種」之做法，可能也是一種迂曲的表達方式。

存文保種，具體顯示在散居中國人在世界各地辦中文學校、推廣華文教育、辦華文報刊上。發展華文文學，亦爲其中之一端。

五、國族主義壓力下的世界華文文學

在歐美社會中，華人文化本非主流，華人又被視爲較低下民族；在東南亞華人及其文化，則或是被排抑，或是被同化的對象，或是被殖民文化壓抑之物。因此，一位作家，若想融入主流社會，當然是以該國主流社會之文學爲表達工具較佳。且既生活於該社會，除非別有原因，否則該國語文亦無不嫻熟之理。可是，他偏偏不以該國語文來寫作，而要選擇使用中文。選擇使用中文，在所在國學習困難、發表不易、讀者稀少，又不能爲自己帶來太多令名，反而對前途有所妨礙，豈非自討苦吃嗎？故知華文文學作家之從事華文文學創作，應有其特殊之心理因素使然。他們某些人固然不願承認有所謂「存文保種」之意，甚或激烈反對大中華、大中國之概念，主張文學在地化。可是，不合現實邏輯的創作行爲，除了這種特殊心理因素之外，實在也很難解釋。

某些作家，如印尼的黃東平，在一九六五年印尼政府禁斷華文的時代，白天替商家記賬，夜裡在家中寫作。爲免意外，用六張複寫紙抄寫，完成《僑歌》四卷本長篇小說。自費在香港出版。爲何如此辛苦、自找麻煩呢？他在〈結算〉一文中說：「爲了苦難無告的華僑，也爲了非吐不快的我自己」、「悠悠千百年，廣布各群島，華人人口發展至千萬眾。可直到今天，還只有由各殖民地洋人記存的文字多，由華人自己寫下的經歷少。遂令那千百年、千萬眾的種種甘苦，直至近世，少有留存的。教我們後代人，無從聆其心聲。何況從文學作品一睹當年華人各種人物、各式生活，以至進一步感受到他們的欲求言動、思緒情操等等了」[12]。自述其創作心理甚爲明晰。這是以存文保種爲志，且極爲明顯的例子。

其他許多華文作家可能不如此明顯，但存文保種仍是主要關懷。對此關懷之肯定、焦慮、質疑、批判、反思、猶豫……等等，亦成爲拋不去的情緒。

正因爲如此，故「新馬華文文學的歷史已有百年，創作數量極豐碩，但卻很少寫到異族題材，更少有華族和原住民族、情愛、婚姻的」[13]。澳門文學家的「文化心態卻也限制了作家的視野和敏銳觸覺，不重視對西方文化精粹的吸取；所以，雖身置中西文化交匯的獨特環境中，卻極少在文學創作裡有突出表現，淡薄了澳門文學的地方特色」[14]。……華文作家往往如此，較不重視所在國之政經社會文化，而較關注自我的處境；對自我處境的思考，則又與他的種族和文化分不開。

菲律賓詩人吳天霽，〈家在千島上〉說道：「我們的家／散落在千島上／朋友、親人／划舟相探望／起火、圍坐／在沙灘上／飲椰子酒／用最親密的母語／講盤古開天／女媧補天／講，羿射九日／夸父追日／與晚潮同讚嘆／多美麗的神話啊／神話多美麗／已經是遙遠的年代了／只在夢裡／與我們相依／及至明天／晨曦爬入窗內／摸醒我們／我們看到的／仍是一大片海／漂浮的島嶼／我們想到的／仍是曝曬的魚網／修補舟楫。」散居千島之上的華族，用母語訴說著自己的文化記憶，可是這個記憶卻是與現實不搭調的。這樣的詩，豈不是具體象徵著散居中國人的身分處境嗎⑮？

當然，菲律賓也有詩人蒲公英說〈我是蒲公英〉：「打從千陶萬瓷之鄉／向南的風向／把我吹去／吹去／千島之路／扎根／生根。」可是扎根生根以後，仍是華人；要表述自我，用的也仍是華文。而且，更重要的是，所在國並不因他們改口稱「我的母國菲律賓」（南根一首詩的副題）或印尼、馬來西亞、英國、美國或什麼，而認爲他就不是華人，就承認華人與彼等同類。政治清明、經濟繁榮時，華人及其文學文化，固然足以爲彼國社會增色；一但政局不穩、經濟衰退，華人及其文學文化便隨時會遭壓抑。一心在地化，願對在地國效忠的華人，對此，也是不能不深具感慨的。

也就是說，散居中國人在各所在國國族主義的壓抑下，本身的國族主義表現，僅能是存文保種式的弱勢保存。而縱使僅僅如此，也仍不能不受到壓抑。

更奇特的地方，則在於它還受到中國本土國族主義的排斥。

以華文文學來說。依散居中國之概念，凡世界上以華文書寫之文學，均爲華文文學，猶如散居各地之中國人都叫中國人。可是，如今，似乎只有中國政府所轄地區之人民才叫中國人。於是其他地區中國人就不好再自稱爲中國人了，只得叫做「華人」。本來，中國人所寫之文學作品就是中國文學，但現在似乎只有中國政府所轄地區人民所寫才能稱爲中國文學。於是世界其他地方「華人」所寫者便只能稱爲世界華文文學。

大陸文學研究界所通行的，大抵就是這麼個看法，如公仲主編《世界華文文學概要》便說：

「世界華文文學的研究對象，主要是中國大陸以外的中國文學（港澳台文學）及海外華文文學。」在世界各地存文保種的文學作品，乃被摒於「中國文學史」之外⑯。討論華文文學、開設世界華文文學課程、關心各地華文文學發展，也絕非普遍現象。

「中國文學史」本來就是晚清才出現的。原初本爲新式大學教育體制開立課程及編撰教材之需而設。可是晚清民初正是國族主義的建構期。在當時建構的國族主義中，國家、民族、文化、文字是一體的。如章太炎在〈中華民國解〉一文，即謂：「華云、夏云、漢云，隨舉一名，互攝三義。建漢民以爲族，而邦國之義斯在。建華國以爲名，而種族之義亦在。此中華民國之所以謚。」把中華民國、中華民族等同起來，再把文化與種族等同起來。在這種國族主義底下，中華民族成爲一個擁有共同祖先（均爲炎黃子孫），建立一個自己國家（中華民國）的群體。那個時期，中國文化史、中國通史、中國文學史、中國哲學史、國學……之類論著，事實上均共同建構著這樣一個國族論述。

這樣的國族主義，以建立一個新國家爲目標（也就是前文所引一些華文報所說的建國、新中國、新中華）。建國時期，需要世界上的中國人以僑民身分共同伸張國族意識以成其事。建國成功後，國卻成了畛域。其國與中國人所在地國家不能並容，中國遂將其國境以外的中國人放棄了。境外中國人所寫的文學，不能稱爲中國文學，僅能稱做世界華文文學。

可是，中國境內中國人所寫的就是中國文學嗎？在中國境內，國與族恐怕就不可以等同起來。中國本來就非民族國家。所謂中華民族，乃是一個「想像的共同體」。實質上，它內部包含著五六十種民族以上。故中國文學史，若眞要寫，或許須如陳慶浩先生所主張，應包含各少數民族之文學史。可是如此一來，傳統之中國文學史論述架構及意識內容也就瓦解了。中國文學史也非「中文」

「華文」一詞所能賅，須包含蒙古、滿、維吾爾、藏等各少數民族語文。

在中國境外的一些作家，如由台灣去美國的白先勇、張系國、陳若曦、於梨華、許達然、聶華苓、非馬、李黎、杜國清、葉維廉、鹿橋、夏志清、程步奎……等；由新加坡、馬來西亞來台灣的李永平、王潤華、李有成、陳慧樺、張貴興、商晚筠、潘雨桐、溫瑞安、陳大爲、黃錦樹……等，如果在台灣撰編「中國現代文學史」，又能把他們排除在外嗎？他們的文學作品及活動，固然表現於美國與新馬等地，也直接介入台灣文壇，是很難被切除的。

但國族主義態度的文學觀雖然有這些疑難，大陸和台灣卻似乎仍以此爲盛。大陸之觀點，已如上述。台灣也不乏國族主義的文學史論述，把台灣、台灣人、台灣民族、台灣文學、台灣獨立建國等同起來。不關心散居中國的各地華人命運、世界華文文學的發展，也不喜歡談與「新興民族」、「這塊土地」無涉的事。

於是，在世界各地向其所在地國家爭取存在合理性，說我是屬於你們（我是新加坡作家、馬來西亞作家、菲律賓作家……之類）的華文作家，在中國及台灣政府所轄國境內，便被人說：喔，那正好，你是新加坡作家、馬來西亞作家或什麼，所以你跟我們不是同一國的。

散居中國的中國人，乃因此而漂流於國家與國家之間。

六、散居的世界性中國

時序進入廿一世紀，全球化論述風起雲湧，國族主義頗遭看衰，散居中國的命運又如何呢？

譚天星〈戰後東南亞華人文化變遷探討〉認爲現代華族的問題主要有幾派意見，一謂已形成

「世界華族」，海外華人已形成為世界上最大的跨境民族，或者說中華民族已向海外延伸成一個世界性民族。二謂海外華人只是各所在國中之少數民族。三謂現代華族乃是在二次大戰後，在東南亞形成的一個新興民族。四謂華族已非實際存在物，如泰國之情形。譚氏自己的看法則是：「華族，是海外源於中華民族，分屬於不同國家，基於共同文化與種族認同的共同體」⑰。

朱耀偉〈全球化論述生產年代的中國圖象〉則藉一九九七年《新文學史》(New Literary History)《第二世界》(Boundary 2)的專輯，呼應周蕾的講法，提出：「從中國性到諸中國性(Chinese nesses)」認為大陸、香港、台灣、海外華人都具有中國身分(Chinese identities)。中國不僅指大陸單一之地，亦不能單一同質化地去說中國性⑱。

若從「諸中國性」、「諸中國身分」這些觀念來看，華人既已形成世界最大的散居族裔，則其散居之處，即為諸中國之一部分，亦即散居中國之一體。

過去，已故德國漢學家馬漢茂曾在一九六六年，於德國萊聖斯堡舉辦過一次「現代華文文學的大同世界」研討會。「世界華文文學的大同世界」一辭，根據王潤華解釋，是引用劉紹銘的翻譯，他把「大英共和聯邦」(British Commonwealth)中的共和聯邦一詞加以漢化，成為「大同世界」。因為他認為目前許多曾為殖民地的國家中，以英文創作的英文文學，一般就稱為「共和聯邦文學」。同樣，世界各國使用華文創作的文學作品，譬如東南亞的馬來西亞、新加坡、香港、印尼、菲律賓、泰國、歐美各國的文學創作，也可以稱為「華文共和聯邦文學」。以共和聯邦來比擬，固然不盡符合散居中國內部諸中國身分的關係，但卻具巧思。約略在此同時，即一九六四年，亞洲華文作家協會成立，其後組織越來越擴大，目前除「亞華」有二十個分會代表外，「北美華文作家協會」（二十二個分會）、「大洋洲華文作家協會」（九個分會）、「南美洲華文作家協會」（九個分會）、

「非洲華文作家協會」（九個分會）、「歐洲華文作家協會」（十七個分會）、「中美洲華文作家協會」（六個分會）等七個洲際分會均已組成。這世界性的華文作家組合，事實上正體現著散居中國的新特徵⑲。

我們講過，中國人散居世界各地，由來已久。但十九、二十世紀時，散居世界各地之中國人，不伸張其國際性世界性，而伸張其國族主義。現今則類似華文文學作家協會這樣，散居中國人開始國際性、跨國組合。如譚天星前揭文便也曾提到：「目前的華人社團有一種國際化的趨勢」，文學、宗教、宗族、鄉親組織，無不如是。像泰國，論者一般認爲泰國華僑社會到八〇年代已完全轉化，目前已不存在華僑社會了。但是，「在新的歷史條件下，泰國華族的某些特點卻得到新的發展。這就是通過業緣紐帶、地緣紐帶、血緣紐帶建立起來的華人社團，走向國際化」。諸如世界華商大會、國際潮團聯誼會之類。目前，國際客屬、國際陳氏宗親、國際佛光……等各種會議或組織，盤根錯節地架構出一個新的世界華人新網絡。單講「世界華文文學網絡」或「華文經濟圈」、「文化中國」，都可能過於簡單化而難以成立，但若注意這個多元互補、交光互攝、縱橫交織的整體網絡及發展趨勢，便可知一個新的時代確已來臨。

在伸張國族主義時期，世界各地散居中國人，爲了建什麼國、支持什麼樣的中國，曾經打得不亦樂乎。早期是維新與革命之爭，後來是支持中華人民共和國的左派與支持國民政府者爭。如今，此類爭論，固然流風未沫，大陸與台灣仍在爭，卻漸非主流矣，國際化的新現象新趨勢才是值得注意的。

二十世紀的九〇年代，大陸文學研究者曾提出「中國文學整體觀」的講法，認爲二十世紀中國文學應視爲一個整體來看待，陳思和在《中國新文學整體觀》台灣版序中說道：「一旦六、七〇年代的台灣文學被整合進中國文學史的話，就可能會使以往文學史面貌完全改觀。」大陸與台灣既都是中國的一部分，大陸研究文學史時，其視野就不能像過去一樣，僅以大陸，甚或僅以中共建國史爲範圍。換言之，大陸的文學研究者，腦袋中「中國」之概念必須擴大，把大陸、台灣，甚至港澳合起來當成一個整體。

徐國綸、王春榮主編《二十世紀中國文學史》（一九九三，遼寧大學出版社）、孔范今《二十世紀中國文學史》（一九九七，山東文藝出版社）、陳遼與曹惠民主編《百年中華文學史論》（一九九九，華東師大出版社），已朝此方向處理。朱棟霖等主編《二十世紀中國文學史》（二〇〇〇，台灣文史哲出版社），則是另立台灣文學卷、香港文學卷。楊守森《二十世紀中國作家心態史》（一九九八，中央編譯出版社），也有一章談港台作家。他們的做法，距眞正「整體觀」當然還頗有距離，但把台灣、大陸、香港、澳門「諸中國」合爲整體而觀之，這個傾向，無疑是二十世紀末期最重要的文學史反省方向之一。

可是，順著我前文的講法來看，這種整體觀，所見仍隘。新時代，乃是個流動性、多元性與混雜性日益加大的社會，所謂中國作家，也越來越不能以國籍來界定。故二十一世紀的中國文學史，需要重新用世界華文的概念來架構。

然而，如此雖能有效突破大陸上論述中國現當代文學史之成規，在世界其他地區卻可能產生歧義。

因爲，散居中國的講法，在中國本土境內，具有拆解中國之意味。不只中國本土才叫中國，其他世界各華人社會也都是中國的一部分，或者中國成爲複數。這對強調世界上只有「一個中國」，或對中國採固定、中心、單一觀點的人來說，當然無論在政治態度或文學理論、心理認識上都難以接受。

可是，對中國本土境外的華人或外國人來說，散居中國，又不折不扣是個「大中國」，中國以世界爲疆域。於是，世界華人共和聯邦，意擬「英語帝國主義」，令人不安。這樣一個大中國，如何安立它與內部早已不認爲自己是中國人（而是「新興民族」如馬華、台灣人等）之關係，亦使人困惑。各地華文文學，發展的方向，是要讓自己歸屬於當地的國家文學（例如，在北美的，爭取讓自己成爲像美國黑人文學那樣，屬於美國文學中之一支；在新加坡、馬來西亞、印尼等地，爭取成爲該國國家文學之一部分，爲該國多元文化中之一元），抑或要讓自己歸屬於世界華文共和聯邦，更是會引起爭論。海外中國人對自己的中國身分，感情複雜，自尊自卑往往交雜難理。或堅決反對中國人之稱，只願自稱華人，或對中國身分頗不以爲然，提出如「血緣上我無可避免是中國人，但我只有時同意自己是中國人」的講法[Ien Ang, “ Can One Say No to Chineseness? Pushing the Limits of the Diasporic Paradigm,” *Boundary* 2 25 (Fall 1998): pp.223-242, p.242.]或者根本拋開華文與中華文化，期望能融入主流社會。這樣，連華文都已放棄了，還奢談什麼華文共和聯邦？再說，從總體趨向上看，華人因移民流動，固然散居於世界各處者越來越多，可是在許多地方，學習華文、寫作或發表華文文學，仍極困難；華文資訊流通又遠不及英文。因此，移民第二、三代輒已不嫻習華文。未來，二十一世紀的新趨向，到底是華文、華文文學擴及國際化，形成眞正的共和聯邦，還是終歸衰亡，也是個可爭辯的問題。

朱耀偉曾引用德希達(Jacques Derrida, 1930-)理論，說國族有如幽靈(specter)般陰魂不散。[Pheng Cheah,“ Spectral Natonality: The Living On *[sur-vie]* of the Postcolonial Nation in Neocolonial Globalization,”*Boundary* 2 26 (Fall 1999):225-252.]認爲在「散居中國」和「華文共和聯邦文學」的構

想中，國族的陰影仍會繼續纏擾不休。又提出「批判的世界公民主義」（critical cosmopolitanism)的說法，〔Aihwa Ong, *Flexible Citizenship: The Cultural Logics of Transnationality* (Durham and London: Duke University Press, 1999), p.14.此說引自Paul Rainbow, *The Anthropology of Reason* (Princeton:Princeton University Press, 1996), p.56.〕謂我們對霸權、普遍的眞理、高低不同的道德觀和自己本身的「帝國主義」傾向都要抱懷疑態度，從而避免墮入狹隘的國族主義的陷阱。

這個提醒很有用。在面對上述諸爭議時，我們不能天眞地認爲散居中國或什麼國際化云云就能超越國族主義，或擺脫國族主義。也應注意世界華文大同世界之說，對其他民族、其他國家，就可能形成文化霸權的壓力。我們只能把散居中國與世界華文共和聯邦當成一個開放的描述體系。

在這個體系中，有些華人不再使用華文，不再自視爲中國人，而同時也就有許多非華人正在學華語，正在使用華文寫作（想想許世旭、韓秀、馬漢茂、葛浩白、白傑明、馬悅然……的例子）。這個體系中，努力讓自己成爲所在國國家文學中一部分的作家及作品，在另一國度也往往將他劃入，如前文所說之新馬作家，某些也被視爲台灣文學中不可分割的部分；某些國籍已歸屬美國、加拿大、法國、澳大利亞的作家，在討論台灣文學、大陸文學時，一樣不可忽視。因此，散居的中國、散布於世界的華文文學，與國家文學並無不可相容的關係。反倒是，運用這個開放的描述，才能眞正說明中國人散居世界時的文學表現。例如高行健這樣，出身於大陸，居住於法國，爲法國籍，也參與法國文壇藝壇，作品則在台港等地出版。這種現象，在二十世紀後期便已越來越多，將來只會更形普遍，不用一個新的架構來理解來描述，難道還能再用二十世紀的老辦法嗎？

注：

①新崎盛暉編《沖縄の素顔》，二〇〇〇，日經印刷株式會社出版，頁五〇。

②如黃枝連《亞洲的華夏秩序》一書所述。一九九二，中國人民大學出版社，爲其《天朝禮治體系研究》上卷。

③同注①，頁五二。

④見林水檬、駱靜山編《馬來西亞華人史》，一九八四，馬來西亞留台校友聯合總會出版，第一章，頁二。

⑤見林水檬、何國忠、何啓良、賴觀福《馬來西亞華人史新編》，一九九八，馬來西亞中華大會堂總會出版，導言，頁六。

⑥見吳景宏〈華僑對菲律賓文化的貢獻〉，收入《中菲關係論叢》，一九六〇，新加坡青年書店，頁一八八。

⑦參見劉伯驥《美國華僑逸史》，一九八四，黎明文化出版社，二十九章〈中國報紙創刊紀略〉，頁四二六—四四七。

⑧詳見陳烈甫《東南亞洲的華僑華人與華商》，一九七九，正中書局，二十章三節及二十一章，頁四九四—五二三。

⑨新加坡、馬來西亞的情況，可見顏清湟〈新加坡馬來西亞華僑的民族主義（一八七七—一九一二）〉，收入《海外華人史研究》，一九九二，新加坡亞洲學會出版，頁二一一—二四四。

⑩王慷鼎《新加坡華文日報社論研究（一九四五—一九五九）》，一九九五，新加坡國立大學中文系漢學研究中心出版。第五章第四節，頁二六一—二六三。另外，崔貴強《新馬華人國家認同的轉

向（一九四五—一九五九）》，一九九〇，新加坡南洋學會出版，主要也是談這個問題。

⑪同注⑧所引書，頁二六五。

⑫見黃東平〈我寫僑歌〉。收入黃東平《短稿一集》，新加坡教育出版社，一九八四，頁五。轉引自陳賢茂主編《海外華文文學史》，一九九九，頁一三。

⑬見黃萬華《文化轉換中的世界華文文學》，第二編，澳美歐華文文學研究，頁一六三，一九九九，中國社會科學出版社。

⑭廖子馨〈澳門文學的歷史性與獨特性〉，二〇〇一，五月，《文訊月刊》一九九期。

⑮詳見李瑞騰〈菲華現代詩中的華人處境〉，收入楊松年、王慷鼎合編《東南亞華人文學與文化》，一九九五，新加坡亞洲研究學會、南洋大學畢業生協會、新加坡宗鄉會館聯合總會出版，頁二〇九—二二二。

⑯二〇〇〇，人民文學出版社，第一章第一節，頁六。對此現象，朱壽桐解釋道：「一、中國本土對於『散居中國人』存文保種式的文學確實有所批判，主要是因爲這樣的文學過多地承續著中國古代文學傳統，而研究海外華文文學的學者一般都以五四以來的新文化和文學傳統作爲價值準則，其間的觀念齟齬自然難免。例如，林語堂在美國『跟外國人講中國文化』，創作了《京華煙雲》這一富有影響的小說，這是一部較爲典型的存文保種式的作品，可在有了新文化價值觀的中國學者眼中，則會批評其塑造的主要人物姚木蘭：『她的家庭、倫理、婚戀等等觀念，基本上都沒有越出傳統的規範，所以她是一夫多妻制的信徒。』（施建偉《林語堂在海外》，天津百花文藝出版社，一九九二，頁一三九）中國本土的研究者與『散居中國人』之間存在著的這種文化傳統認同的差異，或許是產生上述『排斥』現象的重要因由。二、中國本土將海外華人文學『摒於中

國文學史之外』，未必是主動排斥，更多的恐怕與法權界定有關。因爲他們雖然是華僑，從人種上是中國人，但從國籍上已經不是中國人。而且，海外華人以獲得外國身分爲榮者不少，將他們的文學核計在『中國文學』內，可能並不是所有的海外華人都樂意。」

⑰收入注⑬所引書，頁二四三—二六一。

⑱朱耀偉《本土神話：全球化年代的論述生產》，二〇〇二，學生書局，頁一—三六。

⑲《第十一屆歐洲華文作家協會年會特刊》，二〇〇二，瑞士。

世界華文文學新世界

一、華文文學在世界

已故德國漢學家馬漢茂曾在一九六六年，於德國萊聖斯堡辦過一次「現代華文文學的大同世界」研討會。「世界華文文學的大同世界」一辭，根據王潤華解釋，是引用劉紹銘的翻譯，他把「大英共和聯邦」(British Commonwealth)中的共和聯邦一詞加以漢化，成爲「大同世界」。因爲他認爲目前許多曾爲殖民地的國家中，用英文創作的英文文學，一般就稱爲「共和聯邦文學」。同樣，世界各國使用華文創作的文學作品，譬如東南亞的馬來西亞、新加坡、香港、印尼、菲律賓、泰國、歐美各國的文學創作，也可以稱爲「華文共和聯邦文學」。以共和聯邦來比擬，固然不盡符合散居中國內部諸中國身分（如大陸、香港、台灣、澳門）的關係，但卻具巧思。

約略在此同時，即一九六四年，在台灣的亞洲華文作家協會亦已成立。其後組織越來越擴大，目前除「亞華」有二十個分會代表外，「北美華文作家協會」（二十二個分會）、「大洋洲華文作家協會」（九個分會）、「南美洲華文作家協會」（九個分會）、「非洲華文作家協會」（九個分會）、

「歐洲華文作家協會」（十七個分會）、「中美洲華文作家協會」（六個分會）等七個洲際分會，至二〇〇一年均已組成。這世界性的華文作家組合，事實上正體現著散居中國的新特徵①。

也就是說，世界華文文學這種世界性「聯邦」的發展，長達四十年，目前已完成它全球化的格局。

本來在這個格局中還缺了一大塊，那就是大陸。大陸自一九四九年後採閉關政策，只想輸出革命，而對世界華文文學之發展缺乏關注及貢獻。要到文革以後，改革開放，才開始注意到大陸以外的華文文學現象。並由台灣而香港而澳門而全世界。

一九七九年，北京《當代》雜誌第一期刊登了白先勇的小說〈永遠的尹雪豔〉；同年，廣州《花城》雜誌創刊號曾敏之〈港澳與東南亞漢語文學一瞥〉介紹並呼籲關注大陸以外用漢語寫作的文學。算是大陸涉足海外華文文學之開端。此後，一九八二年暨南大學召開了台灣香港文學學術討論會。這個會議，到二〇〇二年十月，總共舉辦了十二屆：

屆別	會議名稱	時間	地點
一	首屆台灣香港文學學術討論會	一九八二年六月十—十六日	暨南大學
二	全國第二次台灣香港文學學術討論會	一九八四年四月二十二—二十九日	廈門大學
三	第三屆全國台港與海外華文文學學術討論會	一九八六年十二月底	深圳大學
四	第四屆台港暨海外華文文學學術討論會	一九八九年四月一—四日	復旦大學
五	第五屆台港澳暨海外華文文學國際學術研討會	一九九一年七月十—十三日	廣東中山
六	第六屆世界華文文學國際研討會	一九九三年八月二十五—二十八日	江西廬山
七	第七屆世界華文文學國際學術研討會	一九九四年十一月八—十日	雲南玉溪
八	第八屆世界華文文學國際研討會	一九九六年四月二十三—二十六日	江蘇南京
九	第九屆世界華文文學國際研討會	一九九七年十一月八—十一日	北京
十	第十屆世界華文文學國際研討會	一九九九年十月十一—十四日	華僑大學
十一	第十一屆世界華文文學國際研討會	二〇〇〇年十一月二十五—二十七日	汕頭
十二	第十二屆世界華文文學國際研討會	二〇〇二年十月二十七—二十九日	上海復旦

依上表可見第一、二屆被討論對象只局限於台灣、香港兩地；第三、四屆，加上了「海外」；到了第五屆，「台港」後面還綴上「澳門」；到第六屆之後，會議的名稱才固定爲「世界華文文學國際研討會」。

一九八五年四月，秦牧在爲汕頭大學台港及海外華文文學研究中心創辦《華文文學》試刊號的〈代發刊詞〉中爲華文文學釋義云：「華文文學是一個比中國文學內涵要豐富得多的概念。正像英語文學比英國文學的內涵更豐富，西班牙語文學比西班牙文學的內涵要豐富的道理一樣。」也即是說，「中國文學」只限於中國大陸、台灣、香港、澳門地區的華文文學。而「華文文學」除包括中國的華文文學之外，還涵蓋中國以外的用華文寫作的文學。該期雜誌末尾〈編者的話〉則認爲華文文學包含三層涵義：一、凡是用華文作爲表達工具的作品，都可稱爲華文文學；二、華文文學和中國文學是兩個不同概念，中國文學只指中國大陸、台灣和香港的文學；三、華文文學和華人文學也是兩個不同概念，海外華人用華文以外的其他文字創作的作品，不能稱爲華文文學；但是，非華裔外國人用華文寫的作品卻可以稱爲華文文學②。

這是對世界華文文學的界定。後來，北京《四海》雜誌在一九九四年第一期〈北京部分專家筆談「世界華文文學」的概念與定義：先定位，再正名〉，以及一九九六年四月南京會議等等，對此雖有不少爭論，但已逐漸確定了這個概念，世界華文文學這個學科也在大陸逐漸確定了。二〇〇一年，大陸在研討會的基礎上，正式組織、成立了世界華文文學學會，代表在這個領域之人力集結、學科建置均已成熟，要邁入一個新的階段了。

過去二十年來，十屆研討會的論文即達四三八篇（有一屆論文集未出版），相關專著，如陳賢茂、吳奕錡、陳劍暉、趙順宏於一九九三年底推出的《海外華文文學史初編》，就有六十萬字；一九九九年八月出版的四卷本《海外華文文學史》，則有二百萬字。可見大陸起步雖晚，目前卻已成爲這個領域中軍容壯盛之一支力量了。對於世界華文文學，也逐漸擺脫了把「中國文學」和「海外華文文學」對舉分立的大中國心態，願意從世界整體格局上來研討華文文學在世界的發展。這毋寧是令人欣慰的現象。

二、華文文學在爭論

(一)散離的認同

對世界華文文學的解釋，早期傾向於把它解釋爲中國人向海外移民後形成的移民文學。由於是移民，故不論是第一代或第二、三代移民，其作品都表現爲移民懷鄉的心境，也把原居地的文學風格帶到了新居地，對中國懷有感情上的依戀與歸屬感。

這種解釋，由其被稱「海外華文文學」或「僑民文學」、「華僑文學」、「移民文學」等名號，便可窺見端倪，我把它稱爲「散離認同」的解釋模型。

所謂散離的認同(identity of diaspora)，diaspora一字，孟樊依唐君毅〈中華民族之花果飄零〉一文之說，譯爲「飄零」。唐氏該文指稱：自中共統治中國大陸後，很多中國人（僑胞）「流亡」海外，被迫或自願改變國籍者所在多有，「如一直下去，到四五十年之後，至少將使我們之所謂華僑社會，全部解體，中國僑民之一名，亦將不復存在。此風勢之存在於當今，則表示整個中國社會政治、中國文化與中國人之人心，已失去一凝攝自固的力量，如一園中大樹之崩倒，而花果飄零，遂隨風吹散……，此不能不說是華夏子孫之大悲劇」。唐氏所說的，是中國人雖僑居海外，成爲華僑，但因不能繼續保有國籍，華僑遂將逐漸減少。宛如大樹已倒，枝葉四散，花果亦終將逐漸萎謝一般。此稱為飄零。

然而diaspora這個字眼，本來描述的是四散分離的猶太族群基於其共有的經驗，在文化及宗教上持續的連結；後來此詞又被擴大用來指謂那些跨越國境的移民或離居者在文化上（類似於猶太裔）的聯繫或溯源。因此，它不是指分散者如花果萎謝飄零，而是說散離者彼此因其同根同源而形成聯繫，它們與其根源之間亦保持著聯繫，故雖若飄零，卻未萎謝也。散離一詞，正反合義，既是散，又是聚。散的是人種族裔、聚的是文化宗教等根源性經驗。中文字彙裡，離字本來也就是這樣正反合義的。所以「離騷」之離，班固、顏師古等人均解釋為遭遇，離別之離與罹難之罹，音義亦同。因此這個詞，我以為似仍以譯為離散為妥。

目前世界上，不僅猶太人，包括亞洲人、非洲人、加勒比海人以及愛爾蘭人等等，都有這種認同問題。中國人也不例外。

孟樊曾舉電影《浮生》為例，片中導致母女、姊弟、夫妻之間相互衝突的原因，主要係由於國族認同的轉換而致身分失焦所造成。七口之家或因移民、或因婚媾、或因依親各不相同的理由，分居三地（德、澳、香港），彼此的國籍身分雖然不同，但「一家人」以及那種對於「中國」的情感依然強烈地相互維繫著。正因為如此，異地而處的歸化問題，便嚴重打擊了每個人固有的認同觀與認同感，令人不能釋懷。

事實上，凡移民或流亡者，跨出邊界時，也即一腳踩進了另一個「歷史」，面臨一個新的認同；但原來邊界的那一邊仍頻頻不斷向他招手，令他左右為難、進退維谷，他彷彿是個旅人。他的流動(flux)使其身分難以定位(fixing)。

對游離者來講，最大的痛苦莫過於各種不同的認同訴求對他身心（精神與肉體）的穿透。

再者，客觀的環境也造成遊子心理上的困境，因爲遊子客居異鄉，他對當地人來說總是外來者(exotic)。他的長相、口音、語言、飲食……乃至生活習慣，或多或少都與當地人有相異之處，被目爲「異類」或「非我族類」乃自然而然之事。故移居者想要和當地人徹底融合或歸化是不可能的，儘管他努力想達成這個目標，別人也仍將他視爲異類。這算是另一種「差異化」。就像在西方知識體系的支配之下，加勒比海黑人被建構成異類及他者(different and other)，他者永遠不能等於西方人。

同時，離散者總是具有相當的鄉愁感(nostalgia)。在面對當地主流族群時，他們只有認同位於遠處的「祖國」時，才會得到快樂、尊嚴以及（替代性的）歸屬感。固然那樣的歸屬感多半只是想像的認同。

然而對想像中的祖國產生認同，卻又往往是他們在居留地被邊緣化的一種徵兆③。

且不說在美國或歐洲這些白人占主流的地區，會出現這種情況；就是在東南亞亦復如此。如馬來西亞在獨立建國之後，馬來人主導的政府即獨尊馬來語文與文化，又在不少政商文教領域保護馬來民族特權，將其他族群共享國家社會資源的權利排除在外，形成馬來西亞式的種族隔離(mapartheid)。先後開除許多華社領袖，如林連玉和沈慕羽等人的公民身分。只因這些人希望將華語列爲官方語言，就被當局視爲破壞國家和諧的人物。一九六九年發生於吉隆坡的五一三流血暴動，更將華巫之間的語文——教育政策的衝突擴展到極致。致使此後華社推展文化的任務無法深入，若想推廣文化事業，得先顧慮當局的行政策略。一九七〇年代馬來政府甚至禁止華人在公開場合表演中國傳統活動（包括文學、戲劇、舞蹈、音樂、繪畫、書法、雕刻等），努力想將華人語文及文化邊緣化，且非常疑懼馬來華人因認同中國而會對馬來西亞不忠。

在這種情況下，華人必須不斷表示效忠馬來西亞，但對文化根源的認同，卻仍有許多人不願放棄。他們一方面體認到「離」，自己是離根移栽於異域的花朵；一方面則感受到「聚」，應以文字、文學、文化來凝聚自己這個族裔。如方北方所說：「今天有關國家的事務，固然是以國家語文處理。但是集中將近國家一半人口的華人來討論如何獻身國家和效忠政府問題時，華人還是要用中華語文的④。」

世界華文文學領域中要找這一類事例，可說俯拾即是。六〇年代白先勇筆下的吳漢魂〈芝加哥之死〉以死抗拒在異域的異質化命運，依萍〈安樂鄉之一日〉在跟女兒屢起衝突中備嘗異域「安樂鄉」生活的苦果，都屬於此類。在美華文學中有一類「香蕉人」形象，形容華人失落了東方文化而又無法完全被西方文化接受。東南亞華文文學也常會寫一種「馬鈴薯」的悲哀。例如菲華作家佩瓊的小說〈油紙傘〉中的中菲混血少女李珍妮從父親那裡繼承了很好的中國文學、文化修養，卻因為從母親那裡遺傳的膚色而被戀人文斌的華族家庭拒之門外，甚至不被整個菲華社會理解。她由此悲嘆：「我悲哀的是自己是馬鈴薯，不管內裡怎樣黃了，外表仍是褐色的。」這些香蕉人或馬鈴薯，講的就是離散者流動的身分，以及掙扎在居住地文化和祖國文化間的痛苦。

這種痛苦，作家們有時也會用上下兩代的關係來表現。如菲華作家陳瓊華的小說〈龍子〉和美華作家莊因的小說〈夜奔〉，都描寫華人父子間的衝突，而衝突都集中在語言認同上：父親認為「中國人永遠要說中國話」，兒子卻認為既然已歸化了外國，就應該說「外國話」。其他的表現方式還很多，例如講異鄉生活的不適應啦、遭種族歧視的經驗啦、終於返鄉回歸啦……等等，都可以印證散離認同的分析。

一九九八年，美國華文文藝界協會還和中國瀋陽出版社合作出版了一套《美國華僑文藝叢書》，叢書的作者都是美籍華人，早已失去了「華僑」身分，但他們卻堅持自己的創作是「華僑文藝」而非「華人文藝」。叢書主編黃運基（他在美國已生活了五十餘年，早已加入了美國籍）在〈總序〉中特地解釋了其中的緣由：「就國籍法而言，眞正稱得上『華僑』的，實在已爲數不多。但這裡之定名『華僑』，則是廣義的、歷史的、感情的」，「美國華僑文化有兩個特定的內涵：一是它在美洲這塊土地上孕育出來的，但它又與源遠流長的中華民族文化緊密相連；二是在這塊土地土生土長的華裔，他們受了美國的文化教育的薰陶，可沒有也不可能忘記自己是炎黃子孫……他們也在覓祖尋根」。可見散離認同歷久不衰，至今仍可找到足以與之相符應的華文文學現象⑤。

㈡本土的論述

但正如〈龍子〉或〈夜奔〉所顯示的，移民第一代和第二代的認同意識並不見得相同。上一代具有鄉愁、認同祖國，下一代卻未必。因此，散離認同在某些情況下並不適用。

陳賢茂在《海外華文文學不是中華文學的組成部分》中曾言及這樣一件事：一九九二年他同幾位海外華文作家對話時問道：「當你們教育子女時，是要他們認定自己是中國人呢，還是外國人？」蓉子（新加坡籍）當即回答：「新加坡人。」而趙淑俠（瑞士籍，現居美國）、趙淑莊（美國籍）則異口同聲答道：「中國人。」（世界華文文學，一九九九年四期）

這件事，也顯示散離認同不僅在解釋某些新移民或某些移民第二、三代時不適用，在某些地區也未必適用。像蓉子就可能不能用散離認同來描述。

當然，陳賢茂問這個問題而得到不同的答案，也肇因於「中國人」這個概念本身就具有歧義性。中國人，本來就可以是個文化概念。因此趙淑俠她們固然早已入籍爲美國人、瑞士人，在文化及心理上依然可以自稱是個中國人。但「中國人」這個詞中既有「中國」，中國又是個具體的國家，所以說自己是個中國人時，往往又會與發言者所處的那個國家國籍相混淆。蓉子或許就是在這種情況下，才說要教子女認定自己是新加坡人而非中國人。當然，也可能蓉子指的就是無論在國籍或文化認同上都要教子女成爲新加坡人，要揚棄「中國性」、建構當地性。

這，一種是分裂認同，既認同所居地爲其政治身分所屬，應對它效忠，又認同文化母國爲其精神依託。另一種，是「直把異鄉做故鄉」，不再繫戀母土原鄉，而說現在所居之地就是故鄉，本土的文化就是自己文化上的依憑。

分裂認同的例子很多，如黃文斌說：「身爲馬來西亞華人，我們至少面對兩種困惑：一、身爲華人，我們希望能夠保留漢民族的文化、教育及生活方式；二、身爲馬來西亞的國民，我們也希望與其他種族共同塑造一個共生共榮的『新興國家』。」⑥在新加坡、馬來西亞，主持或推動華文、華教的人士，不少人採這種態度。這些人，他們在創作華文文學時，已不想「落葉歸根」，也不認爲自己是飄零離散的遊子，他們知道他們屬於新加坡、馬來西亞，他們創作華文文學，只是因爲要保存自己作爲華人的文化特徵或滿足其文化感情。

不再認同故國，而以所居本土爲新認同對象者也很多，如馬華作家林春美在〈葬〉中將上下兩代對故鄉籍貫的情感描述得很清楚：「我的祖籍福州，……記得，福州是叔伯口中的唐山。陳舊的四合院，加上幾畦圃田，便是夢裡的家園。儘管生身父母已仙逝多年，儘管同輩兄弟已所剩無幾，他們還是要回去，回去看看那一理就理出了白髮的兒時故鄉。」「而叔伯的唐山，到了我，已不再如此情長。夢裡不見福州也不會引以爲憾。畢竟，福州只是中國版圖上的南方一隅，再不再有什麼血肉相連的關係。」鍾怡雯〈我的神州〉也說：「我終於明白，金寶小鎮，就是我的神州。」⑦林、鍾二人的敘述，透露著新生代文化情感的轉移，從中國轉向馬來半島，也就是他們土生土長的地方。

他們所表現的，是蓉子所說：自覺自己是個新加坡人或馬來西亞人了。這樣的人，便不再自認是個流亡者、移居者、過境者。或者說，他們同意早先華人及中華文化是離根而散布在各地的，但既已散布於各地，各地之華人文化或文學便不再是中國的了。二〇〇二年十二月暨南大學東南亞所所辦「重寫馬華文學史學術研討會」中，張錦忠〈離散與流動：從馬華文學到新興華文文學〉一文，就表現了這樣的看法，他認為：

中國文學不離境，中國作家不出走，不下南洋，便沒有馬華文學的出現。馬華文學從離境開始，現在還在離境中進行。離境，其實一直都是馬華文學的象徵，更是從馬華文學到新興華文文學的寫照。

這時，散離就只是離而不是聚。因為流離了、與中國分散了，所以才有馬華文學。但稱為馬華文學，仍不免被「誤會」為那是海外的中國文學，因此他建議落實為「新興華文文學」。新興華文文學，這個稱謂，既表明了與中國的決裂，馬來西亞華人不是中國人；也要與中國文學決裂。他說：「作為新興華文文學的馬華文學作者，有職責去尋找出和當代中國文學語言決裂的言說方式。這決裂的大前提是：華文不是中國的語文……海外的華文，總已是一種在地化的話語，一種道地海外的語文……。換句話說，新興華文文學的華文是『異言華文』(Chinese of difference)，另有一番文化符象。走的是異路、歧途，文學表現也大異其趣，這樣的新興文學才有其可觀之處。」⑧

在與中國決裂的態勢下，他們強烈反對那些心懷中國的作品，認爲那些只能稱爲馬來西亞的中國文學，而非馬華文學，更非新興華文。例如張錦忠就建議將馬來西亞建國前的華文文學排除在馬華文學之外：「客觀地說，在馬來未脫離英國殖民統治之前，南洋華人身分不明，沒有馬華文學，只有海峽殖民地或各馬來亞聯邦的華文白話或文言文學書寫活動。這些（延異的）書寫活動，既是中國作家創作活動的延續，也是馬華文學的試寫或準備。」

切掉舊的，也成爲他們創作的方法。如張光達說：「中國性，令馬華作品失掉創造性，令馬華文學失掉主體性，成爲在馬來西亞的中國文學的附屬，成爲大中國文學中心的邊緣點綴。認清中國性所帶來的危機和障礙，迅速作出調整轉化，把毒瘤果斷地切除，無疑是所有馬華作家的重大任務。」⑨

總之，決裂就是要去中國性(De-Chineseness)。在這種論述中，中國文化的深厚悠久，或中國文學的博大精深，都被重新解釋爲一種文化霸權，會對本土的文學形成斲害。像黃錦樹就說：「要寫出典雅、精致、凝煉辭藻豐富的中文，無疑要向中國古典文學傳統吸取養分，深入中國古典文學，這一來同時導致文化、思想上的『中國化』，很可能會造成情感、行動上的『回流』，而認同中國……。然而設使不深入中國傳統，又會受限於白話文本身存在的體質上的虛弱。深入傳統外，還需緊緊盯著海峽兩岸『新』文學的發展，吸收白話文在這兩個中國文化區的實驗。這種『關注』本身就含有比較的成份，無疑中國文化區的文學創作是相對的優越，因此『本土的文化傳統』就會受到一定程度的忽略輕視，而無法呈現一種血緣上的連續性。」⑩

王潤華也有類似的話，說：「當五四新文學爲中心的文學觀成爲殖民文化的主導思潮，只有被來自中心的文學觀所認同的生活經驗或文學技巧形式，才能被人接受，因此不少新馬寫作人，從戰前到戰後，一直到今天，受困於模仿學習某些五四新文學的經典作品。來自中心的眞確性(authenticity)拒絕本土作家去尋找新題材、新形式，因此不少被迫去寫遠離新馬殖民地的生活經驗。」⑪

在這種論述下，早先被推崇說是散播文學火種去南洋，或讚美其影響沾溉甚大者，亦一反而成爲壓迫當地文學及文化發展之霸權或殖民者。如王潤華所稱：「這種文化霸權(cultural hegemony)所設置的經典作家及其作品規範，從殖民時期到今天，繼續影響著本土文學。魯迅便是這樣的一種霸權文化」(同上)。

這種本土論述的言說脈絡及大體主張，大概就是如此。本文順著陳賢茂所舉蓉子的例子來講這種論述，故所介紹集中於新馬華文文學界的情況。其實無論在新馬或台灣、香港，採取這種論述模型者，言論內容都差不多。台灣也多的是有人援引後殖民理論，反對「在台灣的中國文學」；認爲台灣人自從由唐山過台灣，渡過黑水溝後，就與中國決裂了，故在台之人乃由華人及各種族共構而成之多元複合新興民族，其文化亦爲多元複合之新興文化，台灣文學更不是中國文學；認同中國或具僑居移民心態的文學則不屬台灣文學；來台播種耕耘或形成影響的中國作家，亦應視爲壓抑本土文學傳統的殖民者……等等等。

三、華文文學新秩序

但本土論述雖聲勢洶洶，同樣無法普遍適用。因爲就像黃運基編《美國華僑文藝叢書》所顯示的，本土論述者固然亟思去中國性，不願再被稱爲華僑，可是仍有許多人是擁抱中國性，仍要堅稱自己是華僑的。固然有王潤華、蓉子、黃錦樹、張錦忠這些不願再做中國人的人，可是也仍有一大批仍固執認爲自己是中國人、或既是中國人也是某某（台灣、新加坡、馬來西亞、美國……）人的人。

由理論上說，援引後現代、後殖民以張說本土者，均努力將本土形容成一個多元文化的場域，以降低中國在此的地位（例如說台灣亦曾接受荷蘭、西班牙、日本文化；台灣人除了漢人外，亦多其他種族，漢人且多與平埔族通婚；台灣文學則與日本文學淵源也極深之類。或說馬來西亞華人也有與土著通婚者，馬來西亞華人文化亦有接受印度、馬來文化者……等等）。但無論怎麼說，中國畢竟是這多元中最大一元，而且大得多。要想藉多元論去否定或稀釋或替換中國性，都非常困難。刻意爲之，則更顯得虛矯。縱能杜人之口，亦不足以服眾之心，反而在其發言領域激發了無窮爭辯、製造了憎恨。

何況，若欲以多元論打破中國性一元獨霸之局面，以追求多元文化新境，爲何又不能容忍多元社會中有人仍願獨尊中國性或仍願認同中國這種情況呢？

再就鬥爭的策略說。本土論述雖廣泛援引後現代、後殖民，但其理論目標可能反而是保守或反動的。因爲它以後現代、後殖民爲說，可是某些時候竟會因要批判中國是殖民者而美化了另外眞正的殖民者，例如英國、日本。它以後現代、後殖民爲說，許多時候它又回頭擁抱了國族論述。例如講台灣本土文學時，把它與台灣獨立建國、建立國家文學混爲一談；講馬華文學時，又期待它能成爲馬來西亞（國家）文學等等。

新世紀的華文文學的多元文化論述，則應擺脫這種國族主義。這倒不是說國家已不存在或我們可以不必理會國家，而是說自居一國而與另一國（中國）對抗式的思維，可以不必沿用了。正如戴維・莫利及凱文・羅賓斯所說：

資本主義社會裡政治歸屬的根本原則，一直是透過國家認同和民族主義認同，透過單一民族國家的公民身分。現在這種忠誠正被日益削弱，儘管我們可把近來民族民粹主義理念（national-populist ideologies）的抬頭看作是對這種趨勢發出的無望取勝的回應。而且我們正目睹著既浮現出擴大了的公民概念（指整個歐洲大陸，因歐洲共同體出現而形成的文化共同體，以及相關的整體歐洲公民新概念），又浮現出有限範圍的公民概念（指地方、地區、省際）。人們正從這個「全球——地方關係」裡鍛造出新的結合、從屬、包容形式⑫。

在一個新的「全球——地方關係」架構中，世界華文社會公民概念和有限範圍公民概念其實是兼容的，因爲華文寫作之作者本來就不限於華人，許多非華裔且分居各國的作家，怎麼用國族論述來描述呢？而大量華人移民，又早已使傳統國籍與疆界難以界定，馬來西亞作家俄而移居台灣，俄而台灣作家入籍北美、俄而香港作家移散於台灣、美國、加拿大、英國，或中國作家旅於歐澳，還有許多非華裔的優秀華文作家，他們屬於那一國不易確定，也不重要（或不再那麼重要）。華文作家唯一不變的身分，只是他的華文寫作。因著華文的書寫，使得現在世上已出現一種新型的空間——地域關係，華文文學有能力越過疆界、打亂疆域，所以它們捲入到非領土化與再領土化的複雜互動中，造成邊界與空間的關係發生改變。人們不再像過去那樣容易以其邊界、國籍或疆域來界定、區分事物，因此對國籍與疆界就不能看得如以往那樣重。流動的作家，既允許對他流居的各個地方有感情、有忠誠，也必然會因他參與了整個華文文學書寫體系而有屬於世界華文文學社會的意識。

而且，就像企業傳播網已經塑造了一個全球電子信息流空間那樣，新媒介集團正在創建一個全球圖像空間，也是一個傳輸空間。它作爲一個有自己主權的新地理存在，無視權力地理、社會生活地理，而自行界定了它自己的國籍空間或是文化空間⑬。目前華文文學也可說已經建立了一個全球的華文書寫空間，形成了一個有自主性的領域。在這個領域中正傳播著新的空間感與體驗，是不容忽視的。

這種態度，亦並非反對民族國家或要去國族主義。本文所主張的，或許可稱爲：民族國家在全球與資訊社會中的重建。特別是在區域整合的具體空間，如歐洲聯盟；或華文文學世界這種符號領域中。這個重建方向，就體現著一種新社會秩序的產生。它希望將民族國家原有的單一中心或少數中心形式轉型爲多元中心(polycentric)形式。民族國家，之前所強調的是一種共同的同一(identity)。民族國家內部所產生的差異(difference)傾向於可以統一，但是我們現今所說的、常見的多元中心內的差異卻是徘徊在可統一與不統一之間。它是一種「既是……也是……」的邏輯，矛盾或對立共同存在也是一種常見的現象。因此，秩序的新概念，就需要包括矛盾的概念，而不是一味排除矛盾，趨於同一。

也就是說，在世界華文文學社會中，不但在國家內部存在著矛盾與差異，國家與國家、區域與區域，亦是可以存在著差異的秩序。一如在經濟區域化的動力之下，如APEC或歐洲聯盟，那種區域互動已形成了一個既不屬於國內法律秩序、也不是國際的自然秩序之空間。在這個空間中，允許多樣性的存在，並且是一種不需要統一在單一國家法令制度之下的多樣性，是透過跨國組織與資訊網路所整體表現的新秩序。華文文學，以文字符號及文學作品組構而成的這種「超國家社會」，亦具有同樣的性質。

若依林信華在《超國家社會學》中的分析，世界華文文學這種符號社會，甚至比歐洲聯盟等經濟組合更具有全球符號互動論(global symbolic interaction ism)的特點。

所謂全球符號互動，是說在高度複雜的全球資訊社會中，一些超國家與次國家的秩序或制度正在形成，它們乃是個體或團體在符號的網絡中持續展現的。本來，社會行動或社會關係之合法秩序原本就不一定要建立在法律秩序上。在有國家制度以前，感情、價值理性、宗教、文化或者習慣約定也可以是社會關係之所以正當的基礎；國家建立後，獨尊國家律法，這些逐都遭到了壓抑或屈從於國家律法之下。同理，在國家之前，宗族、職業、地域組合也是社會關係的正當基礎；國家建立後，一樣遭到壓抑或附從於國家律法之下。但是，到了現今的全球社會中，在國家之上逐漸有了一種不同於國家的互動和法律形式。感情、宗教、價值、文化、宗族、職業、地域組合等等，依憑著這個國家之上的網絡卻獲得了新的生命、新的發展。世界性宗親組織、世界性鄉親組織、世界性宗教組織（如世界客屬聯誼會、世界潮屬聯誼會、世界舜裔聯合會、國際佛光會、國際獅子會、國際紅十字會……），其性質業已迥異於從前隸屬於國家內部的鄉親會館、宗教團體，在全世界建構了一個超國家的秩序。全球社會越發達，這些符號網路就會越暢旺，反之亦然。

也因此，這種全球符號互動關係，在各種全球化理論中幾乎均曾涉及，其相關理論結構如下表⑭：

代表者／特性	米德 (H.G. Mead)	艾科 (U. Eco)	季登斯 (A.Giddens)	貝克 (U. Beck)	林信華 (H. H. Lin)
科學觀察的出發點	在具體社會肢體互動中理解所有知識、理念之行爲科學。	將大眾溝通與傳播作爲一般的符號學來觀察。	秩序的問題乃是連結時間與空間的社會系統如何形成之問題。	世界社會，是由溝通符號所系統化出來的不同領域所構成。	由符號網絡、新社會時空間中的社會互動所架構出來之區域和全球秩序。
社會互動的性質	軀體行爲所展開的符號與意義系統。	作爲傳遞訊息的任何溝通形式都是建立在符碼的運作上。	雙重詮釋性、建構性的社會互動。	無統一性的多樣性。	虛擬符號網絡、不穩定的多樣性。
社會生活與符號生活的關係	從具體的肢體到語言所體現的符號系統。	將符號生活收入社會生活中來理解。	符號結構並不單純地給予行爲者一些限制，同時是給予他們行動能力。	社會生活在不同的溝通符碼所展開的不同系統中，進入全球或世界社會。	符號系統的自我展延與不穩定性、開放性的共同生活邊界。

認同形式	社會認同中的自我認同。	認同由構成文化意義系統的符碼結構所表現。	認同乃是在社會建構的動態歷程中產生。	全球社會中的想像認同。	多元的——國家、超國家與次國家的社會和自我認同。
制度正當性	由滿足個體利益和認同的社會互動所體現，並且由諸如語言的符號系統所表現。	對於符號意義系統的開放性參與。	對於一個行爲者是正當性的，對於其他行爲者必須是行動環境中的具體特徵。	在沒有世界國家的世界社會中，制度正當性將根本上不同於民族國家。	反應個體新權利的社會互動、對各層次市民社會的參與。
權力關係	並不是一種心智狀態，而是社會符號性互動所結構出來的人際關係。	權力是一種在文化生活中的符號展現。	權力是一種關係的概念。它同時是行動者的展現能力，也是支配性的結構性質。	世界社會中的新權力關係。	新的權力結構——行政系統、非政府組織、跨國企業之間的互動。
權利系統	不是由個體建構，而是由社會互動所表現。	由社會符碼結構所構成，並處於不斷變動的歷程。	在行爲者與結構之間的辯證歷程上系統化。	國家社會與世界社會存在不同的權利形式與內涵。	由全球社會所表現的新權利形式——超越國家形式法律的權利內涵。

由符號網絡構建出來的全球網絡，形成一個不具體的跨國界社會。這個社會中的秩序，是由其中個體依符號互動而形成的，因此它不是一種凝固的僵硬的秩序，誰一定是老大、沒有誰一定是中心。每個個體與個體之間，具有相互主體性(inter-subjective)。互動越好，這個全球化社會就越有活力，其秩序也越多樣，每個個體也越能表現其主體性及特色[15]。

過去，我們說「文學界」時，這個界，只是國家內部的一小塊疆域，是烽火外一處小小的、讓人心靈暫時棲憩的桃花源。現在，這個文學世界卻已形成了超越國界的「世界華文文學」新世界。在這個新世紀、新世界中，新的秩序當然還有待建立。因此我建議採用這個新的架構和思維來正視華文文學書寫已然全球化的現象，擺脫近年本土論述和散離認同之間的緊張對立關係，動態地建立我們共有的華文世界新秩序。

注：

①見龔鵬程〈二十一世紀華文文學的新動向〉，第一屆新世紀文學文化研究的新動向研討會論文，收入《二十一世紀台灣、東南亞的文化與文學》，二〇〇二年，南洋學會出版，頁一—二六。

②另詳吳奕錡〈近二十年來台港澳及海外華文文學研究述評〉，二〇〇一年二月，《汕頭大學學報》，人文科學版，頁八九—九六。

③詳見孟樊《後現代的認同政治》，二〇〇一年，揚智公司出版，頁一三三—一四〇。

④方北方《馬華文學及其他》，三聯書店香港分店、新加坡文學書屋聯合出版，一九八七，頁二三—二四。

⑤另詳黃萬華〈從美華文學看東西方海外華文文學的差異〉，二〇〇〇年十一月三日，《人民日報》海外版。

⑥黃文斌〈從錢穆持守舊傳統文化的意義反思馬華文化之建設〉，收錄於陳榮照《新馬華族文史論叢》，新加坡：新社出版，一九九三年三月新加坡第一版。

⑦均收入鍾怡雯主編《馬華當代散文選》（一九九〇—一九九五），台北：文史哲出版社，一九九六年三月初版。

⑧張錦忠〈海外存異己：馬華文學朝向「新興華文文學」理論的建立〉，見《中外文學》第二十九卷第四期，二〇〇〇年九月，頁二六。

⑨張光達〈九十年代馬華文學（史）觀〉，《人文雜誌》，吉隆坡，二〇〇〇年三月號，頁一一四—一一五。

⑩黃錦樹《馬華文學：內在中國、語言與文學史》，吉隆坡：華社資料研究中心，一九九六年，頁

二二。

⑪王潤華《華文後殖民文學——本土多元文化的思考》，台北：文史哲出版社，二〇〇一年，頁一三九。

⑫《認同的空間：全球媒介、電子世界景觀與文化邊界》，二〇〇一年，南京大學出版社，第四章，司豔譯。

⑬另參馬克・波斯特《第二媒介時代》，二〇〇〇年，南京大學出版社，第三章。

⑭詳見林信華《超國家社會學》，二〇〇三年，韋伯出版公司，第一章第三節。

⑮例如在法國的高行健獲得諾貝爾文學獎。

INK PUBLISHING 文學叢書 052

異議分子

作　　者	龔鵬程
總 編 輯	初安民
責任編輯	陳思妤
美術編輯	許秋山
校　　對	吳美滿　余淑宜　龔鵬程
發 行 人	張書銘
出　　版	INK印刻出版有限公司 台北縣中和市中正路800號13樓之3 電話：02-22281626 傳真：02-22281598 e-mail:ink.book@msa.hinet.net
法律顧問	漢全國際法律事務所 林春金律師
總 經 銷	成陽出版股份有限公司 訂購電話：03-3589000 訂購傳真：03-3581688 http://www.sudu.cc
郵政劃撥	19000691 成陽出版股份有限公司
印　　刷	海王印刷事業股份有限公司
出版日期	2004 年 4 月 初版

ISBN 986-7810-82-1

定價　380元

國家圖書館出版品預行編目資料

異議分子／龔鵬程 著.
--初版，--臺北縣中和市：INK印刻，
2004〔民93〕面；　公分

ISBN　986-7810-82-1（平裝）

078　　　　93000778

INK INK INK INK INK INK INK
NK INK INK INK INK INK INK I
INK INK INK INK INK INK INK
NK INK INK INK INK INK INK I
INK INK INK INK INK INK INK
NK INK INK INK INK INK INK I
INK INK INK INK INK INK INK
NK INK INK INK INK INK INK I
INK INK INK INK INK INK INK
NK INK INK INK INK INK INK I
INK INK INK INK INK INK INK
NK INK INK INK INK INK INK I
INK INK INK INK INK INK INK
NK INK INK INK INK INK INK I
INK INK INK INK INK INK INK
NK INK INK INK INK INK INK I
INK INK INK INK INK INK INK
NK INK INK INK INK INK INK I
INK INK INK INK INK INK INK
NK INK INK INK INK INK INK I
INK INK INK INK INK INK INK
NK INK INK INK INK INK INK I
INK INK INK INK INK INK INK
NK INK INK INK INK INK INK I
INK INK INK INK INK INK INK
NK INK INK INK INK INK INK I

INK INK INK INK INK INK
INK INK INK INK INK INK INK
INK INK INK INK INK INK
INK INK INK INK INK INK INK
INK INK INK INK INK INK
INK INK INK INK INK INK INK
INK INK INK INK INK INK
INK INK INK INK INK INK INK
INK INK INK INK INK INK
INK INK INK INK INK INK INK
INK INK INK INK INK INK
INK INK INK INK INK INK INK
INK INK INK INK INK INK
INK INK INK INK INK INK INK
INK INK INK INK INK INK
INK INK INK INK INK INK INK
INK INK INK INK INK INK
INK INK INK INK INK INK INK
INK INK INK INK INK INK
INK INK INK INK INK INK INK
INK INK INK INK INK INK
INK INK INK INK INK INK INK
INK INK INK INK INK INK
INK INK INK INK INK INK INK
INK INK INK INK INK INK
INK INK INK INK INK INK INK
INK INK INK INK INK INK